Mhairi McFarlane

FRÅN OCH MED DU

Översättning

Hanna Williamsson

HarperCollins

Mhairi McFarlane läste engelska på University of Manchester och jobbade sedan som journalist. Hon bor i Nottingham och det här är hennes andra bok.

Översättning: Hanna Williamsson
Formgivning: Jenny Liljegren
Illustration: Shutterstock

Sättning: Type-it AS, Trondheim
Tryckning: UAB PRINT-IT, Gargždai, Lithuania
ISBN 978-91-509-1764-2 (Bokhandel)
ISBN 978-91-509-1768-0 (Webb)

Författarens tack

Okej, förbered dig på något långt, som greve De Vici skulle (eller borde) säga. Först av allt, massor av tack till Ali Gunn och Doug Kean på Gunn Media – ni är både de bästa agenter man kan drömma om och roligt sällskap en utekväll.

Stort tack till min begåvade redaktör Helen Bolton för allt hennes hårda arbete och tålamod under den branta inlärningskurva som min andra bok innebar, och till alla på Avon och HarperCollins för deras entusiasm och kompetens. Keshini Naidoo, du är ett extra underverk som gjorde den här boken bättre.

Mina lojala läsare av det första utkastet – min bror Ewan och mina vänner Sean Hwitt, Tara och Katie de Cozar (som inte alls påminner om systrarna Alessi) samt Tim Lee – tack så mycket för er uppmuntran. Utan er skulle jag ha gett upp.

Ett särskilt tack till den briljanta historikern Lucy Inglis – förlåt att jag kallar dig "historiker" – för råden om Theodorautställningen. Jag står också i tacksamhetsskuld till Jeremy Fazal för informationen om Barking och min pappa Craig för italienskan. Ledsen att det är så mycket svordomar i resten av boken, pappa. Åh, och jag måste tacka min filmagent Mark Casarotto, annars blir han sur.

Bland de roliga människor vars fyndigheter jag har stulit och/eller omarbetat återfinns Jenny Howe, Alex Wright, Martyn Wells, Natalie Jones, Matt Southall, Rob Hyde och Sam Metcalf. Jag är ledsen, men ni får anlita en advokat eller sluta upp med att vara så underhållande.

Jag har haft turen att träffa en del underbara människor de senaste åren, och vill särskilt tacka Bim Adewumni, Tom Bennett, Sarah Ditum, James Donaghy, David Carrol, Dan Gilson, James Trimbee, Andy Welch och Jennifer Whitehead för inspiration och fantastiskt sällskap.

Jag har en stor familj av ingifta släktingar och vänner som alltid ger mig sitt stöd. Jag vill att ni ska veta att jag verkligen är uppriktigt tacksam, även om jag inte har plats att räkna upp er alla här.

Mitt största tack går till Alex och mr Miffy. Ni har stått ut med *mycket.*

Och tack till dig om du har köpt den här boken. Det känns fortfarande som ett mirakel och är inget jag tar för givet.

Till Helen, en skolkompis som är mer som en syster.

Prolog

Rise Park Comprehensive, östra London, 1997
Terminens sista dag

– Mina damer och herrar, mr Elton John!

Gavin Jukes, iförd enorma glasögon tillverkade av piprensare och en ankdräkt, struttade ut under öronbedövande jubel. Eller, han struttade så mycket som det var möjligt i kanariegula gummifötter. Han satte sig vid synten – med vissa svårigheter på grund av den stoppade ankstjärten – och började hamra ljudlöst på tangenterna medan han sjöng med i *Are You Ready for Love.*

I kulisserna bakom scenen rättade Aureliana till bandet på sin persikofärgade polyesterklänning från sjuttiotalet och rörde vid sitt hårdsprejade hårsvall.

Hon tog ett djupt, skälvande andetag och kände den där lukten av gympasal – en kombination av svett, deodorant och tonårshormoner.

Avgångsklassens Mock Rock hade ett enkelt men framgångsrikt upplägg: klä ut dig till en popstjärna, ju löjligare kostym desto bättre, och mima till en gammal slagdänga.

Och tack och lov – publiken älskade Gavin.

Enligt allt enfaldigt klotter om Gavin Jukes var han ”värsta bögen”. Ändå hade han oförskräckt valt att imitera en bombastisk homosexuell sångare, och mötts av ... hänförda appláder?

Kanske skulle Aureliana Alessi, tönten som käkade illaluktande lasagne ur en plastlåda till lunch istället för trekantsmackor, äntligen också vara någon man skrattade *med* istället för *åt*.

Det var som att hela skoltiden hade varit en pantomimföreställning där alla bara spelade sina roller, och såväl skurkar som hjältar kom ut för att ta emot applåderna tillsammans på slutet.

Till och med Lindsay och Cara, Aurelianas mest hängivna antagonister som för dagen var klädda som Agnetha och Anni-Frid från Abba i minikjolar och platåstövlar, hade avsiktligt lämnat henne i fred idag.

Deras anhängare halsade insmugglad vodka utblandad med billig läsk och iakttog henne med hårt sminkade ögon, men de höll sig på avstånd. Aureliana skulle ha behövt en slurk av något hon med.

Magin bakom Mock Rock hade kanske något att göra med det faktum att de äldre eleverna redan sågs som rockstjärnor av de yngre. Bortsett från James Fraser. Han sågs som en rockstjärna av *alla*. Aureliana sneglade på honom och intalade sig återigen att det här skulle gå bra, eftersom hon skulle stå på scenen tillsammans med James Fraser.

James Fraser. Bara att tänka hans namn fick fjärilarna i hennes mage att vakna till liv.

En vecka tidigare hade hon skolkat från gympan och hängt i biblioteket. Hon läste en *Tvillingarna på Sweet Valley High*-bok som hon redan hade läst när han kom fram till henne.

– Hej Aureliana. Har inte du gympa nu?

Det var ett extraordinärt ögonblick.

James Fraser, Rise Parks egen Gud, pratade med henne för första gången. *Med henne*.

Och han visste vad hon hette! Kunde han hennes schema också?

Han log lojt. Aureliana hade aldrig sett honom på så nära håll förut.

Det var som att träffa en idol – alla de där timmarna hon varit som besatt av varje detalj hos honom, och så stod han plötsligt där i egen hög person. Och vilken person sedan! Den där overkliga hyn som tycktes upplyst inifrån, det blanka svarta håret och de blålila ögonen.

Hon hade faktiskt försökt rita av honom i sin dagbok en gång, med tuschpennor. Det gick inte, han såg mest ut som Shakin' Stevens. Hon återgick till att klottra hjärtan och blommor som vanligt, tillsammans med klassikern ”AA + JF = SANT”.

– Jag förstår dig, gympan är skit.

Aureliana gjorde ett slags misstroget trumpetande ljud och nickade eftertryckligt. Avskydde sportiga James i hemlighet också gympan? Det här var beviset. De var menade för varandra.

– Jag tänkte fråga en sak om Mock Rock. Jag tänkte att det kunde vara kul att göra Freddie Mercury och operasångerskan? En duett, du och jag? Vad säger du?

Aureliana hade nickat. Han hade använt frasen ”du och jag”. Fantasier förvandlades till verklighet. Just då hade han kunnat säga vad som helst. *Jag tänker hoppa ut genom det där fönstret. Det ser inte särskilt högt ut. Vad säger du, ska vi göra det, du och jag?* Hon skulle bara ha följt efter honom.

Det var först under de kommande dagarna som hon funderade över hur smart det var att en av Rise Parks mest överviktiga, utländska och mobbade personer ställde sig på scen bredvid skolans sexgud. Tänk om skolans värsta subbor korsfäste henne för det? Men hon kom fram till att hon aldrig skulle träffa någon av dem igen efter skolavslutningen, och de skulle aldrig sabotera James Frasers stund i strålkastarljuset.

Hon tänkte att James kanske skulle vilja repa någon gång, men han föreslog det aldrig och hon ville inte verka påstridig. Han visste vad han sysslade med, det gjorde han alltid.

Men de kanske borde ha diskuterat sina dräkter innan. Aureliana hade trott att poängen var att ge allt, så hon hade tuperat sitt hår och smetat in ansiktet med underlagskräm. Så vitt hon kunde se hade James bara ritat en tunn mustasch på överläppen. Hon visste förstås inte vad hon hade väntat sig – det var knappast troligt att han skulle dra på sig djupt urringade trikåer och klistra löshår på bröstet.

Gavin bugade sig. Herregud. Nu var det dags. James släntrade bort till henne och hon hade aldrig känt sig viktigare eller mer speciell.

Mock Rocks konferencier, mr Towers, satte på musiken. Rökmaskinen väste ut rök och de inledande tonerna av *Barcelona* fyllde lokalen.

De gick ut på scenen under öronbedövande jubel och applåder. Aureliana tittade ut över havet av förtjusta ansikten och fick en svindlande glimt av hur det var att vara James Fraser. Att mötas av så mycket entusiasm och välvilja bara man visade sig.

Hon vände sig mot honom för att utbyta nervösa och solidariska leenden innan sången började, men tillbaka fick hon ett märkligt flin innan James backade tillbaka ut i kulisserna.

Det var en chokladpralin i grönt papper som träffade henne först. Den studsade mot kinden och landade på scengolvet. Hon kände ett litet styng av smärta i magen när ännu en missil träffade sitt mål, som om ett gummiband klatschade mot hennes kropp. En lila pralin med hasselnötsfyllning seglade förbi hennes huvud och hon duckade, bara för att träffas av en kola på hakan.

Och sedan fylldes luften av en störtskur av blanka, mångfärgade godisprojektiler. Mr Towers stängde av musiken och började hojtande försöka återställa ordningen, men förgäves.

Aureliana kastade en desperat blick på James. Han vek sig nästan dubbel av skratt. Hans vän Laurence hade ena armen om sin bäste kompis huvud samtidigt som han triumferande höjde sin andra knytnäve i luften.

Lindsay och Cara skrattade så att tårarna rann nerför deras sminkade ansikten och de höll fast vid varandra för att inte ramla omkull.

Det tog ett tag för Aureliana att acceptera vad det var som hände.

Att det här var planerat sedan långt tidigare. Att någon hade gjort sig besväret att köpa en massa askar med chokladpraliner och skickat runt dem i publiken. Att de hade börjat kasta pralinerna på en given signal och att för alla andra var det här kronan på verket.

Från och med du

Långsamt gick det upp för Aureliana att hennes förälskelse kanske inte hade varit så hemlig som hon trott. Det var ett faktum som var ännu mer förödmjukande än att befinna sig i centrum för en godistornado.

Hon kunde se att Gavin i sin anknäbbshatt försökte få dem att lägga av.

James Fraser klappade i händerna och artikulerade ett enda trestavigt ord medan han såg på henne. *Elefant.*

Aureliana hade sedan länge lärt sig att inte gråta i utsatta situationer. Förutom att hon inte ville ge sina plågoandar den tillfredsställelsen hade hon också kommit fram till att ju mindre man reagerade på mobbare, desto snabbare tappade de intresset. Hon såg ingen anledning att bryta mot den regeln nu och börja gråta framför en stor och fientlig publik.

Tyvärr träffades hennes vänstra öga i detta ögonblick av värdig beslutsamhet av en kokospralin, och båda ögonen började rinna ändå.

1

Anna stängde den kyliga höstluften bakom sig och trängde sig in i restaurangens ångande värme. Där surrade det av konversationer och musiken var uppskruvad för att signalera att helgen var här.

– Ett bord för två, tack! ropade hon och kände den där bekanta blandningen av nervositet och förväntan, färgad av viss skepsis. När det handlade om dåliga dejter var hon expert.

Av erfarenhet visste Anna att det var en bra idé att välja livliga och inte alltför romantiska mötesplatser för att minska pressen. Och trenden med smårätter att dela som serverades allt eftersom var en skänk från ovan. Om en dejt inte gick särskilt bra fanns det inget värre än en traditionell trerättersmiddag och vetskapen om att man var fast i ett själsdödande utbyte av *säger du det* och *var kommer du ifrån* och *bara en espresso för min del, tack.*

Det gick förstås att träffas i en bar och skippa hela middagsbiten. Men Anna undvek alkohol utan att ha ätit efter en incident då hon vaknat vid slutstationen på Central Line med oklara minnen av hur hon hamnat där. I ena handen hade hon haft en ishink i plast formad som en ananas och i den andra en telefon med elva osammanhängande och pornografiska sms.

Den skrämmande unga och coola servitrisen frågade efter hennes namn och visade henne ner i den mörka källaren.

Anna trängde sig fram mellan kostymklädda män och nådde baren och undrade om det här var kvällen.

Med ”kvällen” menade hon den kväll som i hennes fantasi skulle åsyftas i bröllopstalet som brudgummens bästa vän höll i solskenet som föll in genom de gotiska fönstren i den storslagna prästgården.

För de som inte vet det träffades Neil och Anna via nätet. Jag har fått höra att han föll för hennes sprudlande humor och det faktum att hon beställt en drink åt honom utan att ha blivit ombedd. (Paus för spridda skratt.)

Genom en kombination av rop och gester lyckades Anna till slut beställa något åt sig själv och sin dejt, och hon hittade ett hörn att hänga i medan hon väntade.

Hon läxade upp sig själv. Ärligt talat var en dejt praktiskt taget en intervju för att se om man skulle få ligga. Var inte det tillräckligt stressande utan att hon dessutom spolade fram till ett påhittat bröllop i tankarna? Anna var egentligen inte alls besatt av tanken på att gifta sig, hon ville bara gärna hitta den där speciella personen i sitt liv. Hon var trettiotvå och han tog på tok för lång tid på sig. Hon hade faktiskt börjat misstänka att han gått vilse på vägen och gift sig med någon annan av misstag.

Hon sökte igenom folksamlingen på jakt efter en version av det ansikte hon sett på bilderna. Inte nog med att det var ganska mörkt, Anna var också van vid att fotografierna i någons profil inte riktigt stämde överens med verkligheten. I sin egen profil försökte hon väga upp ett par smickrande bilder med ett mer realistiskt urval för att undvika den fasansfulla möjligheten att hennes dejt blev besviken när hon dök upp. Hon antog att män tänkte mer praktiskt: när de väl hade dig i rummet kunde deras karisma göra resten av jobbet.

– Hej, är det du som är Anna?

Hon lyckades vända sig om nittio grader och såg en till synes oförarglig och gladlynt man med brunt, glesnande hår le förtjust mot henne i dunklet. Han var klädd i en Berghausjacka. Friluftskläder på någon som inte var ute i naturen. Hm.

Från och med du

Inledningsvis var Anna inte särskilt imponerad av Neils klädsmak. Det gläder mig att hon har valt kläderna åt honom idag, annars skulle han antagligen ha avlagt sina löften i Gore-Tex ...

Men han såg tillgänglig och pålitlig ut. Hans leende blottade en glugg mellan tänderna. Det var inget problem för henne: Anna var inte intresserad av bildsköna män. Faktum var att hon rent ut sagt var misstänksam mot dem.

– Det är jag som är Neil, sa han och tog henne i handen och gav henne en puss på kinden.

Hon räckte fram den extra Negroni som hon höll i.

– Vad är det där? sa Neil.

– Gin och Campari. En favoritdrink från mitt hemland.

– Jag är en ölkille är jag rädd.

– Åh. Anna tog tillbaka drinken och kände sig dum.

Herregud, kunde du inte dricka den för att vara artig? tänkte hon. Och sedan: *Det här är kanske något som vi kommer att skratta åt en dag.*

Tydligen blev Anna chockad över att Neil inte dricker cocktail, och han gjorde ett utmärkt första intryck genom att lämna henne på jakt efter en öl. Du var verkligen dig själv ända från första början, eller hur, Neil? (Paus för fler spridda skratt.)

Anna stjälpte i sig sin första Negroni och gav sig snabbt i kast med den andra. I det ögonblicket, till tonerna av en Madonna-låt från åttiotalet, var hon en levande kliché av vad det innebar att vara singel i London. Och känslan av intensiv ensamhet i ett rum så fullt med folk att det säkert bröt mot brandsäkerhetsföreskrifterna var alltför välbekant, det kändes som att livet pågick någon annanstans. Fast det skulle föreställa att hon befann sig i det bultande hjärtat i centrum av allting.

Nej! Tänk positivt. Anna upprepade det mantra som hon dragit för sig själv tusentals gånger: Visst hade många lyckliga par inte varit attraherade av varandra till en början? Eller ens *gillat* varandra?

Hon ville inte vara den där kvinnan med en checklista som alltid fann potentiella män otillräckliga på något sätt. Som när man skulle skaffa nytt kylskåp och klagade över att man på grund av utrymmesskäl blev tvungen att kompromissa med storleken på frysboxen.

Dessutom hade det inte tagit henne många nätdejter att inse att den där blixten från klar himmel som hon längtade efter helt enkelt inte existerade. ”Man måste gnida pinnarna mot varandra för att skapa gnistor”, som hennes mamma alltid sa.

– Ledsen, efter ett par av de där skulle jag ha varit nere för räkning, sa Neil och kom tillbaka med sin Birra Moretti.

Anna ville av hela sitt hjärta att han skulle vara trevlig och att det här skulle bli roligt. – Ja, jag kommer förmodligen önska att jag hade följt ditt exempel imorgon, ropade hon över musiken och Neil log, vilket fick henne att känna att hon kunde få det här att fungera med ren viljekraft.

Neil skrev artiklar åt en affärs- och tekniktidning och verkade enligt deras tidigare kommunikation vara den hyggliga, charmerande och pålitliga typen som man väntade sig skulle ha fru, barn och en redskapsbod.

De hade bara chattat lite grann på nätet. Efter den smärtsamma besvikelsen med den skotske författaren Tom hade Anna bannlyst ett utdraget elektroniskt flirtande. Hans intelligens, charm och litterära anspelningar hade fått henne att falla pladask och tråna i ett antal månader. Hon hade levt för plinget som betydde att hon hade fått ett nytt meddelande. När de slutligen bestämde sig för att träffas i verkligheten var hon redan halvt förälskad i honom. Det var innan han urskuldande medgav att han a) vistats en tid på en psykiatrisk klinik och b) ”typ hade en fru”. Efter det hade Anna typ bytt mejladress.

Alkoholen började verka och hon skrattade åt Neils berättelser om kringresande föredragshållare och skojare till branschgurus som utlovade miljonvinster.

När de väl satt sig vid bordet och beställt mer än tillräckligt av alkoholabsorberande rätter som köttbullar, bläckfisk och pizza intalade Anna sig att Neil kanske var exakt en sådan där rimlig kandidat som hon borde ge en chans.

– Anna är väl inte något särskilt italienskt namn? frågade Neil medan de båda dippade friterade bläckfiskringar i en liten skål med aioli.

– Det är ett smeknamn på Aureliana. Jag bytte namn efter skolan. Det var för ... elegant skulle man kunna säga. Hon kupade handen under sin gaffel medan bläckfisken gjorde ett sent försök att återvända till havet. – Jag är inte särskilt elegant.

– Haha, nej. Jag märker det, sa han, vilket lät aningen förmätet. Hennes lediga hand rörde sig ofrivilligt till håret, som var uppsatt i den vanliga slarviga knuten. Hon borde kanske ha ansträngt sig mer. Och använt mer smink än det rödskiftande läppglans som hon snabbt applicerat på tunnelbanan. Var dig själv från början, brukade hon alltid resonera. Det var ingen mening att låtsas vara en uppiffad docka och göra honom besviken senare.

– Köttbullarna med fläsk och fänkål är förresten de godaste, sa hon. Jag har provat alla varianter och kan intyga det.

– Går du hit ofta? frågade Neil milt, och hon skruvade lite på sig.

– Ganska ofta. Både med vänner och på dejter.

– Det är okej. Vi är över trettio. Du behöver inte låtsas vara en rodnande ung oskuld, sa han, och Anna tyckte att det var något ganska otrevligt med hans sätt att uppmärksamma att hon blev illa till mods. Fast det kanske bara var ett något klumpigt försök att få henne att slappna av.

Konversationen tystnade under en högljudd Princelåt. Det var en av låtarna där han sjöng gällt och frenetiskt om de oanständiga saker han ville göra med en kvinna.

– Jag är egentligen poly, sa Neil.

Sa han Polly? – Ursäkta? sa Anna och lutade sig framåt med gaffeln i luften för att höra över oväsendet.

– Polygam. En som har flera olika partners som känner till varandra, tillade han.

– Just det. Jag förstår!

– Är det ett problem?

– Naturligtvis inte, sa hon, kanske för entusiastiskt, och föste runt det som fanns kvar på tallriken. *Jag vet inte,* tänkte hon för sig själv.

– Jag tror inte att monogami är naturligt för oss, men jag inser att det är vad många människor är ute efter. Jag är beredd att ge det en chans för rätt person, sa han med ett leende.

– Åh. *Snällt av dig.*

– Och jag borde kanske nämna att jag gillar lättare sub och dom. Jag är hetero, men är inte inne på vaniljsex.

Anna gav honom ett grimasliknande leende och funderade på om hon borde säga att hon inte var säker på vad han menade. Vad var det meningen att hon skulle göra med den här informationen? När man gick på blinddejt kom de personliga sakerna fram betydligt snabbare än annars, så mycket var åtminstone säkert.

– Jag menar, jag är inte *extrem* eller så, fortsatte han. Jag har testat figging, men vi snackar inte rakade gorillan eller så, haha.

Killen pratade om rakade djur i sängkammaren. Och figging, vad nu det kunde vara. Anna var inte besviken längre. Det stadiet hade hon redan passerat. Hon var på väg mot total förvirring, och om det fortsatte så här tänkte hon ta nästa chans att byta samtalsämne.

– Du då? sa Neil.

– Va?

– Vad är din ”grej”?

Anna öppnade munnen för att svara och tvekade. I vanliga fall skulle hon ha sagt att det inte angick honom, men de var på en dejt och det angick honom förmodligen visst.

– Hm ... vanligt sex.

Vanligt sex. Herregud. Hon var oförberedd och överförfriskad. Det här samtalet påminde om när hon hade sökt extrajobb på en biograf en sommar och fått frågan: ”Om din personlighet var ett smörgåspålägg, vilket skulle det vara?” Det stod helt still i huvudet och hon hade svarat ”Ost”. ”Bara ost?” ”Bara ost.” ”Därför att ...?” ”Det är normalt.” Normal ost och vanligt sex. Hon borde inte ens vara på internet.

Neil betraktade henne över kanten på sitt vattenglas. – Åh. Okej. Av din profil att döma trodde jag av någon anledning att du var heteronormativ men kanske intergender.

Anna ville inte erkänna att hon inte visste vad avgörande delar av det han sa betydde.

– Ledsen om det känns som att jag konfronterar dig, fortsatte han. Jag tror verkligen på att vara ärlig. Jag tror att de flesta relationer går i stöpet på grund av lögner och hyckleri och att folk låtsas vara någon annan än de är. Det är bättre att jag är fullständigt öppen och berättar vem jag är nu, än att du blir chockad på vår fjärde dejt. Neil höll upp händerna och log uppmuntrande. – Gillar du kisslekar?

Mina damer och herrar, jag ber er att höja era glas i en skål för det lyckliga paret, Neil och Anna. Botten upp, säger jag till bruden. Se till att ha blåsan full senare. (Applåder.)

2

– Okej, jag håller på att googla den rakade gorillan, sa Michelle och kisade mot skärmen på sin iPhone. Hon höll en Marlboro Light i andra handen och röken ringlade sig uppåt i den tomma restaurangen.

Anna skulle aldrig ha uthärdat så många dåliga dejter om hon inte vetat att hon kunde fly till sina vänner vid kvällens slut. Som tur var hade de arbetstider som gjorde att det passade bättre att träffas för en sängfösare än göra en hel utekväll.

Michelles ”traditionella brittiska mat med en knorr” serverades på The Pantry, som låg vid Upper Street i Islington. Byggnaden var kulturminnesmärkt, med antika ljuskronor, palmer i kruka och krämfärgade träpaneler. Det var den sortens ställe där man i BBC-dramaserier hade kärleksaffärer mitt under brinnande krig med män vid namn Freddy och slängde sig med uttryck som ”det var en ryslig historia”.

Daniel, Michelles hovmästare sedan många år, var en av de där halvberömda restaurangpersonligheterna som omnämndes som ”en karaktär” i tidningen *Time Out*. Det kunde vara en förskönande omskrivning av ”tröttsam idiot”, men Daniel hade genuin charm och var autentiskt excentrisk.

Det handlade delvis om hans utseende: tjockt sandfärgat hår, ett buskigt skägg och glasögon som gjorde hans ögon stora som en seriefigurs. Han såg ut som en korsning mellan *Looney Tunes*-lejonet och en professor på en distansutbildning. Han klädde sig i gamla tweedkostymer, som Paddan i *Det susar i säven,* och han hade ett spetsfundigt, gammaldags tonfall, som en ung Alan Bennett.

Efter att Michelle hade stängt träffades de ofta för att ta en drink, halvliggande i sofforna, medan det sista av ljusstumparna brann ner på borden. Michelle såg professionell ut i sina vita kockkläder och foppatofflorna som hon bara använde i köket. Den korta, blanka pagen som var färgad i exakt samma orangeröda nyans som en tandoorikyckling hade hon strukit bakom öronen. Hon hade enorma nötbruna ögon, en generös mun och en ståtlig figur med en anmärkningsvärd byst. En toppmodell, men för en annan tid. Istället var hon fast i en era där folk sa att hon var vacker men ”storvuxen”.

– Det kanske inte är så udda, sa Daniel från andra sidan rummet där han höll på att sopa. Alla utom vi håller kanske på med den rakade gorillan och den spexiga kycklingen och den ... inkokta haren.

– Jag har haft inkokt hare på menyn och kan försäkra dig om att det inte är något som du vill använda som en sexuell eufemism, med tanke på hur mycket blod receptet innehåller, sa Michelle, som fortfarande läste på sin telefon.

Daniel ställde ifrån sig sopborsten och gjorde dem sällskap. – Idag var det någon som frågade mig varför jag inte hade hårnät, mumlade han medan han hällde upp portvin ur en av flaskorna som stod på det låga bordet.

– Va? Vem? Frågade du om de trodde att det här var en fabrik? undrade Michelle.

– Bekymrade de sig bara om håret, inte skägget? frågade Anna.

– Skägget var också ohygieniskt.

– Ett skäggnät? Visst, för inget känns tryggare än någon som serverar mat iförd munskydd, sa Michelle. Vänta lite. Vem var det som frågade dig det här? Var det bord nummer fem, med veganen, veteallergikern och han som ville byta ut osten mot mer sallad i Stilton- och valnötssalladen?

– Japp.

– Jag trodde väl det. Ett riktigt gäng glädjedödare.

– Byta ut osten? sa Anna. Vanligtvis borde det inte vara svårt att greppa, men vid det här laget var hon ganska full.

– En amerikansk trend som är otroligt irriterande. De uppför sig som om de var på en snabbmatsrestaurang. *Ingen majonnäs, extra saltgurka,* sa Michelle.

– Jag är rädd att det är de jävligt petiga fanskapens tidsålder, och det är inget vi kan göra något åt, sa Daniel.

Hans Yorkshiredialekt fick orden att låta mjuka, något som man utan problem kunde säga under en paneldebatt på radio. Det var Daniels hemliga vapen när det gällde att ta udden av problem, tänkte Anna. Vad han än sa såg han så vänlig ut.

Michelle drog långfingret över telefonens skärm. – Där har vi det! Rakade gorillan ... Kära nån. Jag vet inte om våra förfäder dog för att försvara det här.

– Det var väl det han *inte* var intresserad av? sa Daniel.

– Dan, häng med i svängarna. Att ta upp något som ett skämt först är en klassisk övertalningsteknik, sa Michelle och skakade på huvudet. Stålsätt dig, det är något obehagligt som har med sperma att göra. Hon vände telefonen mot Anna, som kisade, läste och grimaserade. – Ska jag prova med figging också? frågade Michelle.

– Nej, jag vill aldrig prova figging! Jag vill bara träffa en trevlig kille som vill ha normalsex med mig och bara med mig. Har det verkligen blivit så omodernt?

– Något som aldrig har varit på modet kan inte bli omodernt, sa Daniel och fipplade med slagen på sin kavaj medan Anna gav honom en lätt knuff på axeln.

3

– Jag menar, vad hände med romantiken och mystiken? fortsatte Anna och höll upp sitt glas för påfyllning. Mr Darcy sa ”Ni måste tillåta mig att berätta hur varmt jag beundrar och älskar er”, inte ”Ni måste tillåta mig att berätta att jag gillar att spruta sperma”.

– Vi lever inte i rätt tid för dig, Anna, instämde Michelle. Det är inte så mycket konventioner och uppvaktning nuförtiden. Men om du hade levt på Jane Austens tid skulle dina tänder se ut som kalaspuffar och du skulle ha fött sju barn utan smärtlindring. Det finns fördelar och nackdelar med allt. Vad var det som tilltalade dig med den här Neils profil till att börja med?

– Hm. Han verkade vara vid sina sinnens fulla bruk och ganska trevlig. Hon ryckte på axlarna.

Michelle fimpade cigaretten i den Illykaffekopp som tjänstgjorde som askfat. Hon slutade röka hela tiden, men trillade alltid dit igen.

Anna och Michelle hade träffats hos Viktväktarna när de var drygt tjugo. Anna följde programmet till punkt och pricka, Michelle var mer spontan. – Skarpa hjärnor behöver hälsosamma kroppar! stod deras energiska kultledare och hojtade en dag. Då höjde Michelle rösten: – Där fick Stephen Hawking besked, av Jen från *Gladiatorerna,* hade hon sagt med sin melodiösa West Country-stämma, och när en chockad tystnad uppstod fortsatte hon: Åt helvete med det här, jag tänker gå och köpa friterade kycklingvingar. Den veckan hade Anna missat invägningen och fått en bästa vän.

– Är inte ”vid sina sinnens fulla bruk och ganska trevlig” att lägga ribban lite väl lågt? Jag har krävt bättre kvalifikationer än så för att anställa personal.

– Jag vet inte. Jag tillbringade just kvällen med en man som pratade om hur han gillar att kissa på folk, och som krävde att få veta vad jag har för sexuella preferenser. Med tanke på det tycker jag att tillräknelig och trevlig låter bra. Om du hade provat på nätdejting skulle dina förväntningar också vara ganska låga.

Michelle hade sina kontakter hon kunde ringa när hon var på det humöret. Men hon hade fått sitt hjärta krossat av en gift man och envisades med att hon inte var intresserad av ytterligare besvikelser.

– Du ger mig bara vatten på min kvarn. Det där var någon ”säker”, så varför inte ta risken med någon spännande?

– Även om någon spännande gick med på en dejt vill jag inte behöva hantera hans besvikelse när han får träffa *mig*.

Det uppstod en kort paus medan Frank Sinatra sjöng sig igenom *Strangers in the Night* på stereon, som hölls ihop med silvertejp och var placerad under kassaapparaten.

– Borde vi säga något? sa Michelle och tittade på Daniel. Fan, jag tänker säga något. Anna, ödmjukhet är en fin egenskap, men du undervärderar dig själv på ett självdestruktivt sätt. Du är helt fantastisk. Vad är det för besvikelse du pratar om?

Anna suckade och lutade sig tillbaka i soffan. – Men det stämmer inte, eller hur? Annars skulle jag aldrig ha varit singel så länge.

Annas brittiska mormor Maude hade ett hemskt talesätt som gick ut på att det var dårskap att hysa romantiska känslor för någon som var bättre än en själv. *Hon ville inte ha någon som gick till fots, och ryttarna stannade aldrig.*

Det hade fått elvaåriga Anna att rysa. – Vad betyder det?

– En del kvinnor tycker att de är förmer än männen som är intresserade av dem, men när de inte är tillräckligt bra för de män som *de* vill ha hamnar de på glasberget.

Maude hade varit en riktig olyckskorp när det gällde allt. Men även en olyckskorp kunde ha rätt.

– När fick du för dig att du på något sätt inte är bra nog? frågade Michelle.

– I skolan.

Det blev tyst. Michelle och Daniel hade förstås hört historierna, vilket även omfattade Mock Rock. Och de kände till Det Som Hände Efteråt. Det uppstod en spänd paus, i den mån det nu var möjligt när de berusade låg draperade över möbler och klockan nästan var ett på natten.

Michelle bytte finkänsligt samtalsämne. – Jag är inte säker på att det är bra att du hänger med oss. Vi är inte till någon hjälp. Jag är evighetssingel och Dan ... har slagit sig till ro.

Det uppstod en ny paus eftersom hon använt uttrycket "slagit sig till ro" med viss skeptisk motvillighet.

Daniel hade varit tillsammans med den något dystra Penny i nästan ett år. Hon var sångerska i folkmusikbandet The Unsaid Things och led av kroniskt trötthetssyndrom. Michelle var djupt skeptisk till diagnosen och hävdade att Penny bara tyckte synd om sig själv.

Daniel hade träffat Penny när hon jobbade som servitris på The Pantry. Hon fick sparken för att hon var värdelös, så Michelle ansåg sig ha rätten till en uppfattning. En föga smickrande sådan.

– Ni hjälper mig visst. Ni hjälper mig just nu, sa Anna.

– Förresten, sa Michelle och viftade med handen mot en skål på bordet. Det där är skotska ägg, hemgjorda, som blev över från Arnolds buffé. Hugg in.

Trots att hon kunde låta ganska tuff var Michelle väldigt snäll och generös. Hon hade bidragit med maten till en före detta stamkunds begravning tidigare på dagen.

– Jag har kastat glupska blickar på dem den senaste timmen, men det känns fel att äta en död mans ägg, sa Daniel.

– De är från minnesstunden, förklarade Michelle. Ingen går på sin egen minnesstund. Alltså är de inte Arnolds.

– Sant, sa Daniel. Ägg-stremt klokt. Han plockade upp ett inbakat ägg och började äta det som ett äpple.

– Arnolds bror kom förbi och lämnade dem. Han berättade vad

Arnolds sista ord hade varit, eller rättare sagt hans näst sista ord. Hans allra sista ord var ”Inte den grumliga lemonaden, Ros”, men det var inte lika djupsinnigt. Är ni beredda? Det är ganska rörande.

Anna såg på henne med glasartade ögon och nickade.

Michelle askade cigaretten. – Han sa att han önskade att han inte hade slösat bort så mycket tid på att vara rädd.

– För vadå? undrade Anna.

Michelle ryckte på axlarna. – Det framgick inte. Livet, antar jag. Vi är rädda för massor av saker som inte kommer att ta kål på oss, eller hur? Saker vi försöker undvika. Och sedan, när vi kommer till slutet, inser vi att det vi borde ha varit rädda för var ett liv fullt av undvikanden.

– Rädsla för själva rädslan, sa Daniel och torkade ströbröd ur skägget.

Anna funderade på saken. Vad var hon rädd för? Att vara ensam? Inte egentligen. Ensamhet var naturligt för henne, med tanke på att hon hade varit singel i nästan hela sitt vuxna liv. Hon antog att hon var rädd att aldrig få uppleva kärlek. Eller nej, vänta – det där handlade inte precis om rädsla. Snarare besvikelse eller sorg. Så vad var det för rädsla som hon försökte undvika? Haha! Som om hon inte visste.

Rädslan för att behöva bli den där tjejen igen.

Hon tänkte på mejlet som dykt upp i hennes inkorg en vecka tidigare. Så fort hon fick se det hade hon börjat kallsvettas, trots årstiden.

– Viss rädsla är berättigad, sa Anna. Som min höjdskräck.

– Eller min rädsla för hårlösa katter, inflikade Daniel.

– På vilket sätt är den rationell? undrade Michelle.

– Katter har alla sina hemligheter i pälsen. Lita aldrig på en katt som inte har något att förlora.

– Eller min rädsla för att gå på min klassåterträff nästa torsdag, sa Anna.

– Va? sa Michelle. Det räknas inte. Du måste gå!

– Varför skulle jag göra det?

– För att säga: ”Dra åt helvete. Se bara vem jag är idag. Ni lyckades inte knäcka mig." Du skulle kunna begrava det där för alltid. Skulle inte det kännas bra?

– Jag struntar i vad de tycker om mig nu, sa Anna bestämt.

– Bevisa det genom att faktiskt gå.

– Nej. Jag skulle bara verka dum.

– Det är inte sant. Och om *han* är där ...

– Det kommer han inte att vara, avbröt Anna och kände sig lite andlös vid tanken. Inte en chans att han skulle gå, det vore så långt under hans värdighet.

– Då har du ännu färre anledningar att undvika det. Vill du sluta som Arnold, vill du undra hur livet skulle ha blivit om du inte slösat bort tid på att vara rädd? Du har väl aldrig träffat dem igen efter den där skolföreställningen, det där *Glee*-uppträdandet då de var så vidriga mot dig?

– Nej.

– Då är det ett oavslutat kapitel. Något du inte har tagit itu med. Det är därför det fortfarande påverkar dig så.

– Men herregud! utbrast Daniel medan han satte sig upp och tittade bort mot restaurangens stora fönster.

Anna och Michelle vände sig om på sina platser och fick se en drygt trettioårig man som tjöt av skratt. Hans byxor och kalsonger var nerdragna och han tittade över axeln mot ett gäng som stod bakom honom.

– Han blottar sig för oss! sa Anna.

– Där är kronjuvelerna, instämde Daniel.

Bland åskådarna i bakgrunden såg de korta blixtar när mobilkamerorna avfyrades.

– Jag tror att han visar rumpan för sina vänner och att vi bara har oturen att få uppleva den andra sidan av myntet, sa Michelle.

Mannen tappade balansen, stapplade framåt och landade med en låg men tydlig duns mot glaset.

– Vänta nu! Michelle kom snabbt på fötter och gick bort till fönstret. Hon knackade på rutan. – Fönsterglaset kostar femtusen pund! Femtusen!

En farsartad scen utspelade sig när den packade mannen med

byxorna nere insåg att det stod en kvinna på andra sidan glaset. Han skrek till, började springa och försökte dra upp jeansen i farten.

Anna och Daniel, påverkade av alkohol, skrattade så de tjöt.

Michelle återvände, slängde sig i soffan och tände en ny cigarett.

– Berätta för de där idioterna vad du tycker om dem, Anna. Allvarligt talat. Visa dem att du inte är rädd och att de inte lyckades besegra dig. Vad har du att förlora? Om du undviker dem slösar du bort tid på att vara rädd för ingenting. Låt inte rädslan ta över.

– Jag tror inte att jag kan, sa Anna, och skrattet dog bort. Jag tror faktiskt inte att jag kan.

– Och det är just därför du måste göra det.

4

I den välsignade tystnaden på det folktomma kontoret kände James en urinaktig lukt av utspilld lager.

Stanken var ett resultat av föregående kvälls livliga omgång ölpingis. Städerskan hade börjat göra uppror mot den oreda som självbelåtna hipsters med kreativa jobb ställde till med, och hon hade i all tysthet klargjort vad som var hennes ansvarsområde. Alkohollekar populära bland nordamerikanska collegestudenter räknades uppenbarligen inte dit.

Lika snabbt som James kände irritation över detta skämdes han. Kontorschefen Harris började gräla med städerskan så fort deras vägar korsades, och James fattade inte hur han hade mage till det. Någon som var i James mammas ålder, gick klädd i sunkiga leggings och hade som jobb att damma hans skrivbord. Man borde bara mumla fram ett tack och ge henne en chokladtomte och tjugo pund till jul, om man inte var ett svin. Fast allt tydde förstås på att Harris *var* ett svin.

Under det senaste halvåret eller så hade James verkligen önskat att någon skulle skälla ut hans kollegor på Parlez. Inte han själv, naturligtvis. Någon annan.

När han först började jobba på företaget – en digital flerkanalspartner som erbjöd skräddarsydda, dynamiska strategier för att ge liv åt varumärken – hade han trott att han hittat något slags Valhall i Londons utkant. Det var ett sådant där ställe som studievägledare sa till tonåringar inte existerade.

Musik dånade över ett sorl av prat, trendigt klädda bekanta kom och gick, kollegor fick spontant för sig att det var nödvändigt att prova en extra stark Gimlet och gjorde en avstickare till närmaste snabbköp.

På något sätt fick de arbete uträttat också, när de inte tittade på YouTube-klipp med skejtboardåkande kattungar iförda flugor, spelade fotbollsspel eller pratade om det nya amerikanska sci-fi-kriminaldramat som alla laddade ner illegalt.

Sedan, helt tvärt, som om någon hade tryckt på en knapp, förvandlades det upplivande kaoset till tortyr för James. Konversationerna var meningslösa, musiken distraherande och den strida strömmen av hippa besökare ett irriterande avbrott. Och han hade slutligen accepterat det orubbliga faktumet att alkohol vid lunchtid ledde till huvudvärk framåt eftermiddagen. Ibland var det knappt att James kunde låta bli att resa sig och skrika: ”Hallå, har ni inte ett jobb att sköta eller ett hem att gå till? Det här är en ARBETSPLATS.”

Han kände sig som en tonåring vars föräldrar åkt bort och lämnat honom att ta hand om huset för att lära honom en läxa, och han ville inget hellre än att de skulle komma tillbaka från semestern, köra ut alla snyltgäster och börja med middagen.

Han trodde att han lyckats hålla det här för sig själv, men på senare tid hade Harris – som alltid var redo att piska upp partystämningen – börjat pika honom med mobbarens osvikliga känsla för skiftande lojaliteter. När Ramona, den punkiga skotska tjejen med rosa hår och navelring, kramade Harris axlar och fick honom att skrika högt lade han märke till att James grimaserade.

– Sluta, sluta, James kommer att börja hata oss! ropade han. Du hatar väl oss egentligen, eller hur? Erkänn. Du. Hatar. Oss.

James ville inte låta homofobisk, men efter att ha jobbat med Harris tänkte han att stereotypen om bitchiga bögar kanske hade blivit en stereotyp av en anledning.

Och kontorslivets enformiga små irritationsmoment fanns fortfarande där, vare sig de befann sig i en källare i Shoreditch med ett bordsfotbollsspel eller inte. Kylskåpsdörren täcktes av sura lappar, fastsatta med magneter. ”SNÄLLA, kan ni …” På mjölkförpackningarna stod namn skrivna med tusch. Folk blev faktiskt upprörda om någon annan använde ”deras” mugg. James var sugen på att sätta upp en egen lapp: *Om du har en mugg som är bara din, dubbelkolla hur gammal du är. Du kanske omfattas av lagen om barnarbete.*

Han försökte njuta av den sällsynta tillfälliga tystnaden innan alla anlände. Känslan av lugn och ro varade lika länge som det tog för bakgrundsbilden på hans laptop att poppa upp. Han visste att det var rätt osmakligt att ha ett bildspel med foton av sin vackra fru på en dator som han använde på jobbet. Han hade lagt in en eller annan bild på katten också, men det lurade ingen. Bilderna var helt enkelt ett sätt att skryta.

Och när den där frun lämnade honom blev bildspelet ett tecken på hybris, ett hån och en källa till smärta. James hade kunnat byta bakgrundsbild, men han hade inte berättat för någon att de separerat och ville inte väcka misstankar.

Han kunde vända sig bort för att säga något, och när han fokuserade på skärmen igen möttes han av ännu ett perfekt foto av Eva. I vita solglasögon, hästsvans och barnhårspännen framför en husbil under Glastonburyfestivalen. Platinablonda lockar, djupröda läppar och vita tänder, i färd med att äta en hummer under ett födelsedagsfirande på J Sheekey.

Rufsigt hår, sittande i fönstret på Park Hyatt Tokyo vid soluppgången, klädd i byxor och ett linne från American Apparel, för att återskapa scenen från *Lost in Translation.* Typiskt Eva – otrolig fåfänga maskerad till en avsiktlig blinkning.

Och naturligtvis fotot med James när de just förlovat sig. En kokhet dag vid Serpentine, picknickkorgen från Fortnum & Mason där han stoppat ner en godisring med texten *Bli min* i en liten blå ask från Tiffany (Eva valde själv den riktiga ringen senare). Eva hade en gloria av uppsatta flätor och de trängde ihop sig tillsammans för att få plats i bilden, rosiga av champagne och triumf. James betraktade sitt leende ansikte intill hennes och tänkte att han såg ut som en korkad, förväntansfull idiot.

Han fick den där känslan av att något mjukt i hans bröstkorg och hals plötsligt hade stelnat, samma känsla som han fått när hon satt sig ner med honom och sagt att *det här inte fungerade för henne,* att *hon behövde lite utrymme,* att *de kanske hade haft för bråttom.*

Han suckade och kontrollerade att han hade alla sina Appleprodukter av olika slag i närheten. Han var antagligen värd några tusen pund för en rånare.

Mobiltelefonen ringde. Laurence.

– Jimmy! Hur är läget?

Hm. Att han sa Jimmy var inget gott tecken. Jimmy var ett sorglöst alter ego som Loz bara vände sig till när han ville ha något.

– Du vet återträffen ikväll?

– Ja?

– Ska du gå?

– Varför skulle jag göra det?

– Därför att din bäste vän bönföll dig och lovade att köpa öl åt dig hela kvällen och sa att ni kunde sticka därifrån vid nio?

– Ledsen, men nej. Bara tanken får min själ att förtvina.

– Djupt sagt.

– Du inser att med tanke på vår ålder kommer alla att prata om sina barn på det där tävlingsinriktade sättet? Det kommer att vara en massa snack om lilla Amalfi Lemons "sprudlande fantasi". Hu.

– Jag tror att du har glömt vilken sorts skola vi gick på. Snacket kommer snarare att handla om att Tyson Biggie är villkorligt frigiven.

– Varför vill du gå? undrade James.

– Ren nyfikenhet.

– Du är bara nyfiken på om det är någon av våra klasskompisar du vill se naken.

– Vill du inte veta ifall Lindsay Bright fortfarande är snygg? frågade Laurence.

– Nej. Jag slår vad om att hon ser ut som en konservativ politiker från Surrey.

– Men av det sexiga slaget, som Louise Mensch. Kom igen, vad gör du annars en torsdag nu när du är ensam? Kollar på japanska lekprogram i kalsongerna?

James grimaserade. Hans sophink var full av tomma enportionsförpackningar. – Varför skulle jag ha teven i kalsongerna? kontrade han med precis så lite entusiasm som han kände.

– Haha.

James telefon pep till med ett väntande samtal. Eva. – Loz, jag måste bara ta det här. Jag fortsätter att säga nej om en minut.

Han tryckte bort sitt första samtal.

– Hej. Hur är det? sa hon.

James gjorde en sarkastisk imitation av hennes lättsamma tonfall. – Hur tror du att det är?

Suck.

– Jag har örondropparna till Luther. Jag behöver komma förbi och visa hur man ger dem till honom.

– Droppar man dem i hans öra?

James hade inte nödvändigtvis bestämt sig för att obeveklig bitterhet var den bästa strategin, men tyvärr for orden alltid ur honom innan han hunnit tänka igenom dem ordentligt.

– Kan jag komma förbi ikväll?

– Det går inte. Jag är upptagen.

– Med vadå?

– Angår det dig?

– Ditt tonfall får mig att tro att du kanske bara vill göra det svårt för mig, James.

– Jag ska på en klassåterträff.

– En klassåterträff? upprepade Eva skeptiskt. Jag trodde inte att det var din grej.

– Jag är full av överraskningar. Så vi får hitta en annan kväll för Luther.

Efter att de lagt på tillät sig James den bittra glädjen av att ha vunnit ett litet slag i det pågående kriget. Tillfredsställelsen varade i säkert tre sekunder innan han insåg att han nu skulle bli tvungen att gå på återträffen.

Han kunde ljuga, men nej. Det här förtjänade någon liten referens i förbifarten på sociala medier – en incheckning, ett foto, ett ”kul att se dig också” till någon han just lagt till på Facebook

– för att bevisa för Eva att hon inte kände honom så väl som hon trodde.

– God morgon! Ramona tog av sig ett par öronmuffar formade som får. – Usch, varför söp jag en onsdag? Jag svär att det känns som att jag ska *dö*.

– Haha, sa James, vilket betydde ”Snälla, berätta inte mer”. Naturligtvis fick han höra varje detalj under den följande kvarten, och hon upprepade sedan historien för varje ny person som anlände. Tydligen blev man full av att dricka vin ur ölsejdlar i plast, vem kunde ha anat?

5

Anna skrev in ”Gavin Jukes” i sökfältet på Facebook och hoppades att hans namn var ovanligt nog för att hon enkelt skulle hitta honom. Hon var inte helt säker på varför hon ville göra det. Det vore bara trevligt med en person att säga hej till, ifall han dök upp.

Och där var hans profil, den andra på listan – hon kände igen den långa näsan och hakan. Hon klickade på hans sida, och profilbilden var ett familjeporträtt. Fru, tre barn. Andra män var alltså inte hans grej. Bor i: Perth, Australien.

Bra jobbat, Gavin. Hon kunde se tjusningen i att ta sig så långt bort från Rise Park att man inte kunde åka längre utan att komma närmare igen.

Telefonen på skrivbordet ringde.

– Paket till dig! sa Jeff i receptionen muntert.

Anna lade ifrån sig telefonen och skyndade nerför trappan. Jeff hade placerat leveransen på disken – en bred, låg svart ask med blanka bokstäver i relief och ett brett sidenband runt om. Asken skvallrade på ett subtilt men omisskännligt sätt om att hon gjort av med mer pengar än nödvändigt.

– Något fint? frågade Jeff. Inte för att det angår mig förstås, muttrade han sedan och rodnade när det uppenbarligen slog honom att det kunde vara någon sexig utstyrsel i Agent Provocateur-stil, med plisserade öppningar och dinglande remmar med spännen.

Trots att det inte stämde rodnade Anna också, medveten om att hon inte kunde förneka något utan att göra misstanken starkare. Som att använda ett illaluktande toalettbås och sedan inte kunna varna nästa person utan att det verkade som att man försökte dölja vad man själv gjort.

– En klänning, sa hon snabbt. Till en ... tillställning.

– Åh, sa Jeff. Så trevligt. Han undvek att möta hennes blick. Det var tydligt att han redan föreställde sig henne dansa till Aphex Twins *Windowlicker* iförd en operamask med lång näbb, som något från *Eyes Wide Shut*.

Hon bar asken på utsträckta handflator, som en pizzakartong, uppför trapporna till sitt kontor. Historiska institutionen på University College London låg utspridd över en rad gregorianska hus med högt i tak och enorma panelfönster.

Det var en magisk plats att arbeta på. I sina mer sentimentala stunder kände Anna att det här var belöningen för hennes egen skoltid – drömmen efter mardrömmen. Byggnaden var fylld av en underbar gammaldags doft av mattor, och det gulaktiga skenet från stora runda taklampor fick det att kännas som att man befann sig inuti ett varmt minne.

Hon sköt upp dörren till sitt kontor med ryggen, nöjd över att ingen hade fått syn på henne. Alla uppmaningar om att få se klänningen på skulle ha gjort henne förlägen.

Anna hade visserligen gått ner i vikt sedan skoltiden och hade numera en fullkomligt genomsnittlig klädstorlek, men det innebar inte att hon tänkte och uppförde sig som den person hon nu var. Hon tyckte fortfarande oerhört illa om att shoppa kläder. Möjligheten att handla över internet hade kommit som en skänk från ovan. Hon ville mycket, mycket hellre använda sitt eget kontor som provrum.

Så när hon insåg att hon behövde en klänning till återträffen – nej, inte bara en klänning utan något riktigt iögonfallande, något som gav dem alla fingret – hade hon genast gått in på en dyr webbsida för designerkläder och gjort av med en summa som motsvarade en trevlig weekendresa.

Hon lyfte av locket och tog sig ner förbi lagren med silkespapper. Där låg den hutlöst dyra klänningen. Inte mycket tyg för ... Nej, hon skulle inte tänka mer på det.

Anna lade försiktigt nyinköpet över en stol och kontrollerade att dörren var låst innan hon ålade sig ur sin formlösa Zaraklänning och tog på aftonkreationen. Hon vred den på plats med tummarna och pekfingrarna, försiktigt som om den vore tillverkad av spindelväv, och drog upp den kraftiga dragkedjan. Hon behövde bara hålla andan lite grann.

Hm. Hon vände sig åt först det ena och sedan det andra hållet framför spegeln. Inte *riktigt* den totala omvandling hon hoppats på. En svart klänning var en svart klänning. Hon rörde armarna upp och ner och såg hur de genomskinliga chiffongärmarna fladdrade i luften. Hon hörde *Fågeldansen* i huvudet.

På webbutikens skyltdocka hade den svarta Pradaklänningen sett chic ut på ett sätt som påminde om Rita Hayworth under happy hour på Waldorf Astoria. När Anna såg den på sig själv undrade hon om den kanske faktiskt var ganska slafsig. Hon såg mer ut som en sångerska på ett kryssningsfartyg, på väg att brista ut i *Unbreak My Heart* medan man högg in på huvudrätten, panerat kalvkött med sauterade potatisar.

När hon stirrade på sig själv kunde hon inte låta bli att tänka på den där andra dagen, den där andra klänningen. Den där andra tjejen.

Så småningom plockade hon upp telefonen.

– Michelle, jag tänker inte gå på återträffen. Det vore ren galenskap och klänningen får mig att se ut som professor Snape.

– Du ska visst gå. Efteråt kommer du att känna dig otroligt mycket lättare! Som om du genomgått en tarmsköljning. Barry, sluta leka med den där bläckfisken och börja laga till den! Ledsen, det där sista var inte riktat till dig.

– Jag kan inte, Michelle. Tänk om alla skrattar åt mig?

– Det kommer de inte att göra. Men även om de gjorde det – vill inte en del av dig få chansen att återuppleva det ögonblicket, så att du kan säga till dem att dra åt helvete den här gången?

Anna ville inte erkänna vad hon var rädd för. Tänk om hon bröt ihop, grät och var tvungen att acceptera att hon fortfarande var Aureliana? En Aureliana som hade fler examensdiplom och var många kilo lättare.

– Ser jag okej ut i den här klänningen som du inte kan se?

– Är det Prada-klänningen som du skickade en länk till? BARRY? Ta av det där från korven. Tror du att du jobbar på en animeringsstudio? Det är klart att du ser bra ut. Problemet kommer att vara att du ser så bra ut att ingen så mycket som tittar åt någon annan.

– Knack knack! Får jag komma in i Batmangrottan? hördes Patricks halvsjungande röst genom dörren.

– Michelle, jag måste lägga på.

– Du har rätt, *du måste gå.*

Anna halvt skrattade, halvt suckade. – Kom in! ropade hon.

Det var ganska träffande att kalla hennes otroligt röriga lilla utrymme på andra våningen för en grotta.

Som föreläsare och expert på den bysantinska eran fanns det visst utrymme för henne att uppföra sig som en stereotyp galen professor. När det gällde städning drog hon nytta av det. Böcker var staplade ovanpå mappar som var staplade ovanpå ännu fler böcker. Men oredan var en förolämpning mot det förtjusande rummet, vilket gav Anna lite dåligt samvete.

Patrick höll till längre ner i korridoren och undervisade om ullhandel under Tudortiden. De hade börjat vid UCL ungefär samtidigt och delade en passion för sitt arbete, liksom en förmåga att skratta åt det och prata om något helt annat. Det var inte att underskatta i den akademiska världen. Många av deras kollegor var otroligt allvarliga. Det var något med att vara ”smartare” än majoriteten som kunde leda till en oförmåga att fungera i vardagen. De hade, som Patrick sa, hjärnor stora som planeter men kunde inte koka ett ägg.

Patrick började ofta sin dag med att leverera en kopp te till Anna. Han drack sin egen kopp sittande på en klarblå kontorsstol efter att först ha flyttat en hög med mappar, Annas jacka och diverse andra föremål ur vägen. Anna satt vanligtvis vid sitt skrivbord och tittade igenom sina mejl och skvallrade.

Han räckte Anna hennes kopp. – Ny klänning? sa han och såg henne ställa ifrån sig sitt te.

– Ja. Hon vände sig tillbaka igen och stod med händerna på höfterna och benen aningen isär, som om hon var en rörmokare på väg att berätta vad det skulle kosta att fixa en särskilt nyckfull varmvattensberedare.

– Till Theodorautställningen? Jag trodde inte att det projektet hade dragit igång ännu? tillade Patrick.

– Jag önskar att klänningen var till utställningen. Men nej, jag ska på en klassåterträff ikväll och jag är inte säker på att jag borde gå. Min skoltid var *molto horrifico*.

Han kisade. – Åh. Jag förstår. Så varför tänker du gå?

– Min vän sa att det skulle visa dem. Hon är galen, eller hur? Jag tror inte att jag kan göra det. Det är en dum plan. Förresten, kan du göra mig en tjänst och vattna Boris medan du sitter där? Anna nickade mot den stora, medfarna monsteran som stod på fönsterbrädet bredvid en grumlig flaska med vatten. – Det vore inte bra om jag spillde på min Prada.

Han hällde lydigt i lite gråaktig vätska i Boris jord.

Patrick hade rödbrunt hår, klippt i en mycket prydlig frisyr, och ett darrigt, undernärt utseende, som om han skalats fram ur ett hölje snarare än fötts. Han klädde sig i finstickade v-ringade tröjor och en senapsgul manchesterkavaj med skinnlappar på armbågarna. Han hävdade att det hade blivit så mycket av en akademikerkliché att det gått varvet runt och blivit originellt igen.

Nu tittade han upp på porträttet på Annas kontorsvägg. – Fråga dig själv det här: Vad skulle din hjältinna, kejsarinnan Theodora, ha gjort?

– Låtit slå ihjäl dem allesammans?

– Nöj dig med det näst bästa. Slå dem med häpnad, sa Patrick.

6

Anna stod framför en lapp som var uppsatt med häftmassa på väggen i trappan på en pub i östra London, ett ställe som helt klart inte hade blivit föremål för gentrifiering. Två alternativ stod utskrivna med Comic Sans.

Beths avskedsfest ->
<- Rise Park återträff

Fan, om hon ändå hade känt Beth. Det var ett ungdomligt namn, förmodligen skulle Beth ut och resa. Inifrån Beths fest hörde hon en väldigt dålig karaokeversion av Take Thats *Patience*.

Anna kände hur drinken som hon stärkt sig med tidigare gurglade surt i magen, och hon gick långsamt uppför de knarrande, nötta trappstegen och vidare längs den ovädrade korridoren till rätt dörr. Hon hade hjärtat i halsgropen på samma sätt som någon som gick genom spökhuset på ett nöjesfält, och hela kroppen var på helspänn. Hon svettades under chiffongtyget från Milano.

Ytterligare ett djupt andetag. Hon kom ihåg vad Michelle hade sagt, att det här var en styrkedemonstration. Hon öppnade dörren och klev in i rummet. Det var nästan tomt. Ett par personer som hon inte kände igen tittade bort mot henne och återgick sedan till sina samtal. När hon i tankarna gång på gång förberett sig för det här hade ett hav av bekanta ansikten vänts mot henne samtidigt som musiken tystnade tvärt. Men nej, ingenting.

De värsta av dem var inte ens här än, om de alls skulle dyka upp. Var hon lättad eller besviken? Konstigt nog båda delarna.

En sladdrig banderoll över baren tillkännagav att det här var en återträff: 16 ÅR SEDAN VI VAR 16!!!!! De många utropstecknen fick det att kännas som att någon med adhd skakade maracas i ansiktet på henne.

Anna skaffade sig ett glas fisljummet vitt vin och drog sig tillbaka till väggen på rummets vänstra sida. Hon bedömde att folk bara var en drink ifrån att börja mingla mer, och att någon då skulle komma fram till henne. Därför tänkte hon stjälpa i sig vinet och sticka. Hon hade stuckit in huvudet i lejonets gap. Det var gjort, och hon var värd extrapoäng för att hon klarat av det ensam. Hon var inte riktigt säker på varför det kändes så nödvändigt, men det gjorde det. Det var som när en actionhjälte morrade "Det här är något jag måste göra själv".

Det var en antiklimax, men det var väl knappast någon överraskning? Vad hade hon väntat sig, att alla skulle rada upp sig för att be om förlåtelse?

På väggen mittemot satt ett fotocollage uppsatt på stora färgglada pappersark med *Avgångsklassen -97* textat med barnslig handstil. Anna visste att hon inte fanns med där. Ingen skulle ha bett henne att tränga sig in – och tränga sig skulle hon verkligen ha behövt göra – för att komma med på någon av bilderna tagna med engångskameror.

Under fotona fanns ett buffébord med tvivelaktig plockmat som alla klokt nog undvek. När folk var fulla nog skulle ett par döda saker inbakade i smördeg antagligen försvinna, men grönsakstallriken var ren dekoration.

Lokalen fylldes sakta men säkert. Då och då fick hon syn på ett spöke från det förflutna – ingen särskilt framträdande, men åldrade versioner av ansikten som Anna vagt kände igen från grupper i matsalen, eller på skolgården, eller på idrottsplanen. Där var en halvviktig person: Becky Morris, en knubbig tjej som gjort Annas liv till ett helvete under tredje året. Hon såg fortfarande ut som en illvillig satmara, konstaterade Anna, bara tröttare.

Det var konstigt, men deras simpla vanlighet kändes förminskande snarare än triumferande.

Hur hade hon kunnat låta människor som de här göra henne så ledsen? Ondskans banalitet, trollkarlen bakom draperiet i Oz. Anna kände det som att hon bar en omvänd halloweenmask när hon var här som en av dem. Ett ordinärt ansikte som bakom fasaden dolde komiska fasor.

Vänta lite ... var det där ... Kunde det vara? NEJ. Jo. *Det var det.*

Tätt intill varandra i det bortre hörnet stod Lindsay Bright och Cara Taylor och tryckte. Det var så märkligt att se dem. Hon kände omedelbart igen dem, men livfullheten hon mindes hade sköljts bort, likt färgerna på bleknade fotografier.

Lindsays vanligtvis långa blonda hår var nu kortare och råttfärgat, med rötter som behövde blekas. Midjan var tjockare, även om hennes tajta klänning visade upp evighetslånga, fejkat solbrända ben. Tonåringens arrogans hade blivit till permanenta linjer, och det en gång vackra ansiktet såg nu oföränderligt bistert ut. Anna kunde blunda och se den forna Lindsay, som klädd i landhockeykjol tuggade Hubba Bubba med nonchalant, glamorös hotfullhet.

Caras mörka hår var kort, och den omisskännligt gula och glåmiga huden skvallrade om att rökstunderna bakom cykelskjulet fortsatt efter skolan. Hon brukade slå Anna på baksidan av benen med en linjal och kalla henne för lebba.

Så det här var alltså det avslöjande som skulle få henne att må bättre. De var inte skräckinjagande, glittrande isprinsessor längre, utan något slitna kvinnor i tidiga medelåldern som man inte skulle lägga märke till om de gick förbi en med en kundvagn i mataffären. Anna visste inte vad hon kände. Hon antog att hon hade rätt att känna skadeglädje, men det ville hon inte. Det förändrade inget.

De såg båda på Anna. Hennes hjärta bultade. Vad skulle hon säga till dem? Varför hade hon inte förberett något? Och vad sa man till sina före detta plågoandar? *Tänkte ni någonsin på mig? Skämdes ni någonsin? Hur kunde ni?*

Men hon möttes inte av något igenkännande tillbaka. Lindsays och Caras ögon gled bara förbi henne, och de fortsatte att småprata. Anna insåg att de förmodligen tittat på den enda andra uppklädda kvinnan i rummet.

Och sedan, allt eftersom tiden gick, insåg hon något annat. *Ingen* visste vem hon var. Det var därför de inte pratade med henne. Hon hade förändrats så mycket att hon var anonym. De tänkte inte ta risken att erkänna för henne att de hade glömt henne.

Dörren in till rummet öppnades igen. Två män kom in, och båda hade en min som visade att de ansåg att kavalleriet just anlänt, och att kavalleriet inte var särskilt imponerat.

När de vände sig mot henne upplevde hon ett av de där märkliga ögonblicken då luften försvinner, hjärtat dunkar hårt mot revbenen och alla ljud verkar oändligt avlägsna.

7

James var verkligen tvungen att fråga sig vilken sorts person han hade blivit som utsatte sig för det här bara för att vinna en mikroskopisk seger över Eva.

Fast i ett fönsterlöst rum på övervåningen av en sjabbig pub, där halvskrumpnade päronformade ballonger hängde här och där, som färgstarka testiklar. Som alltid när det handlade om påtvingad glättighet blev resultatet raka motsatsen till trevligt. Det satt en brunmålad strukturtapet nedanför bröstpanelen och det luktade gammalt nikotin från tiden före rökförbudet. Det här var den sortens pub han aldrig besökte.

Vid ena väggen stod ett bockbord med en pappersduk och därpå ett fat med små Babybelostar, skålar med chips och skrynkliga prinskorvar. För att väga upp någon slags näringsmässig kost fanns torra stavar av gurka, selleri och morot arrangerade runt skålar med färdigköpt guacamole, tuggummirosa taramosalata och lökdipp. Bara en galning skulle äta lökdipp på en social tillställning, tänkte James.

Rummet var inte fullt och människorna hade huvudsakligen delat upp sig i två grupper, män för sig och kvinnor för sig, som om de flyttats tillbaka till förpuberteten då man inte umgicks med det andra könet. Han kände igen många av männen. Deras ansiktsdrag hade blivit mindre skarpa, de smälte liksom bort och gled iväg. Hår hade migrerat söderut, från huvuden till hakor.

James kände en ilning av skadeglädje över att han fortfarande såg mer eller mindre likadan ut som han gjort när han var sexton, även om han var ett antal kilon tyngre. Alla hade gett honom snabba, hårda, utvärderande blickar och han visste varför. Om han hade gått ner sig skulle det ha varit kvällens samtalsämne.

Och haha – han hade hälsat på Lindsay Bright vid baren och hon hade uttryckligen ignorerat honom! Hon var visserligen en typ före detta flickvän, men hon kunde väl inte fortfarande vara sur över saker som hänt för sjutton år sedan? De hade kunnat ha ett barn som gick på gymnasiet vid det här laget. Hemska tanke.

Laurence, som återvände med två Fosters, nickade bakåt mot Lindsay. – Jösses, hon har inte precis åldrats som ett fint vin, muttrade han. Bara läppar och rumpa nu, som en billig hamburgare. Synd.

– Kan vi gå? frågade James lågt. Förbannade Laurence och hans förbannade idéer för att få kvinnor. Det här var dessutom kvinnor som han redan hade träffat. – Jag tror inte att det finns någon här till dig.

– Ja ... Nej. Vänta. Herregud. Vem fan är det där?

James följde Laurences blick och fick syn på en kvinna som stod för sig själv. Han insåg att han inte noterat henne tidigare, men det var inte för att hon inte var värd att noteras. Hon var mörk – svart hår, olivfärgad hy, svarta kläder – och försvann mot bakgrunden som en skugga.

Den mystiska kvinnan var uppklädd i något som påminde honom lite om en *Eastenders*-karaktär som firade sin skilsmässa. Han föreställde sig hur Eva sa till honom att den manliga hjärnan var för primitiv för att uppskatta den klänningen.

Kvinnan utstrålade en sorts skönhet som hörde hemma i en europeisk konstfilm eller i en annons för espressomaskiner. Långa ögonfransar, lätt melankoliska bruna ögon, kraftiga ögonbryn som kalligrafistreck dragna med en reservoarpenna, stor knut av becksvart hår löst uppsatt på huvudet. På det stora hela var hon inte direkt hans typ, men han kunde definitivt se lockelsen, särskilt i den här enformiga omgivningen.

– Vi *måste* gå och säga hej. Jag skäms över att hon säkert kom som utbytesstudent utan att vi introducerade vårt lands sedvänjor för henne, sa Laurence.

– Du inser väl att du börjar komma upp i en ålder då det här är groteskt?

– Är du inte det minsta lilla nyfiken på vem hon är?

James kastade en blick på henne igen. Kroppsspråket signalerade att hon verkligen ville bli lämnad i fred. Armen som höll i glaset var hårt pressad mot kroppen. Det var en gåta vem hon var och varför hon hade kommit hit. Om James varit ensam skulle han kanske ha gått fram till henne, med tanke på att hon var det enda som var det minsta intressant i rummet. Men han ville inte behöva bevittna Laurences försök att förföra henne.

– Jag vet vem hon är. Hon är gift med killen som kommer att klippa till dig om ungefär en kvart, sa han tvärt.

– Tror du att hon är här med någon? frågade Laurence.

– Det är klart att hon är.

James visste utan tvekan att den här kvinnan var en exotisk främling. Hon hade inte gått på hans skola. Det fanns inte en chans att hans tonårslibido skulle ha missat någon som var av det minsta intresse. Hon var uppenbarligen någons hustru som motvilligt släpats hit för att visas upp. Och det var tydligt att kvinnorna i rummet kände henne, vilket stärkte hans teori.

– Oavsett om hon är gift eller inte så är hon supervacker.

– Hon är inte så snygg och inte min typ, sa han kort i förhoppning om att få tyst på Laurence. Medan James talade kastade den mystiska kvinnan en blick på dem. Hon drack upp det sista av sitt vin och hängde handväskan på axeln.

– Helvete, tänker Penélope Cruz gå? Jag måste lägga in en stöt, sa Laurence.

8

När hon var tjugo någonting hade Anna ibland fantiserat om att springa på James Fraser igen, och hon hade i tankarna konstruerat noga genomtänkta sätt att förödmjuka honom verbalt. Bittra skoningslösa redogörelser inför hans fru och barn och kollegor om vilket ondskefullt, egenkärt svin han var, som vanligtvis slutade med att alla applåderade.

Nu var han här. Mannen i fråga. Där borta.

Anna kunde gå bort och säga vad hon ville till honom. Och det enda hon tänkte var: Jag vill aldrig befinna mig i samma rum som du igen.

Han såg fortfarande bra ut, det fick hon ge honom. Samma svarta hår, nu stilfullt rufsigt istället för den där mittbenan med två hårgardiner som alla killar haft på nittiotalet. Den perfekta käklinjen var lika skarp som alltid, och hjärtat förmodligen lika hårt. Han var snygg på ett sätt som påminde om modellen i en reklamfilm för vattenfilter, ett utseende som inte alls var hennes grej nu.

Han var typiskt trendigt klädd för någon som var drygt trettio: rutig skjorta knäppt hela vägen upp, grå kofta och ökenkängor. Varför var det så inne att klä sig som en gammal gubbe nuförtiden? Anna hade ett ganska gubbigt jobb, men hon gick inte runt i ortopediska sandaler för det.

Det ungdomliga flinet hade ersatts av en djupt rotad min av avsmak. Precis som hon väntat sig betraktade han sällskapet med ansiktsuttrycket hos en medlem av kungafamiljen som förevisades en hink med matavfall på ett snabbmatsställe. Varför nedlåta sig till att komma om han ansåg sig stå så mycket över alla andra? Kanske ville han försäkra sig om att han fortfarande var herre på täppan.

Och herregud, han hängde fortfarande med den där gänglige Laurence, hovnarr åt kung James. Lakoniske Laurence, som en gång hade avfyrat maskingevärslika salvor av förolämpningar mot henne. Hon kände hur de fick syn på henne. Men till skillnad från alla andra flyttade de inte blickarna vidare. Faktum var att när hon tog risken att se åt deras håll fick hon ett distinkt intryck av att de pratade om henne.

En förlägen värme började pirra uppför nacken, som en krypande skam. Hade de känt igen henne ...?

Tanken fick det att svida till i magen och hennes händer började darra. Plötsligt var det som att hon var naken mitt i en folksamling, som att en ångestfylld mardröm hade blivit verklighet.

Och i exakt det ögonblicket kunde hon utan problem läsa på James Frasers läppar vad han sa. – *Inte så snygg och inte min typ.*

Otroligt. Hon hade kommit så här långt, och han tyckte fortfarande inte att hon var bra nog. Men den här gången kunde han dra åt helvete.

Hon drack upp vinet och gick mot dörren. Hon hejdades av Laurence som klev ut rakt framför henne.

– Säg inte att du ska gå? sa han.

– Öh ... Ännu en gång kände sig Anna mållös. – Jo.

– Du kan väl åtminstone stilla vår nyfikenhet och berätta vem du är? Min vän och jag har varit fullkomligt *förbryllade.*

Laurence skälmska betoning av det sista ordet gjorde klart att det här var ett raggningsförsök.

Anna sneglade bort mot James, som inte såg ut att vilja prata med henne alls.

– Anna, sa hon dumt medan hon frenetiskt försökte komma fram till hur hon skulle hantera situationen.

Hon visste vad som skulle hända härnäst om hon var ärlig. Han skulle flämta till av misstrogenhet och säga några nedlåtande, lismande saker om hur fantastisk hon såg ut. Sedan skulle han ropa till sig de andra. *Hallå allihop, det här är Aureliana! Kommer ni ihåg henne?* Som om hon var så korkad att hon inte kunde uppfatta undertonen av *För helvete, hur gick det här till?* Och hon skulle känna sig som ett djur på ett zoo. De hade alltid behandlat henne som en helt egen art. Hon borde aldrig ha kommit.

– Anna? Anna ...? Laurence skakade på huvudet och väntade på efternamnet.

Som på beställning dök ett par magiska ord skrivna med Comic Sans upp i hennes huvud.

– Jag skulle till Beths avskedsfest vägg i vägg. Jag var inte säker på om det här var rätt ställe, jag känner inte många av de andra gästerna. Jag tänkte dricka upp mitt vin och smita ut innan någon märkte något.

Ett vargliknande flin spred sig över Laurences ansikte och hon såg att han var förtjust över att ha lyckats inleda ett samtal.

– Du tog inte banderollen om återträffen som en vink?

– Jag ... Jag brukar använda glasögon i vanliga fall, orden var helt suddiga.

– Du har just avgjort ett vad, sa Laurence. Du hade rätt! ropade han åt James. Hon är inte från Rise Park. Vi var överens om att vi skulle ha kommit ihåg dig i så fall.

Och innan Anna kunde hejda honom vinkade han åt James Fraser att göra dem sällskap.

9

– James, det här är Anna. Anna, James.

– Hej. James skakade hennes hand, som var kall och lite fuktig. Hon gav honom en blick som var intensiv och outgrundlig på samma gång.

– Anna här skulle egentligen vara på Beths avskedsfest i rummet intill. Men som tur är för oss hamnade hon här av misstag.

Anna verkade inte helt bekväm, och James försökte signalera med ögonen att han varken uppmuntrade eller tolererade Loz försök att stöta på henne.

– Vem är Beth och vart ska hon bege sig? frågade Laurence.

– Öh. Hon är min kusin, sa Anna.

– Och ...? Laurence gjorde en cirkulerande rörelse med handen för att få henne att berätta mer.

– Och ... Hon såg sig om i rummet, som om hon letade efter en flyktväg. – Hon jobbar på Specsavers. Hon ska resa omkring i Australien. Flyger till Perth.

Stackars Anna ville uppenbarligen inget hellre än att sticka iväg till Beth på Specsavers karaokefest. James önskade verkligen att han hade påmint Laurence om att det sällan var en bra idé att gå fram och presentera sig för sensuella främlingar. Inte för att det skulle ha stoppat honom visserligen.

– Vänta lite. Menar du att du kom hit utan dina glasögon, men att du *skulle* ha gått till en glasögonförsäljare? Laurence flabbade.

Anna väntade på att han skulle skratta klart. James himlade med ögonen och hoppades att det framstod som en tyst ursäkt.

– Hur som helst. Australien! sa Laurence. Jag har alltid gillat den australiensiska vildmarken. James här säger att Australien är ett resmål för tråkiga, okultiverade ölpimplare, men jag håller inte med.

Så du är den hygglige och jag den dryge nu? Din jävla ... James tänkte säga Laurence ett och annat när de gått härifrån, och allt skulle inte vara barntillåtet.

– Det stämmer inte riktigt, sa James.

Anna såg på honom med begynnande fientlighet.

– James jobbar på en digitalbyrå, massor av viktiga kunder. Och jag är försäljare inom läkemedelsindustrin. Så om du har slut på Anusol är jag mannen för dig.

– Loz, vad sägs om att vi låter Anna gå till rätt fest? sa James. Han hoppades framstå i bättre dager och samtidigt sätta stopp för pratet om hemorrojder. Hon rynkade pannan, som om han försökte bli av med henne.

– Jag har en bättre idé. Med tanke på att stämningen på den här återträffen påminner om ett gäng kväkares syjunta kan du väl smuggla in oss till Beths fest? Vi kan köpa drinkar åt dig som tack.

– Loz! protesterade James skarpt och skruvade generat på sig.

– Jag tror att Beth kanske skulle ha något emot det, sa Anna.

– Nej då. Det låter som att de sjunger karaoke där inne. Jag gör en grym *Summer of 69*. Kom igen. Det vore väl kul?

– Nej, sa Anna med ett leende. Hej då.

Hon gled ut genom dörren och Loz visslade lågt. – Där kom jag inte långt.

– Du kan inte försöka övertala en kvinna som du aldrig har träffat förut till att dricka med dig och sedan bli förvånad över att hon använder sin fria vilja till att be dig dra åt helvete, sa James och skakade på huvudet.

Laurence såg mot dörren, som om Anna kanske skulle komma tillbaka.

– Tror du att det där var en vink om att vi skulle följa efter henne?

– Nej, Loz. Kan vi gå nu?

Laurence ryckte på axlarna, blickade ut över rummet och svepte det sista av sin öl.

Några minuter senare, medan de stod på trottoaren utanför och diskuterade om de skulle dricka mer öl eller äta kebab, stötte Laurence till James arm och pekade ivrigt nerför gatan.

Där, några meter längre bort, höll den mystiska Anna på att kliva in i en taxi.

– Är det sant? Den lögnaktiga ...

– Haha! James gillade hennes stil.

– Om hon inte skulle till den där avskedsfesten, vad gjorde hon då på vår återträff?

– Hon blev kanske så deprimerad av att ha träffat dig att hon inte stod ut med att stanna kvar och umgås? föreslog James.

– Nej. Det här är verkligen konstigt. Hon gick kanske faktiskt på vår skola utan att vilja säga det.

De såg taxin svänga runt hörnet och började sedan gå nerför gatan i kylan, med hakorna pressade mot jackkragarna.

– Kommer du ihåg några tjejer som såg ut att komma från Spanien på vår skola? frågade James.

– Nej. Vet du, det var något konstigt med hela hennes historia. Man skulle behöva vara Stevie Wonder för att inte kunna läsa en så stor banderoll.

– Okej, vad tror du om den här förklaringen? Hon jobbar som spion och någon från vår skola är en misstänkt terrorist. Personen i fråga har gått upp i rök, och hela den här återträffen var en fälla iscensatt av den brittiska underrättelsetjänsten. Anna är deras toppagent, tillfälligt inlånad från Barcelona. Men de glömde några viktiga detaljer – du måste se ut som att du äter regelbundet på McDonald's och röker tjugo cigg om dagen för att du ska kunna tas för en före detta Rise Park-elev.

James sneglade på Laurence och började sedan skratta.

– Vad är det? sa Loz.

– Bara det faktum att du faktiskt övervägde det där som mer sannolikt än att en attraktiv kvinna inte ville prata med dig.

10

– Hur gick det på återträffen? frågade Patrick medan Anna ställde ner en kopp te på hans skrivbord.

Patricks kontor var lika kliniskt prydligt som hans eget yttre, och till skillnad från Anna använde han inte stolar till att förvara sådant som inte fick plats i överfulla bokhyllor.

– Det var ... märkligt.

Anna var på väg att säga att ingen hade känt igen henne, men hon insåg att det skulle öppna för fler frågor än hon var beredd att besvara.

– Du sprang inte på några gamla flirtar?

Patrick var en ”inbiten” (läs: uppgiven) ungkarl. Hans rädsla för att Anna kanske skulle lämna singelklubben genom att träffa någon kunde bara mäta sig med hennes lika stora övertygelse om att det aldrig skulle hända. Hon drack av sitt eget te.

– Du måste skämta. Jag hade inga flirtar på Rise Park. Hon ville prata om något annat. – Hur går det med gillet?

– Bra tack. Vi ägnade helgen åt att disciplinera egensinniga danska tonårstrollkarlar och tog oss enkelt igenom den pågående vågen av räder.

– Ungefär som här då. Är du fortfarande en panda?

Patrick visste att han alltid kunde prata om sin hobby med Anna utan att riskera att bli dömd. Hon spelade visserligen inte själv, men det fanns en solidaritet nördar emellan.

– I Pandaria. Men det är bara tillfälligt. Jag brukade vara en kvinnlig orc. En shaman.

– Åh.

Patrick var huvudsakligen inne på vad Anna hade lärt sig att kalla onlinerollspel, som World of Warcraft. Han försökte alltid övertala Anna att ge det en chans, men hon var tveksam, särskilt när hon fick veta att han bar headset.

– Men på det stora hela är du alltså glad att du gick på återträffen? frågade Patrick.

Anna funderade. Hon kände sig mest av allt förbryllad. – Man kan säga att det var en nyttig påminnelse om allt och alla som jag inte behöver stå ut med längre. Det var som en vaccination, en rejäl dos aversionsterapi rakt i skinkan. Efter det uppskattar jag varenda liten detalj med mitt jobb.

Hon log brett och Patrick log tillbaka på samma gång.

– Tyvärr har jag ett gäng förstaårsstudenter klockan tio. Försök att hitta något att uppskatta hos dem om du kan, sa Patrick. Jag tror att det här är den värsta kullen hittills.

– Det säger vi varje år.

– Jag vet, jag vet ... men var vi någonsin så hopplösa?

– Eftersom vi slutade som galna gamla föreläsare är vi knappast representativa.

– Antagligen inte. Han stjälpte i sig sitt te. – Jag hade en student i förra veckan som satt där och sa att ”Henrik VIII var fantastisk, helt enkelt fantastisk”. Som att man kan välja att hoppa över kurslitteraturen och bara plocka fram hejarklackuniformen istället. Och jag sa ”Fantastisk på vilket sätt?” och han sa – Patrick härmade ett nollställt, stenat ansikte – ”Bara ... fantastisk.” Dra något gammalt över dig, Simon Schama, det här är framtidens historiker. En annan av dem trodde att den fiskala situationen hade något med fisk att göra. De borde ha ett teveprogram tillsammans – *Bill och Teds galna historiska äventyr.*

Anna skrattade. – Jag är rädd att jag inte kan hålla med. Mina förstaårsstudenter är riktiga arbetsmyror. Dessutom drar projektet med Theodorautställningen igång på riktigt den här veckan.

– Bra jobbat. Jag längtar efter att få se utställningen. Det här är en fjäder i hatten för dig i Challis ögon också.

– Jag hoppas det. Victoria Challis var deras prefekt. Hon hade inte direkt någon varm och inbjudande personlighet. Vad hon däremot hade var kontroll över forskningsfonder och befordringar.

– Lunch senare? undrade Patrick.

– Ja! Jag bjuder. Det kommer att distrahera mig från det faktum att jag måste hjälpa min syster med hennes bröllopsförberedelser ikväll. Anna plockade upp en mapp som låg ovanpå Patricks arkivskåp och slog den lätt mot sin panna.

– Aha. Ska ni välja blommor och provsmaka olika tårtor och så?

– Hon letar efter en brudklänning – nej, NEJ, säg inget, avbröt hon sig och höll upp ett finger för att tysta Patrick, som plötsligt såg sentimental ut. Det är rörande men också störande. Om Aggy hittar en vräkig klänning måste jag följa samma pråliga tema som brudtärna. Jag kommer att få ha en orange eller kanariegul klänning i vattrat siden med zebramönstrade pälsdetaljer. Min systers smak är väldigt ”Miami”. Hon har redan pratat om att hon såg något hon gillade på bilderna från Ashley och Cheryl Coles bröllop. Med tanke på att de har skilt sig skulle det till och med kunna vara den äkta varan som hon köpt på eBay.

– Åh. Men du skulle se fantastisk ut i en sopsäck.

Anna gjorde en grimas. – Tack. Vi ses senare.

Patrick log ett strålande leende och vinkade lite när hon lämnade rummet.

När hon återvänt till sin dator och öppnat upp mejlen såg Anna ett obekant namn i inkorgen. Hon insåg att det var Neil som hon träffat i fredags. Av det hon kunde läsa i förhandsvisningsfönstret att döma var mejlet betydligt längre än det behövde vara – det innehöll ordet ”älskare”. Och en smiley. För helvete.

Hon öppnade det, och medan hon läste började hon koka av irritation.

Hej Anna!

Jag är ledsen att du inte tyckte att vi ”klickade” under vår dejt. Jag hade väldigt trevligt. Om jag får lov att ge dig lite feedback tror jag att du kanske skulle ha lättare att ”klicka” med någon om du var lite mer öppen. Jag tyckte att det var svårt att ha ett riktigt samtal med dig, och vi pratade mest om ytliga saker. Faktum är att jag fick ett intryck av att du tyckte att ärlighet var direkt obehagligt. Jag letar efter mer självförtroende än så hos mina älskare. Och rent generellt är jag trött på kvinnor över trettio som påstår att de vill träffa en man och sedan spelar svårfångade när de väl vet att han är intresserad. Tjafs av det slaget är inget för den som har lämnat ungdomsåren bakom sig. ☺

Med detta sagt är jag emellertid beredd att försöka med en andra dejt om du lyckas övertyga mig om att det är värt besväret.

Vänliga hälsningar
Neil

Anna kämpade mot frestelsen att formulera ett svidande genmäle. Hon borde låta bli. Äh, åt helvete med alltsammans. Hon tryckte på svara.

Hej Neil!

Jag spelar inget spel, jag vill helt enkelt inte träffas igen. Du kanske skulle lyckas bättre om du inte drog den sortens arroganta och egoistiska slutsatser om kvinnor du inte känner. Eller kom med oartiga kommentarer om deras ålder. Eller frågade ut dem om deras sexuella preferenser efter en halvtimmes konversation.

Vänliga hälsningar
Anna

Hon tryckte på skicka, och drack argt en klunk av sitt kallnande te.

Nätdejting kunde förvandla den mest romantiska person till en härdad cyniker. Var det inte meningen att internet skulle öppna för en ny era av enkelhet och demokrati när det gällde sådana här saker? Istället blev poängtavlorna och spelets vinnare och förlorare bara mer uttalade än någonsin.

Den bistra verkligheten var att man kunde se att personen som inte svarat på ens flera dagar gamla meddelande hade loggat in för bara ett par timmar sedan. Eller upptäcka att den spännande entreprenören som sagt att han skulle flytta till Amsterdam och därför tyvärr inte kunde gå på en dejt i allra högsta grad verkade befinna sig i Storbritannien, tillgänglig för andra kvinnor.

Man kunde konstatera att även om många hävdade att de letade efter någon att ha fascinerande konversationer med så var sidans mest populära personer av båda könen alltid iögonfallande vackra. Det handlade verkligen om att ställa frågan ”Är jag snygg eller inte?”, med lite extra dravel tillagt om att du gillade jordnötssmör och den svala sidan av kudden.

Och män hade fortfarande en tendens att dejta kvinnor som var fem år yngre än de själva.

Vissa föreställde sig att Anna höll auditioner av något slag, att hon gillade att testa sitt marknadsvärde. Eller att livet var som en Nora Ephron-film och att världen var full av potentiella partners att springa på medan man bar på en brun papperspåse med en uppstickande baguette.

Men Anna letade efter en själsfrände som förmodligen inte existerade, på ett ställe där han nästan säkert inte fanns.

Välmenande människor sa: ”Du är den sista person man tror ska vara singel! Det är uppochnervända världen!”

Anna kunde inte hålla med om det. För henne hade världen alltid varit sådan här.

11

Det fanns egentligen inte något konventionellt sätt att uttrycka den fysiska förändring som Anna hade genomgått. Om hon sa något försiktigt som *Jag brukade vara större* eller *Jag blommade inte upp förrän efter universitetet* eller *Jag var något av en ful ankunge* nickade folk och sa *Åh, jag med, jag fann mig inte tillrätta i min kropp förrän jag var runt tjugofem*, eller något liknande.

Men att börja se ut som en helt annan person, någon med radikalt annorlunda genetiska förutsättningar? *Det* var så sällsynt att det vanligtvis bara förekom som ett montage i sockersöta filmer. Spensliga supermodeller ”förklädda” i overall, redo att ta av sig glasögonen och släppa ut de stora blanka lockarna.

Anna hade inte varit ett alldagligt barn. Alldaglig signalerade någon som inte utmärkte sig, någon genomsnittlig som det vore lätt att missa. Hon hade varit väldigt iögonfallande. Kombinationen av hennes storlek, den oljiga hyn, tandställningen, den ohanterliga moppen av lockigt svart hår som skulle ha passat en hårdrockssångare och hemmasydda kläder i extra stora storlekar (hon hade kommit att hata sin mammas Singersymaskin) fick henne onekligen att sticka ut.

Att se någon glamorös potential i hennes framtid vore ett tecken på blind optimism, med betoning på blind. Anna var, som hennes klasskamrater på Rise Park ofta påminde henne, tjock och ful.

Hon hade gjort sig av med övervikten när hon var tjugotvå. Det kändes rätt att prata om det så, istället för att bara säga att hon gått ner i vikt, eftersom hennes storlek hade blivit något så konkret.

Anna var en Stor Tjej. Detta faktum följde med henne överallt och definierade henne. Det var bördan hon alltid bar med sig, och den gjorde henne extra tung.

Förändringsprocessen hade börjat med en enkel tanke som fötts när hon inte långt efter att hon påbörjat sin doktorandutbildning kommit hem i tårar på grund av att någon i en vit skåpbil hånfullt ropat: ”Hallå Ozzy Osbourne, har du käkat upp alla fladdermöss?”

Hon var intelligent och kompetent, och hon skötte andra delar av sitt liv på ett rationellt och framgångsrikt sätt. Varför var det då så omöjligt för henne att justera förhållandet mellan hur många kalorier hon åt och hur många hon förbrände så att hon fick en normal BMI?

När Anna väl blev fullt medveten om det faktum att hon var större än andra flickor verkade det, precis som för många människor som varit överviktiga som barn, vara ett obestridligt faktum.

Hennes lillasyster Aggy var ett pinnsmalt energiknippe, precis som deras mamma. Anna var byggd som sin far, det sa alla. Deras pappa Oliviero var en stereotypt korpulent italiensk familjefar med kraftig mustasch. Reklammakare skulle ha kunnat använda honom för att sälja olivolja.

Annas mamma hade lagat maträtter från hans hemtrakter i enorma portioner som en kompensation för att han inte befann sig i sitt soliga fädernesland, trots att han flyttat frivilligt 1973. Även om han älskade Toscana och ofta klagade på London hade han aldrig uttryckt någon allvarlig önskan om att återvända.

Hon skämde bort Anna och hennes syster på samma sätt, och de lyckades kombinera de mest fettrika delarna av två kök. Ost, pasta och ragu som en påminnelse om deras italienska rötter, klarorange kycklingbitar och pommes frites från Barking där de växte upp. Plus cassataglass från Somerfield som en symbolisk kombination av bägge världarna.

När Anna var tio vägde hon sextiotre kilo.

Att gå ner i vikt var ofattbart enkelt och psykologiskt komplicerat på en och samma gång. Att äta en hel tiramisu från Marks & Spencers i ett svep var inte hennes belöning för att hon förvisats från de normalstora människornas värld utan det som höll henne kvar i exilen, insåg Anna. Hon bytte ut de stabbiga kalorierna mot fisk och sallad, och började jogga i fladdriga gamla träningsbyxor.

Och hon gick med i Viktväktarna. Inte för att hon räknade med att uppnå något resultat utan för att pröva hypotesen att hon var naturligt bastant. Om det inte fungerade kunde hon stryka ”att bli smal” från sin att göra-lista.

När hon tappade först några kilon och sedan ännu fler rann hennes tidigare identitet av henne och något konstigt inträffade. Hon upptäckte att hon var söt. Möjligheten hade aldrig föresvävat henne, och hon var ganska säker på att den aldrig föresvävat någon annan heller.

Tidigare hade de uttrycksfulla mörka ögonen, den fina näsan och munnen med den ironiskt roade amorbågen varit helt inbäddade i ett kuddliknande ansikte, som russin i en deg. Men när kindbenen framträdde skarpare visade det sig att hennes vaga drag istället var konventionellt attraktiva.

– Aureliana ser ut som en skådespelerska! utbrast hennes moster förtjust den första annandag jul som Anna inte tävlade med sin morbror Ted om vem som kunde äta flest potatisklyftor. När hon klistrade på ett darrigt leende och sedan sprang iväg för att gråta var det för en gångs skull av glädje.

Inledningsvis var det ingen ände på undren. Anna lärde sig att det fanns en hel hemlig värld av kodade blickar och beteenden från det motsatta könets sida som hon aldrig känt till förut. Det var som att gå med i Frimurarna, fast med rumpnyp istället för hemliga handslag.

Till och med nu, tio år senare, var det något hon var tvungen att påminna sig om när en student satt aningen för nära medan hon tittade igenom hans arbete eller när hon fick hela sitt förmånskort fullt med stämplar efter att ha köpt en enda kaffe. *Han flirtar med dig.*

En del större personer kunde aldrig vänja sig vid att de gått ner i vikt, de fortsatte att välja byxor i jättestorlekar och var halvvägs till kassan innan de insåg att de inte var breda som dörrar längre.

Anna led av samma tillkortakommande. Hon kunde inte vänja sig vid att anses vara attraktiv. ”Vacker och osäker, en mansgris dröm”, som Michelle sa.

Efter att ha utgått ifrån att de enda män hon någonsin skulle kunna välja bland var allvarliga ynglingar av det slag hon dejtat i Cambridge, män med skyhög IQ, buttra miner och välstrukna skjortor, hade portarna plötsligt slagits upp till en hel värld av andra möjligheter.

Så vad ville hon ha? Det visade sig att hon inte visste det.

Till en början hade hon, av lojalitet och under viss förvirring, dejtat samma sorts tystlåtna, studieinriktade män som tidigare, då hon var större. Dessa misslyckade försök följde ett mönster. Först blev hon dyrkad som en gudinna, som om de inte kunde tro att de haft en sådan tur. Så småningom kom de fram till att de definitivt inte kunde tro det, och relationen som undergrävts av misstankar kollapsade under deras extrema kontrollbehov.

Anna hade varit fullständigt trogen mot klipska Joseph, hennes hittills enda långvariga pojkvän, som förstod hur jetdrift fungerade men inte hur det var möjligt för Anna att gå ut en kväll utan att vara på jakt efter hans efterträdare.

Och för snygga, självsäkra män som letade efter kvinnor som matchade dem var Anna för ironisk, för medveten om deras strategier för att passa som partner. Hon reste borst vid minsta tecken på att det var hennes utseende snarare än hennes hjärna som hade väckt deras intresse, och det visade hon genom att bli lättretat defensiv.

Det fanns en del negativa konsekvenser när det gällde umgänget med andra kvinnor också. Det fanns regler för hur man skulle uppföra sig när man var ”snygg”, och dessa lärde hon sig mycket sent.

När tecknen på avundsjuka dök upp kände hon inte igen dem, och hon visste inte att hon borde släta över det genom att säga något förringande om sig själv. Hon deltog inte när andra kvinnor entusiastiskt räknade upp sina fel, vilket vid ett par tillfällen hade tolkats som att hon inte ansåg att hon hade några. Anna hade aldrig behövt räkna upp sina brister, eftersom det alltid gjorts åt henne.

Precis som tidigare kände hon aldrig att hon *passade in.*

Anna var ovanlig, ett undantag, och därför verkade det omöjligt för henne att hitta det som folk så bekymmerslöst kallade en ”bättre hälft”, någon hon passade ihop med.

Det var ingen slump att hennes bästa vänner var Michelle och Daniel, två personer som inte brydde sig om folks utseenden.

Och trots att Anna definitivt inte ville låta sig definieras av de där hemska åren kände hon sig fortfarande mer som flickan som kallats ett monster än kvinnan som män visslade efter.

12

James visste att räkenskapens stund skulle komma förr eller senare och det gjorde den också, klockan elva på förmiddagen, efter att Spandau Ballets största hits hade fått honom att känna sig helt tom.

– Hör ni, jag vill bara bekräfta att alla fortfarande är på för det stora firandet av företagets femårsdag. Jag mejlar snart ut fler detaljer, sa Harris till rummet. Han var klädd i sin ironiska t-shirt med texten BOB MARLEY under en bild av Jimi Hendrix, och ett par rutiga stuprörsbyxor. – Okej allesammans?

James hade redan övervägt de olika alternativen. Han kunde försöka vinna tid och helt enkelt säga att han och Eva fortfarande tänkte komma.

Men depositionsavgiften var hundra pund. Han skulle behöva en förklaring till varför Eva inte dök upp. Något med magen, eller en familjekris. James skulle få dra den sortens lögner som man trasslade in sig i tills man snubblade och föll i golvet med ansiktet före.

Hittills hade han helt enkelt låtit bli att berätta att han och Eva gått skilda vägar, och han hade navigerat en semantisk slalombana när någon frågade vad han gjort i helgen.

Det här skulle kräva faktiska lögner – läkarbesök och icke-avbokningsbara flyg till Stockholm och att minnas vem som gjort vad och vem han berättat det för. Och när sanningen om hennes frånvaro till slut uppdagades skulle de tänka tillbaka och lista ut hur det låg till. Han kunde föreställa sig hur Harris, klädd i ett av sina färgglada linnen, höll upp handen och sa: ”Alltså, var det *därför* hon inte kom på femårsfirandet? Jag tänkte väl att det där med den cancersjuke brorsonen bara var skitsnack.”

De skulle tycka ännu mer synd om honom, och samtidigt känna förakt. Det var illa nog att de måste få reda på det: James stod inte ut med att de skulle veta att det gjorde honom något att de visste.

– Öh. Faktum är att du kan stryka min gäst. Det är slut mellan Eva och mig.

Harris stirrade på honom. Ramona tappade hakan nästan ända ner till sitt MONA-plasthalsband från Tatty Devine. En tystnad lade sig över rummet, interpunkterad av gnisslet från ett halvdussin stolar som vändes mot honom på samma gång. Lexie, den söta nya copywritern, flämtade till. Charlie, som fortfarande klädde sig som om han just lämnat skejtparken och som var den enda andra gifta personen på kontoret, mumlade något om *ledsen kompis.*

– Allvarligt? undrade Ramona, alltid redo att säga fel sak.

Nej, hon dansade iväg i clownskor medan hon sprutade vaniljsås på mig. – Allvarligt.

– Varför ...?

James uppbådade varenda gnutta nonchalans han inte kände. – Det fungerade inte. Vi är inte direkt osams, det är okej.

Han anade hur gärna Ramona ville fråga vem som dumpat vem, men det var väl krasst till och med för henne. För tillfället åtminstone.

– Okej ... Då kommer du alltså ensam? sa Harris.

James brottades med stigmat att vara en *frånskild förlorare.* Men bara i ett par sekunder. – Jag tänkte faktiskt ta med någon annan. Om det är okej?

Ramona tappade hakan igen. – Någon ...? Finns det redan någon annan? Åh, var det därför ...

Han kände att det varit helt och hållet rätt av honom att inte berätta sanningen. Det här var plågsamt. – Det hjälpte knappast, sa han bryskt, som en hjärtekrossare.

James vände sig mot sin skärm igen och gratulerade sig till ett utfört, om än inte väl utfört, jobb. Han skulle ta god tid på sig när han hämtade sin lunchmacka så att analyserandet var överstökat när han kom tillbaka.

Allt han behövde inför festen var alltså en flickvän för en kväll. Det lät som något Laurence kunde hjälpa till med.

13

– Välkomna till Törnrosa. Jag heter Sue och jag kan göra verklighet av era sagodrömmar, kvittrade butiksinnehavaren, vilket Anna tyckte var en ganska vansinnig sak att säga. Hade inte Törnrosa tillbringat ett sekel i koma?

Sue såg ut som en mindre framträdande parlamentsledamot i dräkt och pärlor, och Anna gissade att hon fokuserade hårt på att sälja, trots all den fluffiga gulligheten runt omkring dem.

Aggys ögon lyste i kapp med deras mammas, och Anna visste att hon var den enda cynikern i sällskapet. Det här var en förtrollad plats för alla som ville se ut som en Oscarsnominerad skådespelerska när de skred fram mot altaret.

Salongen var mjukt upplyst av persikofärgade lampor. Där fanns en djup, oklanderligt ren gräddfärgad ryamatta, lavendelblå tapeter med ett mönster av trollsländor och stora ovala rokokospeglar av det slag som onda drottningar rådfrågade.

Luften var tung av den söta doften av fresia, som en sövande kärleksgas av något slag. Michael Bublé hördes från dolda högtalare, säkerligen en subliminal hypnotiseringsteknik.

Ge mig ditt hjärta, ge mig din hand ... och numret på framsidan av kortet ... och giltighetstiden, baby.

Det fanns rader av pompösa klänningar, stela och utstickande med nät och turnyrer och snörkorsetter som såg ut att höra hemma på en aristokrat före den franska revolutionen.

Törnrosa hade lika gärna kunnat heta *Allt eller inget*. Butiken triggade Disneyfantasier på ett närmast pavlovskt sätt, i en värld där det magiska trollspöet var ett Visakort.

Blivande brudar försvann genom ett pärldraperi in till ett provrum och skred sedan ut igen, förvandlade. Anna kunde inte föreställa sig att orden "något enkelt och avskalat" någonsin yttrades här.

– Detta måste vara bruden, sa Sue till Aggy. Jag kan se att du kommer att passa i allt. Vissa unga kvinnor är helt enkelt som gjorda för att stå brud. Och du är en klassisk storlek trettiosex – när det gäller stil kan du välja och vraka.

Det kliade i Anna av längtan efter att fråga vad som hände med de kunder som inte var unga och smala. Sålde hon inte till dem?

Aggy bubblade nästan av förtjusning över smickret. Rent fysiskt var Aggy en kantigare och kortare version av sin syster, men vad hon saknade i längd och bredd kompenserade hon för genom sin ljudnivå.

Aggy jobbade med PR, framförallt eventplanering, och hon var extremt väl lämpad för sitt jobb. Hon hade organiserat saker och ting som hon ville ha dem sedan hon var mycket liten, och hennes övertalningsförmåga var fenomenal. Ingen misstog Aggy för en akademiker – idag var hon klädd i dunjacka och högklackade stövlar, och hon bar på en Alexaväska från Mulberry. Hon levde livet i versaler. SKA GIFTA MIG, HAHA!

Det var två år mellan systrarna, och på vissa sätt en avgrundsdjup skillnad.

– Det här måste vara den vackra brudens vackra mor, sa Sue och talade till deras mamma som om hon serverade henne ett löskokt ägg på äldreboendet. Och den vackra systern och brudtärnan.

De presenterade sig i tur och ordning – Judy och Anna – och Sue skakade hand med dem och betraktade dem med en konstant grimas av lycka.

Aggy hade bokat en timmeslång privat konsultation, och även om Anna hatade att ha en försäljare hängande över axeln älskade Aggy uppmärksamheten.

Anna skakade av sig sin grå duffel. Hennes familj karakteriserade henne som en pojkflicka i kontrast till systerns supertjejighet, men hon kände att det var en förenkling. Hon gillad en *del* tjejiga saker. Romantik – i filmer och böcker snarare än i livet så här långt – och klänningar och skor och mousserande vin.

Hon gillade bara inte lika många tjejiga saker som Aggy. Som att tillbringa kvällen i soffan med det senaste numret av *Vogue*, bomull mellan tårna, Essienagellack, en sked nerstucken i Ben & Jerry's *Peanut Butter Me Up* och en vit iPhone klistrad vid örat för att ta del av det senaste skvallret. Istället för Askungens pumpavagn färdades Aggy i en Fiat 500 med gummiögonfransar över framlyktorna och en bildekal som tillkännagav den för saudiska oljeschejker oroande nyheten att bilen körde på älvstoft.

Anna var glad att hon gillade Aggys blivande make. Aggy skulle ha kunnat välja att gifta sig med massor av män som Anna inte gillade, men som tur var hade hon bestämt sig för den snälle, pojkaktige Chris, en målare från Hornsey. Han älskade hennes syster innerligt, och han visste också när det var läge att säga ”Det där är skitsnack, Ags”.

De skulle gifta sig i Langham Hiltons storslagna balsal till jul.

Sedan familjemiddagen då Aggy anlänt med en diamant stor som en tegelsten på fingret och modern och systern utbrustit i förtjusta tjut hade Anna känt sig aningen nervös.

Det enda som Aggy inte kunde hantera på ett framgångsrikt sätt var sina egna förväntningar. Anna var ganska säker på att bröllopet planerades genom att Aggy valde precis vad hon ville ha (vilket oftast innebar de dyraste sakerna) och först senare tänkte på att komma på ett sätt att betala för det.

Chris såg alltmer slokörad ut varje gång Anna träffade honom. Han skulle ha varit nöjd om de ätit en buffé av färdig plockmat på Fox & Grapes och han fått köra dem dit i företagsskåpbilen klädd i en lurvig öronlappsmössa medan han sjöng med till Smooth Radio för full hals.

Om det fortsatte så här var Anna rädd att hennes syster kanske inte skulle justera sina prioriteringar förrän det drabbade hennes mentala hälsa, relation och kreditkort.

– Lite bubbel innan vi börjar, sa Sue och pekade på en silverbricka med tre champagneglas och en flaska som stod på soffbordets marmorskiva intill en trave med bröllopsmagasin och en skål med vatten och flytande ljus formade som lotusblommor.

Aggy hade bara druckit en klunk när Sue entusiastiskt utbrast att det var dags att prova den första klänningen.

Kvinnorna försvann in bakom pärldraperiet, och Anna och hennes mamma utbytte leenden och vippade på fötterna.

– Tror du att det här blir långvarigt? frågade Anna så småningom och lät blicken glida över de många utställda kjolarna.

– Det är klart, Aureliana! Tills döden skiljer dem åt.

– Nej, jag menade ...

– *Dum dum de dum,* Sue nynnade bröllopsmarschen och höll upp draperiet så att Aggy kunde kliva ut igen, något ostadig på gräddvita sidenskor med stilettklackar. Hon bar en halterneckklänning med en enkel A-linjekjol och massor av Swarovskikristaller.

– Åh, förtjusande! utbrast Judy.

– Anna? frågade Aggy osäkert.

– Dina nyckelben ser fina ut. Men jag är inte säker på all strass. Kunde vara värre. Jag ger den tre förtrollade glasskor av fem, sa Anna. Dessutom ... ser man ganska mycket av dina tuttar.

– Det är modernt att visa lite mer hud, sa Sue med ett spänt leende innan hon vände sig lugnande till deras mamma. Inget smaklöst, bara en antydan om vad som finns där under.

Anna lade huvudet på sned. – Hm. Jag ser hela sidorna av brösten, och det ser ut som att de skulle ramla ur och dingla fritt ifall hon böjde sig ner för att pussa en av brudnäbbarna.

– Glöm det, jag vill inte att någon snuskig gammal kyrkoherde ska bli för till sig. Aggy juckade med höfterna som i *Rocky Horror Picture Show.*

– Agata, kyrkoherden kommer inte att vara snuskig! utbrast Judy. Sluta med det där.

– Vi kan ta in den, sa Sue och gav Anna en blick som antydde att hon inte var hennes favoritperson för tillfället.

– Herreguuud, sa Aggy. Har jag berättat för er vad som hände Clare på mitt jobb? Axelbandslös klänning, brudtärnan trampade på släpet när de gick längs mittgången, hela klänningen åkte ner hit. Aggy gestikulerade i midjehöjd. – Men Clare sa att det inte gjorde henne något eftersom hon lagt femtusen pund på saltlösningsimplantat i Tjeckien. Hon gjorde bara så här (Aggy pekade på sina bröst med båda händerna) och sa ”Titta ni, det är de värda”.

– En klänning som sitter som den ska kan väl knappast dras ner så långt? sa Judy. Det låter som ett problem med korsetten.

Anna och Aggy utbytte blickar.

– Hon kanske var exhibitionist som Aggy sa. Hon kanske hade *riggat* den, föreslog Anna och låtsades veva på en liten vev medan hon gjorde ett surrande ljud.

– Det är möjligt, hon blev ganska slampig när hon drack. Marianne sa att Clare och vin var som Gremlins och vatten, konstaterade Aggy. Hon brukade visa kunder sin tatuering vid bikinilinjen, det stod *Mamma för alltid* på sanskrit, och vår chef var tvungen att säga till henne att sluta eftersom äldre kunder som inte hört talas om underlivsutsmyckning kunde bli upprörda.

– Varför *Mamma för alltid*? undrade Anna.

– Hennes mamma dog av ett artärbrock på Bluewater köpcentrum. Det var en hyllning.

– En hyllning i form av en text över könet? Vem vill ha det? Mamma, skulle du vilja att jag tatuerade *Vila i frid Judy* där nere? undrade Anna.

– Jag vet inte hur det skulle kännas ifall jag var död, sa hennes mor. Jag tror att jag hellre skulle vilja ha ett fikonträd planterat till mitt minne vid S:t Andrews.

– Så den här klänningen är inte aktuell? inflikade Sue med desperat tonfall.

~

Anna kände sig lite skyldig över att Judy inte fick dela det här med någon som kom med beundrande utrop om klänningarna, men i viss mån spelade man den roll man fått sig tilldelad i en familj. Det rådde inga tvivel om att uppgiften att fungera som *förnuftets röst* hade fallit på Annas lott.

Folk blev ofta förvånade när de fick höra att Judy var systrarnas mamma. Det berodde dels på att hon såg ung och välfriserat blond ut för att vara över femtio, dels på att hon kom från Surbiton och med andra ord inte såg det minsta italiensk ut. Hon var omåttligt stolt över sina döttrars kontinentala arv och var noga med att använda deras fullständiga namn. Deras pappa var lustigt nog inte ett lika stort fan. Han menade att Aureliana och Agata var ”otraditionella” namn.

”Er mamma registrerade de där fåniga namnen bakom ryggen på mig och skyllde allt på sina hormoner! Två gånger! Kan du tänka dig det?”

Anna kunde definitivt tänka sig det. Det var också mycket likt hennes pappa att låta hennes mamma få som hon ville.

– Mamma, hur tänker Aggy betala för allt det här? undrade Anna lågt.

– Hon har en bra lön. Och besparingar. Och Chris har pengar.

– Inte särskilt mycket. Tycker du inte att det här börjar gå lite för långt?

– Man gifter sig bara en gång. Jag vet att det inte är något för *dig*, men det är hennes speciella dag.

Anna höll inne med vad hon tänkte. Hon skulle byta några ord med sin pappa istället. Familjen hade två tydliga falanger: Anna och hennes far som var mer allvarliga och behärskade, och modern och Aggy som var mer bekymmerslösa. Medan Aggy bytte om igen började Anna frukta att Törnrosa bara var första stoppet på en väldigt lång vandring mellan Londons mer exklusiva butiker för brudklänningar.

Det hördes ett högt tjut från provrummet.

– Har hennes benprotes ramlat av? frågade Anna.

Sue stack ut huvudet genom bordelldraperiet med en dramatisk min. – Den här klänningen är verkligen något speciellt, sa hon, vilket Anna tolkade som *Jag tror att hon är på väg att köpa den här, så försök inte med något.*

Aggy kom ut med ett förläget leende, klädd i vad som uppenbarligen var Klänningen med stort K. Den hade en vid kjol i glittrande lager av tyll och ett fingerborgsstort axelbandslöst liv som Anna aldrig skulle ha fått plats inuti. Aggy såg ut som en balettdansös på ett ganska underbart sätt.

– Åh Agata! sa Judy, som brast ut i gråt och hoppade upp för att omfamna henne.

– Den är fantastisk, mamma, snyftade Aggy. Jag känner mig som en prinsessa.

Anna satt kvar och lät sin mammas hänryckning klinga av medan hon hällde upp de sista dropparna bubbel i sitt glas.

– Gillar du den inte? ropade Aggy till Anna.

– Jo, jag gillar den. Skål för en framgångsrik jakt. Du ser verkligen ut som att du ska gifta dig, och det är bara den andra klänningen. Bra jobbat. Ärligt talat, du är jättevacker. Klänningen passar till ett storslaget bröllop, men är samtidigt smakfull.

Aggy snurrade runt och lyfte olika lager av kjolen för att sedan släppa ner dem igen. – Ni vet hur man säger att när man har träffat den rätte så bara vet man det? Jag har just träffat den rätte.

När de suckat, tittat och beundrat tillräckligt länge och en exalterad Sue kilat iväg för att hitta rätt kvitton frågade Anna hur mycket klänningen kostade.

– Tre, sa Aggy.

Annas mun formade ett O.

– Och ett halvt, tillade Aggy. Och så tvåhundrafemtio till. Den kostar tretusen sjuhundrafemtio pund. Utan slöja.

– Gode gud, Aggy! Fyratusen för något som du bara ska ha på dig en gång?

– Tycker du inte om den? Aggy trutade med munnen.

– Du ser fantastisk ut, men jag tror att du skulle kunna se fantastisk ut för halva det priset. En stor del av det som är fantastiskt är du. Precis som Sue sa skulle du se bra ut i det mesta.

– Hm. Aggy snurrade runt igen. – Mamma?

– Du ser ut som Audrey Hepburn! Eller Darcey Bussell i *Nötknäpparen*!

– Jag tror att det är du som har blivit knäpp.

Aggy fnissade.

Anna stod inför ett dilemma. Om hon fortsatte att hävda att klänningen var för dyr skulle de helt enkelt ifrågasätta hennes motiv. Hon skulle anklagas för att låta sin bitterhet över att vara ogift grumla Aggys glädje. Men ärligt talat kände Anna sig faktiskt inte avundsjuk på sin syster. Hon behövde hitta någon att gifta sig med innan hon verkligen började längta efter ett bröllop. Hon kunde inte skaffa en klänning innan hon skaffat en man.

– Jag tänker bjuda singelkillar till bröllopet. För din skull, sa Aggy, som om hon funderat i samma banor.

– Bra. Du borde gå ut och träffa lite folk, Aureliana, inflikade deras mamma, som om det här var rätt tillfälle att ta upp hennes äldsta dotters torgskräck.

– Jag träffar folk! invände Anna.

Aggy vred upp sitt hår i en svinrygg och poserade framför spegeln. Judy försvann iväg för att överlägga med Sue.

– Jag gick till en återträff för min klass, sa Anna.

– Gjorde du? sa Aggy. Hon tappade hakan och handen gled ner från håret. Spegelbilden var glömd för ett ögonblick. – Varför?

– Jag tänkte att jag skulle konfrontera min rädsla. Det visade sig emellertid vara meningslöst eftersom ingen av dem kände igen mig. Jag menar allvar, Ags, ingen av dem hade någon aning om vem jag var. Jag vet inte om jag ska känna mig glad för det eller inte. Michelle säger att det är bevis på att jag har lämnat det där bakom mig för gott.

– Såg du ... någon av dem? frågade Aggy.

– Öh ... James Fraser? sa Anna med ett ihåligt litet skratt.

– James Fraser! Vad sa han?

– Ingenting. Han visste inte heller vem jag var. Fortfarande otroligt självupptagen. Jag kände för att säga till honom att han bara var någon när han var sexton och att ingen bryr sig om honom idag. Anna blev förvånad över intensiteten i sin röst.

– Men ärligt. Är han fortfarande lika läcker?

– Det beror på om man gillar koftor och en vidrig personlighet.

– Nej, ser han ut som Elmer Fudd nu? Svårt att tro! Aggy satte handen i sidan och vände sig med viss svårighet om i sin drömklänning.

Anna log. – Han är fortfarande avskyvärd och arrogant, men han är också fortfarande snygg, vilket naturligtvis är det enda som spelar någon roll.

– Jag behöver bara en depositionsavgift, sa Sue som triumferande dök upp igen med deras mamma i släptåg. Aggy bad Judy hämta hennes handväska.

De lämnade butiken, överösta med omtanke från Sue, och Anna kände sig illa till mods över sin systers slösaktighet.

Deras mamma var tvungen att skynda sig för att hinna med sin buss till Barking, och efter att de snabbt tagit farväl av henne i det eländiga vädret försökte Anna resonera med Aggy.

– En sömmerska kan återskapa den där designen åt dig mycket billigare.

– Marianne gjorde så, och ärligt talat blir det aldrig lika bra. Du ägnar hela dagen åt att tänka på den andra klänningen.

– Om du tillbringar hela din bröllopsdag med att tänka på en klänning har något gått fel i vilket fall som helst.

Aggy ignorerade den sortens kommentarer. – Nu är det dags att hitta en klänning till dig, Anna! Vi gör en heldag av det och äter lunch också.

– Okej. Lova mig att inte välja något skrattretande.

– Skrattretande! Du kommer att se bättre ut än du någonsin har gjort.

– Du lägger ribban ganska lågt, sa Anna och log.

Aggy såg för ovanlighetens skull ut att tveka över om hon borde säga något eller inte. – Du vet väl att jag inte visste vad de tänkte göra? På Mock Rock. Jag sa till dem att sluta.

– Jag vet. Oroa dig inte för det. Anna kände ett tydligt och välbekant hugg av smärta och skam. Oavsett hur många gånger hon försäkrade Aggy att hon inte var arg på henne för att hon suttit i publiken kom det alltid upp.

Aggys ögon fylldes av tårar och Anna klappade henne på axeln. Det var typiskt att systerns försök att trösta Anna slutade med att Anna tröstade henne.

– Och när mr Towers tvingade oss att plocka upp allt godis åt jag inget av *ren princip*, förklarade hon tårfyllt.

14

En timme innan Eva skulle anlända till det hem de en gång delat duschade James och tog på sig sina löparkläder. Han ville visa henne att han var aktiv, viril och inte det minsta trånsjuk eller deprimerad.

Även om en del av honom längtade efter att få demonstrera sitt lidande med utspridda snabbmatsförpackningar, mörka ringar under ögonen och whiskeyandedräkt var han rädd att det vore kontraproduktivt. Det var bara genom att visa att det varit ett misstag att lämna honom som han kunde vinna tillbaka henne. Eva var inte den som älskade en förlorare.

Det var likväl en förödmjukande föreställning, och medan han knöt sina löparskor med mer kraft än nödvändigt försökte han att inte tänka för mycket på saken.

Det var två månader sedan Eva hade släppt bomben att hon tänkte lämna honom, efter bara tio månader som gifta och utan att det funnits några tecken på missnöje som James kunde sätta fingret på, förutom att hon verkat lite distraherad. Så fort de var klara med att inreda huset var det som att hon fick slut på saker att sysselsätta sig med.

Nu satt han med lån upp till öronen och den här kvarnstenen till hus om halsen, bland ytterdörrar målade med färger från Farrow & Ball, Bugaboobarnvagnar och babyccinos i de kvarter där han trott att de skulle starta en familj.

Eva skulle komma förbi för att ”hämta ett par saker” igen. Hon skulle traska omkring och titta in i skåp, som om livet var helt normalt. Som om hon inte hade satt sig med honom en lördagsmorgon, kört sin knytnäve rakt in i hans bröstkorg, dragit ut hans fortfarande bultande hjärta och hackat ner det till något som kunde passa i en påse kattmat från Whiskas.

På tal om det andra opraktiska, kostsamma ansvaret han ärvt. Luther var en perserkatt, en sådan där raskatt som såg tillräckligt overklig och leksaksliknande ut för att kunna säljas på Hamleys. En fluffig fotboll i samma färg som cigarettaska, med kusliga små gula ögon och antingen en permanent missnöjd min eller en kriminell panna – James kunde inte bestämma sig för vilket. Eva hade tagit uppfödarna på största allvar när de sa att det inte var säkert att släppa ut honom, så katten var också deras fånge.

Luther hade fått sitt namn efter låten de dansat första dansen till på bröllopet, Luther Vandross *Never Too Much*. Ironiskt, eftersom det visat sig att ett år var för mycket. Med tanke på att det varit helt och hållet Evas idé att skaffa Luther hade James blivit förbluffad – och inte så lite missnöjd – över att upptäcka att hon tänkte lämna kvar honom efter skilsmässan. *Han känner sig hemma i det här huset, jag har inte plats för honom hos Sara just nu, det vore själviskt av mig att ta honom.*

Men om Eva kunde överge en make var en katt förstås småpotatis.

Det ringde på dörren. James försökte anlägga ett ansiktsuttryck som inte signalerade orubblig fientlighet men inte heller var ett falskt leende.

Han visste inte hur Eva fortfarande kunde ha en sådan inverkan på honom – det var nu tre år sedan de först träffats – men varje gång de möttes öga mot öga tappade han andan. Det var som att den fullständiga effekten av hennes skönhet måste ses för att man skulle kunna tro på den. Det var en fysisk upplevelse i lika hög grad som en intellektuell uppskattning av proportioner och symmetri.

Det hjärtformade ansiktet och den generösa munnen som han först hade tyckt var lite för bred och ett par sekunder senare insett var den bästa mun han någonsin sett. Hennes sneda ögon, smilgroparna och håret: naturligt skimrande rågblont.

Om hon ville ha något och kopplade på charmen lät hon håret falla ner över ansiktet och plockade sedan upp en slinga mellan pekfingret och tummen och drog den långsamt tillbaka bakom örat medan hon höll blicken fäst vid en med läpparna något särade.

I början av deras förhållande hade James trott att hon inte hade någon aning om hur vanvettigt förföriskt detta var. Sedan hade de av misstag fått en gigantisk restaurangnota på halsen när de var iväg på en minisemester i Paris. Priserna var skyhöga redan från början, och de hade räknat fel när de skulle omvandla vinlistan till pund i huvudet. James hade nästan svimmat när han fick se summan.

– Jag ska förklara, sa Eva och kallade till sig hovmästaren. Hon vände sig till honom på haltande och enkel franska – trots att hon talade språket flytande – medan hon använde den där minen, och James betraktade djupt imponerad sin dåvarande flickväns manipulationsförmåga.

Med tefatsstora ögon hade mannen, en snobbig parisare till råga på allt, fallit i trance, och enbart därför att hon bad honom om det hade han gått med på att halvera kostnaden för en dammig flaska *Château D'Herregud Jag Missade Den Sista Siffran.*

Om Eva inte hade varit bildlärare skulle gisslanförhandlare eller modell för schamporeklam ha varit lika troliga karriäralternativ.

När hon nu stod i dörröppningen såg hon ut att vara ungefär tjugofem, fräsch som en nyponros och graciös i en duvgrå cape med bälte och smala blå jeans. Trots sin förbittring fullkomligen värkte James av längtan efter att hon skulle säga ”Vad i hela världen handlade det där om? Jag är en sådan idiot!” – och kasta sig i hans armar.

– Hej. Är du på väg ut?

James såg ner på sina kläder. Han hade glömt vad han tagit på sig. – Nej. Eller jo. Efter att du har stuckit.

– Du kan lämna mig ensam här, James, jag tänker inte stjäla din dvd-spelare. Har du skaffat skägg? Tänker du behålla det?

James lyfte handen till hakan. – Kanske. Hur så?

Han var beredd att snäsa av henne – *det angår inte dig längre* – men hon hade redan vänt sin uppmärksamhet åt ett nytt håll.

– Åh! Hej på dig!

Underbart. Vild entusiasm över en surmulen inavlad katt efter ett högst avmätt och slätstruket möte med den äkta mannen.

Eva gick runt James till det ställe på trappan där Luther stod, plockade upp honom och gnuggade näsan mot hans tomt oförstående ansikte som såg argt ut.

– Hur mår min finaste lilla pälsboll? Du verkar nöjd.

James hade verkligen börjat hata den där pälsbollen. – Hur kan du se det, vi snackar om någon som ser ut som en tjock diktator i mohairsparkdräkt?

– Och hur har du haft det? frågade hon James, som om det först nu hade slagit henne.

Han hatade när Eva frågade det. Hon visste mycket väl att ett ärligt svar var mer än hans stolthet kunde klara av och att andra alternativ lät henne komma undan.

– Samma som tidigare. Och du?

– Bra tack. Årets elevkull verkar vara ett gulligt gäng. De uppför sig verkligen väl på mina lektioner.

– Det tvivlar jag inte på.

Eva jobbade på en nystartad privatskola i Bayswater, och hennes mirakulösa kontroll över sina klasser hade en viss koppling till hennes estetiska dragningskraft.

Då och då hade hon kommit hem med någon förälskad elevs föga subtila teckning av en blondin med fylliga läppar, eventuellt flytande i vatten likt en drunknad Ophelia (vanligtvis en slug förevändning för att rita sin fröken naken). James hade irriterats över att han förväntades beskåda denna febriga fan-fiction uppsatt på kylskåpsdörren.

– Här är Luthers örondroppar. Hon ställde ner sin väska på bordet och rotade runt efter förpackningen. – Två om dagen, lite brunt sekret är normalt.

– Fantastiskt. Jag ser fram emot det.

– Jag tänkte hämta lite mer kläder från gästrummet.

– Gör vad fan du vill.

– Det finns ingen anledning att låta så … nedsättande hela tiden.

James himlade med ögonen.

Eva gick upp på övervåningen och Luther tassade ut till köket med en svansknyck som uttryckte hans förakt över James oförmåga att behålla en kvinna.

Evas bruna axelremsväska låg frestande öppen framför honom efter att hon rotat igenom den på jakt efter örondropparna. James kunde se ett hopvikt papper, och han urskilde ett namn. *Finn Hutchinson, 2013*, med flera kyssar. Tecknade elever henne verkligen så här tidigt på terminen? Han tittade närmare. Om han uppförde sig som en svartsjuk försmådd älskare var det för att det var precis det han var.

Han hörde henne gå runt en trappa upp och drog ut teckningen. Pappret, som var tjockt och hade textur, var av det slag som kunde köpas i butiker för konstnärsmaterial.

Han vek upp det och stirrade på en kolteckning av hans nakna hustru. Benen hängde över armstödet på en soffa, armarna var uppsträckta och hon stirrade utan att skämmas på honom under tunga ögonlock med håret utslaget bakom huvudet.

Det kunde förstås vara ännu en tribut till Eva. Men något, i synnerhet de korrekt återgivna detaljerna, sa James att tecknaren haft en förebild att utgå ifrån.

Så länge han känt Eva hade hon föredragit en bikinivaxning som bara lämnade en vertikal, cigarrformad strimma av hår kvar. Det lilla suddiga strecket mellan hennes ben var ett säkert tecken på att konstnären i fråga satt inne på förstahandsinformation. Pubeshår som ett tungt vägande bevis.

James lämnade porträttet uppvikt på bordet och lutade sig mot väggen, andades ut och korsade armarna. Han kände sig illamående, iskall men ändå kontrollerad.

Varje minut hon stannade på övervåningen kändes som en evighet.

15

När Eva kom in i rummet kände James en brutal tillfredsställelse över det obehagliga ögonblick av tystnad som uppstod när hon fick situationen klar för sig.

– Har du gått igenom mina grejer? utbrast hon.

Om han fortfarande tvivlat på att det här var något hon fått av sin nye kille avgjorde hennes reaktion saken. – Du lämnade din väska öppen. Vad är det där för något? frågade James klanglöst.

– En teckning. Sådana har du sett förut.

– Du tänker alltså ljuga för mig? Trots att jag har sett den?

– På vilket sätt ljuger jag?

– Det där kommer inte från någons fantasi. Det är du, Eva. Tror du att jag inte känner igen min egen fru?

En paus. Hon stelnade till, axlarna drogs upp och hon började snyfta. Frustrerande nog fick James automatiskt dåligt samvete för att han fått henne att gråta. Han visste att hon manipulerade honom och det gjorde honom rasande.

– Nej, gråt inte! Du har inte rätt att gråta. Det är du som har gjort det här mot mig, mot oss! Hur fan tror du att det känns för mig? Tycker du att jag förtjänar att få reda på att du har en affär genom att hitta en teckning av dina bröst?

– Jag har inte en affär, protesterade hon tårfyllt.

– Vilket ord föredrar du?

– Jag visste att du skulle fokusera på Finn fast det inte är honom det handlar om.

– Fast lite handlar det om Finn nu när du ligger med honom, eller hur? Hur länge har det pågått?

När de först separerade hade han frågat henne om hon träffat någon annan. ”Nej, nej, nej – absolut inte”, hade hon svarat.

Eva skakade på huvudet. – Ingenting hände förrän det var slut mellan oss.

– Ha, säkert. Det är uppenbart att du dumpade mig för att vara med honom. Tack för att du kör med Bill Clintons version av ärlighet.

Eva skakade eftertryckligt på huvudet. – Nej.

– Var det där för rakt på sak för din smak? Måste det faktum att du förstörde vårt äktenskap handla om något mer djupsinnigt än att du var tänd på någon annan? Det vore alldeles för *alldagligt*, eller hur? Och det vore ditt fel. Gud förbjude att vi säger att du var *otrogen*.

Vid det här laget skrek James och Eva torkade kinderna med huvudet framåtböjt så att håret föll ner över ögonen. Det handlade inte om att hon var ångerfull, det var en taktik för att James skulle framstå som boven i dramat, och han vägrade gå med på det.

– Vem är han?

– Han stod modell under några krokilektioner. Vi har kommit varandra närmare på sistone ...

– Hur nära då? Så här nära? James höll upp händerna en bit ifrån varandra. – Eller, låt mig gissa. Så *här* nära. Han tryckte handflatorna mot varandra.

Eva skakade på huvudet och snyftade.

Vänta lite. Finn. Krokilektioner. Hon hade pratat om honom. De hade träffats på en lanseringsfest hon besökt med sin vän Hatty, som jobbade med PR inom restaurangbranschen. Han hade erbjudit sig att stå modell för hennes elever och hon hade sagt att de inte hade råd att anlita honom.

Några veckor senare hade hon fnissande berättat en förment nedlåtande historia om en ”Abercrombie & Fitch-typ” som struttat in på skolan för att stå modell, hur han klätt av sig och flirtat med de rodnande tonåringarna.

James kom ihåg vad han sagt. ”Flirtade killen naken? Jag beundrar hans självförtroende.”

Eva hade pratat om strategiskt placerade handdukar och nämnt något om att han var ett stjärnskott i branschen som skrivit på för en av de stora modellagenturerna.

Nu insåg James vad den kaxige Finn hade signalerat genom att jobba gratis.

Eva hade muntert spekulerat i vilken av hennes äldre elever som skulle få ihop det med honom. Med facit i hand insåg James att det varit en rökridå: Det var Eva han hade träffat innan han ställde upp som modell. Det var henne han ville imponera på.

– Hur gammal är han, Eva?

– Tjugotre.

James lade handen mot pannan. – Tjugotre? För helvete ...? Gillar du barn nu? *Harold and Maude*?

– Visst, skämta bara och racka ner på honom. Vi kan absolut inte prata om det här som vuxna människor.

– Hur väntade du dig att jag skulle reagera? Trodde du att jag skulle ta det med ro när jag fick reda på att du ligger med någon annan?

Hur skulle du känna om situationen var den omvända? var han nära att fråga. Sedan insåg han att han kanske inte hade något att vinna på det.

Hon skakade på huvudet på ett nedlåtande sätt, som om det var James som hade något att skämmas för.

I det ögonblicket bestämde sig Luther för att avbryta dem. Den svekfulle trasselsudden jamade ynkligt vid Evas fötter. Hon lyfte upp honom och gjorde överdrivet lugnande ljud, som om det var James som krossade lyckliga hem och katters hjärtan.

– Jag ligger inte med honom, sa hon utan större övertygelse över Luthers gigantiska dammvippa till svans.

James skakade misstroget på huvudet. – Kan du sätta ner honom?

Eva böjde sig och satte ner katten. – Vi träffades och tog en kaffe. Jag har bara varit hemma hos honom en gång. För att sitta modell åt honom. Han är konstintresserad.

– Vad i …? Ska jag tro på att du bara satte på dig stringtrosorna igen efteråt, innan ni åt varsin yoghurt? Förresten, hälsa honom att han inte borde ge upp sitt vanliga jobb. Du ser ut som Richard Branson på den där teckningen.

– Att vara modell är ingen stor grej för mig. Det där med att sexualisera nakenhet är ett brittiskt komplex.

– Och Finn är från Skandinavien, eller? Inte? Han är brittisk och man och heterosexuell? Okej. Du påstår alltså att inget hände efter det?

– Inte … Jag har redan sagt hur det ligger till.

Hennes tvekan över hur hon skulle kategorisera deras aktiviteter var värre för James än om hon sagt rakt ut att de kände varandra i biblisk bemärkelse. Hon kunde lika gärna ha tagit en kniv, skurit upp hans mage och börjat gröpa ut honom med en iskall sked.

– Om du har gjort saker med honom som ni skulle bli anhållna för ifall ni gjorde dem offentligt så ligger du med honom, Eva. Ledsen att jag är så gammaldags. Som din make hänger jag liksom upp mig på sådana detaljer.

Eva sa inget.

– Är det allvar mellan er?

– Jag vet inte.

– Allt det här, och du vet inte. Han lade händerna på huvudet. – Jag skulle ha föredragit om du sa att han var ditt livs kärlek och att det här var nödvändigt.

Det var inte sant. Han föreställde sig Finns blick, händer och kanske tunga på Eva, och försökte låta bli att gråta, kräkas eller slå knytnäven i väggen.

– Din oförmåga att förstå att det här inte handlar om någon annan är kanske en del av det som skapade ett avstånd mellan oss.

– Vad fan ska *det* betyda?

– Det betyder att det faktum att jag kunde känna något för Finn visar att något var fel mellan oss.

James svalde hårt. Det verkade som att hans adamsäpple hade växt. – Jag tror att du har fått det här om bakfoten, sa han och kämpade för att låta lugn. Hela poängen med att vara gift är att stå emot de frestelser som andra människor utgör.

Eva plockade upp sin väska med nedslagen blick. – Saker och ting har inte varit desamma sedan vi gifte oss. Kanske blev allt mer rutinartat. Jag kan inte förklara det.

– Det är klart att det finns rutiner i ett äktenskap, det är så det fungerar. Vi har ett hem och jobb.

Eva såg föraktfullt på honom, som för att säga ”Är det allt du har att komma med?”.

– Är det meningen att jag ska vänta medan du bestämmer dig för om du vill lämna mig för alltid eller inte? sa James, fast med mindre glöd än tidigare.

– Jag ber dig inte om något, James.

Hon var samlad nu, ångern var överspelad. Sådan var Eva. Outhärdligt, enastående självsäkra Eva, som han var olägligt, hopplöst förälskad i.

James visste inte vad han mer kunde säga eller göra. Alla hot vore bara tomma ord. När någon trampade på ens hjärta så här ledde det antingen till att de förlorade dig eller att de upptäckte att de hade all makt.

– Vi kan prata mer när du har lugnat ner dig. Hon gick sin väg och lämnade James hopsjunken i soffan.

Var det sant? Hade han stängt in Eva, som en skolpojke fångar en fjäril i en syltburk, och sedan sett henne tyna bort? Nej, det var rent skitsnack. Eva var ingen hjälplös varelse och det fanns gott om syre i norra London.

Det hade låtit på henne som att deras liv tillsammans var något han utformat och stängt in henne i. De hade väl velat ha det här båda två? Varje detalj i huset påminde om Eva, med undantag för hans PlayStation 4.

Men han var tråkig. Ett liv med honom var tråkigt. Hur kunde han göra något åt det? Hur gjorde man sitt innersta väsen intressant för någon igen? Han ville ställa det här tillrätta.

Även om han hatade Eva nu och hon fick honom att må miserabelt kände han sig mer beroende av henne än någonsin.

När James var åtta och hans föräldrar satte sig ner med honom för att berätta att de skulle skiljas hade han inte förstått varför hans pappa inte kunde vara där ibland. Att gå från att bo tillsammans till ingenting var väl inte rimligt? ”Var här på helgerna”, hade han föreslagit. ”Eller på onsdagarna.” Onsdagar var bra dagar, det var *Teenage Mutant Ninja Turtles* på teve och de brukade äta pasta med röd sås.

De hade lett mot honom båda två, sorgset och överseende. Nu höll hans eget äktenskap på att falla sönder, och även om han numera förstod varför de inte kunde rädda sin relation genom att dra ner på antalet timmar tillsammans var han inte säker på att han faktiskt förstod dem bättre.

Och Eva hade inte nämnt S-ordet den här gången heller. Om han kände henne rätt skulle hon antagligen smyga in det i ett sms. *Har köpt något till Luther för hans hosta. P.S. Skilsmässopapprena på väg till dig.*

James försökte skjuta bort den värsta tanken, den som till och med var värre än tanken på att hon knullade med någon idiot i smurfkeps och jeans utan bälte. *Om hon faktiskt kommer tillbaka, hur ska du någonsin kunna lita på henne igen?*

Han blundade. När han öppnade ögonen satt Luther på mattan och stirrade på honom med en anklagande hotfullhet medan han andades lika tungt som Darth Vader.

– Kom hit, ditt surmulna skrälle.

James lyfte upp katten och höll honom mot ansiktet. Den tjocka pälsen absorberade tårarna när han grät. Luther luktade som hennes parfym.

16

När hon var åtta år gammal och de var och hälsade på den italienska sidan av släkten hade Annas pappa tagit med henne för att titta på mosaikerna i Ravenna. Medan hennes mamma och den framtida storshopparen Aggy gick runt i boutiquer hade Anna stått med huvudet bakåtlutat i den fromma tystnaden i kyrkan San Vitale. Hennes pappa gav henne ett knapphändigt sammandrag av historien om den bysantinska kejsaren Justinianus och hans hustru Theodora.

Det var tillräckligt för att hon skulle bli fast. Hon förlorade sig i berättelsen om dottern till björnskötaren på Konstantinopels hippodrom som blev skådespelerska, prostituerad – hennes pappa hade uttryckt det som att ”hon tjänade pengar på sina äventyr”, men Anna var inte dum – och kejsarinna över det romerska riket. Hon stirrade på den majestätiska skönheten som de små glittrande mosaikbitarna avbildade och kände det som att de där mörka ögonen såg rakt in i hennes egna och kommunicerade med henne över ett avstånd på många århundranden.

Det var det närmaste hon skulle komma en religiös upplevelse, känslan av att hitta något som hon letat efter, att förvandlas på ett enda ögonblick. Annas familj var inte troende, men på sätt och vis blev Theodora som en gud för Anna. Här hade hon en inspirerande kvinna som tagit sig mycket långt i livet, som demonstrerat att var du kom ifrån inte behövde begränsa dig. Hon var en hjältinna, en förebild. Visst, medan hon skapade sig ett namn hade hon gjort en del ganska vilda saker med samtliga av sina kroppsöppningar, och Anna hade inga planer på att gå samma väg. Men på det stora hela var hon en förebild.

Annas föräldrar hade försökt tillfredsställa hennes nyfunna kunskapstörst genom att köpa en inbunden bok som hette något i stil med *En kortfattad historia över allt som någonsin har hänt*, med massor av bilder. Hon slukade den på ett par dagar och ville ha mer. Så småningom släppte hennes mamma henne lös med ett lånekort på biblioteket, och Anna lyckades lägga vantarna på de bra grejerna – riktiga biografier, detaljerade och saftiga.

Böcker öppnade nya universum för Anna, de gav henne löften om att det fanns en hel stor värld bortom Rise Park. Kanske var det ingen överdrift att säga att böcker hade räddat hennes liv. Hon hade aldrig förstått varför vissa av hennes vänner tyckte att historia var trist och dammigt. Unga Theodora hade långt mer färgstarka saker för sig femhundra år efter Kristus än någon av dem hade på tjugohundratalet, vad än Jennifer Pritchard hävdade pågick i Mayesbrook Park.

Vissa människor valde att undervisa därför att de älskade att dela med sig av sin kunskap eller, ännu vanligare, för att de gillade att styra och ställa med folk. När Anna väl kom över sin rädsla för att stå inför en publik – tack vare terapi och träning, och i början även en smutt gin – hade hon inget emot att hålla föreläsningar och ge handledning. Men för henne låg jobbets verkliga tjusning i forskningen.

Det bästa var ”heureka-ögonblicken”, då hon kände sig som en polis som hittade den avgörande ledtråden för att kunna lösa ett fall. I de stunderna konsumerade hon inte bara historiska fakta, hon bidrog till det gemensamma vetandet.

Det kändes som att cirkeln slöts och hon triumferande kunde höja näven i luften när den förtjusande John Herbert, kurator för bysantinsk historia på British Museum, hade kontaktat henne för att fråga om hon ville hjälpa honom att sätta ihop en utställning om Theodora. Barnet inom henne, som en gång stirrat upp på det där förgyllda kupoltaket och transporterats till en annan tid, dansade en glädjedans.

Anna översatte texter och hjälpte till att välja utställningsföremål och skriva om dem. Hon kunde inte tänka sig något mer underbart än att få lov att leka med delar av det förflutna, att i någon liten mån få återuppväcka de döda. Hon hade bara hjälpt till med några lösryckta aspekter av utställningar tidigare. Det var en bra ursäkt för att få rota runt på British Museum.

Det här var första gången som hon arbetat bakom kulisserna som en drivande kreativ kraft. Hon hade jobbat övertid i flera månader med alla förberedelser, och hon hade gjort det med glädje.

När hon spatserade iväg till sitt första möte om Operation Theodora njöt hon av varje sekund av promenaden genom Bloomsbury. Hon log till och med dumt mot förbipasserande främlingar. Den här delen av huvudstaden var som en förtjusande chokladask, ett London man kände igen från filmer och teveserier. Lugna, breda gator, det gröna Russell Square, röda telefonhytter som nu var historiska minnesmärken vilka bara användes som fotomotiv för utländska turister, till utpressningssamtal och för att sätta upp reklam för massagesalonger.

Hon gick in bakvägen, som en VIP-besökare. Hon skrev in sig, receptionisten nickade igenkännande och Anna begav sig sedan till konferensrummet. Det var skinande vitt och modernt, med bord uppställda i en hästskoform, som om de var på väg att göra den första manusgenomläsningen inför en dramaproduktion. Anna skulle definitivt ha föredragit ett belamrat rum som var inrett i nött trä och läder med dammkorn som dansade i det varma höstljuset. Ordning och lysrör påminde henne för mycket om klassrum.

John log välvilligt när han fick syn på henne.

– Aha, kvinnan för dagen. Allesammans, det här är Anna Alessi från UCL. Hon är vår akademiska kontaktperson och interna expert. Ni kanske tror att *jag* är experten, men jag är mer av en glorifierad krämare. Hon letar rätt på föremålen, kontrollerar vad som är mest lämpligt ...

Medan han talade såg sig Anna om i rummet. Hon log och nickade åt folk tills hennes blick mötte James Frasers.

Hon var nära att rycka till av förvåning, och var inte helt säker på om hon hade gett ifrån sig ett ljud eller inte.

Hennes sprudlande munterhet upphörde så tvärt att det nästan borde ha ackompanjerats av en ljudeffekt. Hon visste att hennes ansikte var en mask av avsmak, men det var för sent att göra något åt det. *Vad. I. Helvete?*

James såg väldigt förvirrad ut, om än inte riktigt lika omskakad som hon.

John pratade fortfarande. – ... Det här är James från Parlez, företaget som sköter den digitala biten. James är projektledare och det här är hans kollega Parker, som har hand om teknisk design och utveckling ...

Anna mumlade en vag hälsning till en smal ung kille med asymmetrisk frisyr och sjönk med en duns ner på sin stol.

Hon sysselsatte sig med att plocka fram anteckningarna ur väskan för att slippa möta någons blick. Hjärtat dunkade hårt. Hon kunde höra klaffarna pulsera, som om ljudet förstärkts.

Hur i helvete hade det här gått till? Vilket sorts osmakligt spratt spelade man henne den här gången?

17

Medan konversationen fortsatte och John drog upp riktlinjerna för utställningen började Anna förstå hur alltsammans hängde ihop. John skämtade om hur det var nödvändigt att ha såväl ”teknikkillarna” som marknadsförings- och kommunikationsfolket med på det första mötet för att diskutera utställningen.

På återträffen hade Laurence sagt att James ”jobbade på en digitalbyrå”. ”Massor av viktiga kunder.”

Det här var en hemsk händelseutveckling. Och det undgick inte Anna att om hon skippat återträffen så skulle hon ha haft övertaget. Han skulle fortfarande inte ha haft någon aning om vem hon var.

Så gick det alltså när hon försökte ta itu med skuggorna från det förflutna. Hur lång tid hade det tagit innan det straffade sig? Det var inte meningen att de där skuggorna skulle poppa upp i ett jobbsammanhang några par dagar senare, iförda marinblå John Smedley-koftor. Och den här gången hade hon, till skillnad från på återträffen, presenterats med sitt efternamn. Skulle han inse vem hon var?

Herregud, hon hoppades verkligen inte det. Just nu var det omöjligt att dra några slutsatser om vad han visste eller inte. Det enda hon kunde göra var att försöka se reserverad och värdig ut, som om hon hade full kontroll över situationen.

John fortsatte att prata en stund till. – Och nu lämnar jag över ordet till James, som ska lotsa oss genom planerna för utställningens flerkanalsstrategi ... avslutade han.

Akademikerna i rummet såg artigt nollställda ut medan Parker satte båda händerna i håret och formade luggen till en pompadour.

– Hm, tack ... sa James och harklade sig. Det viktigaste vi gör kommer självklart att vara den officiella utställningsappen för iOS och Android. Den är avgörande för att tydliggöra utställningens profil och kommer att ge ett större genomslag i media.

Han såg sig om i rummet. *Det där försäljningssnacket behövs knappast när du redan har blivit anlitad,* tänkte Anna surt. Hon anade att han var nervös, men hon var inte intresserad av att sympatisera med honom.

– Appen kommer att innehålla mängder av bilder från utställningen och texter från er. Istället för att bara använda redan existerande material vill vi att appen ska ha ett egenvärde och ett unikt innehåll. Vi funderade på att använda så kallade *talking heads* ...

– Det vill säga experter som pratar, inte det gamla bandet Talking Heads, sa Parker och stack pennan bakom örat med ett brett flin.

– Det *gamla* bandet, skrattade John Herbert.

– Tack Parker, sa James och gav honom en skarp blick. Vi vill också att det ska finnas en aspekt av förstärkt verklighet i utställningen, med digitala versioner av de artefakter som vi inte har tillgång till eller kan flytta hit. Vad vi hade tänkt göra är att ta personer från mosaikerna och använda skådespelare i tidsenliga kostymer för att återskapa och filma situationer där de interagerar med varandra. Vi kan låta dem gå runt i lokalerna. En virtuell Theodora och Justinianus, och så vidare.

Annas nervositet tog över och hon började prata innan hon kunde hejda sig själv. – Det kommer väl inte bara att vara en massa roterande 3D-huvuden utan någon text? Wow, liksom, sa hon och gestikulerade med båda händerna. *Jag har ingen aning om vad jag pratar om,* tänkte hon, *men eftersom jag låter lite arg kommer ingen att våga skratta.*

Det brukade finnas en viss spänning mellan akademiker och designers när det gällde den här typen av frågor, och Anna hade lust att underblåsa den spänningen.

– Det kommer att finnas plats för text i anslutning till varje artefakt. Skriven av er, lade James till och anlade en min som signalerade att han verkligen lyssnade och tog henne på allvar.

– Hur många ord?

– Runt hundrafemtio eller så.

– Det är inte mycket.

– Jag tror att det finns en gräns för hur mycket information folk kan ta in.

– Vi tror att utställningen kanske kan locka en del "läsvana" besökare, sa Anna syrligt.

– Våra undersökningar pekar på att folk börjar skumma texter efter hundrafemtio ord, sa James och knackade med pennan mot sitt block.

– Men vad tillför egentligen skådespelare som struttar omkring? Behöver folk påminnas om hur människor ser ut? Vi har inte vidareutvecklats på något markant sätt sedan Theodora och Justinianus. De hade inte direkt svans.

James blinkade. – Det är ett sätt att göra utställningsföremålen mer levande. Vi har en upplevelsefokus.

Upplevelsefokus. De där människorna kom alltid dragande med sin jargong.

– Jag tror att det kommer att distrahera folk från mosaikerna, och de är väl ändå hela poängen med utställningen? sa Anna. Finns det inte en risk att besökarna ägnar tiden åt att spela videospel istället för att titta på utställningen?

James lade huvudet på sned och hans min skvallrade om att han försökte hitta ett respektfullt sätt att besvara en fråga som han tyckte var dum.

– Det handlar om "dessutom", inte "istället för". Målet är att hjälpa människor att visualisera den världen och levandegöra händelser. Vi taggar filmklippen till olika föremål så att folk kan välja att se sekvenserna om de är intresserade. James gjorde en paus. – Det är ett modernt sätt att engagera besökarna.

– Det är det som är grejen med historia. *Den är inte modern.*

– Men människorna som ska se den här utställningen är det. Tänker ni strunta i elektricitet också?

Det var inte helt uppenbart att James skämtade, och de övriga personerna i rummet skruvade på sig en aning. Förutom Parker.

– Poängen med appen är att den är något annat än själva utställningen, ett komplement, tillade James och försökte få det att låta som att saken var avgjord.

– Jag förstår inte varför tonvikten ligger på att återskapa sådant som inte finns där för att distrahera människor från sakerna som *finns* där. Det känns som att föremålen inte är intressanta nog i sig själva.

– Det handlar om att skapa ett narrativ. Besökarna kommer huvudsakligen att vara intresserade av Theodora som person, eller hur? Hon står i fokus för utställningen, tillsammans med Justinianus. De är berättelsen. James var lika engagerad som Anna nu. Deras spänt artiga tonfall lät som att det när som helst kunde övergå i öppen oförskämdhet.

– Ja, men det betyder inte att vi måste förvandla dem till forna tiders Victoria och David Beckham.

– Justinianus Bieber, skrattade Parker.

Alla i rummet blängde på honom.

– Vi har olika infallsvinklar, men vi arbetar mot samma mål, inflikade John. Vänta tills du ser hur det fungerar, Anna. Appen till Kungliga manuskript-utställningen var verkligen något alldeles extra, jag ska be James att visa den för dig.

James nickade. Anna kokade.

– När det gäller utställningens teman har vi några frågor för att bättre utveckla vår del av projektet i linje med er vision för utställningens nyckelbudskap.

Nyckelbudskap! Som om det här var en reklamkampanj. Det var allt de där digitala idioterna var, tänkte Anna. Reklammakare med sociala medier som en påklistrad, blänkande yta. De kunde lika gärna kränga sämskskinn från femhundratalet. James Fraser såg faktiskt ut som Don Draper i *Mad Men*.

James harklade sig. – Vi har lekt lite med temat ”medeltidsbling”, för att skapa en digital närvaro före öppningsdatumet ...

– *Bling?* sa Anna, och hennes tonfall signalerade tydligt hur hon höll ordet mellan pekfingret och långfingret på en armlängds avstånd.

– Ja ... sa James, men den här gången hade han anständighet nog att se generad ut.

– Blingbling ni vet, som i glitter, stora stenar, lyxliv, feta smycken ... började Parker.

– Vi tänkte att det var ett lättillgängligt sätt att skildra den tidens rikedomar, avbröt James desperat. Vi kan givetvis jobba vidare med det här gemensamt.

– Att trycka på att hon var en hora väcker mycket uppmärksamhet, men skapar problem när det gäller den yngre målgruppen som fortfarande går i skolan, sa Parker med ett allvarligt tonfall som fick det att låta som att han citerade någon annan.

Skolan. Anna svalde hårt.

– Vi har bara bollat med lite olika idéer, inget är hugget i sten ännu, sa James.

– Jag är inte säker på att vi bör använda ordet ”hora”, sa intendenten John milt. Det är något av ett värdeomdöme om en kvinna.

– Precis. Vem skulle få för sig att kalla en utställning för Djingis Khan: Mongolisk fältherre och manlig slampa? sa Anna.

Parker såg ut att vilja besvara den retoriska frågan.

– Vi vill betona att Theodora var en fantastisk, ambitiös kvinna. Inte någon ... hora som hade turen att gifta sig med rätt man, fortsatte hon. Det handlade hur som helst mer om burleskframträdanden. Hon var underhållare ...

Det var att tänja på sanningen. Theodoras sexliv hade varit rätt utsvävande. Men Anna tänkte inte låta sin älskade hjältinna nonchalant nedvärderas av en man som hade ett smiley-örhänge och var döpt efter en *Thunderbird*-karaktär.

– Okej. Jag utgick från hennes Wikipediasida och där stod det något om ett partytrick med korngryn på ... hennes privata delar, och gäss som pickade i sig dem? Ganska häftigt, sa Parker.

James gnuggade sina ögon på ett sätt som kunde ha varit ett försök att begrava huvudet i händerna.

– Jag böjer mig förstås för vad du har läst på Wikipedia, sa Anna till Parker. Spänningen i rummet var nära att brisera.

– Det vore till stor hjälp om vi kunde träffas snart för att filma lite frågor och svar, sa James med känslolös min och en närmast sarkastisk betoning av ordet ”hjälp”.

– Ja, jag tror att det vore bra om du och James träffades över en kaffe snart, Anna, sa John nervöst. Vi måste försäkra oss om att alla är nöjda med de framtida planerna. Jag har en känsla av att det här samarbetet kommer att visa sig mycket fruktbart.

Anna gav James en blick som demonstrerade hur lite hon ville träffa honom, och sedan var mötet över.

18

Anna närmast flög tillbaka till UCL, som om hon haft medvind hela vägen. Men den här gången var det inte glädjen som gav henne energi utan ilskan.

Hade James Fraser känt igen henne? Det var omöjligt att avgöra. Instinktivt trodde hon inte det – det såg aldrig ut att gå upp ett ljus för honom. Men det betydde inte mycket.

Nu visste han vad hon hette i efternamn *och* han hade sett henne på återträffen. Om inte polletten trillat ner ännu måste den stå och vackla precis på kanten. Det var bara en tidsfråga. *Alessi*. Hon var visserligen Anna och inte Aureliana, men hennes fullständiga namn var ovanligt. Allittererande och minnesvärt. Det rådde inga tvivel om att det snart skulle ringa en klocka.

Nästa gång de träffades skulle han se triumferande illvillig ut. ”Jag kommer ihåg dig nu, jag vet vem du är” ... skulle han säga.

Rent tekniskt spelade det förstås ingen roll. Det var inte som att han kunde använda informationen för att på något sätt skada henne professionellt, utöver att skvallra för utställningsteamet. Det var svårt att förklara varför alltsammans kändes så katastrofalt.

Hon hade hanterat sin skoltid genom att gå vidare och aldrig se tillbaka. Hon hade packat ner sina dagböcker och förvisat alla påminnelser om den tiden till vinden. Hon hade bytt förnamn. Och så småningom hade hon ändrat utseende.

När hon gick på återträffen visste hon att hon när som helst kunde gå därifrån igen. Dessutom hade hon aldrig föreställt sig att han skulle vara där.

Hela den här situationen kändes som en pik från ovan för att hon varit så djärv. Det var som om hon hade djävlats med den naturliga ordningen och Gud bestämt sig för att djävlas tillbaka.

Monstret hade lämnat bioduken och klivit ut i salongen. Att någon som visste vem hon en gång varit – och *han*, av alla människor – skulle jobba med henne nu var en krock mellan två världar som hon aldrig någonsin hade trott att hon skulle behöva uppleva. Hon grät nästan över vilken osannolik otur hon haft. *Av alla projekt i hela världen dyker han upp på mitt ...*

– Snabbare än ett skott! ropade Patrick efter Anna när hon klampade genom receptionen.

Hon kände sig patetiskt, kolossalt tacksam över att se honom. Någon som aldrig skulle döma henne, aldrig flina åt henne, aldrig svika eller håna henne. Här fanns *hennes* sorts människor. Det här var en fristad där man bara värderades utifrån sin intellektuella förmåga. Det var bara ens texter som bedömdes, inte ens midjemått eller inkomst eller hur cool man var eller vad man hade på sig.

– Gick mötet bra? Längtar du efter att få börja utforska Dora?

– Patrick, det var en fullkomlig mardröm, sa hon och försökte förgäves få rösten att låta stadig.

– Hur är det med dig? undrade han och lade handen på hennes arm, uppenbart oroad.

Anna kastade en blick mot receptionisten Jeff. Han hade öron som parabolantenner när det gällde skvaller.

– Hinner du ta en snabb kaffe? Gå en sväng på Russel Square?

Patrick såg på sin armbandsklocka. – Jag har alltid tid för dig.

– Tack så hemskt mycket, sa Anna och Patrick verkade nöjd över att en latte kunde betyda så mycket. Jag menar inte att låta dramatisk.

När de väl satt på en parkbänk med varsin pappmugg med kaffe började Anna berätta.

– Kommer du ihåg att jag sa att min skoltid var hemsk? Gissa vem den projektansvarige från det digitala företaget som jobbar med Theodorautställningen är? Ett av rövhålen som mobbade mig.

– *Mobbade* han dig? Han fingrade på sitt sockerpaket.

– Ja. Jag såg honom på klassåterträffen. Det var värre ... Han var värre mot mig än vad jag sa. Förr i tiden, menar jag.

– Anna. Gjorde han ...? Blev du ...? Patrick undvek att möta hennes blick. Anna insåg att han kanske hade missförstått vad det var hon tänkte avslöja.

– Åh, nej. Jag slutade på den skolan när jag var sexton, jag hade inte ... Jag var ... Hon kände hur hon rodnade och Patrick nickade lättad och lade handen på hennes arm. – Jag var annorlunda på den tiden, sa hon och drog ett djupt andetag. Jag var ... mycket större.

Patrick såg extremt bekymrad ut. Hon hade glömt hur beskyddande han kunde vara. Alldeles enormt, närmare bestämt.

– Den här killen var särskilt elak mot mig. En gång lurade han upp mig på en scen med honom, och sedan bombarderade halva skolan mig med godis och kallade mig för öknamn.

– Herregud, sa Patrick.

– Han kände inte igen mig på återträffen, men nu vet han vad jag heter i efternamn. Patrick, jag fasar för att behöva träffa honom igen. Han kommer att ta upp det och jag kommer att börja gråta. Och jobbet har alltid varit en trygg oas där jag sluppit tänka på allt det där. Jag vill inte låta överdrivet dramatisk, men ... jag känner mig som någon i ett vittnesskyddsprogram när maffian dyker upp utanför dörren.

– Det här är förskräckligt. Patrick gjorde en paus. – Och vilken märklig tajming. Tror du att det har något att göra med att du gick på återträffen?

– Nej. Det är ett rent sammanträffande. Kan du tänka dig? Jag slapp se den där idioten i sexton år, och sedan dyker han upp två gånger på två veckor. Anna fnös och drack lite kaffe. – Det känns nästan som att jag borde lämna Theodorautställningen. Men jag vill verkligen jobba med den, och jag kan inte komma på någon rimlig ursäkt.

– Du *måste* fortsätta. Du sa att utställningen var det största som hittills hänt i din karriär, du kan inte låta den där skitstöveln förstöra det för dig. Och det kan som sagt vara en riktig fjäder i hatten här på institutionen också.

Det uppstod en paus.

– Varför inte få bort honom från projektet? sa Patrick.

– Hur då? Jag kan knappast gå till John Herbert och säga att han var taskig mot mig i skolan.

– Tänk om han var taskig mot dig nu?

– Hur menar du?

– Tror du att han kommer att säga något nästa gång ni träffas?

– Ja. Han är medfött spydig och jag underlättade inte situationen direkt genom att reta upp honom på mötet.

– Uppmuntra det då. Få honom att säga något elakt. Sedan kan du gå till John och förklara att du inte kan jobba med honom av personliga skäl och att någon annan på hans byrå borde ta över.

– Oj. Ja, jag antar att det skulle kunna fungera ... beroende på vad han sa.

– Tänk på det som en försäkring. Om han inte säger något alltför hemskt kan du hantera det. Om han går över gränsen beseglar han sitt eget öde.

Hon funderade på saken. Tanken på att ta kommandot och visa lite attityd gav henne kraft. Det var en psykologisk rustning. – Tack, det är ett väldigt bra råd.

– Jag gör mitt bästa. Patrick klappade hennes arm igen.

– Min lurvige hjälte från Pandaria, sa hon och log.

Han log tillbaka.

Hon var inte mycket för konfrontationer. Patrick fick sina fräsande utbrott på lata studenter men Anna försökte alltid känna empati. Man visste aldrig allt om andra människor. *Tänk om han har ont om pengar? ... Tänk om hon är sjuk?* ("Drabbad av kronisk latmask, eller?" sa Patrick.)

Men att vara otrevlig mot James Fraser? Hon trodde att hon var kapabel till det.

19

Mot slutet av en lång vecka hittade Anna en plats åt sig själv, sin jacka, sin väska och sitt glas rödvin i kafébaren som låg i biografen Soho Curzons källare. Hon ville inte stirra ut varenda kille som kom in utan hoppades att Grant skulle känna igen henne.

Han var en kvart sen, men det gjorde inte Anna något. Hon visste att en del kvinnor lade stor vikt vid strikt punktlighet och utdragna stolar, ett allmänt gammaldags Walter Raleigh-liknande uppförande, men hon hörde inte till dem. Så länge han uppträdde respektfullt och inte svor åt henne för att hon inte köpt något att dricka åt honom var Anna lätt att ha att göra med. Det var svårt nog att dejta utan att man hängde upp sig på detaljer.

Hon trivdes här och kom ofta förbi även när hon inte skulle se någon film, för att titta på folk över en kopp varm choklad. Det var en liten oas av lugn och ro när staden en trappa upp kändes för frenetisk.

Till skillnad från Anna var Michelle inte från London. Hon hade flyttat hit från sydvästra England för att gå på restaurangskola och såg staden med en utomståendes ögon. Hon sa att London var ett av de värsta ställena att ha en dålig dag på och ett av de bästa att ha en bra dag på.

Anna förstod vad hon menade. Hon hade gått till det där mötet på British Museum med ett Beach Boys-soundtrack i huvudet och hon hade återvänt till tonerna av Joy Division.

När hon hade haft en särskilt hemsk dag i skolan brukade hon ta med sig en bok till Mayesbrook Park och promenera, läsa och sedan promenera lite till. Hon hade lärt sig att det var ohälsosamt att sitta på sitt rum och grubbla över vad nästa dag kunde föra med sig.

Så även om hon hade tänkt vänta ett tag innan hon gick på en dejt igen efter historien med kissentusiasten insåg hon att det inte var bra att hänga upp sig. Dessutom hade Grant låtit så entusiastisk i sitt meddelande. Människor på dejtingsidor var bara tillgängliga under en begränsad tidsperiod. Om man avvisade dem gick de vidare till nästa person på listan, någon som kanske gjorde dem otillgängliga.

Anna riskerade att missa sitt livs kärlek om hon väntade. Tänk om Grant var den rätte för henne, och så lät hon BDSM-Neil och *James Fraser* förstöra alltsammans? Det var samma logik som folk använde när det gällde att vinna på lotto. Vad var oddsen för att ta hem storvinsten, för att få lyxvillan och två bullmastiffar vid namn Pucci och Gucci?

Hennes mormor hade sagt att alla som var singel efter trettio hade ”problem”. Det var upp till var och en att identifiera vad det var. – Och om du inte kan se vad problemet är kommer du att få reda på det snart nog, hade hon sagt med dramatiskt eftertryck.

Aggy hade storögt absorberat deras mormors beska visdomsord. Anna – som var i de sena tonåren och hade Doc Martens som hon ritat på med tipp-ex och en mörklila slinga i håret – hade däremot börjat ifrågasätta den äldre generationen.

– Tänk om du är änkling och det är därför du är singel? Tänk om det är problemet?

– Ja. Vem vill ha någon som ville ha någon annan men inte kan vara med den personen? Du kommer alltid att vara andrahandsvalet.

Vad var då Annas problem? Mormor Maude var död nu, så hon skulle aldrig få höra hennes åsikt om saken, vilket antagligen var bäst.

~

– Hej, är du Anna?

Hon hade förlorat sig i sina tankar medan hon bläddrade i Curzons program över kommande evenemang.

– Hej! Grant?

– Vill du ha något att dricka?

– Jag har redan beställt, tack, sa Anna.

– Okej, ge mig en sekund ... sa Grant. Han drog av sig sin trenchcoat och släppte en portfölj intill stolen.

Vänta lite. Han var riktigt stilig. Mellanblont hår som han strukit bakom öronen, markerad näsa, lång, bredaxlad. Han såg ut som att han kunde vinna kapproddstävlingar eller gästspela som kvinnotjusare med kraftiga polisonger i *Downton Abbey*.

Hon hade tyckt att han såg bra ut på bilderna, men väntade som alltid tills de träffats personligen innan hon blev alltför entusiastisk. Han hade ett imponerande jobb, kommunikationschef för en stor välgörenhetsorganisation. Anna kände en skälvning av förväntan och rättade till kjolen över yllestrumpbyxorna. Efter Neils kommentar om hennes bristande elegans hade hon satt upp håret i en flätad knut, sminkat sig mer än hon brukade och köpt en tajtare klänning än vanligt. Det var inte svårt – allt på Topshop satt som en kompress.

Grant ställde ner ett stort glas med Kronenbourg. – Ledsen att jag är sen, jag fick något dumpat på mitt bord just som jag var på väg att gå från jobbet.

– Jag känner igen det där. En paus. – Gillar du det? frågade Anna. Ditt jobb menar jag?

– Oftast. Nu har min senaste chef, Ruth, slutat. Hon var den mest krävande person du kan tänka dig. Det slutade med att jag och ett par kollegor lämnade in ett formellt klagomål. Hon sa inte upp sig, men hon kallades till ett disciplinärt möte och efter det blev hon ännu värre. Vi frågade oss om det ens var värt att komma med klagomål ... Vad har man egentligen personalombud till? Ruth hade ingen aning om hur hon skulle utvärdera oss, hon hade aldrig gjort jobbet själv och det var bara – Grant formade händerna till två näbbar som han öppnade och stängde – ”bla,

bla, gör så här”. Och vi sa ”okej, ta det lugnt”. Hon är i Doncaster nu.

– Kära nån ... sa Anna och undrade varför han pratade så mycket om Ruth. Det kanske hade hänt alldeles nyligen.

– När började du intressera dig för kommunikation?

– Kommunikation? Bra fråga, jag har en examen i farmakologi från Newcastle. Det var rätt sak för mig att läsa då och jag fick bra betyg, men sedan kände jag, ”Vill jag verkligen jobba med det här”? Det är ett bra yrke, missförstå mig inte, men i grund och botten är kommunikation min grej, jag gillar att prata med människor.

Du gillar i varje fall att höra din egen stämma, tänkte Anna och försökte tysta sin inre rebelliska röst.

– Sedan flyttade jag till London, och min bror jobbar med it, så jag tänkte – är it något för mig? Jag vikarierade på hans arbetsplats och det var helt okej, och han sa att jag var duktig och att jag kunde få ett jobb, men jag tänkte, hm, det kanske finns något mer för mig där ute, du vet? Sedan åkte jag till Indonesien med min tjej ... Haha, min före detta tjej alltså ...

Grant lutade sig fram och kramade Annas arm för att lugna henne. Det fanns de som skulle kalla det överdrivet självsäkert.

– Det ändrade hela mitt perspektiv. Fantastiskt ställe. Har du varit där?

Anna skakade på huvudet och bet sig i kinden när hon insåg att det svaret skulle leda till att de ägnade ett år åt Indonesien. Mycket riktigt började Grant genast lägga ut orden om landet och dess topografi, sedvänjor och mat. Och ... SKOR? Vilken sorts *skor* folk använde där? Herregud.

Anna häpnade. Vad han än pratade om saknade Grant varje form av filter. Det var som att vrida på en kran. Om man frågade honom något följde en strid ström av information som fortsatte tills rummet var översvämmat och det var dags att ringa en hantverkare.

Först var det störande, sedan fruktansvärt irriterande, därefter mörkt komiskt och slutligen väldigt, väldigt långtråkigt.

En timme senare kunde Anna inte längre låta bli att se ut som någon som pressade näsan mot fönstret ombord på ett flygplan som var på väg att störta. Hon hade kunnat dra igång sina egna monologer för att hämnas, men vad skulle det tjäna till? Grant var inte tillräckligt intresserad för att ställa några frågor, och förutsatt att han inte kunde visa papper på att han led av babbelsjuka och att hon var juridiskt förpliktigad att gå på en andra dejt med honom var Anna säker på att hon aldrig tänkte träffa honom igen.

Grant pratade nu om Indonesiens utrotningshotade Sumatra-orangutanger och hur de hade attackerat honom med sina långa fingrar. Det var en historia som hade potential att vara intressant, om det inte vore för att han gick baklänges och beskrev varenda detalj av resan som fört honom öga mot öga med primaterna i fråga, hela vägen tillbaka till ost- och lökpajen på Gatwick.

Anna lossade förtöjningarna och lät tankarna segla iväg. Medan Grant berättade om sin färd genom djungeln skrev hon en inköpslista och två utkast till jobbmejl i huvudet.

– Ska vi ta en till? frågade Grant efter att han druckit upp sin andra öl.

Hon hade länge längtat efter att de sista centimetrarna i hans glas skulle försvinna. – Nej, tyvärr. Hon såg på sin klocka. – Jag ska strax träffa några vänner.

– Åh, sa Grant. Det var tydligt att han ville att hon skulle erbjuda honom att hänga på.

Anna tyckte synd om honom och hatade sig själv för att hon var så mjäkig att hon tyckte synd om varenda människa, hela tiden, även de som var lika känsliga och lyhörda som noshörningar.

När de skildes åt utanför höll Anna ett tydligt avstånd. Hon kunde inte föreställa sig att Grant tyckte att kvällen hade gått tillräckligt bra för att avslutas med en kyss, men det var mycket hon inte förstod när det gällde Grant.

– Vi borde göra om det här, sa han.

– Öh ... Hon stack fram handen och han tog den med en något frågande min. – Tack. Det här var trevligt, men jag tror att min odyssé i dejtingvärlden fortsätter.

– Åh. Okej ... Han slätade till sitt hår. – Betyder det att du inte vill träffa mig igen?

– Jag tyckte inte att det klickade mellan oss, sa Anna. Det där klickandet igen. Ett ord som fick klä skott för tusentals brister.

– Vad menar du med det? frågade Grant.

– Hur vi fungerade, sa hon och gestikulerade med handen i luften mellan dem. Tillsammans.

– Jag tyckte att konversationen flöt på bra!

Konversationen? Man gick väl inte från en föreläsning om klimatförändringar och tänkte att man haft en fantastisk konversation med Al Gore? Anna slets mellan att vara snäll eller brutal, och frustration och billigt rödtjut gjorde att den brutala sidan vann.

– Du pratade betydligt mer än jag gjorde. Samtidigt som hon sa det kände hon hur sorgligt och ovärdigt det var att stå här ute på gatan och säga till någon varför man inte tyckte att de höll måttet.

– Du ställde en massa frågor, sa Grant och rynkade pannan.

– Jag antar det, sa Anna. Hon ville så innerligt komma därifrån, och hoppades att Michelle skulle ringa istället för att skicka ett sms, och på så sätt rädda henne från den här likvakan. – Förlåt.

Det fanns inget trevligt sätt att säga det på, och det tjänade ingenting till att förklara att de inte befann sig på samma våglängd och aldrig skulle göra det heller. Det faktum att han inte kunde se det var bevis nog för den saken.

Hennes telefon ringde.

Hon älskade Michelle i vilket fall som helst, men i det ögonblicket älskade hon henne mer än solsken, tårta och orangutangen vid namn Herkules som hade slagit till Grant i pannan.

20

I det lilaskiftande kvällsljuset lyckades Anna urskilja Michelle, som stod och stampade med fötterna utanför Gelupo medan hon puffade på en e-cigarett som såg ut som en tamponghylsa.

– De där får man väl röka inomhus? sa Anna när hon kom fram till henne.

– Penny är här, sa Michelle med en grimas.

– Aha.

– Vi har redan blivit osams. Hon gjorde en stor grej av att hon gav en fempundssedel till en man som satt i en port, och sedan pladdrade hon på om hur hon inte förstår folk som bara ger ett pund och att hon alltid ger tillräckligt för ett rejält mål lagad mat. Jag sa ”ett rejält mål HEROIN”, och då började hon prata om hur jag ”har en stereotyp bild av fattiga människor och pip pip pip”. Michelle gjorde det råttlika, pipande ljud som hon använde för att härma Penny. – Jag skulle inte ha något emot skenheligheten om hon var någon sorts hjälparbetare som riskerade liv och lem, men det var garanterat Daniels fempundssedel. Varför är hippies med blödande hjärtan alltid de mest själviska personer man kan tänka sig?

Anna skrattade. Hon var väl bekant med Michelles klagovisor om Penny.

– Tvinga mig inte att gå tillbaka in dit. Michelle lade huvudet på Annas axel.

– Men glassen då?

Michelle sjönk ihop. – Vi får se hur många sekunder det tar

innan hon säger något oartigt eller nedlåtande till dig. Räkna dem.

Inne på Gelupo, som var varmt upplyst och inrett i maritimt blått och vitt, beställde Anna granitas med choklad- och espressosmak åt sig själv och Michelle. När Penny vinkade entusiastiskt åt henne från andra sidan rummet kände hon sig skyldig. Det fanns våffelstrutar stora som trollkarlshattar på disken, men Anna valde kulor i bägare. Kaloriräknaren i hennes huvud stängdes aldrig av helt.

– Hur var din dejt? frågade Penny och slängde med en knyck undan sitt långa raka hår från sin rosa glass medan de satte sig.

Penny hade ett runt ansikte, en rejäl lugg som tycktes börja väldigt långt bak på huvudet och en röst som klingande små klockor. Det fick det att verka som att hon, i likhet med Daniel, inte kunde säga något otrevligt. Men till skillnad från Daniel gjorde hon det.

– Katastrofal. Jag hade så tråkigt att det kändes som att tidens och rummets lagar var satta ur spel.

– Du har en sådan otur när det gäller dejter. Jag undrar vad det beror på?

Michelle kastade en demonstrativ blick på sin klocka.

– För att citera en låt: ”It's not easy to find, somebody who is just your kind”, sa Daniel och tog sin sked ur munnen.

– Har du funderat över om du kanske är för kräsen? undrade Penny med huvudet på sned.

På andra sidan bordet drog Michelle fingret genom luften och låtsades sätta ett streck i protokollet.

– Folk säger alltid det när man har varit singel ett tag. Jag lovar att jag inte sitter och ratar killar på grund av småsaker. Det är snarare så att de missar målet helt, sa Anna.

– Dessutom är det bara singlar som får höra den sortens analys. Du skulle aldrig fråga ett par om de har funderat över ifall de kanske *inte* var tillräckligt kräsna, eller hur? sa Michelle och log brett.

– Men hur mycket kan man egentligen säga om någon efter en enda dejt? sa Penny. Vem var det du träffade ikväll?

– Grant.

– Okej. Just nu kanske Grant tänker ”Attans också”! Anna hade glömt Pennys fäbless för att uttrycka sig som en societetsflicka från den amerikanska södern på nittonhundratjugotalet. – ”Jag önskar verkligen att jag fick träffa den där Anna igen, men jag schabblade till det.” Hon knäppte med fingrarna.

Anna såg frågande ut.

– Men om ni gick på en dejt till skulle det kanske uppstå magi! fortsatte Penny. Hon knäppte med båda händernas fingrar och gav upp ett pärlande skratt.

Det var oftast Michelle som tappade tålamodet med Penny, men den här kvällen var det Annas tur.

– Jag har inte tid att dejta folk som jag ogillar två gånger och samtidigt leta efter någon som jag faktiskt gillar. Det är möjligt att det innebär att jag kommer att missa ”den rätte”. Ärligt talat, om han någonsin har funnits är risken stor att jag missade honom för åratal sedan. Vi väntade på samma sena tåg vid King's Cross 2002, och i sista stund gick han längre bort på perrongen och vi började aldrig prata. Nu är han i Kuala Lumpur och har sex med sin nyblivna fru, och jag letar inte längre efter ”den rätte” utan efter ”den som råkar finnas tillgänglig vid rätt tillfälle”. Men jag förstår inte varför det innebär att jag måste slösa bort min tid på att bevisa att det inte är jag som är kräsen. Allt det här kanske framstår som ett romantiskt äventyr för någon som har ett förhållande, men det är utmattande. Och det gör dig ledsen. I början tänker du ”det här kan vara personen för mig” före varje dejt, men snart inser du att du har tur om du hittar någon hyfsat hygglig eller någon som inte är knäpp.

– Oj då! Lugna ner dig, sa Penny och klappade Annas arm medan Anna blängde ner i bordet och försökte att inte bita henne.

– Jävligt bra sagt, sa Michelle. Det är därför jag inte dejtar alls.

– Jag tänker ta en paus ett tag, instämde Anna dystert.

– Var försiktiga så att ni inte slutar som två bittra gamla ungmör! Ni är som Marges systrar i *Simpsons*. Penny fnittrade medan Anna och Michelle utbytte misstrogna blickar. Människor som betraktade sig själva som ”goda” var verkligen farliga.

Daniel, som åt upp det sista av sin glass, verkade helt omedveten om Pennys blundrar. – Om ni inte har något emot att dela kan jag bli polygamist och rädda er allihop, sa han.

Michelle skrattade ett av sina hyenaliknande skratt och friden var återställd.

– Jag har fler sjuka saker att berätta, sa Anna. Gissa vem som var med på mitt första möte på British Museum? Ondskefulla James Fraser som jag gick i skolan med och mötte på återträffen.

– Va? Han som ...? Michelle avbröt sig eftersom hon antog att Anna inte ville dra upp hela historien inför Penny. – Hur kommer det sig?

– Han är en av de digitala konsulterna som gör appen och vad det nu mer kan vara.

– Vet han vem du är nu? Bad han om ursäkt?

– Jag tror inte det, och nej. Jag har bestämt mig för att gå på offensiven, och om han attackerar mig tänker jag få honom flyttad från projektet.

Anna var rädd för att Penny skulle fråga hur det var möjligt att någon som hon gått i skolan med inte kände igen henne. Som tur var verkade Michelle ana det.

– På tal om överraskande identiteter, sa hon. Kommer ni ihåg killen som blottade sig för oss härom kvällen? Han kom och presenterade sig eftersom han säljer hamburgare från en matbil på andra sidan gatan. Okej, så vad skulle ni säga att han definitivt inte var?

– Blyg? föreslog Daniel.

– Överklass! Han är värsta överklasskillen. Guy! Han bad om ursäkt som om han var Hugh Grant efter prostitutionshistorien. ”Vi hade intagit en del starka drycker ... det ledde till några skämtsamma upptåg ... verkligen hemskt ledsen.”

– Trevligt av honom att be om ursäkt.

– Jag tror att han ville undvika att jag ringde polisen och förstörde för hans nyöppnade ställe. De har döpt det till ”Meat Cute”. Hamburgaren heter ”Beefy The Hunger Slayer”. Allt på menyn innehåller en rejäl dos självbelåtenhet. Jag ger dem en månad.

– Jag har ätit en av deras hamburgare. Den var jättegod, sa Daniel.

– Dan, kan du inte visa lite lojalitet? Min hovmästare ger alltså pengar till konkurrenter?

– Vi måste ju ha koll. Och faktum är att han gav den till mig gratis.

– Underbart, så nu står vi i tacksamhetsskuld till dem.

– Han frågade faktiskt en massa om dig.

– Det kan jag slå vad om. Varför inte bara visa honom vår bokföring? Nästa gång du stoppar en av de där hamburgarna i munnen hoppas jag att du tänker på Guys testiklar pressade mot mitt fönster.

– Måste jag tänka på hamburgarna om jag någonsin stoppar hans testiklar i munnen? undrade Daniel.

Michelle gapskrattade och Penny fnittrade.

Anna skrattade också och skrapade upp resterna av sin glass. Hur skulle hon ha kunnat hantera dejtingvärldens lågvattenmärken utan sina vänners stöd? Även om hon fick ta Penny på köpet.

– Kommer ni två på mitt gig? frågade Penny med rynkad panna. Ni vet att The Unsaid ska spela?

Trots att det var första gången hon nämnde något om saken fick Penny det att låta som att hon redan berättat om spelningen och att Anna och Michelle tackat ja, men nu svek henne genom att vägra. Typiskt Penny.

– Jag måste antagligen fixa något på restaurangen, sa Michelle och åt upp det sista av sin glass.

– Nej då, jag såg till att välja ett tillfälle när restaurangen är stängd så att Dan kan se oss. Anna, kommer du?

Anna öppnade munnen.

– Det gör hon definitivt, avbröt Michelle.

21

– Jag hatar att behöva säga det, men jag är inte det minsta förvånad, sa Laurence. Det lät inte som att han hatade att säga det.

– Varför inte? frågade James, trots att han knappast ville veta.

De tystnade en stund medan servitrisen satte ner två glas framför dem, öppnade deras burkar med Dixie Beer och hällde upp lite i varje glas.

– Jag kommer strax tillbaka för att höra vad ni vill ha att äta, sa hon. Vårt Red Rice är väldigt gott.

– Måste hon låta så amerikansk? Om London älskar USA så mycket kan väl hela staden bara flytta dit? sa James när hon hade gått.

Laurence och James träffades en gång i veckan för att äta middag. Regeln var att de aldrig gick till samma ställe två gånger, med undantag för Tayyabs, som var obligatoriskt vid en baksmälla.

Laurence brukade vanligtvis välja restaurang, och den här gången var det ett ställe som serverade fyllda baguetter i autentisk New Orleans-stil. Med autentisk Louisana-öl. I Soho. Det viktigaste var att det var ett av de mest omtalade ställena just nu, och efter att de varit här kunde de säga det.

Laurence lutade på glaset och luktade försiktigt på innehållet.

– Det var antingen det här eller root beer, vilket smakar munskölj, sa han och drack lite. Skål! Det förvånar mig inte att Eva träffar någon annan eftersom det alltid finns någon annan. Väldigt få människor gör sig besväret att lämna en relation utan att ha något annat som väntar. Det är en av mina livsvisdomar. Hon gjorde det knappast därför att hon älskar utsikten från sin kompis Saras gästrum, eller hur?

– Varför sa du inget?

– ”Ledsen att du är så nere över att din fru lämnat dig, jag slår vad om att hon har hittat en snubbe?” Precis vad du behövde höra.

– Hm. James studerade menyn. *Serveras med våra heta tillbehör.* – Hatar du inte menyer som ska göra sig till? Det är bäst att de inte försöker kalla ketchup för något annat än ketchup.

Servitrisen återvände och de beställde gigantiska mackor med brunsås. Trots det svindlande utbudet av olika sorters protein som kunde tryckas in i monsterbröden misstänkte James starkt att de alla smakade likadant efter att de serverats med ”våra heta tillbehör”. Heta ... Han kom plötsligt att tänka på den där teckningen av Eva och tappade aptiten.

– Jag fattar inte hur hon kunde vara okänslig nog att lämna den där teckningen så att jag kunde se den. Kan du föreställa dig det, Loz?

– Jag skulle inte behöva föreställa mig något om du bara hade haft sinnesnärvaro nog att ta ett foto med din telefon, sa han, och James skrattade tomt.

– Fatta hur det känns att behöva föreställa sig hur han ritar av henne, som i den där scenen från *Titanic*. Nakenfoton vore bara snäppet värre. Dessutom tecknade han som en femåring ...

James skakade på huvudet, som om Finns bristfälliga konstnärliga talang var det värsta av allt.

– Han är praktiskt taget ett barn. Tjugotre, för helvete, sa Laurence. Jag dejtade en tjugofyraåring förra året. Hennes favoritmusik var ”skronk”. Hon hade aldrig hört talas om John Major. Jag frågade henne vem hon trodde styrde landet mellan Margaret Thatcher och Tony Blair. ”Var det Michael Parkinson?” sa hon. Då visste jag att det var kört. Synd, för vi var som två drunknande katter när vi hade sex.

James blängde på honom. – Nu känns det mycket bättre. Tack kompis!

– Åh, just det. Förlåt. Men du sa väl att de inte ligger med varandra?

– Det är vad hon påstår.

Än en gång tvingades James fundera över vad den där killen egentligen hade gjort med hans fru – eller snarare planerade att göra med henne. *De låg inte med varandra.* Vad innebar den definitionen egentligen nuförtiden?

Det var så ofattbart grymt av Eva att låta honom få veta på det sättet. När hade hon tänkt säga något? Med undantag för Loz tänkte James inte berätta om det här för sina vänner eller sin familj om han kunde låta bli. Han ville inte att de skulle tycka illa om Eva. Det var grejen med förhållanden – du fortsatte att göra reklam för någon trots att hon gett dig sparken.

Vid det här laget hade James ingen matlust alls.

Som på given signal anlände deras baguetter, delade på mitten och omgivna av överflödiga friterade tillbehör.

Servitrisen hällde brunsås över båda mackorna. – Hugg in nu, killar, sa hon och gick.

– Du, det här med åldern. Det faktum att den där Finn är så ung är goda nyheter.

– Är det? James petade på en friterad lökring. Han skulle bli tvungen att plocka isär mackan och få det att se ut som att han hade ätit. En gång i tiden hade han dejtat tjejer som gjorde så. – Det är förödmjukande.

– Ja, men Eva kommer inte att lämna dig på riktigt för Derek Zoolander. Hon vill väl ha barn? Och hur gammal är hon, typ trettiotre? Det här är bara en liten flirt.

– Jag antar det, sa James. Men vem vet vad Eva tänker nuförtiden? Inte jag i alla fall.

– Får jag ge dig ett råd? Eller, jag vet att du inte kommer att lyssna på mitt bästa råd, så du får mitt näst bästa.

– Vadå?

– Hämnas. Ha en egen kärlekshistoria. Om du får smaka på din egen skit inser du att du inte gillar smaken, som Martin Luther King sa.

– Hm. Jag vet inte.

– Varför inte? Inser du vilken tur du har? Du kan ragga upp någon annan utan att det får några konsekvenser. Ingen kan klandra dig, allra minst din fru.

– Vem skulle jag ragga upp?

– Haha. Lägg av. Jag tänker inte säga till dig att du kan få vem du vill. Menar du att om Eva kom förbi och du var fullt sysselsatt med en tjugofyraåring så skulle det inte få henne att tänka till?

– Hon har ingen nyckel till huset längre.

– Var inte dum.

James var inte alls säker på hur Eva skulle reagera. Han ville inte ge upphov till mer smärta. Han ville göra allt bra igen, inte förstöra det totalt.

– Jag vill inte dra in en oskyldig tjugofyraåring i den här röran.

– Det är det som är skillnaden mellan oss. Du drar inte in någon i något så länge du inte låter dina känslor komma i vägen. Du ger bara tjejen en fantastisk upplevelse, något så underbart och njutningsfullt att det vore ohälsosamt att vara med om det för ofta. För helvete, hur är det meningen att man ska äta de här?

Laurence gav upp försöket att trycka in en droppande macka stor som ett flygplan i munnen och tog till kniv och gaffel.

– Tack, men det känns inte särskilt lockande just nu.

– Här kommer ännu en av Laurence O'Gradys livsvisdomar: Konkurrens får dig att fokusera på om du vill ha något eller inte.

– Eller *inte*, upprepade James. Det innebär en risk.

– Hur bra fungerar din strategi att inte göra någonting alls? Den ger ju verkligen *Finn* chansen göra något.

James höll upp handen för att hejda honom, och Laurence nickade.

– Förlåt. Det här måste vara jävligt jobbigt.

Laurence fyllde på deras glas, och James lade märke till att de trots sina ansträngningar fortfarande hade bordet fullt av mat.

– Herregud, jag höll på att glömma. Du kan aldrig gissa vem som var med på mitt möte härom dagen. Kvinnan som du var så intresserad av på klassåterträffen. Hon föreläser på UCL och jobbar med en utställning på British Museum som vi ska göra en app till.

– Va! Det är ju fantastiskt. Först går hon till fel rum, och nu det här. Det är något speciellt med den där spanjorskan, sa Laurence.

– Det visar sig att hon är italienska.

– *Bella Italia*! Föreläsare säger du? Jag ger henne högsta betyg.

– Menar du allvar? Hon var fullkomligt kallsinnig mot dig. Och hon var rejält jobbig under mötet. Hon ifrågasatte vad det var för mening med mitt jobb. Jag kände för att påpeka att det är de som har anlitat oss. Det förvånar mig att du gillar henne, med tanke på såväl hennes personlighet som hennes utseende, sa James borstade av sina händer.

– Varför då?

– Hon är för ... allvarlig för dig. Inte tillräckligt hårdsminkad. För påklädd.

– Där har du fel. Jag börjar tröttna på tjejer. Jag är redo att träffa en kvinna. Du får fixa ihop oss.

– När jag måste jobba med henne? Hon är förmodligen bara sur för att du stötte på henne. Inte en chans.

– När ni har jobbat klart då?

– Hm. Kanske. Vänta lite. Vad var ditt bästa råd? frågade James.

– Va?

– Du sa att jag inte skulle lyssna på ditt bästa råd.

– Åh. Det. Laurence torkade ölskum från munnen. – Du borde skilja dig från Eva.

– Jag älskar henne, sa James och ryckte på axlarna.

– Jag sa ju att du inte skulle lyssna.

– Om du hade gift dig med någon, skulle du inte hålla fast vid den personen?

– Det får vi se ifall jag någonsin gifter mig.

Laurence sa alltid att han bara tänkte gifta sig för att bli rik. ”Varför skriva på ett kontrakt som du inte kan annat än förlora på ekonomiskt?” James hade länge känt en kombination av beundran och avsky för Laurences nihilism. Nu praktiskt taget avundades han honom den.

– Problemet är ... Laurence suckade. – Får jag säga vad jag tänker utan att du blir arg?

James nickade och tänkte att han skulle göra det i vilket fall som helst.

– Så vitt jag förstår fanns det ingen speciell anledning till att hon gjorde det här. Hur ska du kunna lita på att hon inte gör om det?

Det var precis vad James själv hade tänkt. – Hon vet att om hon någonsin gör om det är det slut, sa han. Han försökte låta bestämd, men visste att han lät svag.

Laurence grimaserade. – Det kommer garanterat att leda till paranoia och lidande om du frågar mig. Tänk på den där klättraren som sågade av sin egen hand med en fickkniv när han klämts fast under ett stenblock. Det är så det är att avsluta en långvarig relation. Massor av smärta och fasa på kort sikt, men något du måste göra för att få ditt liv tillbaka.

– Haha. Så äktenskapet är stenblocket? Du tycker att jag borde galoppera nerför berget med blodet sprutande från min armstump och glatt se fram emot livslånga försök att äta nachos med en gripklo från en sådan där automat på ett nöjesfält?

– Föreställ dig att du ömt stryker över din nya kvinnas rumpa med den där klon! Inte illa.

De skrattade. Även om Loz alltid var plump var James glad att han hade valt att berätta om teckningen för just honom.

Någon som sagt *stackars dig* skulle bara ha fått honom att må sämre. Han var i stort behov av att få skratta, hur tomt skrattet än var.

Det var småaktigt, men tanken på att hämnas på Eva för att vinna henne tillbaka hade gett honom en idé.

22

Anna vaknade som vanligt tjugo minuter efter att hon borde ha gått upp, och låg sedan kvar och njöt av sängvärmen i ytterligare tio minuter. Hon kastade en blick på klockan på telefonen och stönade. Det var helt enkelt fel att ha en tid att passa en söndag.

Hon rullade ut från lapptäcket. På samma sätt som en del människor rutinmässigt sträckte sig efter sina glasögon det första de gjorde sträckte hon sig efter ett hårband för att sätta upp håret i en gigantisk, ostyrig knut. Experiment i ungdomen hade lärt henne att om hon klippte sig kort ledde det till en superlockig, rund kalufs formad som en maskrosboll, vilket fick henne att likna en mörkhårig, äldre version av Annie från filmen med samma namn.

Anna ogillade att gå upp på morgonen och älskade sin stora himmelssäng i mässing. Hon hade struntat i de faktiska dimensionerna, och nu hade hon inte en säng i sin lägenhet så mycket som en lägenhet runt sin säng.

”Och du som alltid sover ensam!” hade hennes syster sagt med sin vanliga taktfullhet.

Man fick inte mycket yta i Stoke Newington för hennes lön som föreläsare, så mycket var säkert. Hon hade blivit tvungen att prioritera. Hon föredrog en stor säng framför ett riktigt badrum, och hennes ganska trånga men charmiga kök som ledde ut till en fin liten trädgård vägde tyngre än ytterligare ett rum skulle ha gjort.

Mäklaren hade komiskt nog lyft fram att badrummet låg i praktisk anslutning till sovrummet. ”Varför har du ett duschmunstycke i garderoben?” undrade alla andra. ”Å fan, det *är* duschen.”

Anna krånglade sig in i och ut ur den, tog på sig samma kläder som hon haft på sig föregående dag och drog på sina stövlar.

Resan till hennes föräldrar i Barking var en resa bakåt i tiden. Det var inte helt och hållet angenämt, och hon kände alltid en viss lättnad när hon återvände hem till sig. Det var orättvist mot hennes familj att hon kände så, men samtidigt var det inte hennes fel att hon hade så många negativa minnen associerade med sin barndom.

Anna tog tåget och hoppade sedan på District Line och hittade en sittplats. Hon hindrade rutinerat kaffet i pappmuggen från att skvalpa ut genom det lilla hålet i locket och höll muggen lika stadigt som om den vore den olympiska facklan.

Tunnelbanevagnarna lämnade underjorden och körde ovan mark igen. Där såg hon den mytiska gränsen mellan gammalt och nytt, Aureliana och Anna – ringvägen North Circular. Hon var tillbaka i sina uppväxtkvarter.

Hon drog upp huvan för att skydda sig från senhöstens typiska duggregn, skyndade förbi shoppingcentrumet Vicarage Field och fortsatte sedan vidare nerför de välbekanta gatorna som kantades av grovputsade parhus från trettiotalet med parabolantenner likt små huvudbonader på taken. Och så var hon hemma. Så länge hennes föräldrar levde skulle det vara hemma.

Det var en klyscha, men huset såg alltid lite mindre ut än hon mindes det.

Hon ringde på dörren och stampade med fötterna. Hennes mamma öppnade iförd ett förkläde vars ”strippa-med-tofsar-på-brösten”-motiv hade slutat vara roligt trettio sekunder efter att Aggy gett förklädet till modern en födelsedag för många år sedan.

– Aureliana, jag sa halv ett!

– Ledsen, det var reparationsarbete på tunnelbanan, ljög Anna.

– Det märkte inte vi, sa Aggy som släntrade ut i hallen med ett kristallglas med Prosecco i handen. Alla glas deras föräldrar ägde var från sjuttiotalet och såg ut som att de borde innehålla Blue Nun.

– Därför att Chris körde er hit? sa Anna. Hallå Chris! ropade hon.

– *Hola!* hojtade han tillbaka från vardagsrummet.

– Eller därför att du ljuger som en häst travar, sa Aggy. Mamma och jag håller på att gå igenom bordsplaceringen, vill du se?

– Jag ska hämta något att dricka först, sa Anna och gick mot köket.

Huset doftade underbart av fläskstek och rosmarin. Annas mamma skötte det mesta av matlagningen, men italienska söndagsluncher var hennes pappas specialitet. Då gällde hela konceptet – antipasti, primo, secondi, sallad, ost, grappa. Chris brukade alltid säga att hans lever hade förvandlats till paté när han gick.

– Hej pappa, sa Anna. Hon hittade honom i färd med att strimla salladsblad.

– *La mia adorata figlia maggiore!* sa han och gav henne en puss på kinden. Vinet står där borta.

Hon hällde upp ett rejält glas åt sig själv.

– Hur gick mötet med museimänniskorna?

Annas pappa var otroligt stolt över sin dotters jobb. Till skillnad från hennes mamma försökte han förstå sig på detaljerna.

– Okej, sa Anna och lutade sig mot kylskåpet. Hon visste att hon skulle ha babblat på entusiastiskt om det inte hade varit för det där kräket James Fraser. Hon kände en klump av förbittring i magen. – Allt börjar falla på plats.

– Vi längtar efter att få se utställningen.

På andra sidan korridoren hörde hon sin mammas förtjusta skratt när Chris med sin djupa basröst berättade en anekdot.

Hon misstänkte att det här skulle bli hennes enda chans att prata ostört med sin far, så hon stängde köksdörren. – Pappa, sa hon lågt. Har de – hon nickade med huvudet mot vardagsrummet för att visa att hon syftade på det förlovade paret – pengar så att det räcker?

Han rättade till handduken som låg över axeln och använde sedan en potatisskalare för att hyvla morot till salladen.

– Jag sa till Chris att han kunde komma till mig om det behövdes, och han sa att de klarar sig.

Anna borde känna sig lugnad, men det gjorde hon inte. Hennes föräldrar levde på faderns pension och moderns arv. Det var tillräckligt, även om det inte var mycket. Och det var inte Chris som bestämde över det här bröllopet.

– Aggy valde en brudklänning som kostade *fyratusen pund* härom dagen. Hon mimade beloppet.

Hon hade väntat sig att hennes pappa skulle se oroad ut, men han ryckte på axlarna. – Du vet hurdan din syster är, hon gillar ... Det var inte ofta han behövde leta efter ett ord på engelska efter fyra decennier. – Muff?

– Pappa! Nej! tjöt Anna.

– Vadå? Fluff och puff och sådant? Hennes pappa låtsades hålla upp en vid kjol och trutade med läpparna under mustaschen medan han gjorde en piruett med potatisskalaren i luften.

– Muff är något annat. Håll dig till fluffigt och puffigt.

– Åh. Orden låter så lika. Vad är muff?

– Öh ... något kvinnor har. Det spelar ingen roll.

– Din syster kommer att märka vad saker och ting kostar när hon fortfarande betalar för dem om ett år. Du vet hurdan hon är, det går inte att säga det till henne. Hon måste få upptäcka det själv.

– Jag antar det.

Anna drack lite vin och tänkte att hon hade gjort vad hon kunde. Hon önskade att hon hade delat faderns godmodiga inställning. – Kan jag hjälpa dig med något?

– Det behövs inte. Han räckte henne salladsskålen. – Ställ den här på bordet och gör de andra sällskap. De vill prata med dig om bröllopet.

– Det menar du inte! Jag undrade just när Aggy skulle säga något om det, sa hon och himlade med ögonen medan hon tog skålen. Hennes pappa log.

När Anna kom in i vardagsrummet vände sig Aggy mot henne. – Kan du bekräfta att du definitivt tänker komma ensam?

– Ja, suckade Anna. Men låt mig påminna dig om att vi alla är ensamma när vi dör.

Chris satt i soffan med en öl. Aggy och hennes mamma satt på huk runt en mängd papper som låg utspridda på mattan. Papperna var täckta med cirklar som ritats med vattenglas som mall. Anna höll sin Prosecco mot bröstet och kisade ner mot anteckningarna ”MOSTER BEV: INTE NÄRA PAPPA ELLER FARBROR MARTIN???”

– Moster Bev kan inte sitta i närheten av någon utan att det blir bråk.

– Titta närmare på temat, blivande svägerska. Chris blinkade åt Anna.

Anna strök några lösa hårslingor ur vägen och läste bordsnamnen högt. – Havanna ... Manzanillo ... Santa Clara ...

– Eftersom vi förlovade oss på Kuba, sa Aggy och tittade upp.

Anna såg frågande på Chris. – Trevligt ...?

– Fortsätt läsa, sa han.

– Aggy! ropade Anna. Guantanamo?

Chris tjöt av skratt. Det var väldigt likt honom att inte säga något till Aggy så att han kunde ha roligt åt det längre.

– Det är en stad på Kuba!

– En stad på Kuba som är oupplösligt förknippad med en massiv amerikansk militärbas-snedstreck-tortyrskandal.

– Det är inte Kubas fel! sa Aggy. Varför måste allt handla om politik nuförtiden? Hon strök irriterat Guantanamo, och hennes mamma klappade henne uppmuntrande på ryggen.

– Jag tänker att vi satsar allt och kör på fängelsetema istället, sa Chris. Abu Ghraib. Barlinnie. Broadmoor.

– Ett eget bord åt moster Bev en bit bort som vi kallar för Alcatraz, föreslog Anna.

– Det måste finnas andra ställen på Kuba. Aggy började söka på sin iPhone. Det uppstod en paus. – Har det hänt något i Grisbukten?

23

Aggys entusiastiska bröllopsplanerande tog dem genom kallskuret, oliver och bruschetta, svampravioli, fläskstek med rostade potatisar och sallad. Risken var stor att samtalsämnet även skulle räcka genom ostbrickan. Anna hade aldrig anat att det fanns så mycket att diskutera inför ett bröllop.

Eller att en önskelista kunde innehålla något så meningslöst som Stiltonskedar i solitt silver från Tiffany. Meningen ”Har ni händelsevis en särskild sked för den här blåmögelosten?” hade aldrig yttrats av någon enda människa.

– Varför smoking? Jag har inte någon smoking, sa deras pappa.

– Det ser så glamoröst och elegant ut. Annars klär sig alla bara som de vill, sa Aggy.

– Kan man tänka sig, folk som klär sig som de vill, sa Anna. Hyrda smokingar luktar get enligt mina kollegor som har använt dem vid Royal Society-tillställningar.

– Vi köper en! sa Judy till Oliviero. Du skulle ändå behöva en ny kostym.

– När kommer jag att använda den igen? muttrade deras pappa.

– På Annas bröllop, sa Aggy.

– När jag väl gifter mig kommer folk inte att använda kläder längre. De kommer att flyta nakna och hårlösa i tankar med saltlösning och koppla upp sig mot en virtuell ceremoni, sa Anna.

– Tyst. Du måste sluta försöka visa dig smart inför män och bara vara dig själv, förmanade deras mamma, vilket ledde till stor munterhet.

– Var inte smart, var dig själv, sa Chris och pekade på henne med kniven innan han skar av ytterligare en bit Grana Padano.

– Min dotter är den smartaste flickan i London, sa Annas pappa och lyfte sitt glas mot henne.

– Ja, men män gillar inte det, de gillar att slappna av, svarade Judy.

– Du har inte träffat alla män, mamma, suckade Anna.

Ibland fick konversationer med modern och Aggy Anna att känna att kvinnorättsrörelsen huvudsakligen hade misslyckats.

– Nu när ni har ätit klart har vi en överraskning, sa Aggy. Chris och jag har skrivit våra egna bröllopslöften, och vi vill gärna testa dem på er. Se det som en exklusiv förhandstitt.

Anna ställde ner sitt glas med en duns. – Är det inte meningen att ni ska höra varandras löften för första gången under vigseln?

– Jag tänker inte ta några risker! Tänk om hans är värdelösa? sa Aggy.

– I nöd och lust, påminde Anna.

Men det var för sent, Aggy hade redan plockat fram ett papper från sin väska. Anna suckade.

– Chris, låt inte min galna syster köra med dig. Vi behöver inte höra dem.

– Skojar du? Jag stannade uppe till klockan ett i natt för att skriva det här, på din systers order. Ni kommer att få höra dem! sa Chris.

– Okej, jag börjar, sa Aggy.

Anna såg sig om runt matbordet. Hennes mamma såg förtjust och förväntansfull ut, hennes pappa neutral. Anna önskade att hon kunnat sjunka genom den pistagefärgade Wiltonmattan. Trots att hon och Aggy var uppenbart lika utseendemässigt kände hon sig ibland som en bortbyting i den här familjen.

– Christopher. När jag först träffade dig var jag rädd, jag var vettskrämd ...

– Hahaha! Anna började skratta.

– Mamma! sa Aggy och stampade med foten. Säg till henne.

– Aureliana, allting är inte ett skämt, sa Judy.

Efter lite hostande, harklande och muttrande fortsatte Aggy att läsa.

– ... för att öppna mitt hjärta igen. Du har lärt mig vad kärlek är. Du ser en speciell, hemlig del inne i mig ...

– Hahaha! Anna brast ut i skratt igen och tumult utbröt. Deras mamma tillrättavisade henne, Aggy beklagade sig, Chris och deras pappa skrattade motvilligt.

– Vad är det han ser? sa Anna. Glöm inte att det kommer att vara barn närvarande under den här vigseln.

– Mamma, säg till henne, upprepade Aggy med både spelad och uppriktig upprördhet.

– Aureliana, ett ord till och jag skickar ut dig till vardagsrummet.

– Snälla, snälla gör det! Aggy samlade sig igen. – Du är min hjälte, min själsfrände, min prins. Jag lovar att alltid laga calzone med korv som du gillar så mycket och att sluta tjata om Sky Sports, särskilt med tanke på att kanalen ingår i det kanalpaket som vi valde tillsammans. Hon tittade upp. – När jag läste på nätet om att skriva egna löften stod det att man skulle vara specifik, förklarade hon.

Anna höll sin servett för munnen och skrattade ljudlöst.

– När du är sjuk lovar jag att klippa dina tånaglar ...

– Va? sa Anna och sänkte servetten. Vem klipper naglarna på någon som är sjuk? Det är inte en grej som folk gör.

– Kommer du ihåg när Chris spelade fotboll och bröt benet och hade det där gipset? Han fick riktiga trollfötter.

– Jag skulle inte prata om tånaglar under bröllopet om jag var du. Det är den minst romantiska delen av kroppen.

– Inte om du har en fotfetisch, sa Chris. Om du skriver in namnet på vilken skådespelerska som helst i Googles sökmotor föreslår den automatiskt tillägget "fötter". Det är sjuka grejer.

– Googlar du ofta skådespelerskor, Chris? undrade Anna, och han kastade en bit bröd på henne.

– Mamma! Nu har Anna fått oss att prata om kändisars sexfötter! skrek Aggy.

– Aureliana, var tyst! sa Judy automatiskt.

Aggy återgick till sitt papper. – Jag lovar att älska dig, hedra dig, lyda dig ...

– Så ska det låta, sa Chris och trummade med handflatorna mot bordsskivan.

– Lyda? sa Anna. Lever vi på artonhundratalet eller?

– Hur stor är chansen att din syster faktiskt kommer att göra det? sa Oliviero, och Anna var tvungen att medge att han hade en poäng.

– Från och med den här dagen ska jag älska dig för alltid. Min specielle man ... min Chris ... min älskling. Hon såg sig om runt bordet med blanka ögon.

– Åh Agata, sa deras mamma och torkade ögonen.

Anna och hennes pappa log mot varandra.

– Okej, Chris, din tur! ropade Aggy och slog armarna om sig själv.

Chris torkade sig om munnen med sin servett och vek upp pappret som han plockat fram ur fickan. – Agata. Du är så vacker idag, som en dröm ... Han avbröt sig. – Jag menar inte idag, så klart. Utan när jag ser henne då.

Aggy himlade med ögonen. Anna klappade i händerna.

– När jag frågade om du ville gifta dig med mig var jag inte säker på att du skulle säga ja. Du kunde nog hitta någon bättre. Men jag är så glad att du sa ja. Och nu står vi här.

Det blev tyst. Chris vek ihop pappret igen.

– Va? Var det allt? skrek Aggy.

Chris såg förbryllad ut. – Ja?

– Tack för att du kom, okej, trevligt att ses?

Anna fattade inte varför hon inte hade velat höra löftena. Det här var otroligt underhållande.

– Jag kan lägga till mer, sa Chris och lät sårad.

– Det är nog bäst det.

– Aggy, de är personliga löften. *Personliga.* Det är upp till prins Chris vad han vill säga.

– Ja, och det är bäst för honom att han väljer något mer personligt, varnade Aggy.

~

När de hade plockat undan efter lunchen erbjöd sig Chris att köra hem Anna. Han och Aggy bodde i Tottenham och de gav ofta Anna skjuts.

Den här helgen tog Anna tillfället i akt att gräva fram en odetonerad bomb – lådan på vinden med dagböckerna från skoltiden. Återträffen hade påmint henne om att hon ville gå igenom lådan och göra en utrensning. Hon hade alltid varit rädd för att dagböckerna skulle läsas av någon annan en vacker dag. Det var dags att göra sig av med dem en gång för alla. Skulle hon läsa igenom dem först? Hon var inte säker på att hon klarade det, och hon visste hur historien slutade.

Medan de lastade in lådan och en knölig väska med diverse prylar i bilen fick Anna möjlighet att prata med Chris utan att Aggy hörde.

– Låt henne inte köra över dig. Det är ditt bröllop också. Det är inget fel på dina löften.

– Äh, det där var inte mina löften. Jag retades bara med henne. Som om jag skulle läsa dem nu. De kommer att bli en överraskning, sa han med en blinkning, och Anna skrattade.

Visserligen lade Aggy ner vad hon kallade ”sjuka pengar” på det här bröllopet, men hon hade redan Chris, tänkte Anna.

Hon hoppades att hennes syster kunde skilja på sådant som var värt sin vikt i guld från Stiltonskedar i solitt silver.

24

James hade inga problem med att hitta rummet på UCL, och han drog upp dörrarna till den tomma föreläsningssalen med en känsla av oro som han inte hade upplevt sedan han själv gick på universitetet och slutproven närmade sig. (Han hade en examen i psykologi från Exeter – lika användbar som Luther i ett hundslagsmål i Lambeth.)

Anna, som satt längst fram, höjde handen till hälsning. Hon gjorde det utan att le, och James nickade med mungiporna uppdragna en aning. Det var inte mycket, men det var bättre än vad hon hade åstadkommit.

Han justerade sin axelremsväska medan han gick nerför trapporna och kände en klump i magen vid tanken på att behöva tillbringa en timme med den där kvinnan. Varför var vissa människor tvungna att ha en sådan attityd på jobbet?

Det var inte hans fel om hon och hennes pojkvän var osams eller om chefen var elak mot henne eller hennes köksrenovering hade spräckt budgeten. Hur svårt var det att bara uppföra sig som folk?

– Hej. Jag ser att tekniken redan är riggad, sa han och gjorde en gest mot videokameran som stod på ett stativ och var riktad mot pulpeten, och mikrofonen som var fastsatt på Annas klänning. Med tanke på att hon skulle bli filmad såg hon inte särskilt fixad ut.

Det ostyriga lockiga håret hade åter dragits bort från ansiktet och satts upp i en knut som såg ut att vara på väg att kollapsa när som helst. Hon var klädd i en tunn svart tröja med invävda silvertrådar, ett formlöst plagg som säkert kom från TOAST-katalogen och kostade massvis. Eva brukade ibland köpa ”slappa söndagskläder” därifrån.

Varför såg akademiker alltid så ovårdade och slarviga ut? Ville de göra klart att de hade bättre saker att tänka på än passform och strykjärn?

Nåja, det var hennes problem i så fall.

– Min kollega Patrick tar hand om ljud och bild, sa Anna och gjorde en gest mot det inglasade båset längst bak i hörsalen, där en figur skymtade.

James flyttade blicken till tallriken som hon ställde ifrån sig. Den var täckt med resterna av något odefinierbart och något äggbaserat, samt en klick mörk HP-sås.

– Vad *är* det där? for det ur honom innan han kunde hejda sig.

– En omelett i bröd. Vår kafeterias specialitet.

– Åh, sa James. Han ville inte väcka anstöt. Tack och lov att han redan hade ätit. – Du tituleras ”doktor”, stämmer det? frågade han. Doktor Anna Alessi?

– Ja, det stämmer, sa hon stelt.

Det var något välbekant med namnet, och det retade honom att han inte kom på vad. Plötsligt insåg han att Alessi var det där företaget som tillverkade trendiga kökstillbehör. Han hade en flasköppnare från Alessi någonstans.

Bäst att inte fråga om hon hörde till köksredskapsdynastin, ifall hon skulle anklaga honom för rasism och att trivialisera hennes etniska arv eller något sådant.

– Jag kommer alltså att ställa frågor till dig att utgå ifrån, och så berättar du om allt som kan vara av intresse. Vi är intresserade av korta snuttar på en minut eller två att använda till appen.

Anna nickade och tog en klunk ur en mugg som stått vid hennes fötter. Muggen innehöll en rosaaktig tepåse. En Twiningsetikett hängde över kanten. *Naturligtvis* drack hon örtte.

– Det var en annan sak också. Han såg upp från sin skärm igen. – Jag vill ta tillfället i akt att be om ursäkt ifall vi fick en dålig start när du dök upp på den där fruktansvärda återträffen. Min kompis

Laurence drar sig inte från att gå på som en ångvält med kvinnor. Jag sa till honom att låta dig vara, men ... Han ryckte på axlarna. – Laurence är som han är.

– Visst, det är glömt, sa Anna snabbt.

James hade väntat sig något mer – en utskällning kanske – men istället blev det tyst. – Hm. Okej. Till att börja med är det en specifik sak som designergänget vill att jag ska fråga dig. Han öppnade en bild på skärmen. – De vill gärna göra en rekonstruktion av Theodoras huvudbonad här, och de undrar om de kan dubbelkolla detaljerna med dig.

Anna lade huvudet på sned. – Kronan? Jag kan beskriva fragment av originalet, men vi skulle behöva använda fantasin för att göra en fullständig rekonstruktion, och jag ställer mig tveksam till att bara hitta på saker. Det är något man helst undviker inom mitt fält, ifall du inte visste det. Någon annan kan motbevisa en. Jag skulle föredra att använda artefakter som vi har mer exakt information om, om det är okej.

– Som till exempel? James suckade inombords. Hon tänkte inte göra det här enkelt.

– Bältet som vi har fått låna från Metropolitan i New York är fantastiskt. Det är tillverkat i rent guld och mycket tungt. Det bars vid statsceremonier och andra offentliga tillställningar, och det är precis lika viktigt som någon krona.

– Okej. Hm. Jag gissar att de kommer att invända att kronan är mer välbekant? Folk vet vad det är de tittar på när det gäller en krona. Ett bälte funkar inte riktigt lika bra som en karakteristisk symbol.

– Men bältet har den fördelen att det är ett fascinerande och komplett historiskt föremål som vi inte har mixtrat med.

För guds skull. – Designerna var väldigt inne på idén med kronan.

– Designerna är inte historiker. Jag skulle tro att de bara vill att alltsammans ska se fint ut. Du frågade mig, och jag säger vad jag tycker.

Ja, det gör du definitivt, tänkte James. – Jag ska hälsa dem det. De kanske kan diskutera direkt med dig i framtiden. *Stackars satar.* – Fäst blicken någonstans här borta medan du pratar, fortsatte han och reste sig upp och gick och ställde sig till höger om Anna.

– Så jag ska inte se rakt in i kameran?

– Det kan ge ett lite dominant intryck. Tänk på att prata i samtalston. Det är inte en föreläsning. Jag kan stå kvar här om det underlättar för dig.

– Jag tror att jag kan komma ihåg åt vilket håll jag ska titta ändå.

Herregud. James sjönk ner på en av sittplatserna. – Tänk dig att vi just har sett en mosaik som föreställer Justinianus och Theodora. Vad vet vi egentligen om hur och när de träffades? Börja med att upprepa frågan för att skapa en kontext. "Vi vet att när de träffades ..." och så vidare.

Anna lät lite onaturlig till en början, men efterhand tog hennes entusiasm för ämnet över och hon gick igång på ett sätt som var ganska smittsamt.

James var tvungen att medge att alltsammans var rätt intressant. Det här var en riktig, blodig *Game of Thrones*-historia, inte trasiga lerkärl och feodalskatter. När de var klara med inspelningen visste han att de hade producerat en del bra material, även om de inte hade haft trevligt tillsammans.

– Jag kan visa dig några exempel på tidigare appar på vår webbsida om du vill? Det kanske kan ge dig en tydligare bild av hur vi kommer att använda det här materialet, sa han i förhoppning om att få över henne på sin sida.

Anna nickade, och James vred sin laptop mot henne så att hon kunde se Parlez webbplats. Medan han navigerade runt på sidan råkade han av misstag öppna fliken *Om oss.*

– Vad är det där för bilder bredvid era namn? Anna kisade mot skärmen.

James kände sig besvärad. – Åh. Maträtter.

– Maträtter?

– Ja. Allas favoritmat.

Hon såg på honom som om han hade avslöjat att de alla pratade som pirater på tisdagar.

– Vad är det där? Hon pekade på Harris fotografi.

– Hm. En efterrätt. Bananas Foster.

James skruvade på sig och tänkte att det antagligen inte skulle hjälpa om han berättade för Anna att resten av kontoret hade skrattat på ett föga politiskt korrekt sätt åt Harris förkärlek för rätten med bananer och glasskulor.

– Vad är din favoritmat? frågade hon.

James klickade bort sidan. – Lahmacun, muttrade han. Det är som en turkisk pizza.

– Jag vet vad det är, sa Anna tvärt.

– Du är knappast rätt person att säga något, du äter ju omelett i bröd.

– Men det är inget som står i min profil på UCL:s webbplats. ”Det här är Anna, hon forskar om bysantinsk historia och gillar omelett i bröd.”

– Det är bara en kul grej, fräste han.

Åh nej. Han hade använt uttrycket ”bara en kul grej”. Det var verkligen inte okej.

– Jag antar att det är andra regler som gäller i din bransch.

– Är det verkligen det? sa James utan att bry sig om att dölja sin irritation. Allt behöver kanske inte vara på dödligt allvar?

– Nej. Men din ”favoritmat”? Det påminner mig om gamla intervjuer med tonårsidoler i *Smash Hits*. ”Vilken är din favoritfärg, Kyle?”

Hon flinade, och James kände ett styng av skam och motvilja över att hon fick honom att framstå som en idiot.

– Jag hoppas att din kollega Parker, byråns makaronipuddingsfantast, inte tänker hämta sin information från Google i fortsättningen, sa hon.

James visste vad han borde säga nu. Något som bekräftade att hon hade rätt, kanske ett skämt på hans egen bekostnad och en ursäkt. Men åt helvete med det. Hon var så onödigt konfrontativ.

– Parker småpratade bara. Vi är här för att presentera innehållet, inte skapa det, sa James sammanbitet.

– Det känns inte så när jag måste argumentera med designers.

– Du är ganska lättstött.

– Det kanske är min tendens att ta allt på "dödligt allvar". Ska jag berätta vilken min favoritefterrätt är för att lätta upp stämningen?

I just det ögonblicket hatade James allting. Han hatade sitt jobb, han hatade den här överlägsna kvinnan, han hatade sig själv. Han hatade omelett i bröd, trots att han aldrig ätit någon. Han hatade att hans fru hade lämnat honom och att hon typ låg med en man vid namn Finn. Och han hatade att någon skrattade åt honom för sådant som inte ens var hans fel.

Han blåste ut kinderna.

– Okej, så här ligger det till. Vare sig du gillar det eller inte kommer vi att jobba tillsammans i några veckor. Jag fattar inte varför du måste göra allt så besvärligt. Du skiter fullkomligt i vad jag gör, okej, jag har förstått det. Vi sysslar med en massa digitalt skitsnack som inte existerade för fem minuter sedan, och nu säljer vi in det till er som något nödvändigt. Tyvärr har vi rätt. Nuförtiden har alla människor smarta telefoner, och de har lika stor koncentrationsförmåga som Graham Norton har efter att ha blandat amfetamin och Red Bull, även de som går på museum. Det här betalar mina räkningar och jag är hyfsat bra på det, så det är vad jag gör. Alla har inte samma passion för sitt jobb som du. Vi kan inte alla vara lika lyckligt lottade. Du tycker alltså att mina kollegor är idioter? fortsatte han efter ett tag. Vet du vad? Det gör jag också, med ett eller ett par undantag. Och de verkar ha efternamn som förnamn allihop. Men istället för att du driver med mig stup i ett, och gång på gång gör klart hur dumt du tycker att alltsammans är, kan vi väl bara samarbeta? På så sätt kan vi få jobbet gjort så smärtfritt som möjligt, och slipper träffa varandra igen. Tack och lov för det.

Tystnad. Ömsesidig chock. James hade aldrig tappat humöret och skällt ut en kund förut. Och inte vilken kund som helst – en smart professor.

Hon skulle lämna in ett officiellt klagomål och han skulle tas bort från det här projektet. Eller ännu värre, Parlez skulle kanske förlora hela uppdraget. Ryktet skulle sprida sig till andra universitet, de skulle bli svartlistade och han skulle verkligen sitta i skiten.

Hon såg förvånad ut, men sa inget. James funderade på att be om ursäkt, men tänkte att det antagligen ändå inte tjänade något till nu.

Anna öppnade munnen, utan att visa några känslor. – Har du fått allt du behöver från mig?

– Allt och lite till, tack, sa James och slog igen sin laptop.

25

Efter att Anna hade avslutat ett handledarsamtal på eftermiddagen stack Patrick in huvudet genom dörröppningen.

– Hur gick det med din ärkefiende? frågade han. Var han en hopplös mungböna? Patrick hade sin egen specifika vokabulär, till stor del inspirerad av teveserien *Red Dwarf*. – Jag gick efter att jag kontrollerat att allt fungerade som det skulle, men det jag hörde dig berätta i början lät väldigt intressant.

– Tack. Det är konstigt, men förutsatt att han inte döljer det väldigt väl tror jag inte att han minns mig alls från skolan. Visst är det märkligt? Han var en så monumental person för mig. De populära kommer inte ihåg oss vanliga dödliga, inte ens om vi var stora som hus.

– Jag har svårt att föreställa mig att någon kan glömma dig, sa Patrick. Och jag misstänker att du är överdrivet hård mot dig själv och att du snarare var ... kurvig.

Anna kunde inte låta bli att le. – Tro mig, jag försöker inte vara anspråkslös. Jag var rejält fet. Och jag hade samma hårsvall som Slash från Guns N' Roses och jättelika förklädesklänningar.

– Hur som helst är jag glad att ni kom överens.

– Jag vet inte om jag skulle gå så långt ... Jag sa något nedlåtande om byrån han jobbar på och han hasplade ur sig en massa om att jag tycker att hans jobb är idiotiskt och hur han håller med mig. Det gjorde mig faktiskt förvånad. Särskilt med tanke på att han är den oberörda, överlägsna typen.

– Jaså? Patrick spärrade upp ögonen, lutade sig mot dörrkarmen och kliade sig på hakan.

– Men jag tror att jag kan stå ut med honom så länge han inte känner igen mig.

– Vill du att jag skickar videofilen till dig också när jag ändå skickar den till Parlez?

– Skicka den bara till dem, sa Anna, plötsligt generad. Jag behöver inte se mig själv babbla på.

James Fraser skulle säkert göra narr av henne tillsammans med sina coola kollegor. Då fick han väl göra det.

Patrick nickade och lämnade rummet, men några sekunder efter att han stängt dörren hörde hon honom mumla ”kära nån”. Han knackade och öppnade sedan dörren igen.

– Jag är rädd att någon har vandaliserat din namnskylt.

Anna följde Patricks blick till skylten. Någon hade strukit över vissa ord och lagt till ett annat.

Doktor ~~Anna Alessi~~ Sexig

– Doktor Sexig? läste hon högt.

– Det är hemskt att visa en sådan brist på respekt och att objektifiera dig på det här sättet, sa Patrick och rodnade så att hans bleka ansikte blev skärt. En del människor har fortfarande svårt att hantera intelligenta kvinnor. Hur vågar någon ... *kommentera* ... Hans upprördhet var mer underhållande än vandaliseringen i fråga. – ... din ... din ...

– Sexighet?

– Jag ska ordna fram en ny namnskylt, sa han och drog loss den.

– Tack, sa Anna. Hon hade lärt sig att låta Patrick hållas med sin ridderlighet.

– Jag är rädd att jag vet vem som ligger bakom det här, konstaterade han. Några andraårsstudenter som påminner om Beavis och Butthead uttryckte sin beundran för din fysiska form och frågade mig om jag hade – Patrick gjorde citattecken i luften – ”*satt på*” dig. Vilket otrevligt sätt att uttrycka sig.

Patrick blev ännu skärare och Anna började också rodna.
– Jag antar att det kunde ha varit något ännu mer explicit.
Det blev tyst.
Han blinkade. – Jag ska byta ut skylten.
– Bra, tack, sa Anna.
Hon satte sig vid skrivbordet igen och kollade sina mejl.

Hej Anna!
Tack för din hjälp tidigare, jag ser fram emot att få se videon. Beträffande artefakterna: designerna går med på att använda bältet. Borde vi kanske gå igenom några av de andra föremålen tillsammans på British Museum? Då kan du välja ut dem du tycker bäst om.

Mvh James

Det var ett försök till försoning. Anna funderade på om hon skulle ta emot den utsträckta handen eller inte. Att vara otrevlig mot honom var en form av försvar eftersom hon räknade med att han tänkte gå till attack när som helst. Men om han inte tänkte det ...? Hm.

Hon kom fram till att hon kunde lägga ner sina vapen så länge James Fraser inte sa något om Mock Rock. Det var ofattbart att han fortfarande inte kände igen henne. Eller var det möjligt att han faktiskt gjorde det och bara låtsades som ingenting? Kanske, men inte särskilt troligt. Hon lade inte märke till någon skillnad i hans uppförande jämfört med när hon träffat honom och Laurence på återträffen.

Hon skulle aldrig glömma, aldrig förlåta. Men med tanke på att hon var tvungen att träffa honom kunde hon lika gärna ta sig igenom situationen utan bråk. Likgiltighet var hur som helst allt han förtjänade.

Ännu ett mejl dök upp i hennes inkorg. Det var BDSM-Neil igen. Fantastiskt.

Hej Anna!
Det är intressant att du kallar mina observationer för arroganta och egoistiska – det var bara ärlig feedback. Vad säger det om din förmåga att ta emot och visa öppenhet? Du var uppenbart attraherad av mig under vår dejt. Din ögonkontakt och sättet du lekte med ditt hår var klassiska tecken på det. Jag misstänker att allt det här är ett knep för att få mig att vilja träffa dig igen …? Jag måste säga att det fungerar. ☺

Hälsningar
Neil

Anna klickade på svarsknappen lika hårt som om hon klippt till någon.

Hej Neil,

Jag saknar ord. Det är uppenbarligen riskfyllt att ha ögon och hår i en mans sällskap nuförtiden. Jag borde ha sett till att vara skallig och blind. Jag säger definitivt NEJ till en andra dejt. Om du fortsätter att envisas med att jag spelar något sorts spel bör du vara medveten om att du kommer att få vänta på mig till livet efter detta. För helvete, låt oss ha en orgie då – bjud in Marilyn Monroe, Caligula och Rod Hull också. Lycka till i framtiden!

Anna

26

Anna var fem minuter tidig och lade just ett tvåpundsmynt i en tandlös, hopplös gatumusikants mössa utanför Russel Squares tunnelbanestation när hon insåg att James också var tidig.

– Är du en stor anhängare av xylofonmusik? frågade han när hon kom fram till honom.

– Det var välgörenhet, sa Anna stött.

– Åh. Jag trodde att det var *Love Me Do.*

Hon gav honom en sur blick innan hon insåg att han log.

Under den korta promenaden till British Museum småpratade de om intervjun som de filmat. Anna var återigen uppmärksam på eventuella tecken som tydde på att han kom ihåg henne, men hon lade inte märke till några. Om han mindes henne hade han världens bästa pokeransikte.

– Vi måste använda de här, sa Anna efter att de skrivit in sig och räckte James ett par bomullsvantar från en blå och vit ask. Eller det kanske du redan vet, om du har varit här förut?

– Det har jag inte, sa han och tog emot vantarna.

Trots sitt sällskap kunde hon inte låta bli att känna en pirrande förväntan över att befinna sig i British Museums förråd. Det var hennes absoluta favoritplats i hela världen.

Hon hade bara frågat det där om vantarna för att kunna lista ut hur mycket översvallande entusiasm hon kom undan med under förevändningen att visa James runt.

– Det är som i slutet av *Jakten på den försvunna skatten*, eller hur? sa hon när de stod inför en väldig, modern lagerlokal med hyllsystem fullpackade med identiska bruna kartonger och halvhöga trappstegar på hjul.

Det luktade papper – den vagt unkna, stämningsmättade doften av mycket gamla saker som interagerade med syre. Det var otroligt att tänka sig att den här tysta grottan full av ovärderliga skatter låg mitt i Londons kaotiska vimmel.

– Hoppas att du inte råkar lossa på locket till förbundsarken. De där nazisternas ansikten bara smälte, sa James.

– Man klarar sig om man blundar.

– Ja. Jag förstod aldrig riktigt hur det gick till rent vetenskapligt, sa han med ett litet leende.

Nej, han verkade inte alls komma ihåg henne från skolan. Anna kände sig mycket lättare till mods, som om hon sluppit ifrån något obehagligt. Lättnaden fick henne att slappna av lite.

– Theodoras saker är här borta, sa hon och visade vägen genom labyrinten.

– Det här påminner också om att försöka hitta ett bord som man tänker köpa på Ikea, sa James.

– Det är roligare att vara här än på Ikea.

– Haha. Jag hör till de människor som tycker att allting är roligare än att vandra runt bland Ikeas sortiment av möbler för snåla hyresvärdar, men jag håller med dig.

Anna tänkte att det var bäst att inte nämna något om hur många Ikeamöbler hon hade. De kom fram till rätt gång, och hon tog på sig sina vantar och drog ut ett par grunda lådor vars innehåll vilade på ett mörkt tygfoder.

– Alla de här sakerna är öronmärkta för utställningen. Jag använder gärna vilka som helst av dem. Du är välkommen att titta och se om det är något speciellt som du gillar. I så fall kan jag säkert berätta något intressant om artefakten i fråga. Hela samlingen är underbar.

James började plocka bland föremålen. Där fanns utsökta filigranarmband, juvelbesatta armringar, ringar, kaméer.

Anna försökte förgäves lägga band på sin längtan efter att pladdra på entusiastiskt. – Grejen med Theodora är att försöka bestämma vilken del av hennes liv som ska lyftas fram, sa hon lågt. Det finns så mycket att berätta. Jag menar, man kan välja att fokusera på hennes väg från fattigdom till rikedom. Men ännu mer intressant än hennes pengar och makt är vad hon gjorde med sin position. Hon skapade härbärgen för prostituerade och förbjöd hallickar. Hon arbetade för att stärka kvinnors rättigheter i äktenskapet och instiftade lagar mot våldtäkt. Hon förvisade bordellägare från Konstantinopel. Man skulle kunna säga att hon var en av de tidigaste feministerna i historiska källor.

– Och snygg dessutom, sa James och såg leende upp från en brosch.

Om han tog risken att skämta på det sättet måste han tro att Anna hade åtminstone tillstymmelsen till humor. Men han var så otroligt *nonchalant,* tänkte hon. Ingenting spelade någon roll, så länge han inte blev kritiserad.

– Definitivt. En grekisk Elizabeth Taylor, instämde hon. Och intelligent och livlig och modig och alla de där mindre viktiga detaljerna också. Justinianus såg förresten inte så illa ut han heller, om man ska tro bilderna.

– Fast de är förstås från en tid då man kunde bli avrättad för att ha skapat ett mindre smickrande porträtt, sa James.

– Sant.

– Om vi bara kunde göra detsamma med människor som taggar hemska bilder på Facebook, inflikade han leende. Det verkade som att de båda var lättade över att inte bråka längre.

– Men man kan inte framställa henne som en renodlad hjältinna heller, fortsatte Anna. Hon kunde vara fullkomligt skoningslös och blodtörstig mot kvinnliga rivaler. Jag antar att man var tvungen att vara det på den tiden om man inte skulle ätas levande. Hon levde sitt liv i nuet utan att tänka på hur hennes handlingar skulle te sig i framtiden. De borde göra en hollywoodfilm om henne.

– De skulle antagligen låta Mila Kunis och Ashton Kutcher spela huvudrollerna och göra det till en sexkomedi.

Hon skrattade. – Jag hoppas bara att utställningen går bra. Jag fantiserar om att hennes historia ska inspirera en mängd nya Theodoraentusiaster. Hon gjorde en paus. – Jag menar förstås främst sakerna hon gjorde senare i livet, inte så mycket hennes porruppträdanden.

James skrattade. – Vänta, jag trodde att du var upprörd över att Parker kallade hennes bakgrundshistoria för snuskig?

– Alltså, jag dömer henne inte ...

– Det är okej. Det här tyder på att du kommer att godkänna vårt namnförslag: *Theodora, en hora.*

Nu var det Annas tur att skratta. Han hade varit snabbtänkt och slagfärdig i skolan, det kom hon ihåg. Hans sinne för humor hade förstås även inkluderat komiska spratt.

– Jag tror inte att vi behöver oroa oss, utställningen kommer att bli väldigt populär, tillade han artigt.

Anna kunde inte avgöra om han var uppriktig eller bara sa vad hon ville höra.

– Den här skulle nog se fantastisk ut i appen, sa han sedan och vände en brosch i guld och cloisonnéemalj i sin vita, vantklädda hand, likt en trollkarl som utför ett mynttrick. Vi skulle kunna förstora den så att alla illustrationens detaljer framträder tydligt.

James lutade sig över broschen och Anna upptäckte att hon stirrade på hans bläcksvarta hår. Det här rummet var som en fridfull bubbla som existerade utanför den vanliga verkligheten, och trots att hon ansträngde sig för att låta bli sänkte hon garden för ett ögonblick och beundrade honom.

Även om han inte var hennes typ vore det omöjligt att påstå något annat än att han såg bra ut på ett tidlöst sätt.

En viss sorts stilighet handlade om rådande trender. Annas mamma tyckte till exempel att Ryan Gosling såg ut som ”resultatet av ett kusinäktenskap, han påminner om Nicholas Lyndhurst”. Men hennes mamma – och mormor Maude, som lidit av grå starr – skulle utan tvekan säga att James Fraser var en riktig snygging.

Hans ansiktsdrag uppfyllde uråldriga regler och måttstockar för skönhet. Man hade kunnat skicka honom till vilken annan tidsperiod som helst och han skulle ha gjort succé. Om bara det varit möjligt.

Och de rena dragen förstärktes av hans hy, som hade den där överjordiska lystern ... Vänta, vad *höll hon på med*? Vad i hela världen fick henne att beundra ondskan själv, förklädd till en man med skäggstubb?

Anna kom ihåg vad hon hade skrivit om hans ansikte i sina dagböcker, hur hon plitat ner sida efter sida av febrila beskrivningar av vad hans yttre gjorde med hennes inre. Och sedan dagen då hon slutade skriva dagbok för alltid. Det var så det var med James. Om det fanns något positivt följdes det snabbt av något negativt.

– Pråliga saker är vanligtvis inte min grej, men jag måste erkänna att den här är vacker. Det är nästan svårt att sluta titta på den, sa James ärligt och tittade upp under sina filmstjärneögonbryn.

Hon ryckte generat till över hur hans ord speglade hennes egna tankar. Eller åtminstone en del av dem.

27

– Jag är rädd att vi bara kan komma under kontorstid den här veckan, sa den intetsägande kvinnorösten i andra änden av telefonen, med ett tonfall som antydde att han kunde falla död ner utan att hon skulle sluta studera sin manikyr.

– Gissa var jag är under kontorstid? sa James. Själva frågan innehåller en ledtråd.

– Jag är ledsen, det är den enda tiden vi har. Vill du boka in torsdagen?

– Jag tror att jag ska höra med Foxtons vad de kan erbjuda, tack, sa James surt och avslutade samtalet.

Stolthet hade sitt pris – han var tvungen att ringa de här samtalen till olika mäklare utomhus för att ingen nyfiken jävel på jobbet skulle tjuvlyssna. Efter att ha hört sig för på ett par ställen till, och handen som höll i mobiltelefonen frusit till is, stod det klart att en eftermiddag var det bästa han kunde hoppas på. Han gav upp och bokade ett möte den dag och tid som han tackat nej till två samtal tidigare.

Hm, vid närmare eftertanke välkomnade han faktiskt chansen att slippa från kontoret. Han kunde säga att hans tvättmaskin skulle lagas eller något sådant. Han ville inte behöva svara på några frågor om vart han tänkte flytta.

Det var ganska ynkligt att hans enda avsikt var att skrämma Eva till att återvända. Han försökte ignorera den fråga som bubblade under ytan. *Och vilken sorts seger vore det om hon kom tillbaka därför att hon inte vill förlora huset?*

Han kom ihåg vilken överraskande känslosam prövning det hade varit att leta efter ett hus, och skämdes över att han tänkte bjuda in andra människor att föreställa sig att de bodde på hans adress när chansen att de faktiskt skulle få flytta in var liten.

Men om Laurence hade rätt och han var tvungen att göra något provocerande, om han behövde spänna musklerna rent metaforiskt för att vinna Evas uppmärksamhet, var det smart att lägga ut huset till försäljning. Det var huset, katten eller honom. Han ville inte hålla Luther som gisslan och han ville inte heller gå till sängs med någon annan bara för sakens skull, som Laurence hade föreslagit.

Tydligen tog inget död på passionen som att bli lämnad av sin nya fru. Det var som om Eva hade knivhuggit honom i huvudet, bröstet och magen, och skurit av vissa funktioner i kroppens nedre del. Tanken på en teoretisk kärleksaffär, att använda en annan människa för hjärt- och lungräddning, fick honom att känna sig lite illamående och nedstämd.

Ville han återgå till den sortens liv han levt när han var drygt tjugo, nu som en nerbruten, snart frånskild man som troligtvis skulle bli tårögd vid tanken på sitt ex efter att han satt på sitt engångsligg i taxin? *Nein danke.* Det skulle bara göra allting värre.

James stoppade telefonen i fickan, återvände till sitt skrivbord och började bläddra i kalendern. Han skulle bli tvungen att dölja det här med ett möte. Vad kunde han flytta till hemmaplan? Inte mycket, visade det sig.

Men han behövde en bra ursäkt eftersom Harris var på krigsstigen. Han letade efter saker att klaga på.

Harris var egentligen inte James överordnade, men han åtnjöt förtroende hos Parlez ägare, ett ohyggligt rikt par i femtioårsåldern, Jez och Fi (aldrig Jeremy och Fiona). De var just nu upptagna med ombyggnaden av ett miljövänligt hus i Umbrien som hade varit med i teveprogrammet *Grand Designs.* Bygget hade spräckt alla budgetar och lokalbefolkningen ville mörda dem.

Harris var deras ständigt vaksamma, stirrande öga och det var snart dags för hans månatliga uppdatering. Personer som irriterade honom skulle givetvis utgöra en viktig del av rapporten, och James var redan i skottgluggen eftersom Harris visste att James tyckte illa om honom.

Vänta lite. Theodoraprojektet. Han hade en anteckning här om att han behövde kontakta Anna från UCL angående föremålen som de hade valt till appen.

Ville han släppa in henne i sitt hem? Egentligen inte ... Men det borde knappast ta mer än en timme eller två. Och hon hade varit helt okej senaste gången på British Museum.

Han bestämde sig för att ta den enkla utvägen och skicka ett mejl. "Hemskt ledsen, men kan du tänka dig att ha mötet hemma hos mig? Problem med tvättmaskinen."

– Vad kan du berätta om den nya kvinnan i ditt liv, Jay Fray? frågade Harris bakom ryggen på honom. Han rättade till sin klarblå sammetshatt, komplett med en fjäder instucken under hattbandet. Det var bara Harris tredje värsta hatt.

– Hm? sa James och låtsades vara uppslukad av sitt arbete.

– Människokvinnan som du tänker ta med till femårsfirandet?

– Åh. Mm. Det är fortfarande ganska nytt.

– Kom igen, något kan du väl berätta ...

Harris var verkligen ett kräk. Det var uppenbart att han bara fiskade efter information därför att han snappat upp att James inte ville prata om saken.

– Jag vill att ni får chansen att träffa henne utan några förutfattade meningar, försökte James med falsk kamratlighet.

– Vad heter hon? Hur träffades ni?

DRA ÅT HELVETE, DIN SKITSTÖVEL.

– Hon är en kompis till en kompis.

Medan James funderade över hur fan han skulle kunna ljuga sig ur en relation med en påhittad flickvän fick Harris syn på något på Parkers datorskärm och gav upp ett triumferande tjut.

– Parker, använder du Google Plus! Vem använder Google Plus? Du måste prata med dig själv för du är den ENDA PERSONEN SOM ANVÄNDER GOOGLE PLUS.

– Nej, din mamma gör också det, sa Parker.

– Haha, *din* mamma använder Google Plus, sa Harris. Du borde videochatta med din MAMMA. Din mamma har en cirkel och du är med i den cirkeln.

– Din mamma använder Outlook Express på helgerna, sa Parker.

– Din mamma använder Pegasus e-postprogram! kontrade Harris.

– Din mamma har en FAX som hon FAXAR till folk med ...

Deras förtjusta tonfall skvallrade om att de ansåg att den här komedirutinen var en blivande klassiker. Improvisationshumor i samma tradition som Pete och Dud, Morecambe och Wise.

James satte på sig sina hörlurar.

Hur skulle det vara att jobba med vuxna människor? undrade han. *Föreställ dig det.* Han kom ihåg hur han tittat på de där antikviteterna tillsammans med Anna på British Museum. Med tanke på hur hon hade reagerat på deras webbplats kunde James inte ens föreställa sig hennes förakt om hon varit tvungen att tillbringa en eftermiddag i den här lekstugan.

Det irriterande var att han, som han gjort klart under ett lite för aggressivt utbrott, höll med henne av hela sitt hjärta.

28

Anna bankade portklappen i metall mot den blanka, svarta dörren. Hon kände sig lite nyfiken på James Frasers hem. Hon befann sig på en välordnad, lugn gata där viktorianska radhus med vita takskägg låg skyddade bakom prydligt klippta ligusterhäckar. Fastigheterna här var för dyra för att inte vara välskötta. James hus hade de obligatoriska vita persiennerna, halvt uppdragna i burspråksfönstren, och en stenlagd förstukvist med gaslampor i retrostil.

Han öppnade dörren klädd i en mörkblå skjorta. Någon kofta syntes lyckligtvis inte till. På något vis verkade han mindre på sin vakt och mer tillgänglig än tidigare, och hon gissade att det berodde på att han var på hemmaplan.

– Tack för att du släpade dig ut hit, sa han. Jag uppskattar det verkligen.

– Inga problem. Det är inte långt hem till mig i Stoke Newington. Jag hoppas att allt löste sig med tvättmaskinen?

– Hm, ja.

Anna följde efter honom in i matsalen som låg intill hallen. I det smala köket där bakom skymtade hon ett svart Smegkylskåp, en extra stor spis och massor av blank krom. Wow. Han skulle aldrig få sätta foten hemma hos henne. *Inga problem,* påpekade hennes inre röst.

– Vill du ha te eller kaffe?

– Te vore gott, tack.

– Du dricker hallonte, va? Jag tror att jag har det.

– Tack. Hon tänkte att han var mer observant än hon väntat sig.

En sjabbig, lurvig prydnadskudde som låg i en skinnfåtölj pep till, vecklade ut sig, satte sig upp och blinkade.

– Hjälp! ropade Anna innan hon kunde hejda sig.

James skrattade. – Anna, det här är Luther. Luther, Anna.

– Är det en katt? Den är gigantisk.

– Han är ganska stor, eller hur? Men om man rakade av all päls misstänker jag att han skulle se ut ungefär som Gollum.

– Varför tittar han på oss så där?

– Hur då?

– Som att han ... planerar att ta livet av oss.

Till Annas lättnad log James.

– Han *ser* faktiskt ut att vilja utplåna hela mänskligheten. Jag har försökt sätta ord på det där ansiktsuttrycket hur länge som helst. Glöm Nordkorea, när vi ser svampmolnet efter en atombomb avteckna sig mot himlen kommer det vara en grå tass som vilar på den röda knappen.

– Luther som i Lex Luthor?

– Haha! Tyvärr inte. Luther som i Luther Vandross.

Anna var inte säker på om det hörde till god ton att klappa djuret eller inte. – Jag är ingen kattmänniska, sa hon ursäktande.

– Jag anade att du inte precis är doktor Doolittle, sa James och lade armarna i kors medan han fortsatte le. Föredrar du hundar?

– Nej, jag är inte mycket för husdjur överhuvudtaget. Med undantag för hamstern jag hade som tonåring, tillade hon snabbt. Körvel.

– Körvel? Vadå, som växten?

– Ja. Det passade honom, han hade stora kinder. Tjocka Körvel.

– Bisarrt namn. Jag skulle ha valt Dragon. Det är också en ört, men det låter åtminstone mer manligt, sa James roat.

– Tack för tipset. Han är död nu.

– Han *skämdes* ihjäl, sa han, och Anna kunde inte låta bli att skratta. Luther har en del problem, men vi döpte honom åtminstone inte till Salvia. James böjde sig ner för att klappa katten, men den drog sig undan. – Vi skojade bara, Luther! ropade han medan

Luther hoppade ner från fåtöljen med en duns och skumpade iväg mot köket. Han var min frus katt, tillade han.

– Åh.

Hon noterade att han använde imperfekt och han noterade att hon noterat det.

– Eva och jag separerade för ett par månader sedan.

– Tråkigt att höra, sa Anna.

Det var inte vad hon hade föreställt sig. Att James Fraser var singel verkade osannolikt. Antagligen hade han haft sex med någon av sin frus fashionabla vänner på en toalett på Cargo i Hoxton medan han var hög på kokain. Eller vad nu dagens hjärtlösa medelålders hipsters hade för sig. James bar inte någon vigselring, såg hon nu.

Han följde efter Luther ut i köket, plockade fram muggar och satte på vattenkokaren.

– Jag ska hämta mappen, sa han när han kom tillbaka till Anna. Vill du att jag hänger upp din jacka?

– Åh ... tack. Hon räckte honom sin grå duffel.

James klampade iväg uppför trätrapporna.

När han hade gått kunde Anna se sig om ordentligt. Hon hade aldrig varit i ett hem som det här förut, med rum som var som tagna ur en inredningstidning.

Trägolvet var mörkt som melass, Chesterfieldsoffans klädsel var rosa sammet i samma nyans som bröstvårtorna på en målning av Rosetti. Där fanns lampfötter i spegelglas och färgstarka inslag av shabby chic, som den där skinnfåtöljen. Soffbordets spegelskiva reflekterade ljuset till en annan gigantisk spegel som hängde över den öppna spisen. Allt som allt fanns det gott om reflekterande ytor.

Hon visste att de inte hade några barn utan att han behövde säga det. För sitt inre såg hon hur ett småbarn sprang genom rummet med en taggig glasskärva som stack ut från huvudet.

På en avlutad byrå stod en skog av fotografier i tunga silverramar. Som väntat var de en hyllning till husets ägare och deras extravaganta semestrar.

Bakgrunderna varierade, från kullerstensgator på kontinenten till tropisk grönska och balkonger på Manhattan. På en bild stod den frånskilda frun upp till midjan i ångande varmt vatten, klädd i en vit trekantsbikini. Det fanns inte en chans att Anna skulle ställa fram ett foto av sig själv i bikini till allmän beskådan i ett sällskapsrum, men hon hade förstås aldrig haft en sådan där kropp. Eva var naturligtvis förtjusande, på ett närmast absurt sätt. Hon var uppseendeväckande vacker, men samtidigt frisk och sund som någon i en tandkrämsreklam. Både inspirerande och sexig.

Det var särskilt ett foto som fångade Annas uppmärksamhet, och hon gick fram för att titta närmare på det. James tittade in i kameran och log över en stor kopp kaffe på en uteservering. Han såg bra ut på bilden. Exceptionellt bra ut, faktiskt. Inte bara stilig – det var inte svårt att se stilig ut om man var född med rätt drag och förutsättningar. Det var hans ansiktsuttryck. Hon hade aldrig sett honom se ut på det viset: självsäker och kärleksfull och lite road. Som om han just haft sex kanske.

Så där tittade du bara på någon som du var helt galen i, någon som gav dig fjärilar i magen. För ett ögonblick föreställde hon sig själv bakom kameran. Hon påmindes om sin ungdomsförälskelse, likt en skugga som drog förbi. Hon skakade av sig känslan.

I mitten stod en bild från bröllopsdagen, där de nygifta befann sig i ett regn av konfetti på trappan till rådhuset. De skrattade uppsluppet över att vara vackra och kära.

James, som var klädd i en mörkblå kostym och blommig slips, såg ner mot sina fötter och log. Hans välskulpterade ansikte var så fotogeniskt. Frun tittade åt höger, mot någon osynlig välgångsönskare. Hennes brudklänning var enkel – figurnära spets som lyfte fram de slanka skuldrorna och den svanlika halsen. Håret hölls borta från ansiktet med ett smalt juvelbesatt diadem, ögonen ramades in med en aning eyeliner och hon hade små pärlörhängen. Deras stil var extremt smakfull och retro – *Elvis lever och gifter sig med Grace Kelly*. De var perfekta.

Vad skulle ett sådant par göra om de fick en ful bebis? Slänga ut barnet med badvattnet? Anna rös åt sin egen hjärtlöshet – kanske var det frågan om barn som hade fått dem att separera, vad visste hon?

Ett skrapande ljud hördes från köket, som om det fanns möss bakom väggarna. Anna undersökte saken, och hittade Luther vid bakdörren. Han såg bedjande på henne.

– Mjau! Han slog en lurvig tass mot dörren ett par gånger för att göra klart vad han ville. Sedan jamade han igen, ännu mer olyckligt.

– Vill du gå ut? frågade hon, glad att kunna kompensera för sina småsinta tankar nyss genom att hjälpa till med något litet.

En nyckel fastknuten vid en guldtofs hängde på en krok över arbetsbänken. Anna stack in den i låset, vred om och öppnade dörren.

– Varsågod.

Efter att ha jamat för att bli utsläppt såg katten plötsligt osäker ut. Han tvekade och stirrade upp på henne med frånvarande blick. Morrhåren var kraftiga som piggsvinstaggar. Anna böjde sig ner och gav honom en försiktig knuff. Det var som att den korkade hårbollen aldrig hade sett sin egen trädgård förut.

29

De höll just på att bläddra igenom ett antal stora färgfotografier – Anna gjorde anteckningar på baksidorna och radion spelade klassisk musik på låg volym i bakgrunden – när James kastade en blick ut genom vardagsrumsfönstret och hajade till.

– Oj, så konstigt. Den där katten liknade verkligen ... Han såg sig omkring i rummet. – Luther! Luther?

Anna tittade upp och hann se något suddigt försvinna på andra sidan rutan. – Brukar han inte gå runt till framsidan av huset?

– Va? sa James tankspritt och reste sig. Luther? Han gick bort till burspråket, lutade sig mot fönsterkarmen och kikade ut. – Katten är borta. Håller jag på att bli knäpp? Det såg precis ut som han ...

– Är han okej? frågade hon, förvånad över James reaktion.

James gick ut i köket och kom sedan tillbaka igen med en oroad min. – Han var inte där inne heller ... Kanske är han på övervåningen. Han kan inte ha tagit sig ut ...

Anna reste sig med en klump i magen. – Öh. Jag släppte ut honom.

Han vände sig mot henne med uppspärrade ögon. – *Va?*

En kort paus, sedan vände han på klacken och störtade tvärs över hallen med Anna hack i häl.

– Luther ... Luther! ropade han medan han slog upp ytterdörren.

– Klarar han inte att vara ute? frågade hon och följde efter James runt trädgården på framsidan. Hon kände sig väldigt dum och mer än aningen ängslig.

– Luther klarar knappt att vara inne, förklarade James och

rullade ut en soptunna på hjul för att titta bakom den. Varför släppte du ut honom? frågade han sedan och såg upp. Det var imponerande hur han lyckades lägga band på sin förbryllade irritation. – Luther går aldrig ut.

– Han krafsade på dörren. Jag antog ... Jag är verkligen hemskt, hemskt ledsen, sa Anna.

– Det lilla svinet såg sin chans. Det är inte ditt fel. Normala katter får gå ut, sa han med långt större vänlighet än hon väntat sig. Det vore inte mer än rätt om han skällt ut henne efter noter. – Luther!

James hoppade över den lilla muren mellan hans trädgård och grannens, och efter att ha försäkrat sig om att katten inte fanns där heller fortsatte han ut på gatan genom grannens grind.

Förgäves sökte Anna igenom den tomma trädgården ännu en gång och anslöt sig sedan till honom.

– Det såg definitivt ut som att han gick hitåt, sa James.

Det var rusningstid, och även om det här var en gata i ett bostadsområde var den ganska trafikerad.

– Nu gäller det att hitta honom innan han hittar vägen.

– Vet han inte hur han ska ta sig över den?

James kastade en blick på henne. – Han har aldrig korsat en väg förut. Fick du ett intryck av att han har trafikvett? Jag är rädd att den där katten är dum som ett spån.

Klumpen i Annas mage växte. Han skulle plattas till som en hårig pannkaka under däcken på en Vauxhall Zafira, och det var helt och hållet hennes fel. Herregud, det här var fruktansvärt ...

– Kan du leta åt det hållet om jag går hitåt? frågade James.

Hon nickade eftertryckligt och gav sig av i motsatt riktning. Hon såg James titta under bilar och bakom häckar och gjorde själv samma sak medan hon ropade Luthers namn. Med tanke på hur situationen hade utvecklats framstod hennes val att öppna dörren inte så mycket som ett charmerande initiativ utan mer som ett sabotage.

För första gången funderade hon över hur hon måste te sig i James ögon. Eftersom han inte verkade komma ihåg henne från skoltiden och inte visste att hon hört hans nedsättande kommentar om hennes utseende på klassåterträffen baserades hans omdöme enbart på deras senare möten. Han hade varit artig nog då, så hon gissade att hon framstått som ganska oförskämd. Och nu var hon på väg att ta livet av hans husdjur.

Hon ryckte till när hon fick syn på en grå tuss som tittade fram bakom hjulen på en bil som stod parkerad på andra sidan gatan. Som på olycksalig beställning hördes ljudet av en bil som närmade sig från vänster.

– Luther! ropade hon och kastade en blick åt James håll i förhoppning om att han skulle komma och ta hand om saken, men han befann sig utom synhåll för tillfället.

Katten verkade huka sig snarare än sitta ner – uppfylld av nyfunnen frihetskänsla försökte han förmodligen bestämma sig för när han skulle sätta iväg.

– Nej Luther! ropade hon, som om det eventuellt skulle förvandla honom till en liten lydig hund som förstod engelska.

Luther tassade osäkert ut ytterligare några centimeter på vägen. Det vände sig i magen på Anna och hon blev torr i munnen. Hon var knappast någon expert på katters beteende, men hon bedömde att risken för att djuret skulle kollidera med halvkombin som närmade sig var ungefär femtio/femtio. Det var som att Luther tog tillfället i akt att väga olika alternativ mot varandra. Först när bilen var framme tänkte han röra sig.

Luther vaggade fram ännu en liten bit, och började ta sats för ett språng som skulle föra honom ut på vägen.

Anna drabbades av panik och kastade sig ut framför bilen, som bara var nittio meter bort eller så. Hon höll upp båda händerna med handflatorna utåt.

– *Stopp!*

Den medelålders kvinnliga föraren spärrade upp ögonen och tvärbromsade. Efter vad som kändes som en evighet stannade bilen bara en liten bit från Anna.

När hon tittade ner efter Luther var han otroligt nog strax intill hennes fötter. Helvete, katten var verkligen dum. Inte ens ljudet av skrikande däck hade fått honom att hejda sig. Hon böjde sig ner och lyfte upp honom utan att tveka. Det här hade varit en intensivkurs i konsten att hantera en katt. Som tur var hade de sluppit vara med om en olycka.

För att signalera sin tacksamhet vinkade hon till föraren med handen hon höll under Luther. Kvinnans förskräckta min övergick i något mer medkännande, och hon lyfte försonligt handen tillbaka. *Åh, jag förstår. Puh.*

Medan Anna återvände till den trygga trottoaren fick hon syn på James en liten bit längre ner på gatan. Han hade antagligen bevittnat räddningsinsatsen.

– Här är Luther, sa Anna helt i onödan när hon nådde fram till honom med det krumbuktande odjuret i ett hårt grepp.

– Vad i helvete tänkte du? Du kunde ha blivit överkörd!

James höll ena handen på huvudet och var märkbart blek. Det förvånade Anna att hennes risktagande hade oroat honom, utöver det uppenbara obehag som ett blodbad och en massa pappersarbete skulle innebära.

– Det kändes som att det var mitt fel.

– *Ditt* fel? Min katt ... ditt liv. De väger inte riktigt lika tungt. Herregud, Anna, jag trodde att det var intensivvårdsavdelningen nästa för dig och att jag skulle behöva ringa dina föräldrar och berätta att du nästan dog på grund av ett lurvigt kuddfodral på dåligt humör. Jag vet inte om jag borde tacka dig eller skälla ut dig, sa han och begravde ansiktet i händerna. Han tog bort dem igen för att säga något mer. – Jag gav dig väl inte *så* dåligt samvete över att ha släppt ut honom? Du kunde inte veta att han är en innekatt.

– Nej då! Jag tänkte inte på det alls. Anna hade helt enkelt sett en lösning och reagerat på ren reflex. Med facit i hand var det ganska dumt att satsa allt på bromsförmågan hos en Nissan Micra.

Hon räckte över Luther och hennes hand strök kort mot James bröstkorg medan hon försäkrade sig om att han hade katten i ett fast grepp. Luther skrynklade ihop sitt arga lilla ansikte och började jama irriterat över att äventyret ”Operation säker död” hade avbrutits.

– Han visar verkligen sin tacksamhet, sa James och böjde huvudet lite närmare djuret.

Anna anade att han inte ville göra något så omanligt som att gnida näsan mot kattens päls inför ögonen på henne. Hon kände sig konstig. Adrenalinet pumpade genom kroppen efter att hon ryckt pälsbollen ur dödens käftar. Den här mannen som hon hatade uppförde sig som en hygglig person, vilket gjorde det svårt att hata honom. Men han *var* förhatlig, påminde hon sig själv.

– Bortsett från det självmordsbenägna inslaget var det ganska coolt. *Stopp!* James höll upp handflatan i en imitation av Anna och klämde fast Luther i armvecket. Han log och tog ett fastare grepp igen när katten fortsatte att kränga runt i hans famn. – Kom kompis. Jag ska sätta på National Geographic-kanalen åt dig på teven. Du kan låtsas att du fotvandrar över Anderna.

Anna log hon också och de traskade tillbaka in i huset.

När en irriterad Luther väl hade blidkats med ett fat mjölk vände sig James mot Anna. – Han har fått en drink att lugna nerverna med, det lilla kräket. Jag tycker att vi borde ta en också. Whisky?

– Ja, definitivt, sa hon, trots att hon aldrig drack whisky.

– Jag tror att det innebär att vi har jobbat klart för idag, sa James och kastade en blick på papperna som låg utspridda över matsalsbordet. Vi sätter oss någonstans bekvämare, tillade han och gjorde en gest mot soffan.

Anna slog sig ner i den fläckfria rosa Chesterfieldmöbeln. Efter att ha rotat runt i ett barskåp i den bakre delen av rummet återvände han med ett glas som innehöll ett par centimeter bärnstensfärgad vätska. Hon var inte säker, men ett ögonblick tyckte hon att det såg ut som hans hand darrade när han räckte fram glaset mot henne.

– Är Laphroaig okej?

– Är det vad du har? Då står jag nog över, tack.

James såg alldeles förskräckt ut.

– Jag skojar bara! sa Anna. Med tanke på hur lite jag vet om whisky kunde det lika gärna vara Irn Bru.

Han drog tillbaka glaset helt kort. – Åh? I så fall tänker jag inte kasta bort det här på dig. Sedan log han och räckte henne glaset.

Skämtade de med varandra nu? Skämten var visserligen inget att hurra för, men ändå. Det var ett stort steg framåt.

– Tack. Jag menar det, sa han och skålade med henne.

Anna mumlade något om att det var så lite. Whiskyn smakade torv och eld och värmde hennes mun på ett rätt angenämt sätt.

– Riskerar du ofta livet för katter, fast du inte ens gillar dem?

– Jag reagerade bara instinktivt. *Neeeej* ...

– Dina instinkter är otroligt ädla och självuppoffrande, om än vansinniga.

James log med äkta värme. Anna påminde sig själv om att den där värmen berodde på tacksamhet över att han slapp ha en halv katt med överraskad min i en läckande skokartong och även slapp ringa ett oangenämt samtal till sitt ex.

– Ville din fru inte ta honom med sig? undrade hon och hoppades att det var en okej sak att fråga.

– Man skulle ju kunna tro det, eller hur? sa han och sjönk ner i skinnfåtöljen. Hon bor hemma hos en kompis just nu och har inte särskilt gott om plats. Jag antar att hon kommer och hämtar honom när hon har hittat ett eget ställe. Eller så gör hon inte det. Det vore typiskt Eva. Han verkade generad över sin uppenbara bitterhet. – Hon ... hon är speciell. En naturkraft, tror jag att man brukar säga. Om man gifter sig med någon som är i en annan klass än man själv är får man räkna med ett par smällar.

– Är hon i en annan klass än du? frågade hon försiktigt.

– Eva är en av *de där* människorna. Du vet, det är som att hon andas en annan luft.

Konstigt, tänkte Anna. *Det var så jag tänkte på dig en gång i tiden.*

– Är du tillsammans med någon? frågade James.

– Jag är singel och nätdejtar. Hon grimaserade.

– Oj, verkligen? Jag kanske behöver fråga dig om hur det där fungerar någon gång framöver. Han gned sig i nacken. – Hur har det gått?

– Du vet när man balsamerar folk och tömmer kropparna på

alla kroppsvätskor först? Så är det, fast med hopp. Men man får prova många restauranger som rekommenderas i *Time Out*.

– Åh nej. Jag kan tänka mig det.

Anna log spänt och nickade. Hon visste att han bara sa vad han trodde att hon ville höra, även om det för en gångs skull inte var på ett nedlåtande sätt.

Som om någon som han behövde använda internet för att hitta någon att dejta. Blotta tanken aktiverade säkert ett helt socialt nätverk av kvinnor han inte visste att han kände. *Mobilisera alla resurser, James Fraser behöver komma ut ur huset.*

– Var är du ifrån? Växte du upp i Stoke Newington? frågade han.

– Inte långt därifrån ... Det här var första steget mot en demaskering, rånarluvan som dolde hennes ansikte var på väg att skalas av och ångesten växte. – Kan jag låna toaletten innan jag går? undrade hon desperat, och stjälpte i sig det sista av whiskyn. Hon behövde avsluta den här konversationen snabbt.

– Åh. Visst, sa James. Han verkade lite ställd över hennes plötsliga brådska. – Det är uppför trapporna och sedan rakt fram.

Anna gick upp på övervåningen och hittade ännu en perfekt oas. Allt var bländande vitt, med kakelklädda väggar som på ett sanatorium. Hon konstaterade att hela huset, med undantag för köket, hade en väldigt kvinnlig inredning.

Ett halvbrunnet ljus som doftade björnbär stod på toalettcisternen och där fanns ett linneskåp med spegeldörrar som var fullt av vita handdukar. En slinga med små papperslampor hade draperats över skåpet.

Ett fotografi stort som ett tidskriftsomslag på fönsterbrädet föreställde en ljushårig kvinna som sov på mage. Överdelen av hennes bara rygg syntes. Det var ett intimt, nyförälskat porträtt, och Anna började tro att husets härskarinna kanske var lite fåfäng.

Medan hon kissade gick något upp för henne. James fru hade lämnat honom och han, katten och huset väntade på att hon skulle komma tillbaka.

30

Aggy sa att Anna fick välja sin egen tärnklänning.

– Det här handlar om dig och vad du gillar och känner dig bekväm i.

Anna insisterade på att hon ville ha något från en vanlig butikskedja.

Alltså marscherade Aggy in på en Monsoon-butik i närheten av Oxford Circus och började plocka åt sig klänningar som hon hängde över först sin arm och sedan Annas när hennes egen famn var full.

– Jag trodde att det var jag som skulle få välja ...? sa Anna.

– Vi måste börja någonstans, menade Aggy.

– Naturligtvis.

Anna höll tillbaka ett leende. Det hade kunnat vara så mycket värre. Aggy kunde ha haft en hel skock brudtärnor om det inte vore för det faktum att hennes bästa vän Marianne bara hade haft sin syster som tärna för att spara pengar till brudklänningen. Aggy hade valt att följa Mariannes exempel.

I ett omklädningsrum för trångt för att kunna omfamna en vessla ålade Anna sig i och ur en rad olika alternativ. Hon hade glömt hur jobbigt det kunde vara att prova kläder. Man var tvungen att se sig i speglar och reflektera över sin kropp i betydligt högre grad än vad hon uppskattade. Hon blev allt varmare och mer ovårdad, vassa prislappar stack henne överallt och hennes hår var ännu galnare än vanligt. Aggy valde ut ett par skor med klackar smala som ätpinnar åt henne. De fick Annas fötter att kännas ömma och trötta innan hon ens gått runt i dem. Med jämna mellanrum drog hon undan draperiet för att visa upp sig och fälla sitt omdöme.

En blommönstrad cerise klänning med lila skärp. – Det saknas bara ett diadem för att jag ska se ut som en fyrtioårig oskuld.

En ljusrosa klänning med tulpankjol och silverdetaljer. – Jag har mina Sylvanian Families-figurer på fönsterbrädet och pussar samtliga medlemmar av familjen Mullvad god natt.

– Hm, sa Aggy varje gång, innan hon motvilligt nickade att hon höll med.

Medan Anna krånglade sig ur klänning nummer sex och i klänning nummer sju började Aggy prata genom draperiet. – Förresten har jag hittat en dejt åt dig till mitt bröllop. Du kan tacka mig senare.

Hon hejdade sig med dragkedjan nerdragen till hälften. – *Tacka* dig? Har jag bett dig att hitta en dejt åt mig?

– Du kommer att gilla honom.

– Aggy, allvarligt talat, har du försökt sälja in din stackars ensamma storasyster? Det får det att krypa i röven på mig, för att använda ett av Michelles uttryck.

– Så du är inte intresserad?

– Nej. Jag vill välja mina dejter själv.

– Det har ju gått *så* bra hittills. Hur länge har du egentligen nätdejtat utan att träffa någon? När hade du senast en relation?

Anna skruvade lite på sig.

– Det var evigheter sedan, fortsatte Aggy genom polyestergardinen. Varför inte låta mig välja en kille åt dig för en gångs skull? Om du inte gillar honom är det bara att glömma alltsammans.

– Det innebär förstås ingen press alls att ta med någon till ditt bröllop! Anna himlade med ögonen mot sin spegelbild. – Vem är det?

– Okej, kommer du ihåg vår kusin Matteo?

– Hm ... ja, sa Anna. Han som dansade med mamma till *When You're in Love with a Beautiful Woman* på pappas femtioårsfest, med pekfingrarna i luften och häftiga höftrörelser? Och som klär sig i linnen med brottarskärning? Och som är vår kusin? Är det något jag har missat?

– Det är Matteos vän, Primo. Om du går med på det tänker jag säga till Matteo att han kan ta med sig honom. Åt dig.

– Perfekt, ännu en muskelbyggare. Varför skulle han gilla mig? Har du sett italienska flickvänner i toppklass? Och italienska killar gillar kvinnor som kan laga mat som deras farmor, inte sådana som jag som pocherar ett ägg i en burk med pastaskruvar.

– Det där är bara en stereotyp, sa Aggy. Plötsligt stack hon in armen bakom draperiet. Hon höll telefonen i handen och Anna skrek överrumplat till. – *Primo.*

En löjligt attraktiv, pojkaktig italienare blickade ut mot Anna från iPhoneskärmen. Han hade kastanjebrunt, lockigt hår och ögon som mörk choklad. Anna, som var på väg ur en virkad klänning och stod där i en axelbandslös kittfärgad behå som fick hennes bröst att likna vattenballonger under en stenplatta, var nära att rodna.

– Och varför skulle han vilja dejta mig? Han ser ut att vara runt tjugo och medlem i One Direction eller något. *Una Direzione.*

– Han är trettiotre och arkitekt.

– Wow. Okej, men jag undrar fortfarande varför han skulle vara intresserad av mig?

Aggy drog tillbaka armen med en suck. – Har du någonsin funderat på om det är för att du uppför dig som ett ensamt gammalt missfoster som folk behandlar dig så?

– Du har rätt, det är just vad jag sitter hemma och tänker. *Det kanske beror på att jag uppför mig som ett ensamt gammalt missfoster …*

– Jag menar allvar! Din första reaktion är att ingen som är värd något skulle kunna vara intresserad. Du borde läsa Oprahs *Reparationskit för din självkänsla.* Jag blev vän med Primo på Facebook för att han skulle kunna kolla in bilder av dig. Han säger att du är snygg och att han gärna kommer.

– Underbart, Aggy. Du kanske kan skicka mig som postorderbrud till Florens när du ändå håller på?

– Du vill alltså inte? Då ska jag hälsa honom det, så synd.

Aggy var verkligen en fantastisk motståndare när hon hade lust. Chris hade inte haft en chans när det handlade om planeringen av *Mitt stora feta italienskengelska bröllop.*

– Jag ska tänka på saken.

– Tänk snabbt! Killar som Primo dyker inte upp varje dag.

Anna drog upp dragkedjan på en figurnära klänning med svart pennkjol i kräpptyg och spetsöverdraget liv. Efter ett obehagligt ögonblick då hon trodde att dragkedjan inte skulle komma förbi midjan var den plötsligt uppe och plagget satt på plats. Hm. Inte ... inte illa, faktiskt. Hon vände sig om, kastade en blick över axeln, rättade till tyget över höfterna, och drog undan draperiet.

– Argentinsk tangovecka i *Let's Dance.* Skamfilad prostituerad som har svårt att lita på någon uppvaktas av mystisk hattklädd vagabond på en bar i Buenos Aires?

– Du ser fantastisk ut!

– Ser jag tillräckligt mycket ut som en brudtärna?

– Jag struntar i om du ser ut som en brudtärna, jag vill att min syster ska vara en riktig salt potatis.

– Salt potatis?

– Det är från *The Only Way is Essex.*

Anna såg efter hur tajt klänningen satt över ryggen igen. – Det kallar jag syskonkärlek.

– När Primo ser dig i den där kommer han att vara chanslös.

Varför fick Anna känslan av att det inte spelade någon roll vad hon sa och att Primo redan var inbjuden?

Aggy fingrade på sin systers hår. – En blomma av något slag här uppe ... Perfekt. Ja. Den här köper vi.

– Jag köper den, sa Anna.

– Va? Varför då?

– Därför att du har lagt ut tillräckligt med pengar och det här är något som jag kommer att använda fler gånger.

– Anna, du är den bästa syster man kan ha. Aggy kramade henne. Det uppstod en paus. – Jag hade tänkt köpa de högklackade skorna till dig också.

Anna stack ut tungan genom mungipan. – Utmärkt. Då tar jag skorna också. Hon backade in bakom draperiet igen för att byta tillbaka till sina egna kläder och sina välsignat platta skor. – Visste du att det bara är förstfödda söner som döps till Primo? sa hon till Aggy. Översatt är det som att kalla sitt första barn för Försten.

– Säg inte det när du träffar honom. Mamma har rätt, du borde tona ner din personlighet.

31

Anna hade just avslutat ett handledarsamtal med en grupp allvarliga tredjeårsstudenter. Även om de inte var oroliga lade de uppenbarligen stor vikt vid de stundande sluttentorna. Hon kom själv ihåg hur tiden vid universitetet plötsligt hade börjat gå snabbare. Man tror att tre år är en evighet, men sedan upptäcker man att det inte är någon tid alls.

– Det är bara att fråga mig om ni har några problem med den där uppsatsen, tillade hon glatt när de lämnade rummet.

Hon återvände till sin inkorg, detta tidsslukande odjur som aldrig fick nog. I den vanliga raddan av mejl fanns ett från James Fraser. Ämne: *Du är i gott sällskap – Luther och andra berömda räddningsinsatser ...*

Hon log lite. När hon öppnat mejlet skrattade hon högt och skrollade igenom tre photoshoppade stillbilder från välkända filmer.

Där var Richard Gere som tryckte en butter Luther mot sin vita uniform i *En officer och gentleman,* Ralph Fiennes som klädd i linnekostym vandrade genom öknen med Luther i *Den engelske patienten* och Patrick Swayze som lyfte upp honom högt i luften i *Dirty Dancings* slutscen. Det faktum att han använt samma bild av Luther varje gång – det trumpna ansiktet var vänt mot kameran och svansen hängde rakt ner – gjorde det på något vis ännu roligare.

Själva mejlet löd så här:

Tack ännu en gång för det anmärkningsvärda mod du visade när du ställdes inför en potentiellt dödlig kattrelaterad situation härom veckan. Jag har fått veta att Parlez har en massa fribiljetter till den där pjäsen på Donmar Warehouse imorgon, *Friction Burns*. Dylan Kelly är en av skådespelarna. Tjejer verkar uppskatta honom. Jag förstår inte riktigt attraktionen själv, han är knappt en och sextio i högklackat. Har du en eller två vänner som skulle vilja gå med dig? I så fall hoppas jag att du vill ta emot biljetterna som ett uttryck för min tacksamhet.

James x

En elektronisk puss till och med? Han brydde sig verkligen om den där katten. Anna trummade med fingrarna mot skrivbordet och funderade på vad hon skulle svara. Å ena sidan gillade hon inte att ta emot gåvor från honom när de hade en yrkesmässig relation. Dessutom var han James Fraser. Å andra sidan var samarbetet med Theodorautställningen praktiskt taget avslutat, och baserat på vad hon hade sett måste hon erkänna att appen såg toppen ut. När det gällde det där lurviga djuret var han alltför ridderlig för att nämna det faktum att hon bara hade löst ett problem som hon själv skapat.

Hon litade fortfarande inte på honom. Det skulle hon aldrig göra.

Men Aggy skulle strypa henne om hon fick veta att hon kunnat få tag på biljetter till den här pjäsen och inte sagt något om det. Hon var galen i Dylan Kelly, och *Friction Burns* hade sålt slut i en handvändning för flera månader sedan. Hon kunde skicka Aggy ensam, men ruckade hon verkligen mindre på sina principer om hon tog emot gåvor för en familjemedlems räkning?

Och föreställningen var på Donmar Warehouse. Hon hade alltid velat gå dit. Vad hade hon annars inplanerat imorgon kväll? Mikrovågsuppvärmd soppa och en dvd med senaste avsnittet av den teveserie hon just nu plöjde igenom.

Hon skrev ett mejl till Aggy och Michelle och berättade att hon fått tag på biljetterna. Var de intresserade?

Hon fick svar från båda två inom tjugo minuter.

ALLVAR? OMG JAG FLIPPAR UT! HJÄRTA DYLAN KELLY FÖR ALLTID. VAD SKA JAG HA PÅ MIG?! xxx

Aggy, du kan se honom men han kan inte se dig, det är så teater fungerar. Jag tolkar det som ett ja.

Kram från din betydligt förnuftigare och mer snorkiga syster. x

Även Michelle svarade:

Ja för fan. Min souschef kan ta hand om köket. Han kan inte säga nej till mig sedan jag kom på honom med att sätta på vårt senaste köksbiträde i matsalen efter stängning förra julen. Övervakningskameror är en bitch (och det är jag också).
M xxx
Skickat från min iSnippa

Michelle gillade att byta ut sin iPhone-signatur dagligen.

Anna tyckte om att sprida en sådan glädje, och hon mejlade glatt James och tackade ja till hans erbjudande om biljetter. Han svarade inom ett par minuter att det lät bra. Han skulle också gå, och den enda han hade lyckats få med sig var sin vän Laurence, *hoppas att det är okej.*

Oj då. Kära nån. Dumt nog hade det inte fallit Anna in att James kanske skulle gå själv. Spelade det någon roll? Han skulle få träffa Aggy och vice versa. Och Laurence? Han skulle få ytterligare ett tillfälle att lista ut vem hon var. Det innebar en onödig risk.

Eftersom det fortfarande inte verkade ha gått upp ett ljus för James, trots att han visste vad hon hette i efternamn och de haft ett antal möten i fullt dagsljus, var det emellertid knappast troligt att Laurence skulle komma underfund med något under två timmar på en mörk teater. Anna började tro att det aldrig skulle komma fram vem hon var. Det kändes som en lättnad, men samtidigt också ganska förbryllande.

Fast hon borde fråga Aggy och Michelle vad de tänkte om saken. Särskilt hennes syster.

Anna skrev ett mejl till dem båda:

James Fraser och Laurence ska också gå. Är det okej med er? Han vet fortfarande inte vem jag är och vi uppför oss civiliserat mot varandra.

Om det är okej med dig är det okej med mig. Dessutom får jag chansen att kolla in honom. Förlåt, jag vet att han är ondskefull, men ondskefulla män kan vara snygga. Som Johnny Depp när han spelade Sweeney Todd. Aggy xxx

Jag håller med Aggy på alla punkter. Michelle xxx

Anna svarade plikttroget James att det gick bra, och påminde sedan sin syster om att ifall någon frågade var hon kom ifrån så skulle hon säga Tottenham och byta samtalsämne.

Patrick knackade på dörren och stack in huvudet i rummet.

– Anhåller om tillstånd att träda in i Avengers högkvarter?

– Tillstånd beviljas, sa Anna.

– Vill du ha en kopp te? frågade han.

– Ja tack, sa hon utan att helt släppa skärmen med blicken.

James första mejl var fortfarande öppet. Hon tittade på Lutherbilderna igen och fnissade.

– Vad är det? undrade Patrick. Har en student kläckt ur sig något riktigt dumt igen? Dela med dig, jag funderar på att sammanställa en lista. Roger hade en student som stavade Savonarola "Savannah Roller" härom dagen. Måste vara den stora maskin på hjul som han använde för att krossa kätterska texter.

– Nej, det är bara en photoshopgrej. Kommer du ihåg James från Parlez?

– Din otäcke före detta klasskamrat?

– Ja. Jag räddade hans katt från att bli överkörd. Han skickade ett roligt mejl om det.

– Åh. Patrick höjde på ena ögonbrynet.

Temperaturen sjönk plötsligt några grader i rummet.

– Uppskattar du honom mer nu?

– En liten, liten aning.

– Kom ihåg att människor som han vanligtvis har något i kikaren när de är charmiga. Något som inte framgår förrän betydligt senare. Patrick drog tvärt tillbaka huvudet.

Annas leende dog bort, och hon tänkte lätt illa till mods att Patricks cynism mycket väl kunde vara berättigad.

Ett nytt mejl. BDSM-Neil. Vissa gav visst aldrig upp.

Hej Anna!

Oj då, mer sarkastisk humor – ditt favoritvapen när du går till attack i självförsvar. Du har otaliga problem när det gäller ditt förhållande till det motsatta könet och du är till och med mer rädd för uppriktighet än jag trodde. Låt mig förutspå något: Du kommer fortfarande att nätdejta om ett par månader. Och kanske kommer du på dig själv med att längta efter en chans att gå på den där andra dejten med mig ... Vi ses då. Förutsatt att jag fortfarande är singel förstås ☺

Varma hälsningar Neil xxx

32

– Tack för att du gör det här, kompis, sa Laurence medan de drack varsin lager i trängseln vid Donmars bar. Ölen skulle garanterat göra sig påmind igen fem minuter efter att ridån gått upp.

– Inga problem, jag var rätt sugen på att se pjäsen, sa James med en axelryckning. Han var långt ifrån säker på att det var klokt att hjälpa Loz att träffa kvinnor.

– Visst. Du ljuger. Du är tillbaka i sadeln, och det gläder mig. Vem är det hon ska ta med sig? frågade Laurence.

– Jag vet inte, sa James och kände vissa farhågor inför hur Laurence skulle uppföra sig.

Faktum var att Loz hade ganska rätt. Om man bortsåg från all uppståndelse i media och den kändistäta rollistan tyckte James att *Friction Burns* verkade vara ett otroligt pretentiöst slöseri med tid. Pjäsen handlade dessutom om hur omöjliga romantiska relationer var, ett ämne han helst inte ville utforska just nu.

Men det var ingen som ville förbarma sig över biljetterna, och ingen annan som råkade ha kvällen ledig var över trettio eller förstod poängen med att se något utan 3D-effekter, flygande datoranimeringar eller Jason Statham.

James hade muttrat något om att det var otacksamt att låta biljetterna gå till spillo och att de åtminstone borde lämna tillbaka dem när en plan tog form som slog flera flugor i en smäll. Kanske den viktigaste var att en dumpad James inte satt hemma och tyckte synd om sig själv.

Och han stod i tacksamhetsskuld till Anna för hennes ansträngningar i samband med Lutherhistorien. Det var först när de jagade det dumma fanskapet som James insåg att kattens död skulle ha känts som ett symboliskt slut för allt som hade med Eva att göra. Och kanske ett bokstavligt slut också. Hon skulle ha blivit *vansinnig*.

Han hade halvt om halvt velat varna Anna för att Laurence skulle stöta på henne, men han hade bestämt sig för att låta bli med tanke på att det var en aning nedlåtande. Hon var en kvinna i trettioårsåldern, inte någon tonåring, och Laurence hade knappast dolt sitt intresse på klassåterträffen. Efter vad James hade sett var hon mer än kapabel att ta hand om sig själv.

Någon knackade honom på axeln. Anna, svarthårig och klarögd i den där grå kappan och en välkommen syn efter en timme av Laurences insinuationer och kontorsskvaller.

Hon hade med sig en vän som hon presenterade som Michelle, och sin syster, Aggy. Michelle hade generösa drag, en lika generös byst och kort rödfärgat hår. Hennes ansiktsuttryck fick henne att se ut som att hon hela tiden var på vippen att konfrontera en. Av någon anledning var Michelle inte riktigt hur James hade föreställt sig Annas vänner.

Annas syster var enligt James åsikt inte lika vacker som sin storasyster, om än mer uppklädd och sminkad. Hon var en pratkvarn full av den där sortens livliga och nonsensartade energi som en del män tyckte var förtjusande bubblig och andra extremt tröttsam. James hörde till den senare gruppen.

Var det bara som han inbillade sig, eller betraktade de båda honom på ett aningen fientligt vis?

Laurence spärrade upp ögonen när kvinnorna vänt sig om och gick till baren, och James mage knöt sig. *Snälla, uppför dig inte som en skitstövel.*

– Systern är också intressant. Den andra är jag inte säker på – överskrider maxgränsen för bagage. Rejält med stoppning. Och vad är det där för hårfärg, som Russ Abbots skotska peruk? viskade Laurence.

– *Loz,* väste James och kände hur han rodnade.

Laurence skrattade. Det var uppenbart att han tolkade James invändning som oro över att de kunde höra och inte som generad ilska över att han överhuvudtaget sagt det han sagt.

– Jag måste fråga dig en sak, sa Laurence till Anna när de samlats igen. Hur var din kusin Beths avskedsfest?

– Åh ... Hon såg ställd ut. Hennes syster rynkade pannan och James kunde ha svurit på att hon mimade ”Vem är Beth?”.

– Du gick inte dit! Du stack bara ifrån oss! Anna verkade förstummad och Laurence fortsatte. – Men ödet har fört oss samman igen.

– Eller James, sa Anna, som återfått talförmågan.

– Det var ödet som förde er samman på jobbet, så han fungerar faktiskt mer som ödets mellanhand, sa Laurence. Han sköter det praktiska åt ödet. Han är ödets springpojke.

James log stelt och tänkte att det knappast var ödet som Laurence var mest fokuserad på.

~

Gode gud, pjäsen var verkligen fruktansvärd. Helt enkelt fruktansvärd. James sjönk längre och längre ner i fåtöljen för varje minut. Faktum var att första parkett var en katastrof, eftersom man kom så mycket närmare rövhålet som spelade huvudrollen.

Inte undra på att så få människor gick på teater. Han hade nästan lust att ringa till kulturministern och klaga.

Det värsta var att han på något sätt kände sig ansvarig för innehållet därför att det var han som ordnat biljetterna. Det var som att han hade övertalat dem alla att gå.

Och herregud, den nedslående och frekventa nakenheten. Han hade verkligen velat bli förvarnad om att lille Dylan Kelly (den ännu mindre) skulle figurera mer än en gång. James försökte att betrakta scenen oberört medan Dylan viftade runt med sitt kön, för att inte framstå som en pryd person som hatade konst.

Han sneglade mot de andra på raden. Annas syster verkade helt omedveten om hur hemsk pjäsen var. Hon satt djupt försjunken med särade läppar och uppspärrade ögon och slukade vartenda ord som sas från scenen. Annas vän såg likgiltig ut och grävde i sin påse med vingummin. Laurence hade anlagt sin låtsasintellektuella, koncentrerade min, med hakan vilande i ena handen. Och Anna ... log hon? Hon måste ha känt att han tittade på henne eftersom hon vände sig mot honom. James log tillbaka. Han mimade diskret att han stoppade en pistol i munnen och fyrade av. Annas leende blev bredare. Han vände sig mot scenen igen, nu på betydligt bättre humör.

– Finns det någon sanning i kärlek? Dylan Kelly gled in i strålkastarljuset och vände sig mot publiken. Det var dags för pjäsen att nå den förbluffade slutsatsen att allt och alla var skit. – Kärlek är en drog. Ett lugnande medel, något smärtstillande för att lindra människans ensamhet. Och som alla bedövningsmedel trubbar den av sinnena. Kärlek är vad vi kallar det när vi hittar någon annan men förlorar oss själva.

Håll käften och ta på dig ett par byxor, för helvete.

33

– Det där var väldigt tankeväckande, sa Laurence.

– Ja, tanken som väcktes var att det var extremt dåligt, sa James.

Anna visste att James kunde vara väldigt sarkastisk, men hon var tvungen att medge att han hade en poäng.

– Du gillade alltså inte pjäsen? frågade Laurence med vad som lät som hans artiga telefonröst.

– Jag har inte tyckt så illa om en irländare sedan jag flög med Ryan Air senast.

Michelle skrattade och James log mot henne. Anna var glad att de verkade komma överens. Nervositet tycktes emellertid ha gjort Aggy dummare än vanligt, och hon hade sagt ett par saker som fått James att stirra frågande på henne.

Laurence hade föreslagit att de skulle ta en sväng till krogen efter pjäsen och de hade hamnat på en fullpackad turistpub i Covent Garden – blyinfattade fönster, blank röd färg i samma nyans som Londons bussar och polerade bronsdetaljer – med varm alkohol i immiga glas.

– Låt mig berätta vad jag lärde mig. Att Dylan Kelly är utomordentligt välutrustad, sa Michelle.

James och Laurence grimaserade.

– Det var varmt i rummet, muttrade Laurence.

– Men han var läcker, sa Aggy och fläktade sig med sitt program.

– Tycker du verkligen det? frågade James uppriktigt.

I vanliga fall skulle Aggy ha gett upp ett förtjust tjut som svar på en sådan fråga om en sådan man. Istället mumlade hon något och nickade. Anna tyckte att det var fantastiskt att James Fraser kunde få tyst på hennes syster. Men det gav upphov till en något obekväm paus.

– Jag tyckte att han såg ut som en pervers takläggare som tar för mycket betalt, flirtar med din fru och äter upp alla dina kakor.

Anna skrattade, men reagerade också på James snobbighet. Takläggare? Hennes blivande svåger var målare. Allt hederligt arbete utfördes faktiskt inte vid en MacBook Air. Michelle frågade om Aggy ville följa med ut och röka, vilket fick Anna att känna sig en smula lättad.

– Vad tyckte du om pjäsen? frågade Laurence Anna. Han såg på henne över kanten på sitt glas och hon fick ett tydligt intryck av att det här var ett försök att få ihop det med henne.

– Hm. Hon lade huvudet på sned. – Den var lite ... Jag tyckte att den utlovade stora, avslöjande sanningar utan att leverera. Jag menar, varför gick han tillbaka till den där Eloise som ägde konstgalleriet när hon behandlade honom som skit?

– Därför att vi människor gillar att straffa oss själva? föreslog Laurence med ett beklagande skratt.

– Men det fanns liksom inget där. Hon var så kall.

– Ibland är det den som behandlar dig sämst som du gillar mest.

– Visst, och det är okej när du är tjugotvå. Men den här karaktären skulle föreställa att vara runt trettiofem. Jag tror inte att du kan fortsätta att vara förälskad i en istapp med pushup-behå hur länge som helst utan att det säger något om dig.

Hon sneglade på James, som stirrade beslutsamt i riktning mot jukeboxen. Något sent kände Anna ett styng av dåligt samvete över att han kanske kopplade det hon sagt till sin egen situation. Men hon hade aldrig träffat hans före detta fru, så hur skulle det kunna tas personligt?

– Du vet, i slutändan är otrevliga människor som har massor av sex bara otrevliga människor som har massor av sex. Jag förstod inte varför det var meningen att jag skulle bry mig om dem, avslutade Anna.

– Jag håller fullkomligt med, sa James.

– Jag skulle verkligen vilja skriva något liknande, fast bättre, funderade Laurence.

– Haha. James lyste upp lite. – Om att få massor av kvinnor i säng? *Sexgurun*, av Laurence O'Grady.

Laurence log inte och såg irriterad ut.

– Du skulle vara som den där raggningsexperten som skrev *Spelet*. Den brittiska badortsversionen.

– Du behöver inte få mig att framstå som så ytlig. Jag ägnar mig faktiskt åt en hel del navelskådande.

– Jag tror att det är meningen att det ska vara din *egen* navel, sa James, och Anna skrattade trots att Laurence inte verkade särskilt förtjust över kommentaren.

James telefon ringde och Anna försökte att koncentrera sig på Laurences småprat istället för att tjuvlyssna på dialogen som uppenbarligen var ganska spänd.

Det kunde inte min mamma veta ... Menar du allvar Eva, nu med en gång? Jag vet att det där odjuret är korkat, men jag tror inte att han kommer att begå självmord innan jag har hunnit hem igen ... Men för hel... Okej, The Lamb & Flag. Visst, hej då.

Han lade på. Anna och Laurence tystnade.

– Hm. Eva har läst något om att pollen från liljor är giftigt för katter och vill titta förbi för att avlägsna en växt som min mamma har köpt. Att jag gör det om två timmar är tydligen inte tillräckligt bra. Hon kommer hit för att hämta mina nycklar.

Anna var faktiskt lite nyfiken på att få träffa den före detta frun. Om hon nu verkligen var före detta – så vitt hon visste kunde James och Eva ha en sådan där stormig relation där man gjorde slut var femte vecka för att sätta lite krydda på tillvaron.

– Hon använder verkligen den där Ewoken för att hålla dig kort, eller hur? sa Laurence. Haha.

James grimaserade.

– Vänta lite, fortsatte Laurence. När berättade du för henne att du tänker lägga ut huset till försäljning?

James kastade en snabb blick på Anna. Hon visste att han inte var bekväm med att diskutera det här inför henne.

– Var det idag? envisades Laurence. Anna fick en känsla av att Laurence uppskattade att det nu var ombytta roller när det gällde vem som var generad.

James nickade.

– Du vet väl vad hon håller på med? Hon tänker kolla in vem du är här med ikväll och sedan återvända till huset för att se om det finns några tecken på att du har haft nattgäster, om du förstår vad jag menar.

James, som såg intensivt obekväm ut, ryckte på axlarna. Anna tittade bort. Hon gissade att Laurence syftade på att han träffade någon specifik person. Det passade inte riktigt ihop med den vaga känsla av melankoli som hon uppfattat i hans hem, men han var kanske kapabel att plågas av ett krossat hjärta och ha ett frenetiskt och frekvent sexliv på samma gång.

~

När Eva gled in genom dörrarna till puben var det som att Debbie Harry på toppen av sin karriär hade gått med på att spela en statistroll i en dokusåpa. Hon hade hår som vit choklad, höga kindben, kattögon och en vältrimmad, slank kropp. Hennes ben såg ut som kycklingben i mörk denim.

– Eva, hur är det med dig? Laurence flög upp och gav henne en puss på kinden.

– Hej Laurence, sa hon utan att le. Evas röst hade den där diamanthårda, sexiga skärpan som var typisk för någon med en skandinavisk brytning.

James presenterade alla för varandra.

– Eva, det här är Anna, hennes syster Aggy och Michelle.

Evas min antydde att James just hade presenterat Crystal, Rio och Candy-Blush från strippklubben Stringfellows. Och var det bara som Anna inbillade sig att Evas blick dröjde sig kvar längst vid henne?

– Trevligt att träffas, sa Eva med känslolös röst.

De andra fortsatte prata, och Anna låtsades lyssna fast hon

egentligen fokuserade på konversationen mellan James och Eva medan han räckte över sina nycklar till henne.

– Kan du lägga dem under den blå krukan när du är klar?

– Jag kommer att slänga blomman i sophinken och bära ut den.

– Gör som du vill, sa James. Jag ska säga till min mamma att undvika sådana tanklösa gester i framtiden.

Anna sneglade på dem. Eva stirrade på James som om hon inte kunde bestämma sig för ifall hon skulle låta sig provoceras eller inte.

– Den kan döda Luther.

– Jag har uppfattat det.

Anna slogs av hur lite Eva verkade bry sig om att hon avbrutit deras utekväll. Hon hade ställt sig så att hon skar av James från resten av gruppen och hennes tonfall var gnälligt. Han såg sammanbiten ut.

– Trevligt att träffa er allihop, upprepade Eva igen innan hon gick, men det lät som en ren provokation i Annas öron. Som när en polis önskade dig en bra dag men egentligen varnade dig för att inte begå några brott.

Inte undra på att James kanske hade tagit det där om att vara *förälskad i en istapp med pushup-behå* personligt, med tanke på hur kall hans fru var. Men de passade säkert bra ihop, tänkte Anna medan hon smuttade på sin sauvignon blanc.

På tunnelbanan hem rynkade både Michelle och Aggy lojalt på näsan åt James Fraser. Han uppförde sig inte särskilt illa, medgav de. Och visst, han var fruktansvärt snygg. Men han var så självgod. De föredrog den pratsamme Laurence som, bortsett från sina krystade försök att ragga upp Anna, faktiskt hade ansträngt sig för att vara charmerande.

För egen del tyckte Anna att det kändes som att James sett igenom henne och att Laurence sett på henne för mycket.

34

Det tog James ett tag att inse att Parker ropade på honom över ljudet av Duran Duran. Han hade varit upptagen med att välja ut snuttar av det han filmat med Anna till appen. Hon hade rätt, det var så intressant alltsammans att det främst handlade om vad som kunde utelämnas. Medan han tittade insåg han att hon såg ganska mycket ut som kejsarinnan Theodora. Samma mörka, själfulla ögon.

– Jag såg dig igår kväll, sa Parker när musiken sänkts en aning.

– Jaså? sa James och kände en liten ilning längs ryggraden.

– Med din flickvän. Ni gick genom Covent Garden?

Lexie kastade en blick mot dem.

– Åh, sa James.

Han kände sig nervös. Det var ett enkelt misstag, och han borde helt enkelt rätta Parker. Men missförståndet var praktiskt. ”Hon är inte min flickvän” skulle kunna leda till fler frågor om den där låtsastjejen som han ännu inte hade hittat på några detaljer om. Det var så frestande att dra nytta av missuppfattningen. Men vem var det egentligen Parker hade sett honom med ...?

– Du sa inget när vi träffade henne under mötet på museet.

Åh.

– Öh. Nej. Jag vill hålla mitt privatliv och mitt yrkesliv åtskilda.

Vad höll han på med? Det här var en så dålig idé.

– Hon var jättekritisk mot oss! Parker skrattade.

– Ja. Hon är också bra på att skilja på jobb och fritid, sa James.

– Dejtade ni varandra då?

– Hm. På sätt och vis ...

Han skulle förmodligen trassla in sig fullkomligt i den här historien. Att ljuga var med andra ord en dålig idé.

Vilken röra.

Om James bara hade uthärdat den där hemska vågen av nyfiket medlidande efter att han berättat för dem om Eva skulle han inte befinna sig i den här situationen. Han hade varit svag. Han hade ljugit och blivit trodd, och nu fick han betala priset för det. Lögnen fortsatte att skapa ringar på vattnet.

– Vad är det jag hör? sa Harris, som stod vid ena sidan av fotbollsspelet. Har du verkligen sett den gäckande flickvännen, Parks?

Parker nickade.

– Ser man på, ser man på, sa Harris som spelade bordsfotboll iförd ett rutigt plommonstop och en t-shirt från en hamburgerrestaurang med texten *In´N´Out, Home Of The Double Double.* – Vi började tro att din nya flickvän var en butternutpumpa med ett ansikte ritat med tuschpenna.

– Jag skulle aldrig vara otrogen med någon från din pumpafamilj, jag vet hur mycket de betyder för dig, sa James lamt, vilket fick fnittret att sprida sig i rummet.

Han avskydde att haka på Harris jargong, men visste inte hur han annars skulle hantera honom utan att det slog över i öppen fientlighet. Det var som att vara tillbaka i skolan.

– Hon jobbar med utställningen på British Museum, tillade Parker. Parker var inte elak, men han var aningslös och kunde därför orsaka oavsiktlig skada i rollen som informant.

– *Jaså?* sa Harris och snurrade på fotbollsspelets handtag. Uppenbarligen försökte han lista ut om han på något sätt kunde använda sig av den informationen för att orsaka problem. – Så du har haft stånd när du bett om anstånd med uppgiften?

– Herregud Harris, lägg av, sa James.

– Ledsen PAPPA, sa Harris. Mååål! ropade han sedan. Mona, jag är kungen av miniatyrfotboll! Lord of the Dance! Han gjorde en motbjudande, roterade dansrörelse som fick James att känna den starkaste avsky.

Ramona skruvade upp musiken och Harris började ännu en gång berätta sin anekdot om när han droppsparkat en plastflamingo från Kensington Roof Gardens inför ögonen på Nick Grimshaw, vilket innebar att James prövning var över. För den här gången.

Han vände sig tillbaka mot sin laptop och funderade. Parker skulle träffa Anna igen på utställningens invigningsfest. Han hade två alternativ, och inget av dem var särskilt tilltalande. Han kunde vänta tills han var på tu man hand med Parker, erkänna att han hittat på hela flickvänshistorien och bönfalla honom att inte säga något till Anna. Kanske kunde han påstå att han gick på antidepressiva som gjorde honom tillfälligt förvirrad eller något.

Men Parker var, med all välvilja sagt, något av en idiot. Han skulle råka försäga sig, eller så skulle han berätta det i förtroende för en köttätande bakterie som Harris. James kunde lätt föreställa sig att Harris skämt om pumpaflickvänner fortfarande skulle vara på tapeten 2020. Nej, om han tänkte berätta något för Parker kunde han lika gärna berätta för dem allihop.

Det gjorde nästa alternativ svårslaget, trots att det var minst lika motbjudande. Att försöka hålla isär Parker och Anna under invigningsfesten och hoppas utav bara helvete att hon aldrig fick höra talas om det här.

James skulle bli tvungen att välja den balansakt som alternativ nummer två innebar.

35

Det verkade som att Laurence hade haft rätt, vilket aldrig var trevligt att erkänna. När James kom hem från teatern pekade allt på att Eva hade ägnat sig åt någon form av inspektion av deras hem.

Han lade märke till den bleka cirkeln som blomkrukan lämnat på fönsterbrädet, men för att kunna gnaga på bladen i en dödsföraktande attack skulle Luther ha varit tvungen att kasta sig upp mot blommorna och dra ner dem på golvet med tänderna.

Otroliga atletiska uppvisningar var inte det första man associerade med den katten. Luther verkade ofta förvånad över sin egen svans. James hade också fått för sig att han lämnat sovrumsdörren halvöppen, inte stängd som den var när han kom hem. Fast han antog att Eva kunde ha gått in dit för att hämta fler av sina saker.

Men nästa dag skickade Eva ett sms och föreslog att de skulle träffas på Hampstead Heath samma kväll för att gå en promenad och prata. Det var första gången hon visat något intresse av att eventuellt jobba på relationen med James sedan hon stack. Det verkade alltså som att hotet om att lägga ut huset till försäljning hade fungerat. Segern kändes tom.

Det var en mild kväll för årstiden, och när han såg Eva vänta på honom med håret uppsatt i två gulliga små knutar i nacken som en collegestudent kände han sig tung till sinnet, tung i stegen och väldigt gammal. Eva gick rakt på sak. Hon korsade armarna hårt över bröstet medan de traskade genom parken med en hastighet som antydde att de var på väg någonstans.

– Tycker du inte att du borde fråga mig innan du försöker sälja huset?

– Det har jag gjort. Jag sa till dig att jag tänkte få det värderat.

– Jag trodde inte att vi hade fattat beslutet att sälja det.

– Du stack. Jag behöver inte ett så stort hus själv.

– Försöker du tvinga mig att fatta ett beslut?

James kämpade för att lägga band på sitt humör. ”Skrikande man i park” var inte den roll han ville spela den här kvällen.

– *Tvinga* dig? Ska jag sitta som en idiot och vänta på att du och Finn avslutar serien med kolskisser av dig i soffan och sedan fortsätter med ett bubbelbad i akvarellteknik? Du har lämnat mig, Eva. Vet du inte vad det innebär?

Han andades in luft så kall att den fick halsen och lungorna att värka och väntade på att Eva skulle säga att det var slut med Finn, att alltsammans hade varit ett misstag, att hon inte ville sälja huset. Varför var hon annars här?

Hon sa inget.

– Sara måste börja känna sig lite trångbodd. Har hennes kille inget emot att du bor där?

Han såg åt sidan. Eva stirrade ner i marken.

James hoppade till, som om han suttit i en gammal Mini med dålig fjädring och just kört över ett fartgupp. – Eller bor du inte hos Sara?

Hon pressade ihop läpparna och skakade på huvudet.

Plötsligt kändes hans bröstkorg för trång för alla organ inuti. Han ville fråga henne om det innebar att allt definitivt var över, men det kändes som att hans luftstrupe klämts ihop.

De promenerade vidare.

– Så mycket var alltså påståendet att ni inte ligger med varandra värt. Det här är verkligen en chockerande utveckling, sa James så småningom, och han hörde hur olycklig han lät. Han kunde inte ta hem några poäng här. Han hade förlorat. – Jag hoppas att du förlåter mig nu för att jag genomskådade skitsnacket om det du kallar konst och det jag kallar förspel, med tanke på att jag hade rätt.

– Det här är problemet, James. Det enda du bryr dig om är ifall jag har haft sex. Du är inte intresserad av varför jag lämnade dig.

– Du har inte sagt något annat än att du var uttråkad. Jag vet inte hur du hade väntat dig att ett äktenskap skulle vara? Vi bodde ändå tillsammans. Att gifta sig är en fest, en semester och sedan mer av samma sak som tidigare. Tänker du försöka leva det vilda livet med Finn? Hur kommer det att funka när han är ute och klubbar och du börjar närma dig fyrtio?

– Finn pratar med mig som en jämbördig. Inte någon *hemmafru* vars åsikter han ser ner på.

– Gode gud, Eva. Du måste skämta. Är du plötsligt Betty Draper med hagelbössan?

– Jag ska berätta när jag visste att jag var tvungen att lämna dig, James. Den där kvällen när Jack och Caron kom på besök.

– Va? Så dålig var inte min tagine.

– Du pratade med Caron hela kvällen.

– Statstjänstemannen?

– Och du var fascinerad av allt hon hade att säga och skrattade för fullt. Du struntar fullkomligt i vad jag har att säga. Du tycker att jag är banal.

– Det är klart att jag var intresserad av vad hon hade att säga. Jag var artig mot en gäst.

– Och sedan sa hon att privatskolor inte borde räknas som välgörenhetsorganisationer i skattesammanhang, och du höll med henne!

– Hon hade starka argument. Dessutom trodde jag att det var vad du också tyckte?

– Jag skulle bli av med mitt jobb!

James hade ett minne av en tidig dejt på en gastropub i Clapham och ett samtal om hur Eva bara jobbade för att spara ihop pengar så att hon kunde börja ge privatlektioner. Sedan skulle hon ta emot begåvade elever gratis vid sidan om sina mer välbärgade klienter och göra världen till ett bättre ställe. Han kom ihåg att han hade tänkt att hon var så generös och den enda person han någonsin träffat som såg underbar ut i beige.

– Och glöm inte hur du behandlar mina vänner. Vad var det du kallade dem? Kapten Casanova och det blonda bottenskrapet.

Men de *var* verkligen avskyvärda. Evas promiskuösa frisörkompis Wolfram var typen som kritiserade sin döende mor för att hennes hår inte var nyklippt och fönat. Och de hårdfestande ragatorna och självutnämnda ”kreativa kreatörerna” som träffats på hans salong var rent ut sagt skrämmande. Dinosaurier i Kurt Geigerskor. James var ganska säker på att en av dem hade försökt ragga på honom under en grillfest i Kew. De hade utan tvivel uppmuntrat det här med Finn.

– Vem var du med på puben härom kvällen? fortsatte Eva, som om det inte var ett tvärt byte av samtalsämne.

– Jag var där med en hel grupp.

– Kvinnan med långt hår som stirrade på mig.

Hoppet väcktes hos honom. Det där kunde inte stämma, så frågan var om Eva projicerade sin egen känsla av rivalitet?

– Anna? Vi jobbar ihop.

– Dejtar du henne?

James var inte säker på vad han skulle svara. Var det att skåda given häst i munnen om han medgav för Eva att hon inte hade minsta anledning att vara svartsjuk? Bäst att försöka svara undvikande.

– Skulle du bry dig om det i så fall?

– Du kan göra vad du vill, James, du har fria händer. Dejtar du henne?

– Svaret är alltså nej, du bryr dig inte.

De passerade ett annat ungt par. Främlingarna log mot dem som om de allesammans var med i samma lyckliga-förhållandenklubb.

James såg på ett barn som flög drake en bit bort. Barnet tjöt förtjust av glädje när drakens band slog i vinden.

Eva stannade och vände sig mot honom. Hennes näsa och kinder var skära i kylan. Det skulle få de flesta människor att se ut som en skiva kokt skinka, men Eva var bara söt.

Dags att ta initiativet.

– Jag tänker lägga ut huset till försäljning. Jag vet inte vad som pågår med dig och Finn, men jag måste gå vidare, sa James.

– Dejtar du den där kvinnan?

Han tvekade. Det var ett gott tecken att hon ville veta. Ljug inte, men eliminera inte allt tvivel. – Vi har bara blivit goda vänner.

~

När James kom hem stålsatte han sig och kollade sedan upp Finn Hutchinsons modellprofil på nätet. Han hittade en hel webbsida. Han upptäckte att Finn ”hade musikaliska ambitioner” – *naturligtvis* – och även var ”en entusiastisk surfare som alltid jagar nästa våg”. *Jaga den hela vägen till Beachy Head*, tänkte han.

James började bläddra igenom fotografierna i portföljen, och fortsatte sammanbitet att klicka på ”nästa” som en dresserad apa.

En bild föreställde Finn klädd i smoking, sittande i en fåtölj med slipsen uppknuten och benen brett isär på alfahannevis. Det såg ut som en annons för konjak eller Dunhill från sjuttiotalet. ”Det här var en fantastisk fotografering. En hyllning till Rat Pack, klassisk smoking.”

På en annan bild gjorde han den där avskyvärda *va-menar-du-mig?*-posen där han kliade sig bakpå huvudet och flinade medan han lutade sig mot kameran med det taggiga håret i mittbena, klädd i en v-ringad Fruit of the Loom-tröja och id-brickor i silver. ”Folk använder ord som sexig hunk, men jag är mer av en knasboll.”

På nästa foto hade han på sig en gigantisk cowboyhatt och blå skjorta. Han tuggade på en tandpetare. Bildtexten löd: ”Det här speglar vem jag egentligen är, jag gillar att vara ute i naturen.” Visst, säkert. Uppenbarligen ägnade han sig åt boskapsskötsel i Dalston.

Vad påminde allt det här honom om? Det påminde honom om Eva. En gång när James hade sagt något beundrande om hur hon alltid var så välklädd för varje tillfälle hade hon svarat att hon var som en skådespelerska. Hon älskade att spela roller. James undrade om han hade missat en massa varningssignaler.

Hur kunde det här ha hänt? Han hade vetat att han skulle bli tvungen att vara på sin vakt mot rivaler när det gällde Eva, men han hade inte trott att han skulle förlora henne medan de fortfarande skakade bröllopskonfetti ur håret.

Han misstänkte att svaret låg i samma egenskaper som han funnit så oemotståndliga till att börja med, den där gamla klyschan om att man så småningom började hata det man först älskat. Eva var som en haj, hon kunde bara simma framåt. Eller som bussen i *Speed* som exploderade ifall den saktade ner under en viss hastighet. Han hade tyckt att Eva var skrämmande uppfriskande. Han hade gjort misstaget att försöka slå sig till ro med *skrämmande* och *uppfriskande*.

Nu var han bara rädd. I en krissituation verkade de inte ha tillräckligt mycket gemensamt för att kunna hitta ett sätt att diskutera en lösning.

Var det möjligt att ... Tänk inte tanken, James. Försök att låta bli.

Han betraktade ett foto där Finn lutade sig mot en motorcykel med en smutsig trasa slängd över axeln och bar överkropp. Han hade en fejkad oljefläck på kinden och säckiga jeans. ”Min livsfilosofi är att jag vill vara den som skapar de coola ögonblicken.”

Medan han funderade på de här vackra människorna kunde James inte låta bli att ställa sig en jobbig fråga.

Var det möjligt att han var kär i någon som han inte tyckte om?

36

– Knack knack! Är du påklädd, doktor Alessi?

– Strax Patrick! ropade Anna och hoppades att han inte föreställde sig henne naken.

Hon kontrollerade nervöst sitt hår och smink en sista gång i den fläckiga spegeln och rättade till den blå ylleklänningen över magen.

Hon skulle försöka behålla kappan på så länge som möjligt, i alla fall tills hon fått i sig en drink. Klänningen var inte urringad, men den var tajtare än hon var van vid.

Eftersom hon ogillade att shoppa hade hon löst problemet vad hon skulle ha på sig på invigningen av Theodorautställningen i sista minuten genom att köpa något för tvåhundra pund på Hobbs.

– Victoria gör sällskap med oss dit, sa Patrick med det där ansträngda tonfallet som användes för att förvarna en kollega om att chefen befann sig inom hörhåll. *Det här är live, så låt bli att svära.*

– Toppen. Jag är klar! sa Anna och öppnade dörren. Patricks hänförda kommentarer om hur snygg hon var dämpades av Victoria, som blängde bistert.

Victoria Challis var inte bara en formidabel prefekt, hon såg också formidabel ut. Hon var drygt en och femtio lång, med grått hår i en pottfrisyr som egendomligt nog inkluderade fyrkantiga polisonger. Ifall man missat vinken om att hon inte var någon mjukis klädde hon sig dessutom i kostymbyxor med herrskjorta och slips. Anna skulle ha beundrat hur Victoria räckte lång näsa åt samhällets klädkoder om hon inte varit för upptagen med att vara rädd för henne.

Den som utgick från stereotyper antog kanske att Victoria föredrog sitt eget kön, men hennes make sedan trettio år, Frank, jobbade på den matematiska institutionen.

– Hon ser mer ut som sin man än vad han gör, som en föga chevaleresk kollega en gång uttryckt sig.

Promenaden till museet från UCL var inte lång, men Victorias strida ström av frågor till Anna om utställningen fick den att kännas betydligt längre. Tonfallet var skräckinjagande även om hon inte hade något problem att hantera frågorna i sig.

Anna kunde sin Theodora bakifrån och framifrån, och stående på huvudet med korngryn strödda på överraskande ställen, för att jämföra med hennes hjältinnas gymnastiska sexshower. Men Patrick var uppenbarligen oroad över att det skulle vara något hon inte kunde svara på, och han envisades med att inflika kommentarer som ”Du sa väl att John Herbert var mycket nöjd med ditt arbete, Anna?” på ett inte helt subtilt vis.

Deras bitska chef verkade bli alltmer irriterad. – Hon kan tala själv, doktor Price! röt hon till slut. Att prata med Victoria var som att öppna dörren till en brinnande masugn. Det här inträffade just som de räckte över sina ytterkläder till garderobiärerna på British Museum, vilket fick Anna att glömma att hon hade tänkt behålla kappan på.

Patrick hajade till när hon tog av sig kappan. Hon började ångra sitt val av klänning. Hon uppskattade sin platoniska relation med Patrick och ville inte förstöra något genom att alltför tydligt demonstrera att hon faktiskt var kvinna.

– Anna, om jag får lov att säga det ser du *fantastisk* ut! utbrast han, och Victoria himlade med ögonen.

Anna var glad att rummet innehöll andra, långt mer fantastiska saker att titta på. British Museums centrala ljusgård såg underbart dramatisk ut på kvällen. I mitten fanns den cylinderformade läsesalen som lystes upp av en omgivande ring av vita strålkastare.

På dess väggar hängde vertikala banderoller som gjorde reklam för Theodorautställningen. Kvällshimlen ovanför dem skars i diamantformade bitar av det välvda glastaket. Anna blev lättare till sinnet och kände en ilning av upprymdhet.

Det ekande sorlet av gästernas samtal, kypare som bar på brickor med champagneglas och panerade saker på cocktailpinnar, ställ med utställningskataloger, stationer där du kunde ladda ner den officiella appen och guidade grupper som var på väg in till och ut från själva utställningen ... OMG, som Aggy skulle säga. De var här för Theodora allesammans. Om Anna aldrig fick några barn antog hon att det här var det närmaste hon skulle komma känslan av att se dem ta examen eller gifta sig.

Hon drog ett djupt andetag och försökte göra som hennes pappa lärt henne för många år sedan: hitta ett sätt att hålla fast vid och njuta av ett ögonblick av lugn mitt i kaoset. Det var en värdefull sak att kunna när man bodde tillsammans med Judy och Aggy.

Medan hon andades djupt upptäckte hon för andra gången på kort tid att någon iakttog henne i ett rum fullt av folk, och att den personen var James Fraser. Han såg på henne med road nyfikenhet. *Jag slår vad om att han tycker att en glamorös klänning på mig är en komisk kombination i stil med hundar som spelar poker,* tänkte Anna. Hon nickade till hälsning och James höjde sitt champagneglas.

– Doktor Alessi, välkommen, välkommen! Vi har nog gjort den gamla tjejen stolt, eller hur?

Anna vände sig om och fick se den vänlige John Harris le stort mot henne. – Åh John, jag tror att det här är den bästa dagen i mitt liv, kunde hon inte låta bli att utbrista.

– Ska vi skaka hand med folk och berätta för dem vilket strålande jobb du har gjort? föreslog han.

Efter att hon minglat runt, småpratat, sett till att företagssponsorernas egon var tillräckligt underblåsta, försäkrat sig om att kulturjournalisterna fått veta allt de behövde och lyssnat på museichefens tal kände Anna sig lätt berusad och otroligt stolt.

Någon knackade henne på axeln. Parker stod bakom henne.

Intressant skjorta ... Var det där *bjällror* som hängde från det batikmönstrade plagget?

– Vad tyckte du om appen?

– Den är otrolig, sa hon. Tack så mycket.

Efter att ha varit så kritisk mot Parlez under det första mötet kunde Anna slå vad om att hon var den enda personen som hade börjat gråta lite vid sitt skrivbord när hon såg filmklippet med skådespelarna.

Hon hade varit rädd för att få se en dålig version av Theodora, men kvinnan med den örnlika näsan, lugna framtoningen och ögon i samma färg som malda kaffebönor hade varit kusligt porträttlik.

– Du vet den där biten om modet, *Kejsarinnans nya kläder*? Den rubriken var min idé.

Anna log. – Mycket fyndigt.

– Kan ni dejta varandra öppet nu när jobbet är klart? frågade Parker.

– Ursäkta?

– Det är okej, sa Parker lågt. Jag vet. Jag såg er.

– Såg oss?

– Dig och James. Utanför teatern. Jag vet att ni två ... Du vet ... Parker flinade och gjorde världens minst sofistikerade handgest genom att forma ena handen till ett o och föra den andra handens pekfinger in och ut.

James, som såg djupt oroad ut, dök upp mellan dem. Han tittade ner på Parkers händer och sedan upp på Annas förbryllade ansikte.

– Åh nej, Parker. Vad har du gjort?

– Jag sa bara att du och Anna inte behöver hemlighålla er relation längre! James förklarade att ni ville hålla isär nytta och nöje, och nu kan ni fokusera helt och hållet på nöjet. Boom chicka wow wow ... Parker juckade med höfterna i en liten dans.

James gnuggade sina ögon och såg ut att vilja sjunka genom golvet.

– Du tror alltså att vi dejtar varandra? sa Anna till Parker, och vände sig sedan till James.

– Han sa det? Parker tittade på James.

– Öh ... Jag. Han såg oss, och ... James svettades märkbart och grimaserade, och Anna insåg att hon älskade det. Ärligt talat var hon förbluffad över att James inte hade förnekat det med emfas. *Henne? Usch! Nej!* James Fraser kände sig tillintetgjord inför henne. Det var som en dröm.

– Det var inte meningen att du skulle berätta det för någon, sa hon.

James spärrade upp ögonen. Det uppstod en lång paus. – Förlåt.

– Ärligt talat, här försöker man ha en hemlig kärleksaffär, bokstavligt talat utan att *någon vet om det* ... tillade hon och höll kvar James blick.

Hon log, vilket James knappt vågade tro.

– Ni skulle inte ha gått till Covent Garden, sa Parker. Ni borde ha valt något skitställe som inte är populärt längre, som Shoreditch, haha. Kommer du till femårsfirandet?

– Öh ...? Anna såg hjälplöst på James.

Han öppnade munnen och började stammande tala. – Åh ... just det. Jag borde antagligen ha nämnt ...?

– Om du inte vill fråga mig ... Hon spelade sårad för att ge honom ett ögonblick att återhämta sig.

Han log, och leendet fick hela hans ansikte att lysa upp av förtjust tacksamhet. Anna smälte en aning. Uppenbarligen berodde det på att hon var full av champagne och välvilja. Och ... lite berodde det kanske på hans kindben. Men han borde faktiskt raka av sig det där kapten Haddock-skägget.

– Nej, nej, nej. Du är definitivt bjuden, sa James.

– Jag tänkte sticka nu, sa Parker.

– Ja, du har gjort ditt för ikväll, muttrade James med ett ironiskt ögonkast mot Anna som hon mot bättre vetande tyckte var både roligt och charmigt.

37

Han hade lämnat Parker ensam i en minut ... Det kunde bokstavligt talat inte ha varit mycket längre, och ändå hade han hunnit ringla bort till Anna likt en orm på rullskridskor. Och naturligtvis hade han varit tvungen att säga något. James förbannade hela situationen. (Och varför var Parker, som informerats om att klädkoden för tillställningen var smoking, klädd på ett sätt som James bara kunde beskriva som "skelettliknande gycklare på rejvfest"?)

Det var särskilt frustrerande eftersom James hade tänkt att det vore lättare att presentera Eva på nytt ifall hans kollegor aldrig hade träffat "flickvännen". Fast nu när Eva hade flyttat in hos Finn spelade det antagligen ingen roll.

– Stick dit och klipp till honom, var Laurences expertanalys av den utvecklingen. Se till att din Thomas Pink-skjorta går sönder lite. Kvinnor älskar handgemäng.

– Ett slagsmål mellan mig och en modell skulle bli ganska tamt och inte särskilt manligt.

– Det är ännu bättre om ni är blöta båda två. Tänk bara på *Bridget Jones dagbok.*

Men Parker hade börjat prata, och James framstod som världens största idiot. Han skulle ha välkomnat chansen till ett assisterat självmord på fläcken. Men Anna hade räddat honom. Det var ganska fantastiskt. Hon var verkligen något alldeles extra.

Hon var klädd i en mörkblå klänning som avslöjade att hon hade en fin figur under alla de där säckiga tröjorna hon vanligtvis bar. Håret var samlat i en lös hästsvans i nacken och hennes drag framhävdes av eyeliner och mörkt läppstift.

James hade sett på medan hon minglade runt i rummet. Män stirrade på henne med hänförd fascination och ett pekfinger mot läpparna, och när hon talade nickade de snabbt som smarta akademiker hade för vana att göra. *Åh Anna, du tror att de dras till dig på grund av ditt researcharbete,* tänkte han. *Men egentligen handlar det om din byst.*

– Jag skulle tro att du väntar på en av de där utförliga förklaringarna och ursäkterna som är så populära nuförtiden, sa han och tog två champagneglas från en förbipasserande kypare. Han skulle bli tvungen att skruva upp charmen till max för att ställa det här tillrätta. Han måste få henne att fullkomligt *stråla.* – Som du hörde missförstod Parker situationen när han såg oss. Han trodde att du var min nya flickvän ...

– Kommer inte kvinnan som du egentligen dejtar att bli irriterad över det?

– Jag dejtar ingen, det var bara något jag sa till dem för att slippa skämmas över att jag skulle komma ensam till företagsfesten, och för att undvika de ändlösa försöken att bli ihopparad med folk.

– Vem tänkte du gå med?

– Så långt hade jag inte kommit.

– Säkert.

Det var något med Anna, något med hennes sätt att vara, som fick honom att ta risken att vara ärlig.

– Jag funderade på att säga att jag gjort slut med dig.

Hon tappade hakan och ett ögonblick trodde James att han till sist hade gått för långt.

– Bara för att du skulle slippa gå, tillade han snabbt.

– Och så att du framstod som vinnaren! Varför kunde inte jag ha dumpat dig?

– Du har en poäng, och det är ett mycket mer trovärdigt scenario. Fast jag har inte berättat för dem att det var Eva som lämnade mig heller, så jag tänkte göra ännu ett försök att framstå som mindre av den förlorare jag är.

– Otroligt, sa Anna ner i sitt vinglas, men hon lät inte arg.

– Jag vet. Det är som att jag aldrig lämnat skolan, om du förstår vad jag menar.

Den här gången sa inte Anna något.

– Femårsfirandet består av någon form av överraskning på South Bank och sedan bowling. Öh ... Med tanke på att de redan tror att du ska komma ... *skulle* du vilja följa med? James var förvånad över sin egen fräckhet. – Fast jag förstår verkligen ifall den här sjuka charaden är för mycket för dig. Om du inte vill är det väldigt begripligt. Gör det bara om du räknar med att ha extremt tråkigt den kvällen. Vilket du antagligen inte gör.

Wow. Imponerande, James.

Anna smuttade på sin champagne och lade huvudet på sned. – Du menar ... tillsammans med dig?

Han skruvade på sig. – Ja. Jag frågar inte bara för att skyla över allt mitt nonsens. Det skulle göra kvällen mycket trevligare att ha intelligent sällskap. Men som sagt, du är välkommen att kasta ditt vin i ansiktet på mig. Det är vad jag skulle göra om jag var du.

– Vi har alltså inte ”gjort slut”? Jag har inte dumpat dig?

James grimaserade. – Inte om du inte vill? Eller så kan jag säga som det är och erkänna för dem vilken patetisk person jag är.

Hon höjde på ena ögonbrynet. – Och hur skulle jag veta att du verkligen har gjort det?

– Jag kunde be någon att filma alltsammans med min telefon?

– Haha. Som om du skulle göra det.

– Du har övertaget här, sa James. Jag skulle göra det i klänning om du bad mig.

– Hm. Jag antar att en sjuk charad till dejt skulle kunna vara bättre än de verkliga dejter jag brukar gå på.

– Menar du det?

Anna ryckte på axlarna. – Ja.

Oj. Han stod verkligen i tacksamhetsskuld till henne.

Han höjde sitt glas. – Toppen. Och grattis till utställningen. Efter en tveksam start gläder det mig att du har godkänt vårt arbete.

– Ni behöver knappast mitt gillande, museet älskar det ni gör.

– Det är svårare att göra dig nöjd, så det betyder mer.

Hon verkade förvånad över hans kommentar. – Åh nej, sa Anna sedan distraherat och tog ett litet steg åt sidan så att hon stod mer rakt framför James. Jag tror att Tim McGovern såg mig titta på honom.

– Vem är det?

– Tim McGovern? Från teve? Jag är helt kär i honom.

James kastade en blick på den långa, smala, välklädda mannen i mönstrad Paul Smith-kavaj med ett skalligt, blankt huvud och svarta designerglasögon i sextiotalsstil. Han såg tillbaka på James och Anna och drack en målmedveten klunk från sitt glas. James hade inga problem att tolka den snabba blicken av liderligt intresse: *Hur ska jag få bort henne från dig?*

Mannens ansikte verkade bekant.

– Är han den där historikern som gör dokumentärer på BBC4? frågade James.

– Just det.

– Förälskelser i akademiska kretsar måste vara annorlunda än förälskelser i den riktiga världen. Jag tycker att han ser ut som en slipprig kikärt. Helt obegripligt att du gillar det.

Anna fnissade. Hon var antagligen ganska berusad, tänkte James. Det blev alltid så på den här sortens direkt-efter-jobbet-tillställningar: champagne, knappt någon mat, full före nio. Förr i världen hade han ofta vaknat med ett antal kollegor som han borde ha hållit sig borta från, och det berodde alltid på skumpa. Det var som att bubbel sög all fukt från ens ögonglober och all försiktighet från ens kropp.

– Neeej, han är fantastisk. Han vet verkligen vad han pratar om.

– Visst, men han har loafers i zebraskinn. Makt är ett afrodisiakum, inte en våldtäktsdrog.

– Jag skulle kunna lyssna på honom i flera timmar.

– Han ser ut som någon som kan lyssna på sin egen röst i flera timmar, så ni har det gemensamt.

De skrattade båda två, och James insåg att det var ganska intimt att skratta konspiratoriskt tillsammans med någon av det motsatta könet. Man höll ögonkontakt och tappade sedan kontrollen på samma gång över något man delat. Han såg efter. Tim från teve kastade fortfarande vargliknande blickar åt deras håll.

– Han är *definitivt* intresserad. Vill du få honom på kroken? frågade James.

– Hur lyckas jag med det?

– Ah. Om ett ögonblick kommer jag att viska något i ditt vänstra öra. Luta dig mot mig medan jag pratar, le som om du vet att jag försöker ragga på dig. Du gillar det, men är inte helt övertygad än. Och sedan skrattar du, på ett flirtigt sätt, som om jag har sagt något vågat. Okej?

– Menar du allvar?

– Ja. Om vi gör det rätt kommer han att presentera sig inom ett par minuter.

– Varför?

– Om han tror att jag verkligen lägger in en stöt så motiverar det honom att lägga in en själv.

– Tänk om han bara tror att vi är tillsammans?

– Män gör inte så med kvinnor som de redan är tillsammans med. Det är lätt att skilja ett par från en man med en potentiell erövring om man tittar på kroppsspråket. Jag är kompis med Laurence, han har gjort mängder av fältstudier på det här. Lita på mig. Är du beredd?

– Jag är beredd, sa Anna med ett tveksamt leende.

James lutade sig mot henne. Han kände doften av hennes parfym, blommig men också lite salt från kontakten med huden. Han strök undan hennes hår från örat. Det var inget han planerat att göra, men det förstärkte bara effekten.

– Jag har velat säga det här till dig hela kvällen … Luther är förstoppad, viskade han. Jag köpte tabletter till honom, men Eva blev helt galen och skrek något om att naturliga huskurer är bäst och att jag borde lägga konserverad pumpa i hans mat. Så jag köpte det, men han vägrade äta. Det visade sig att jag hade råkat köpa pumpafyllning till en paj av misstag. Jag blev tvungen att köpa en pumpa, koka den och mosa samman innehållet. Luther glufsade i sig pumpan och försvann. Gissa var jag hittade honom, med orangefärgad diarré upp över tassarna? I min underklädeslåda som jag lämnat halvöppen. Jag kan ärligt säga att en katt har skitit i mina kalsonger.

Anna lutade sig tillbaka med handen över munnen och skakade av skratt. – Stackars Luther!

– Sedan sprang han iväg med något som såg ut som en morot dinglande från baken, fortsatte James och lutade sig närmare med beslöjad röst. Men kalsongerna som jag har på mig ikväll har tvättats, jag lovar. Vi kan prata mer om den dinglande moroten senare.

Anna fortsatte att skaka av skratt, och James log och tänkte att han kunde vara charmig när han var på det humöret. I en sekund var han för upptagen av att njuta av ögonblicket och Annas min för att lägga märke till att manövern varit framgångsrik och att Tim från teve stod intill honom.

– Hej, ledsen att störa. Är det du som är doktor Alessi?

– Det stämmer! Hej, sa Anna, något chockad. Hon samlade sig och skakade hand med honom.

– Och du är ...? sa Tim från teve till James. *Ingen viktig*, var undertonen.

– På väg till toaletten, om ni ursäktar mig, sa James. Han log mot Anna och lämnade dem.

När han kom tillbaka ut igen pratade de fortfarande med varandra. Tim från teve kastade en blick bort mot honom. *Visst, du vinner*, tänkte James. *Men det är bara för att jag inte försökte.*

På väg mot dörren krockade han med en blek, rödhårig kille.

– Ursäkta, sa James reflexmässigt.

Han fick ingen ursäkt tillbaka. Mannen stirrade på honom med ohämmad avsky. Hans blick var så intensiv och så demonstrativ att James faktiskt vände sig om för att försäkra sig om att det verkligen var honom killen stirrade på.

Konstigt. Och ännu konstigare var den kortvuxna, rultiga kvinnan som stod jämte honom. Var hon utklädd till *man*? De såg ut som statister från någon av *Hobbit*-filmerna. Det fanns lika många udda personer här som på Parlez, insåg han. Det här var Parlez med fler akademiska poäng.

James fortsatte ut i den kalla nattluften. Han undrade om Annas kväll skulle sluta som hans hade brukat göra förut.

En timme senare fick han oväntat svar på sin fråga medan han låg i soffan med en öppnad påse räkchips på magen. Hans iPhone surrade till av ett meddelande: från Anna.

Ville hon tacka honom? Han hoppades inte det. Han klarade sig utan att få något bekräftat. Det skulle bara få honom att känna sig ensam. Han höll telefonen över sig, låste upp den och läste meddelandet.

Visste du om det? Det gjorde du, eller hur?

Påsen med räkchips gled ner på golvet medan han skrev sitt svar.

Va?

Telefonen surrade till igen.

Om Tim.

Du får förklara vad du menar, Anna, jag är förvirrad ...?

Det surrade på nytt.

Han är gay. Han stirrade därför att han var intresserad av dig.

Åh nej! Ledsen, haha. Jag antar att skorna borde varit en ledtråd. J x

P.S. Kan jag få hans nummer?

38

– Grattis Aureliana, sa Patrick. Hans höviska lilla bugning när han kom in på Annas kontor påminde henne om *Svarte orm*. Han uttalade inte hennes förnamn helt rätt, men hon korrigerade honom aldrig. – Hur står det till med dig den här morgonen? Vilar segerkransen på ditt huvud? Badar du i åsnemjölk?

– Jag lider, sa Anna. Men det var det värt.

Hon var i sjunde himlen. Theodorautställningen kunde inte ha blivit bättre och hon tyckte om att föreställa sig hur besökare strömmade in genom dörrarna. Hon skulle snart sticka tillbaka och se utställningen tillsammans med allmänheten. Med det sagt, hon var i sjunde himlen *och* kände sig som att hon behövde en omfattande blodtransfusion. Champagne svävade verkligen som en fjäril och stack som ett bi.

– Hade du trevligt? frågade hon.

– Ja. Men jag var tvungen att gå tidigt. Gillet kallade, sa Patrick.

Anna nickade, men för en gångs skull var hon inte säker på att hon trodde honom. Patrick gillade inte stora folksamlingar eller stora tillställningar, bortsett från om de var digitala.

– Du var verkligen balens drottning, sa han tafatt.

– Jag var alltså inte berusad och vilt gestikulerande som när vi diskuterade den där teologiska avhandlingen om ”Guds penis och gudomlig sexualitet” vid historiska fakultetens fest?

– Nej, nej, nej. Du var social! Lysande.

Anna anade att Patrick var på väg att säga något mer.

– Tim McGovern verkade väldigt intresserad av ditt arbete, fortsatte han. Jag såg er djupt uppslukade av ett samtal i säkert en halvtimme. Hoppas att han inte tänker ta dig härifrån och göra dig till sin glamorösa programledarkollega. Vi skulle sakna dig på University College.

– Oroa dig inte, mitt jobb var definitivt allt han var intresserad av, sa Anna med ett torrt skratt.

– Bytte ni telefonnummer?

Hon blev lite förvånad över att han frågade det rakt ut. Hon funderade över det faktum att hon och James hade spelat upp en hel föreställning innan Tim kom fram till dem. Åskådare skulle ha kunnat dra alla möjliga felaktiga slutsatser.

– Ha. Knappast, sa hon.

– Jag tror att han lämnade utställningen med en annan kvinna ... Han är kanske något av en kvinnotjusare?

Anna skrattade till. – Patrick, han gillar bananer, som Michelle säger. Spelar för det andra laget. *Bryr sig inte om fotbollsmatchen.*

– Va?

– Han är bög. Han kom fram därför att han var intresserad av James Fraser från Parlez. Så fort James hade gått fick jag en massa frågor om vem *den ursnygge Brandon Routh-kopian* var. Jag kände mig ganska dum.

– Den där hala typen från digitalbyrån var *hemsk*, fräste Patrick.

– Var han otrevlig mot dig? frågade Anna, smått förvånad. Hon hade ändrat åsikt om James uppförande och trodde inte längre att han gick runt och förolämpade folk. Åtminstone inte öga mot öga. Inte nu längre.

– Jag såg honom med *dig*, sa han och rättade till sina glasögon. Hans ljusa ögon blixtrade. – Viskandet och flirtandet och fjäskandet.

Anna skrattade, fast försiktigt. Det gjorde ont i magmusklerna att skratta. – Det var inte som det såg ut. Men han spelade uppenbarligen sin roll väl.

– Ursäkta mig, Anna, men som en annan person med XY-kromosomer kan jag bekräfta att det var precis som det såg ut.

– Jag lovar, han låtsades bara flirta med mig för att hjälpa mig att fånga Tims uppmärksamhet. Och vi lyckades med det, men det var tyvärr inte mig Tim var intresserad av.

– Och varför skulle han vilja hjälpa dig?

– För att det var kul? För att han är skyldig mig en tjänst?

– Han har något i kikaren. Jag menar det, var på din vakt. Jag har inte glömt hur upprörd du var över att behöva jobba med honom.

Hm, han hade en poäng där. – Det där jobbet är avslutat nu. Patrick, ibland tror jag att du är överdrivet paranoid när det gäller män och deras brister. Hon gned sina bultande tinningar. Gode gud, varför lärde hon sig aldrig den där läxan om att dricka vartannat glas vatten?

– Öh ... Om inte han har ett gott öga till dig så har jag det.

– Victoria! sa Anna, eftersom deras chef dök upp bakom ryggen på Patrick.

Victorias ankomst satte punkt för Patricks besök, och även om hon symboliskt sett också var där för att gratulera Anna till den framgångsrika Theodorautställningen kändes det snarare som att Anna fick en lättare uppsträckning.

Så fort Victoria hade gått granskade Anna sina rödsprängda ögon i fickspegeln och plockade upp telefonen. – Michelle, kraxade hon. Jag kan inte gå på Pennys spelning ikväll. Jag är helt slut.

– Det finns inte en förbannad chans att du stannar hemma. Ta två värktabletter med en kaffe och en croissant med ost och skinka från Pret a Manger och visa att du har hår mellan benen. Jag klarar inte det här utan dig.

39

Daniels flickvän Penny hade få talanger enligt Michelle, men till och med hon var tvungen att medge att Penny faktiskt kunde sjunga.

Hennes band, The Unsaid Things, var ett i raden som skulle framträda på en pub i norra London som specialiserat sig på livemusik och toaletter som stank utav bara helvete.

Anna smuttade på en Coca-Cola och försökte verka artigt intresserad av tonårsgänget som spelade före The Unsaid. Gruppen bestod av trettonåringar klädda i oknäppta rutiga skjortor över t-shirtar med namn på band som splittrats långt innan de föddes.

– Nästa låt handlar om en tjej i skolan ... jag menar gymnasiet ... som ljuger hela tiden och tror att det gör henne cool, men det gör det inte, det gör henne bara till en lögnare, sa bandets sångare under sin långa lugg. Låten heter *Sarah ljuger*. Vi hoppas att alla gillar den. Öh, alla utom Sarah.

– *Någon* verkar sur över att hon berättade för hela klassen om hans impotens under en dubbellektion i geografi. Undrar om nästa låt heter *Jag bad inte om att bli född*? sa Michelle.

Anna skrattade men gestikulerade nervöst mot en klunga stolta föräldrar i närheten, som skrämmande nog inte var mycket äldre än de.

Sångarens röstteknik påminde som tur var mest om skrik, och Michelles kommentar hördes inte över de vrålande gitarrerna och den dånande, tårdrypande sångtexten. *Dra åt helvete Sarah, du är en bitch/Du säger att du är emo, men du handlar på Jack Wills/Din kille är inte tjugo, han är bara nitton/Dra åt helvete Sarah, jag skiter i dig ...*

– Jag tror att jag gillar den här Sarah, konstaterade Michelle. Ska vi gå och se efter om Dan vill ha sällskap?

De hittade honom på en pall bakom ett bockbord med travar av t-shirtar med suddiga tryck, upptagen med att läsa Peter Cooks memoarer. Bland bandnamnen på t-shirtarna syntes Head Office och The Pungency. Det fanns inte mycket till röd tråd mellan kvällens band – musikstilarna sträckte sig från rock till metall till vad det nu var The Unsaid spelade. Michelle kallade det för twee-folk, men Anna gissade att det inte var så de beskrev sig själva.

– Går affärerna segt? frågade Michelle.

– Det skulle man kunna säga, eller så kommer rusningen när banden har spelat klart.

– Du är en snäll pojkvän som ägnar din lediga kväll åt det här, sa hon.

– Tja, hon lagar mat åt mig sina lediga kvällar, svarade Daniel och blinkade med sina stora ögon.

– Kan vi köpa en öl åt dig? frågade Michelle, och Daniel pekade på ett ölglas vid sina fötter.

– Hojta till om du behöver påfyllning. De gick därifrån och Michelle vände sig mot Anna. – Hur kan hon ha lediga kvällar när hon inte har något jobb? viskade hon ur mungipan.

– *Sarah ljuger* berörde faktiskt en universell sanning: alla kände någon i skolan som var en notorisk lögnare, fortsatte Michelle när de väl hittat ett ställe där de kunde stå. En kille i min skola som hette Gary Penco hävdade att han hade en Peregrine Falcon och en Ferrari Testarossa i ett hyrgarage. På tal om skolan, nu när arbetet med utställningen är klart behöver du väl aldrig träffa den där James igen? Det måste kännas som en lättnad.

– Faktum är ... Anna hejdade sig. Nu när hon skulle berätta det för Michelle lät alltsammans ganska otroligt. – Jag ska gå på hans firmafest, sa hon. Som hans låtsasdejt.

Michelle hostade till i sin lager och blåste ölskum på Annas ärm.

– Ursäkta, men jag tror att du måste ha pratat italienska. Du ska gå på hans vad som hans ... *vad*?

– Hans kollegor såg oss tillsammans. Efter pjäsen, du vet? Och trodde att jag var hans flickvän och att jag skulle följa med honom på den här festen. För att göra honom en tjänst sa jag att jag skulle gå istället för att räta ut missförståndet. Det är bara en firmafest.

Michelle rynkade pannan. – Varför hjälper du honom?

Det var en väldigt bra fråga. Hon ryckte på axlarna. – Du vet hur jag tänkte att det värsta som någonsin skulle kunna hända var att behöva träffa honom? Det visade sig faktiskt vara helt okej. Och det bevisar att han inte har övertaget längre. Saker och ting har förändrats.

– Vet han fortfarande inte vem du är?

– Nej.

– Tänker du berätta det?

– Nej ...

– Varför inte?

– Jag vill inte gräva i det förflutna.

– Hur mycket av en nystart är det här i så fall? Tror du att han skulle vara elak mot dig ifall han visste?

– Nej ... Ännu en bra fråga. Hon föreställde sig att James skulle få dåligt samvete och tycka synd om henne. Proportionerna var hon inte säker på. Anna ville inte att någon skulle tycka synd om henne. – Jag går på min magkänsla, sa hon, och låtsades vara säker på något som hon inte alls var säker på. Det känns okej. Det här är det nya kapitel som du pratade om när du sa till mig att gå på klassåterträffen.

– Jag ville att du skulle vara dig själv. Jag tycker att det här med att *låtsas vara hans flickvän* låter konstigt och kontraproduktivt. Och du är definitivt inte skyldig honom något.

– Även om det är dumt handlar det bara om en kväll. Det är allt.

– Hm. Det är mitt officiella utlåtande om det här, Anna. Hmmm.

~

The Unsaid bestod av två män och Penny, som var klädd i en ylleklänning med vadhöga stövlar i sextiotalsstil. Hennes röst var väldigt vacker, klingande klar och otvunget melodiös.

Synd bara att låtarna enligt Michelle lät som den sortens äckliga dravel som användes i reklamsnuttar för att sälja halvkombis till innerstadskvinnor eller för att få alla att känna sig gripna över det faktum att ett varuhus sålde saker till folk vid jul.

När Penny plockade fram sina bjällror och dansade runt på scenen medan hon sjöng om hur mycket hon tyckte om varm choklad kalla morgnar blev det för mycket för Michelle.

– Sockersött nog för att ge en diabetes, viskade hon i Annas öra.

Anna hyschade henne och Michelle skrattade.

– Vår nästa sång är en coverversion av en låt som Nirvana gjort känd, sa Penny och tittade upp under ögonfransarna.

De började spela en låt som Anna kom ihåg från *MTV: Unplugged* som något djupt innerligt och trasigt. Tyvärr framförde The Unsaid Things den som en trallvänlig trudelutt.

– Det kan inte vara sant, viskade Michelle till Anna. Gör de tweefolk av *Where Did You Sleep Last Night?* Nästa låt blir väl *Rape Me*, fast läspande. ”Wape Meee...”

– Michelle, väste Anna just som Dan dök upp vid deras sida. Anna anlade en min av uppmuntrande entusiasm. – Det verkar gå bra.

Bandet började spela en lågmäld, skälvande akustisk låt.

I vanliga fall hade Anna ganska svårt för att uppfatta sångtexter, men Pennys röst gjorde det lätt att urskilja vartenda ord. Medan hon stod där med sin Coca-Cola och koncentrerade sig på att se neutralt uppskattande ut uppfattade hon raderna om att träffa en man medan man jobbade som servitris. Hon skulle ha vänt sig mot Daniel och nickat om det inte vore för att sången var så ångestladdad. Och refrängen verkade vara en lek med ord om att vänta förgäves. På det hela taget lät det som en ”jag borde dumpa dig”-ballad.

Spridda applåder hördes när de var klara, och varken Michelle eller Anna kunde med att möta Daniels blick. Då Michelle föreslog en öl till avböjde Daniel och förklarade att han skulle hjälpa Penny att packa ihop.

När de gick mot tunnelbanan kunde Michelle inte lägga band på sig längre.

– Fan, handlade den där sista låten om det jag tror att den handlade om? sa Anna.

Michelle skakade på huvudet. – Hon är verkligen helt otrolig.

– Varför finner sig Dan i det?

– Han har fruktansvärt dåligt självförtroende när det gäller kvinnor. Innerst inne måste han tro att han inte förtjänar bättre. Det gör mig arg.

– Tror du att han visste att hon skulle sjunga den där låten? undrade Anna.

– Nej. Jag tror att hon är en genomrutten person. Jag sa inget om det till honom då, men jag är ganska säker på att hon gömde undan dricks.

– Vad menar du?

– När hon jobbade på The Pantry. Vi lade alltid ihop dricksen, men om hon fick mycket stoppade hon pengarna direkt i sin egen ficka. Jag kan inte bevisa det, men jag har varit med länge nog för att känna igen folk som inte dricksar, och Penny verkade ha ett oproportionerligt stort antal kunder som överraskade mig i det avseendet.

– Och du sa inget om det till Dan?

– Jag tyckte inte att det behövdes, det slutade ändå med att jag gav henne sparken eftersom hon var värdelös. Innan jag visste ordet av var de ett par. Jag kommer inte att göra om samma misstag. Nästa gång en vän dejtar en idiot kommer jag att vara ärlig med vad jag tycker. Ta det som en varning, ifall du plötsligt skulle bestämma dig för att en viss person från din skoltid är ett tänkbart alternativ.

– Haha, knappast! Jag kan inte tänka mig något mer osannolikt.

– Det finns inget värre än att förlora en bra person till en idiot, sa Michelle just som de kom fram till stationen. När Dan berättade att han var tillsammans med Penny tänkte jag bara *man över bord.*

40

När Anna närmade sig den lilla gruppen trendiga människor som stod i duggregnet på South Bank kände hon sig plågsamt malplacerad. Och hon hörde faktiskt inte hemma på Parlez-tillställningen, med tanke på att hon bara var här på grund av ett missförstånd.

Hon ångrade lite att hon bestämt sig att ställa upp. Den förbannade champagnen och framgångsruset från Theodorautställningen hade fått henne att känna sig obetänksamt generös. Michelle hade rätt, hon borde inte glömma att hon inte var skyldig James Fraser något. Eller snarare att hon var skyldig honom en rak höger. Hon kunde helt enkelt låta bli att dyka upp, det vore en sorts hämnd.

Varför var hon här och räddade hans värdighet, när han så brutalt hade tagit hennes ifrån henne för en halv livstid sedan?

Hon antog att det handlade om nyfikenhet. Trots sin förödmjukelse och ilska kunde hon inte låta bli att ta chansen att spionera lite. Det var en engångsgrej, precis som återträffen. Hon kunde komma och gå helt på sina egna villkor. När hon fått syn på James på det där jobbmötet hade hon trott att Gud hånade henne, men tänk om det varit en annan sorts vink från ovan? En uppmaning om att hon borde ta sig en närmare titt på den här personen för att konstatera att han och hans vänner inte var så imponerande.

Redan på ett tjugotal meters avstånd var det uppenbart att det här var ett gäng som gillade att ligga steget före modetrenderna. Hon hade våndats över vad hon skulle ha på sig som inte var tråkigt men samtidigt inte drog för mycket uppmärksamhet till sig, och det hade slutat med att hon valde ännu en klichéartad svart klänning. Hon kunde inte riktigt smälta tanken att hon ansågs bra nog att vara James dejt. Hans *dejt*? Visst, hans låtsasdejt, men hans dejt likväl. Hennes yngre jag betraktade situationen med förundran. Eller möjligtvis raseri.

Alla som jobbade på Parlez hade undercut-klippning eller snaggat hår eller pottfrisyr, ovanliga piercingar, extravaganta ytterplagg och klumpiga designerskor med höga klackar. En man hade en mustasch som skulle ha passat en viktoriansk akrobat. En av kvinnorna hade en håruppsättning som inte var en knut men inte heller en bikupa, utan snarade en sorts anknäbb uppe på huvudet. Anna hörde henne kalla sin trasiga ballerinakjol för ”steampunkkurtisan”. *Vad i helvete hade hon gett sig in på?* Anna hade ägnat så stor del av sitt liv åt att hoppas att hennes utseende *inte* skulle kommenteras att hon inte kunde föreställa sig hur det vore att vilja dra till sig uppmärksamhet på ett så kontroversiellt sätt.

Genomsnittsåldern var antagligen tjugosju. De betraktade henne med likgiltig nyfikenhet.

– Hej! sa Anna och lät som en tafatt lärarvikarie. Hon lyfte handen i en sorts vinkning, och till hennes lättnad fick James syn på henne och bröt sig loss från gruppen.

Han var klädd i en dubbelknäppt marinblå skepparkavaj, och hon drog en suck av lättnad över att han inte var intresserad av avantgardemode, om man inte räknade farfarsstilen. Kylan hade gjort honom blek och klarögd, och håret var rufsigt av vinden. Han böjde sig ner för att ge henne en puss på kinden.

Det pirrade till i Annas svekfullt infantila mage, vilket var extra patetiskt med tanke på att han bara hade gjort det för syns skull. När deras blickar möttes igen delade de ett ögonblicks insikt över hur genant situationen var.

– Det här är Anna. Anna, det här är ... hela gänget. Vi kan ta namnen senare.

Ett antal lösryckta hälsningar hördes. Alla återupptog sina samtal, bortsett från en kortvuxen, ljushårig tjej med lång page och ett flickaktigt ansikte. Hon fortsatte att stirra på Anna med sina uggleliknande ljusblå ögon och en koncentrerad men inte fientlig fascination. *Aha,* tänkte Anna. *Jag känner igen den där minen. Du är förstås förälskad i James. Det är klart att någon är förälskad i honom.*

James gnuggade händerna mot varandra och blåste på dem. – Vi vet fortfarande inte varför vi är här, sa han. Den mest populära teorin är att vår chef Jez har lärt sig att sluka eld och cykla på en enhjuling på samma gång. Jag skulle gärna se honom försöka.

– Hör på allesammans! ropade en man med axellångt grått hår som var klädd i en Crombierock. Han stod intill en rödblond kvinna i en ljust gulbrun långkavaj med stor pälskrage. De utstrålade penningstark självbelåtenhet.

– Det är dags för Fi och mig att avslöja hur kvällen ska inledas. Med en champagnetur i The Eye!

– The Eye? muttrade James misstroget. För helvete, vi kommer att bli de första personerna ombord som faktiskt kommer från London.

Han log ett beklagande leende mot Anna som hon besvarade med en stel grimas. Hennes mage var i uppror, och det hade inget att göra med att James såg ut som en matinéstjärna. Hon hade inte ens övervägt möjligheten att de skulle åka med London Eye. Varför hade det inte slagit henne?

Skrattande och småpratande rörde sig gruppen längs South Bank medan vantklädda händer slogs mot varandra. När de kom fram började det förmögna paret konsultera med personalen.

– Det här måste handla om att de har fått något gratis av en klient. De är ena riktiga snåljåpar, sa James till Anna i ett försök att inleda en konversation.

Anna nickade bara och log spänt. Hon försökte lägga band på sin panik. Hon kände sig fångad i en fälla. Om hon sa att hon inte klarade av det här skulle hon göra sig till åtlöje inför alla de här skrämmande människorna. Medan hon tvekade påkallade mannen i Crombierocken deras uppmärksamhet igen.

– Okej, vi har två gondoler! Jag har hört att det är väldigt romantiskt att åka på kvällen, så istället för att dela upp oss i två grupper kan vi väl låta ett par åka själva? Några som är sugna?

Han fick bara mumlanden till svar. Ingen anmälde sig som frivillig. Kvinnan med rödblont hår viskade något till mannen i Crombierocken. Han kastade en blick på James.

– James, vad säger du om att ta med dig din dejt?

Gruppen vände sig mot dem.

– Åh. Visst? James såg på Anna för att stämma av vad hon tyckte, och hon nickade spänt. *Gode gud, gode gud, gode gud ...* Nu kom hon inte undan.

Under tystnad följde hon efter honom in i den futuristiska kapseln. Hon var en tändsticksgubbe i en bubbla, på väg att blåsas upp i luften av en jättes andedräkt. *Kräks inte, kräks inte, kräks inte ...* Hon lyckades ta sig fram till träbänken som stod i mitten och försökte koncentrera sig på känslan av möbeln under sina fingrar. Dörren stängdes och låstes bakom dem. Anna tyckte att det lät som en fängelseport som slog igen. Inte för att hon ville att dörren skulle kunna åka upp. Hur lång tid skulle det här ta? *En evighet.*

– Kära nån. Ett pariserhjul för turister. Ledsen att det här är så lamt. Det finns åtminstone något att dricka, sa James och plockade upp en champagneflaska ur en ishink. Vill du ha?

Anna, som var tillfälligt oförmögen att svara, skakade på huvudet.

– Hur är det med dig?

Hon log stelt, men det var uppenbarligen inte särskilt trovärdigt och James fortsatte att stirra på henne.

– Jag har höjdskräck, sa hon med liten röst och ryckte till när gondolen började röra sig.

– På allvar? Varför sa du inte något? Det vore en bra ursäkt för att slippa ifrån det här, om inte annat.

– Jag ville inte göra något stort väsen av det ... jag menar, jag tror inte att vi har skrivit in höjdskräck i karaktären som jag spelar.

James såg paff men tacksam ut. – Du är väldigt modig. Han studerade henne. – Du tänker väl inte kräkas över hela gondolen?

41

Anna blundade medan hon kände hur de långsamt färdades uppåt. Hon försökte lugna sin mage med ren viljekraft. När hon öppnade ögonen igen drack James med bekymrad min ur ett fullt glas.

– Jag känner mig hemsk, Anna. Du borde ha sagt något.

– Titta på utsikten du. Oroa dig inte. Jag klarar mig, pep hon och viftade med armen.

Hon såg på medan han gick fram med sitt glas till det kupade fönstret. De var tysta ett tag.

– Kan du inte titta ut överhuvudtaget? frågade han efter en stund. Jag vet att jag lät cynisk innan, men det är ganska fantastiskt. Champagnen har kanske redan påverkat mig.

– Jag önskar att jag kunde, men det går inte, sa Anna och såg ner på sina gråvita knogar.

– Hjälper det om jag pratar med dig? Eller är det bättre att jag håller tyst? undrade James.

– Prata, definitivt.

– Vad beror din höjdskräck på?

– Tack för att du försöker distrahera mig!

De skrattade.

– Jag gick upp i det lutande tornet i Pisa som barn.

Det blev tyst.

– Är det sant? Du har en ganska torr humor, så ibland är jag inte säker på om du skämtar.

– Jag menar allvar. Det låter bara för italienskt, eller hur? Som att säga att man blev blind av att få en pizza rakt i ansiktet. Förr i tiden fick man lov att gå upp i det lutande tornet, och det fanns inga skyddsräcken på utsidan. Det här var uppenbarligen långt före dagens stränga säkerhetsföreskrifter, och innan folk anlitade advokater i tid och otid. Min pappa lät mig gå uppför trapporna framför honom. När vi närmade oss toppen sprang jag ut på en av balkongerna och var nära att falla över kanten. Det var bara på grund av mitt långa hår som pappa lyckades få tag på mig och dra mig tillbaka. Jag kommer fortfarande ihåg den där känslan när avgrunden öppnade sig och jag insåg att jag var på väg att falla. Och jag visste att det vore ute med mig i så fall, åtminstone i den mån man kan förstå sådant vid sex års ålder, eller hur gammal jag nu var. Det är inte en ålder att konfronteras med sin egen dödlighet. Ända sedan dess har jag inte kunnat hantera höjder. Det är som fortlöpande posttraumatisk stress, höjder triggar minnet.

– Visst är det sjukt hur en dålig upplevelse kan ge ekon genom åren på det sättet? sa James. Det var så smärtsamt träffande att Anna tänkte att han kanske *visste,* men sedan fortsatte han. – Som när min förra firma övertalade mig att prova en klients fettupplösande tabletter. Det som lämnar din kropp ser ut som osten på en Margherita. Pizzorna från Papa John's var aldrig lika lockande igen.

Anna skrattade. Sedan blev det åter tyst.

– Hur går det med nätdejtandet? frågade han till slut.

– Lika hopplöst som alltid.

– Tror du att din profil kanske kan behöva justeras?

– Åh, tack! "Tror du att det kanske kan vara ditt fel?"

– Nej! sa James, men han log brett. Anna fick en känsla av att det inte var många kvinnor som var så hårda mot honom som hon, och att han gillade det. – Absolut inte. Jag tänkte snarare att det *måste* handla om något sådant. Vi kan väl titta igenom din profil? Jag jobbar med internet och jag skriver en del copytexter. Dessutom har jag hört Laurence analysera nätprofiler tillräckligt många gånger. Det kunde kanske hjälpa med ett manligt perspektiv?

– Nu?

– För att distrahera dig från din höjdrädsla, föreslog han och plockade fram sin telefon. *Låt mig hållas,* sa hans min.

– Tänker du göra mig generad? undrade hon. Det knöt sig i magen på henne, både på grund av höjden och på grund av deras historia.

– Det lovar jag att inte göra. Kom igen, det kan knappast vara mer generande än det där skitsnacket jag kom med under utställningen?

Anna skrattade och lade huvudet på sned. – Sant ...

Hon var inte särskilt förtjust i tanken på att James skulle läsa hennes försök att sälja in sig själv till potentiella partners. Men hon ville samtidigt höra vad han tyckte. Okej, han var ond, men han var också smart och ... attraktiv. Ja, hon ville få ett manligt perspektiv. Anna gav honom uppgifterna och väntade spänt medan James muttrade om den dåliga mottagningen.

– Okej, här har vi dig.

– Du får inte skratta!

– Jag ska inte skratta. Så vitt du inte har skrivit att du ”gillar livets små guldkorn”. Då ska vi se. Bra foto. Men du har bara tre bilder?

– Ja. Anna var lite överrumplad av att hon var beredd att förklara hur hon tänkte. – Jag är inte intresserad av något som bara bygger på utseendet.

– Det är beundransvärt, men du måste dejta i den värld vi lever i, inte den du önskar att vi levde i. Lägg till fler bilder. ”Gillar att resa.” Det är en sådan där sak som passar in på alla, eller hur? Eftersom du inte lever som nomad innebär det väl egentligen att du ”gillar semestrar”?

Anna fnissade.

– Jag skulle skriva något mer specifikt istället ... Hm. ”Sportig och aktiv.” Är du verkligen det? Vänta! James höll upp handen för att hejda Anna som var på väg att protestera. – Jag menar bara att ”sportig och aktiv” tenderar att vara en eufemism för ”extremt trist” eller ”promenerar till jobbet”. Om du inte är tennisproffs eller något skulle jag skippa det också. Det syns att du inte bara äter bakverk, och det är egentligen det enda någon bryr sig om. Vilket för oss tillbaka till min tidigare kommentar om att du borde ha fler foton.

Anna tänkte att det här verkligen var en märklig kväll. Hon dinglade högt över London med James Fraser, som försökte få män intresserade av henne som om han vore hennes egen Cyrano de Bergerac.

– Åh. Okej. Du skriver att du är ”hopplöst romantisk”?

Hon kände hur hon rodnade, och hon var glad att belysningen var dämpad. – Ja.

– Jag skulle inte skriva det. Män läser det som ”kommer att ringa och gråta klockan tre på natten efter fyra veckors dejtande”.

– Det signalerar att jag är ute efter något seriöst. Att jag inte ... du vet ... bara vill ligga runt.

– Gode gud, säg inte att du är ”trött på att spela spel”. Det är det mest skrämmande en kvinna kan säga. Det betyder ”du kommer att vakna och se mig slicka bladet på en Sabatierkniv”. *Jag trodde att du var annorlunda, James. Du vill väl inte sluta som alla de andra, James?*

Anna skrattade. – Okej, så vad borde jag skriva, du som vet allt?

– Det måste handla om vem Anna är. Skäms inte över att fokusera på dig själv. Och skriv att du inte gillar katter. Det är verkligen något som säljer.

– Då har jag uteslutit alla kattägande män i ett enda svep.

– Var ärlig, har du någonsin träffat en man med katt som du gillade?

– Nu när jag tänker efter, nej, sa Anna och de log mot varandra.

– Män med katt kommer snarare att bli roade och nyfikna. Och vill du verkligen dejta en kille som tycker att det är avgörande att du gillar katter? Det låter som någon som lyssnar på Noah & The Whale, äter quinoa och har erektionsproblem.

– Haha. Jag antar att jag inte vill det. Hur kommer det sig att du vet så mycket? Har du nätdejtat? *Som om du skulle behöva det,* tänkte hon för sig själv.

– Nej, men jag brukade dejt-dejta, och den urvalsprincip jag använde mig av var "skulle någon jag gillar gilla det här stället jag är på?". Det är samma sak på internet. Ju mer äkta du är, desto mer sannolikt är det att du hittar den rätte. Visualisera vem det är du letar efter och rikta dig bara till honom när du skriver.

– Hm. Jag är inte säker på att jag har någon aning.

– Har du varit singel ett tag? frågade James och stoppade ner telefonen i fickan igen.

Det var något med de märkliga omständigheterna som fick Anna att ta risken att vara ärlig. Det var ingen mening att försöka verka cool. Hon skulle aldrig bli en steampunk-kurtisan.

– I evigheter. Jag menar, inte bokstavligt talat ... I sju år eller så.

– Oj då.

– Åh, tack.

– Nej, jag menar bara att det låter så osannolikt.

Anna tog det för den artighet det var, en plattityd. Hon ryckte på axlarna. – Jag var tillsammans med en kille i ett och ett halvt år efter universitetet. Joseph. Vi bodde ihop ett tag. Han var trevlig. Och på universitetet hade jag en hemsk pojkvän vid namn Mark som brukade vägra att kyssa mig innan vi hade sex och som kritiserade mitt utseende hela tiden. Jag är glad att jag inte längre delar mitt nittonåriga jags inställning att vem som helst är bättre än ingen alls.

Någon borde genomföra en studie om vilken effekt höga höjder har på folks benägenhet att öppna sig, konstaterade hon för sig själv.

– Herregud, sa James och vände sig om. Han låter ... inte kul.

Men han lurade aldrig upp mig på en scen för ett grymt spratt eller kallade mig för en elefant, tänkte Anna.

– Jag tror inte ens att jag någonsin har varit kär.

– Du har tur, sa James. Det ger dig övertaget.

– Väldigt cyniskt av dig!

– Men jag menar det. Han gick för att fylla på sitt glas med champagne. Han lyfte upp flaskan från den krasande, halvsmälta isen. – Vill du fortfarande inte ha? Det kanske skulle hjälpa. Brännvinskurage och allt det där.

– Ett litet glas? sa Anna. *Toppen, skumpa igen.*

James fyllde glaset till hälften och räckte fram det. – Du vill verkligen inte släppa taget om den där bänken, eller hur?

– Haha. Nej.

– Det är fullt rimligt. Om gondolen lossnade från The Eye och störtade ner i Themsen skulle du antagligen överleva ifall du klamrade dig fast vid den där bänken. Du kunde använda den som flotte och paddla in till strandkanten.

– Dra åt *helvete*, skrattade hon medan han ställde ner champagneglaset intill henne och höll kvar det där tills hon kunde förmå sig att släppa greppet om bänken och ta tag i glaset.

Hon uppskattade hans kombination av retsamhet och uppriktig omtänksamhet. Han återvände till fönstret, och hon lyckades stjälpa i sig en snabb och rejäl klunk bubbel. Glaset krockade med hennes tänder, så bråttom hade hon. Två klunkar till, och glaset var tomt.

– Jag menar, jag har *gillat* folk ... Åh nej, nu drevs hon att prata både av alkoholen och av den höga höjden. – Men jag kan inte påstå att jag någonsin har upplevt den där överväldigande, totalt uppslukande kärleken som fyller hela kroppen. Ibland känns det som att jag har väntat hela livet på den där speciella personen. Någon som förstår mig och jag förstår honom och vi är som två bästa vänner ... som inte kan hålla händerna borta från varandra.

James vände sig om. – Jag är inte säker på att den sortens kärlek existerar utanför bioduken. Åtminstone inte efter den första veckan.

– Tack för din uppmuntran, sa Anna.

– Förlåt. Fråga inte en man vars fru ligger med någon annan vad han tycker om romantik.

– Har hon träffat någon?

– En modell. Han är tjugotre. Jag vet hur rockstjärnors första hustrur känner sig.

– Är han snygg?

– Nej, han är handmodell, han har ett huvud som Frank Sidebottom. Ja, han är ”snygg”, tack så mycket, doktor Feelgood.

De skrattade båda två tills hon anade att James hade börjat tänka på sin fru, och då tystnade de. Att James Fraser kunde känna sig fysiskt underlägsen någon var en intressant tanke.

– Tror du att ni kommer att bli tillsammans igen? frågade hon.

– Jag vet inte. Om du hade frågat mig samma sak för ett litet tag sedan skulle jag ha svarat ett försiktigt ja. Nu vet jag inte.

– Men du vill bli tillsammans med henne igen?

– Tydligen. Jag är inte säker på varför.

– Därför att du känner den där totalt uppslukande kärleken som finns i filmer för henne?

– Därför att jag älskar att straffa mig själv.

Det blev tyst.

– Okej, fortsatte han. Låt oss sammanfatta den nya Anna-profilen. ”Historiker ...”

– Det får mig att låta som att jag är sextioåtta år gammal och använder en batteridriven näshårstrimmer.

– ”... men inte den sorten som är uråldrig och använder en batteridriven näshårstrimmer. Snarare den sorten som orädd utforskar en fördömd mumies grav med facklan i högsta hugg vid Indiana Jones sida.”

– Då vore jag väl arkeolog?

– Tyst! Avsluta så här: ”Jag är snygg. Jag hatar katter. Jag gillar att äta omeletter i bröd till brunch. Ring mig.”

– Hahaha!

Snygg? *Inte så snygg och inte din typ.*

– Jag antar att du är rätt bra på det här.

– Du behöver inte låta så skeptisk, sa James och log. Jag har faktiskt en hel del ansvar. Jag sköter alla mina klienters konton på sociala media. Ett enda misstag i HootSuit och Scholls hålfotsinläggs rykte kan vara förstört.

Fantastiskt nog var de tillbaka nere på marken.

När de klev ut genom dörren skrattade de fortfarande. Anna hade glömt att de var där med en hel grupp.

– Hade ni en trevlig åktur? frågade en mager liten man i klargrön jacka, basker och hundtandsmönstrade byxor. Hans tonfall var lite hånfullt.

Anna lade märke till en gemensam nämnare vad gällde ansiktsuttrycken hos personerna som väntade på dem. Det var något hon var obekant med. Så obekant att det tog ett tag att tolka vad det var. *Avund.*

Var det sant? Avundades James kollegor dem deras åktur på tu man hand? Deras spirande låtsasromans och deras hemliga, interna skämt?

Anna tänkte att det ofta gick att komma över avundsjuka helt och hållet om man kände till den prosaiska sanningen.

42

James hade inte väntat sig att ha roligt under bowlingen, men när de kom till retrobaren på All Star Lanes var det faktiskt kul. Och trots att han i sista minuten hade börjat tvivla på vad fan han höll på med gjorde Annas närvaro verkligen alltsammans mycket trevligare.

Hon var toppen: avslappnad och vänlig, men samtidigt någon som ansträngde sig. Kanske hade hon varit lite på sin vakt till en början, men med alkoholens hjälp blev hon snabbt sig själv. Och eftersom hon instinktivt hade identifierat Lexie som den trevligaste personen på plats hade hon enligt James bra omdöme.

Hur skulle Eva ha uppfört sig om hon varit med? Antagligen skulle hon ha lyssnat på Harris eller Ramona med sin dömande men outgrundliga sfinxmin. Sedan skulle hon ha glidit tillbaka till James för ett par nedsättande kommentarer som gjorde honom lite nervös, även om han var stolt över att vara tillsammans med den coolaste tjejen i rummet. Han insåg att hon aldrig fått honom att känna att han dög.

Han försökte komma på något positivt med Eva utöver den sortens ytligheter som imponerade på en tonåring. Vänlig? Knappast. Omtänksam? Hm. Men han behövde förstås inte dejta någon som ägnade sig åt välgörenhetsarbete eller stod i ett soppkök. Det fanns ingen anledning för honom att tycka så synd om sig själv.

”Hon verkade alltid lite nedlåtande mot dig”, hade hans syster Grace sagt när han ringt henne för att berätta att Eva lämnat honom. ”Men du gillar sådana människor.” Han hade frågat om det var sant. ”Ja”, hade hon svarat. ”De elaka tjejerna. Och killarna.”

Faktum var att han faktiskt inte kände någon som skulle få godkänt av Grace, men det var ett viktigt nålsöga att passera.

Om Eva återvände var han rädd att hans familj inte skulle ha särskilt höga tankar om henne. Men det handlade inte om vad de ville, eller hur? *Om* han lyckades vinna tillbaka henne. Han hade svårt att föreställa sig något annat. Han hade inte särskilt stor erfarenhet av att inte få som han ville.

På tal om att inte ha tillräckligt stor erfarenhet av något lade han märke till att Anna verkligen kunde behöva en lektion i bowling. Hon var bedrövligt dålig, och skrattade högt varje gång hon knappt snuddade vid käglorna. Till slut bestämde sig James för att han inte kunde se henne hiva ett klot till i rännan.

– Får jag komma med lite konstruktiv kritik? sa han och gick fram till henne under skenet av att vara en överdrivet uppmärksam ny pojkvän.

Anna strök bort sina svarta lockar från ansiktet och såg uttryckslöst på honom. Hon hade valt mönstrade strumpbyxor till sin cocktailklänning och såg väldigt söt ut i sina fåniga bowlingskor.

– För det första, varför använder du ett så tungt klot? Det är som en kanonkula i betong. Det väger ungefär hälften så mycket som *du*.

Hon rodnade. Den bitska och smarta Anna rodnade när han nämnde hennes vikt. Kvinnor var bisarra ibland.

– Det ... Öh. Jag gillade den pärlemorskimrande färgen.

James log brett. – Okeeej. Får jag föreslå det här klotet istället? Det är möjligtvis mindre tilltalande färgmässigt, men det kommer att göra det lättare för dig att faktiskt slå omkull käglorna.

Han tog hennes klot och bytte ut det mot ett annat som han höll handflatan under medan hon stack in fingrarna i de tre hålen på ovansidan.

– Svinga det, sa han och demonstrerade med en svepande armrörelse. Håll blicken fäst vid punkten du siktar på och försök låta bli att släppa klotet som en död kropp nerför ett sopnedkast. Det ska vara en flytande rörelse ... Du hatar mig just nu, eller hur?

– Du är värre än Fred West och jag misstänker att du äger några av hans stickade tröjor, sa Anna, vilket fick James att skratta högt.

Hon svingade klotet fram och tillbaka innan hon släppte det på banan från en låg höjd. Hon såg det vika av åt sidan och slå omkull tre käglor innan det med ett rasslande försvann utom synhåll.

– Bättre ... sa James med handen kupad om nacken. Men du verkar fortfarande slänga iväg det ganska slumpmässigt. Jag gissar att sport inte var din grej i skolan?

James log på nytt och hon log artigt tillbaka, men såg lite förlägen ut. Han var medvetet ganska retsam mot henne ikväll. Han ville bara få henne att skratta. Hon var skarp, och han gillade verkligen att munhuggas med henne. Om hon varit en kollega skulle han kanske faktiskt se fram emot att gå till jobbet.

– Har du något emot att jag visar dig? Du hatar mig ju redan lika mycket som en seriemördare, så det finns knappast utrymme för så mycket mer hat.

– Man hade kunnat tro det, eller hur? sa Anna. Okej, fortsätt då.

– Om du gör så här ... Han stod bakom henne och guidade hennes arm medan hon höll i klotet och svingade det. När hon släppte klotet kolliderade de för ett ögonblick.

Det gick en stöt genom James, en sådan där gnista som kan uppstå mellan en man och en kvinna när deras kroppar plötsligt befinner sig nära varandra, som om en nyckel vridits om i ett tändlås och alla nerver plötsligt var på helspänn.

Han tog ett steg bakåt och fortsatte uppmuntra henne på avstånd. *Det där var en överraskning,* tänkte han. *För jag är definitivt inte intresserad av henne.* Han menade det inte på ett sätt som var nedsättande mot Anna. Om hon varit hans typ skulle han ha fallit huvudstupa. James kunde slå vad om att hon hade massor av enträgna beundrare bland sina högutbildade kollegor. Särskilt med tanke på att många av de akademiker han sett påminde om Mupparna.

Men även om han bestämde sig för att starta ett *frilansprojekt* var Anna definitivt inte någon att ha tillfälligt sex med under en äktenskaplig svacka. Hon var för viktig och allvarlig för det. Om han gjorde något sådant skulle han göra det med ... en Lexie, kanske. Inte en Anna. Anna ville han behålla som vän. Hon var den första person han upplevt som intressant på evigheter.

Faktum var att han behövde hitta ett sätt att säga att han ville fortsätta träffas som vänner utan att det lät som att han antydde att han var ute efter mer, för han visste att hon inte var det minsta attraherad av honom heller. Hur gjorde man klart att sex inte var aktuellt utan att det lät som att man antagit att det kunde komma på frågan?

Efter att de förlorat sin bowlingmatch tappade han bort Anna ett tag i vimlet, och när hon dök upp igen en halvtimme senare var det för att säga till honom att hon var på väg att gå.

– Lexie är ganska borta, hon har druckit alldeles för mycket. Jag tänker sätta henne i en taxi, sa hon.

– Åh. James humör sjönk som en sten. Anna var det enda som var bra med den här kvällen, och han hade hoppats att hon skulle vilja följa med till baren senare. Han hade planerat att underhålla henne genom att avslöja några Parlez-skandaler. Om hon tänkte gå ville han inte heller stanna. – Behöver Lexie verkligen sådana omsorger?

– Hon kommer att få dem, sa hon, och James undrade om det bara var som han inbillade sig att hon verkade lite upprörd.

– Jag följer dig ut, erbjöd han sig. Anna hade redan vänt sig om för att gå. – Jag ska bara ta min jacka. Det var ännu en positiv sak med att ha en låtsasflickvän – alla bara nickade och blinkade när han sa att de tänkte sticka tidigt. – Är allt okej? frågade James utanför medan Anna placerade en kraftigt berusad Lexie på en bänk i väntan på taxin.

Hon vände sig mot honom och han såg på henne att något inte var som det skulle. – Laurence ringde för att fråga om jag ville gå på en dejt med honom, sa hon, och James kände sig plötsligt väldigt irriterad. *Kan du inte ens låta kvinnor vara i fred när de låtsas vara min flickvän ...* – Han sa att han fått mitt nummer av dig.

Herregud, varför hade han gett honom numret? Han hade bara gjort det enkelt för sig själv, Loz hade tjatat på honom och han hade gett med sig alldeles för snabbt.

– Han berättade också att du bara gav mig biljetterna till teaterföreställningen för att göra honom en tjänst. Och att du kallat min syster för "ett vetenskapligt genombrott när det gäller hjärntransplantationer från levande donatorer".

James tappade hakan och kände en klump av förlägenhet i magen. – Tack Laurence. Båda de där sakerna är tagna ur sitt sammanhang.

– Du fäller alltså *inte* omdömen om kvinnor du knappt känner på ett förolämpande sätt? sa Anna och såg lika majestätisk ut som Theodora, i färd med att beordra James avrättning utan att så mycket som blinka. Hon strök undan sitt hår som blåste fram i ansiktet.

– Jag hoppas att jag inte brukar göra det.

– Då måste jag ha hört fel på återträffen. Jag kunde ha svurit på att orden "inte så snygg och inte min typ" kom ur din mun, och att det var mig du pratade om.

James svalde. Åh nej. Så hon hade hört det där försöket att få tyst på Laurence? *Helvete* ... – Jag menade inte ... Alltså, Loz försöker bara få dig i säng, sa han.

– Men du är ett mönster av maskulin uppriktighet, du som står här med någon som du har bett låtsas vara din flickvän?

– Jag har aldrig påstått att jag är perfekt, men jag är bättre än han, sa James lamt. Tänker du gå ut med Laurence?

Anna ryckte på axlarna. – Det kan inte vara en sämre idé än den här kvällen. Hon lyfte handen, och en ledig taxi svängde in till trottoarkanten.

– Om du tror att Laurence är den bättre mannen är du helt ute och cyklar. Hör på mig, Anna, han kommer att göra dig illa. Strunta i honom.

– Jag är inte intresserad av vem du anser att jag borde dejta.

– Jag förstår det, men jag säger det här som din vän. Laurence är inte någon du vill ha ihop det med.

– Min vän, fnös Anna.

– Jag trodde att jag var det.

– Under ett galet ögonblick trodde jag detsamma. Men jag tycker att det är bäst att vi sätter punkt här, sa hon.

Efter ett visst manövrerande av Lexies lealösa armar och ben för att få henne på plats satte sig Anna bredvid henne i taxin och drog igen dörren med en smäll. Hon vände sig inte om när de körde iväg.

43

Anna strosade runt i sin lägenhet och funderade på om hon kunde slänga ihop en lunch av en halv burk röda jalapeños, en gammal limpa rostbröd och en klump cheddar med små blågröna prickar eller om hon borde gå och handla, när hon såg ett mejl från James Fraser ploppa upp på sin laptop.

På en lördag? Hon visste inte vad hon hade att vänta sig när hon öppnade mejlet, men hon förberedde sig på att bli arg. Om det var en ursäkt av något slag gissade hon att det handlade om att försöka hindra henne från att berätta för någon på Parlez att de inte var tillsammans på riktigt.

Men när hon öppnade meddelandet såg hon att det var ganska långt. Det förvånade henne. Hon hade inte fått intrycket av att James Fraser var någon som behövde – eller ville ha – kvinnor i sitt liv som gjorde saker och ting jobbigare för honom. Bortsett från hans fru.

Hon värmde händerna på sin tekopp medan hon läste.

Hej Anna!

Jag ber om ursäkt ifall det här är väldigt ovälkommet, men du kan förstås alltid markera mejlet som skräppost eller skicka mig en gif-animation av en rumpa som svar. Jag vill bara försöka förklara.

Det är möjligt att du fortfarande kommer att hata mig när du har läst klart, men då har jag åtminstone den klena trösten att du hatar mig på grund av sanningen och inte på grund av Laurences propaganda. Snälla, tro mig när jag säger att det här verkligen är sanningen. Jag vet att det är mycket begärt att du ska lita på mig, med tanke på omständigheterna. Du kan inte ha särskilt höga tankar om mig efter det där telefonsamtalet med Laurence, och det är inte så att jag framstår som en fantastisk person i min version av händelseförloppet heller. Men om jag förstod din avskedskommentar rätt igår kanske jag aldrig kommer att träffa dig igen, så varför skulle jag ljuga?

Det stämmer att jag delvis bjöd in dig att se pjäsen därför att Laurence hade bett mig om det. Han blev intresserad av dig på den där återträffen, som du säkert märkte. Genom att be dig följa med oss gjorde jag Laurence nöjd, och dessutom passade det mig bra eftersom jag trivs i ditt sällskap. Om jag bara hade gjort det för hans skull som han påstod skulle jag väl knappast ha följt med själv? Så engagerad är jag inte i Laurences sexliv och hans kritik av den moderna teaterscenen, det kan jag lova.

Och det är sant att jag sa att jag inte klickade med din syster. Förlåt, det är aldrig trevligt när någon man älskar blir kritiserad. Det var inte det att jag ogillade henne, men jag antar att det förvånade mig hur olik dig hon är. Jag gillade verkligen din vän Michelle. Med risk för att låta arrogant tycker jag inte att det är så fruktansvärt att jag kom med en oöverlagd kommentar. Jag får lov att ha mindre smickrande åsikter om folk, även om de är släkt med mina vänner. Loz upprepade det där enbart för att framställa mig i dålig dager och priset var att du blev sårad, vilket jag tycker säger mer om honom än om mig.

När det gäller min kommentar om dig på återträffen så var det bara något jag sa för att Laurence skulle låta dig vara. Jag trodde att du var där med någon och jag ville inte att Laurence skulle ställa till med problem. Det betydde ingenting, det var bara ett försök att få tyst på honom – grabbigt snack, inget genomtänkt. Jag vet inte hur jag ska kunna ta tillbaka det utan att gå för långt åt andra hållet och låta som ett pervo. Jag menar, det är sant att du på det stora hela inte är "min typ", men jag är säker på att det inte gör dig särskilt upprörd och att det är en ömsesidig upplevelse.

Nu när jag börjar närma mig slutet av mejlet inser jag att jag framstår som ännu värre än jag trodde. Jag skulle kunna kräla i stoftet och berätta hur grym jag tycker att du är och hur bra du hanterade alla igår kväll. Men jag tror att jag tar till det tunga artilleriet istället. Bifogar ett foto på en arg Luther som går på toaletten. Hans fluffiga päls gör att inte hela han får plats i kattlådan, så huvudet sticker ut genom dörröppningen när han uträttar sina behov. Varsågod.

James x

Anna öppnade den bifogade bilden och skrattade motvilligt när hon fick se en missnöjd Luthers huvud sticka fram. Han stirrade in i kameran med de där marmeladfärgade ögonen och en min som om han slickat kiss från en brännässla.

Hon läste mejlet två gånger till. Hon kunde inte riktigt bestämma sig för vad hon tyckte om den här mannen. Å ena sidan hade han tagit sig tid att skriva en huvudsakligen charmerande bekännelse. Det uppskattade hon. Å andra sidan ogillade hon hans medfödda känsla av överlägsenhet. Det var en så självklar del av honom att han inte ens var medveten om den. Varför skulle hon till exempel bry sig om ifall han gillade Michelle? Hon behövde inte hans godkännande av sina vänner och sin familj. Han var så säker på sin egen betydelse.

Och det där om att hon inte var hans typ? Helt otroligt! *Tack för omdömet, och meddela gärna ditt slutgiltiga betyg när det är klart.* Uppenbarligen trodde han att hon kände sig sårad över att inte anses attraktiv nog, snarare än att hon i största allmänhet ogillade män som bedömde kvinnor på det sättet.

Men i rättvisans namn var hon tvungen att medge att folk sa saker på stående fot som de kanske önskade att de kunnat ta tillbaka senare, och att det även inkluderade henne.

Anna funderade ett tag och formulerade så småningom ett svar.

Hej James!

Jag är beredd att acceptera att allt du säger stämmer, men det är en sak jag inte förstår – om Laurence är ett sådant svin och behandlar dig så illa, varför är han fortfarande din bäste vän? Är ni gamla skolkompisar? Jag antar att han var din marskalk på bröllopet och så vidare?

Anna

James svarade inom fem minuter, och hennes ego fick en liten kick av tanken på att han kanske suttit och uppdaterat sin inkorg.

Bra fråga. Jag har inget bra svar. Jag borde antagligen ägna mig åt viss självrannsakan. Laurence kan vara kul, men han är definitivt kapabel att sticka en i ryggen.

Jag skulle kunna hävda att det faktum att jag har känt honom så länge är en förmildrande omständighet. Jag valde att bli vän med honom innan min hjärna var färdigutvecklad. När man väl upptäcker hurdana ens gamla vänner är, är man redan fast med dem. Jag väljer att säga att jag skulle kunna hävda det, eftersom jag inte kan se ditt ansikte för att bedöma hur irriterad du är och om det är något jag kan komma undan med ...

Loz var förresten inte min marskalk. Det hedersuppdraget tillföll min syster Grace.

J x

Anna svarade genast, och hon visste att det innebar att hon i praktiken förlät honom. Kanske handlade det om att han distanserade sig från val han gjort i skolan.

> Din syster? Menar du allvar?
>
> A x

Och hon hade lagt till en puss! *Anna Alessi, du saknar tydligen ryggrad när det gäller män som kan formulera ett bra mejl,* tänkte hon. Hans svar kom nästan omedelbart.

> Ja. Jag har bildbevis. Hon är frilansfotograf och befinner sig just nu i Mali. Det gör min mamma extremt nervös. Grace fick hjärnan, modet och talangen i min familj, det är väldigt orättvist. Hon är tjugosex, tar ingen skit från någon och riskerar förlupna kulor och landminor medan jag försöker lista ut sätt att marknadsföra probiotiska yoghurtdrycker på internet.
>
> Faktum är att hon påminner mig lite om dig, och jag lovar att jag inte säger det för att rädda mig själv. Det gäller särskilt hennes beredvillighet att informera mig om att jag uppför mig som en idiot. Det vore coolt om ni två fick tillfälle att träffas någon gång, även om min stolthet skulle åka på ett par hårda smällar. Jag vet att hon skulle gilla dig.
>
> J x

Det där var James Fraser i ett nötskal, tänkte Anna. Han ville att hon skulle träffa någon som betydde mycket för honom, men kombinerade det med en underförstådd förväntan om att lämpliga tillfällen för det skulle uppstå, trots att han förolämpat henne.

> Okej, jag godtar din ursäkt. Laurence ska förresten ta med mig till en skridskobana. Av någon anledning är det inte vad jag hade väntat mig av honom.
>
> A x

Den här gången tog det en halvtimme innan hon fick något svar. Anna undrade om han inte gillade att hon skulle gå på den där dejten. Hon kunde förstå varför – hittills hade Laurence inte talat särskilt väl om James.

Varför tänkte hon gå? Laurence verkade ganska tarvlig. Men hans tillvägagångssätt hade varit rakt på sak och fullkomligt avväpnande. Hennes telefon hade ringt när hon lämnade toaletten på All Star Lanes, och när hon svarade och nämnde var hon var hade Laurence tvärt frågat om hon var på en *dejt* med James?

När hon förklarat att hon inte var det hade han fortsatt. *Okej, det här är inget jag har gjort förut, men så här ligger det till. Jag har aldrig träffat någon som jag kände en så omedelbar attraktion till som du, och som jag vill lära känna bättre. Jag kan inte tänka mig att du har sett eller hört något om mig som får dig att vilja gå ut med mig, men jag vill träffa dig igen. Så istället för att göra upp planer och använda olika knep har jag bestämt mig för att vara fullständigt uppriktig och helt enkelt be dig om att tillbringa en kväll med mig. Förbehållslöst, utan någon press. Om du säger nej lovar jag att inte fråga igen.*

Förvånansvärt nog var det svårt att säga nej. Och sedan, medan hon övervägde saken, hade Laurence fortsatt. *James har hjälpt mig eftersom han vet att jag är galen i dig, så jag är inte säker på vad den här kvällen handlar om. Men han kan vara ganska hycklande ...* Av nyfikenhet hade Anna frågat Laurence vad han menade, och sedan kom de otrevliga avslöjandena.

Hon hade lyssnat på hela litanian medan hon betraktade Lexie, som satt hopsjunken och stirrade på James med den brist på förlägenhet som var så typisk för rejält packade människor. Lexie hade lagt ut orden för Anna om hur otroligt vänlig och uppriktig James var. Anna tog Lexies utsagor med en nypa salt med tanke på att hon var upp över öronen förälskad. Och hon konstaterade att den omtalade uppriktigheten inte inkluderade att vara ärlig om sitt kärleksliv.

När James hjälpte henne att bowla hade det uppstått ett märkligt ögonblick som hon inte tänkte berätta om för någon. Han hade pressats mot henne och det hade känts ... I en sekund hade det känts väldigt rätt. Faktum var att hon kom på sig själv med att tänka tillbaka på den där känslan medan hon föreställde sig att han höll om henne. Herregud, hon kände sig mer ensam än hon velat erkänna för sig själv. Hon skulle sluta som någon i fängelse som skaffade pantertatueringar och började gnida sig mot sina medfångar i ren desperation.

Laurence och James. Vem av dem hade varit värst på Mock Rock? James. Det var James som hade lurat upp henne på scenen.

Hade inte Michelle – och faktiskt James själv – dessutom sagt till henne att hon slösade bort sin tid genom att bara gå på nätdejter med killar som verkade vara säkra kort men tråkiga.

Alltså hade Anna sagt ”Okej Laurence, varför inte?”.

Tänker du faktiskt gå på en dejt med Loz? Okej. Jag ser fram emot att få höra om det. Så vitt du inte berättar historien för rättssalen via en videolänk och med hjälp av dockor. (Förlåt. Men drick inget som smakar som krita.)

J x

44

På måndagsmorgonen satt James och halvsov samtidigt som han påbörjade ett mejl till sin syster. När han insåg att det stod någon intill honom ryckte han skuldmedvetet till.

Som tur var var det bara Lexie. Hon hade varit helt väck i fredags och såg fortfarande blek ut, stackaren. Det var förstås möjligt att hon varit ute i helgen också – hon var ingen gammal stöt som James – men av någon anledning trodde han att hon stannat hemma. Lexie var typen som gillade att dricka Blossom Hill-rosévin och äta Thorntons chokladtryfflar iförd lurviga monstertofflor med klor.

– Kan du hälsa och tacka Anna för att hon hjälpte mig hem? sa hon. Jag skäms så.

– Självklart, och det är ingen fara. Vi har alla blivit för fulla när chefen betalar, det är inget du behöver oroa dig över.

– Förstörde jag din kväll?

– *Min* kväll?

– Ja ...?

Just det, Anna hade åkt med henne ensam, eller hur? James hade hoppats att Lexie skulle ha minnesluckor, men hon kom uppenbarligen ihåg så pass mycket. *Fan.*

– Det är lugnt, jag lovar, sa han. Kände du dig lite risig på lördagsmorgonen?

– Jag mådde så dåligt. Det var som i *Exorcisten,* när huvudet snurrar. Jag kräktes innan vi lämnade bowlinghallen. Anna var så snäll. Jag ville stanna kvar, och vi var på toaletten och hon hörde mig. Hon sa *Jag vet att du tror att du vill stanna ute, men jag lovar att du inte kommer att ångra dig om du går hem nu. Om du stannar kvar här kommer du inte komma ihåg vad du sa eller gjorde, och det är hemskt.* Det var så schysst, som något bara ens bästis skulle säga.

Lexie hade definitivt en vit himmelssäng draperad med tygvimplar från Etsy, blommor i gammaldags vattenkannor och samtliga säsonger av *True Blood* på dvd.

– Det var snällt av henne. Anna är väldigt omtänksam, eller hur? Jag ska hälsa henne från dig.

Charles, som hade lyssnat på dem, vände sig nu om på stolen.

– Hon är ett riktigt kap, om du inte har något emot att jag säger det. Jag lärde egentligen aldrig känna din före detta fru, men Anna är väldigt ... tillgänglig. En underbar tjej. Och hon berättade om sitt jobb för mig. Hon måste vara riktigt smart.

– Ja, sa Lexie och nickade allvarligt. Anna är definitivt toppen.

– Jag förstod aldrig vad du och Eva såg hos varandra, sa Christabel från Tyskland, som hade hand om bokföringen och ibland diskuterade sitt sexliv på ett så sakligt explicit sätt att det fick James att svettas. Eva var något av en isdrottning. Du var alltid allvarligare när hon var med, inte den roliga James vi är vana vid.

James tyckte att det var konstigt att de antog att den ”riktiga” James var den han var på jobbet och inte den han var med sin fru.

– Du har uppgraderat till en bättre modell, sa Parker. Färre buggar. Mer användarvänlig.

Parker menade aldrig att vara ett kräk, ändå lyckades han ovanligt ofta.

James grimaserade. Det här var konstigt. Eftersom Eva såg ut som hon gjorde hade han alltid trott att folk var imponerade. Han hade utgått ifrån att de inte brydde sig särskilt mycket om ifall hon var trevlig eller inte. Han kände sig lite skamsen, till och med uppläxad. Han tyckte att människorna på Parlez var ytliga, men här hade han bevis för hur ytlig han själv kunde vara. Han hade inga dolda djup, utan en dold ytlighet.

– Ja, det är tur att du slapp ifrån den där senaste, sa Harris, som ivrigt tog tillfället i akt att säga något negativt. Som om ”den där senaste” var ett respektfullt sätt att prata om den person som James nyligen tyckt var värd att svära evig trohet. Det måste vara fruktansvärt att genomgå sorg i Harris närvaro. *Se det inte som att du har förlorat en släkting utan som att du har ett julkort mindre att skicka.*

En kör av muttrande instämmanden hördes om att hans personkemi med Eva var vida underlägsen den kemi han låtsats ha med Anna, och det gjorde James lite obekväm.

Tack vare hans framgångsrika lögn tog de alla tillfället i akt att säga vad de egentligen tyckte om den fru han fortfarande var förälskad i. Innebar det att det skulle bli pinsamt om eller när de blev tillsammans igen?

James vände sig mot skärmen och stirrade tomt på sitt gladlynta mejl till Grace. Han sparade det som ett utkast. Han kände sig inte särskilt munter längre. Hur löd ordspråket nu igen? *Ärlighet varar längst.*

Eller? Han fick ett mejl från Laurence. James hade inte stake nog att konfrontera honom öga mot öga, eller på FaceTime, så han hade skickat ett ganska rättframt mejl och upplyst honom om att han var ett kräk som sagt det han sagt till Anna.

Det var något oroväckande med hela historien. Han visste att Laurence var hänsynslös när han ville ha något, men det brukade aldrig drabba James. *Det kanske beror på att du aldrig har stått i vägen förut,* viskade en inre röst.

James tänkte på alla gånger han skrattat med Laurence åt det senaste hysteriska röstmeddelandet från en ratad kvinna eller ljugit å hans vägnar medan han smet ut bakvägen från något ställe.

När det gäller kärlek, krig och bowling finns det inga regler, Jimmy! Allvarligt talat, förlåt, jag trodde att du sket fullständigt i henne, annars hade jag tonat ner det lite. Hon fiskade efter information om dig och jag började babbla utan att tänka efter, vilket jag ber om ursäkt för. Du får hämnas genom att skriva på LinkedIn att en av mina talanger är anonymt sex med män på offentliga toaletter eller något sådant.

Men jag har äntligen fått till en dejt. Jag dammar av min bästa Ciro Cittero-kostym och sprutar på mig Sean Johns parfym ”Implied Consent” ...

Loz

45

Trots att hon var fullkomligt hopplös när det gällde sport och nästan alla andra fysiska aktiviteter var Anna en helt okej skridskoåkare. När hon var liten hade hennes pappa tagit med henne till isrinken för att slippa ifrån shoppingrundor med sin fru och yngre dotter. Han hade läst en bok och glatt vinkat åt Anna varje gång hon avslutade ett helt varv.

Hemligheten var att övertyga dig själv om att du klarade det, att glida framåt och skjuta ut fötterna i eleganta, svepande skär. Det hjälpte att du som amatör inte behövde vara särskilt smidig utan bara ha bra balans.

När Anna och Laurence hade hämtat ut sina hyrskridskor från byggnaden intill Somerset House, snört på sig dem så hårt att det nästan skar av blodtillförseln och vacklat ut på isen som nyfödda kalvar väntade hon sig halvt om halvt att Laurence skulle börja åka figurer och tvärstanna så att snön sprutade.

Istället verkade han uppriktigt skräckslagen, och hans höga tyngdpunkt gjorde honom särskilt klumpig. Han ägnade mycket tid åt att sammanbitet klamra sig fast vid sargen. Anna kunde inte lista ut om han vetat att den där inkompetensen skulle få henne att tycka bättre om honom eller om han helt enkelt tänkt helt fel när han planerade dejten, vilket i så fall var till hans fördel. Han hade aldrig varit mindre självsäker, och Anna hade aldrig gillat honom mer. Efter att han vinkat åt henne att åka iväg tog hon ett par varv runt rinken på egen hand.

– Du kunde ha varnat mig att du var bra på det här, sa han när hon passerade honom för tredje gången medan han oändligt långsamt rörde sig framåt bakom en flottilj av småflickor med Hello Kitty-ryggsäckar.

– Haha, jag är inte bra! Jag har inte åkt på åratal. Du måste bara tro på dig själv.

– Du är en av de där människorna som är bra på allt utan att anstränga dig, eller hur? Som kan gå på vatten, eller snarare susa fram på is.

– Det kan jag lova dig att jag definitivt inte är.

Anna rättade till sin tjocka hemstickade svarta halsduk (den enda av Judy Alessis kreationer som hon fortfarande använde) och kände sig barnsligt förtjust över komplimangen, trots att den inte stämde. Vänta lite. Hade hon roligt, på en dejt? Otroligt. Med Laurence? Ännu mer otroligt. Det här var en man som enligt James var djävulen själv, klädd i Hugo Boss. Var någon form av relation eller kanske en kort kärleksaffär en möjlighet?

Rent fysiskt var Laurences kaxiga framtoning inte alls Annas grej, men hon kunde tänka sig att de som föll för honom föll rejält.

När han inte åkte skridskor hade han den där medfödda manliga dragningskraften som var typisk för någon som var bekväm med sig själv. Det var den sortens självförtroende som man hoppades skulle smitta av sig. Och det där uttrycksfulla, asymmetriska ansiktet var på sitt sätt mer tilltalande än perfektion skulle ha varit. Saker som det tog en lite längre tid att uppskatta, uppskattade man längre, det var något Anna hade konstaterat förut.

– Vill du hålla fast dig i mig? frågade hon, nyfiken på hur Laurences manliga stolthet skulle hantera det erbjudandet.

– Tänk om jag drar omkull dig?

– Jag är beredd att ta den risken.

Laurence tog försiktigt tag i hennes krokade arm och släppte sargen. Han åkte inte skridskor utan försökte snarare gå med skridskor på, och han hängde tungt på hennes arm.

– Skjut dig framåt, sa hon och demonstrerade ett par skär. Om du tänker att du inte kommer att vingla gör du inte det heller.

Laurence försökte med en något mer glidande rörelse.

– Så där! sa Anna och ledde honom ur vägen för en grupp studenter, in mot mitten av rinken. Det ökade avståndet till den trygghet som sargen representerade hade en negativ psykologisk effekt, och tyngden på Annas arm ökade. – Det går bra, sa hon lugnande. Bara åk ...

– *Bara åk*, som om det räckte att säga det, sa Laurence med spelad irritation.

– Förlåt, du har rätt, skrattade hon. Det skulle knappast hjälpa mig i en skidbacke.

Det gick ett tag och hon trodde att han började få kläm på det. Sedan kände hon ett plötsligt ryck i armen.

– Vänta, vänta, vad ... AHHH. Utan förvarning halkade han framåt och bakåt i en lustig manöver som fick det att se ut som att han sprang på stället, innan han ramlade och drog med sig Anna i fallet.

Hon landade på rygg medan Laurence föll med armar och ben flaxande åt alla håll och skrämde livet ur ett par äldre japanska turister, som började ta foton så fort de återhämtat sig från chocken.

Anna kravlade sig fram till honom. – Åh nej, hur gick det? Laurence? Slog du i huvudet?

Han låg kvar och stirrade upp på henne. – Är jag död? Har jag kommit till himlen?

Paniken var över, men adrenalinet pumpade fortfarande genom hennes kropp. Anna började skratta, ordentligt och ända från magen. Hon borde ha förstått att det krävdes mer än så för att sätta stopp för Laurence.

– Med tanke på vad jag har hört tvivlar jag på att du kommer till himlen, fick hon fram.

– Är du säker? Du ser ut som en ängel.

– Tar du någonsin en paus från skitsnacket?

Han drog sig upp på fötter med en grimas.

– Jag tror att det är tillräckligt med skridskoåkning för en nybörjare, konstaterade Anna. Hon högg tag i Laurences arm, tacksam över att ingen varit nära nog att åka över fingrarna på hans utsträckta hand.

– Tack och lov.

– Varför ville du åka skridskor om du inte gillar det?

– Jag tänkte att det skulle vara minnesvärt, sa Laurence. Ärligt talat, att sätta knivar under fötterna på ett halt underlag är vansinne.

De haltade respektive klampade av isen för att byta tillbaka till skor.

~

När mörkret föll blev det tydligare varför isrinken framstått som en lämplig plats för en dejt. Den gigantiska glittrande julgranen, den kulörta belysningen av isen och den upplysta majestätiska byggnaden fick Anna att känna det som att hon befann sig i en romantisk komedi, med humoristiska slapstickinslag och allt. När de funnit sig tillrätta i ett av båsen med utsikt över skridskoåkarna var kombinationen av kall luft och varm cider underbar. Det var de perfekta förutsättningarna för att bli förälskad.

Synd bara att hon var där med någon som framförde en repertoar av inövade lustiga anekdoter, pepprade med referenser till professionella framgångar. Andra kvinnor hade noga raderats från historierna. Så småningom tröttnade Anna på hela rutinen och känslan av att vara åskådare snarare än jämlike.

– Laurence, sa hon vänligt. Du behöver inte vara den version av dig själv som du tror att jag vill träffa. Jag vill hellre bara umgås med dig. Glöm att jag är kvinna ett litet tag.

– Det är inte lätt, sa han med en blinkning. Nu gör jag det igen, eller hur? De skrattade. – Du har rätt, jag brer på lite för mycket när jag är nervös.

– Nervös, upprepade hon skeptiskt och höjde på ögonbrynen.

Det uppstod en kort tystnad.

– Jag antar att det där skämtet om att du tvivlar på att jag kommer till himlen bygger på information från James Fraser? sa Laurence.

– Och mina egna observationer.

– James är inte alltid den enklaste personen att ha som bäste vän.

– Kom igen, jag tror inte att jag orkar agera skiljedomare i fler bråk, sa hon och himlade med ögonen.

– Nej, jag menar inte på grund av något han gör. Det handlar om hur han är. Kvinnor flockas kring honom. Det var likadant i skolan.

Anna flyttade sig lite på sätet och tömde sitt glas.

– Ibland är det tufft för självkänslan att jämföras med Stålmannens alter ego Clark Kent. Du är osynlig, eller allas andrahandsval att prata med. Kanske har jag valt att vara som jag är för att kompensera för det. Vet du vad jag menar? Man tänker, okej, jag kan inte vara det där, så jag blir tvungen att vara det här istället.

– Ja, sa hon. Jag vet vad du menar.

– Vill du ha en till? frågade han och kastade en blick på hennes glas. Anna nickade. Medan Laurence var vid baren surrade hennes telefon till av ett meddelande.

Hur gick det? J x

Det håller fortfarande på. Vi har faktiskt trevligt. Jag tror att Laurence är lite mindre ytlig än du påstår ... A x

FÖR HELVETE, faller du för rutinen med ”mannen bakom myten”? Anna, det är inte ens de avancerade grejerna. Och jag som trodde att du var smart. Tänker du träffa honom igen? J x

Om Anna inte hade vetat att det var på alla sätt omöjligt skulle hon ha tänkt att James framstod som en smula svartsjuk.

Kanske. A x

Okej. Vi får gå ut och ta en öl så att jag kan tala dig tillrätta. Det spelar ingen roll om du vill eller inte, det här är en intervention, ett ingripande av ren omsorg. Vi måste prata om Laurence. J x

Laurence kom tillbaka med deras cider och satte ner glasen.

– Har du uppvaktat tonvis av kvinnor på det här sättet, Laurence? frågade hon efter första klunken.

Han log. – Inte *tonvis.* Jag har aldrig träffat någon speciell, annars skulle jag inte vara här.

– Du är rolig, sa Anna. Om jag var man skulle du skryta om hur många de har varit. Men jag är kvinna, så du tror att jag vill höra att *de inte betydde något.*

Laurence log ännu bredare och gnuggade sig i ögat. – Vill du inte det då?

Hon ryckte på axlarna. – Varför dölja något du inte ångrar? Jag tycker att du ska vara dig själv.

– Därför att det förutsätts innebära vissa saker. Att du är ytlig eller utnyttjar människor.

Hon misstänkte båda delarna. Anna undrade hur rättvisa hennes förutfattade meningar om vem hon ville och inte ville dejta var. Hon sa till Laurence att hans erövringar inte gjorde henne negativt inställd, men det var faktiskt inte sant. Var det rättvist?

– Rent teoretiskt och generellt antar jag att om någon behandlar andra människor som disponibla är det mer troligt att du tänker att den personen kommer att behandla dig på samma sätt, sa hon försiktigt.

– Hm. Jag menar bara att om du är hungrig går du ut och äter middag. Om något verkar kul är det antagligen det. Mina motiv och mitt beteende har alltid varit ganska rakt på sak. Men förr eller senare stämplas du som *kvinnojägare* eller *casanova* eller något, fast du bara är en människa som uppför sig mänskligt.

Anna funderade. Kanske var han helt enkelt ärlig och hon trångsynt. Eller var det så här en smart förförare jobbade? Fick han dig ur balans med värderelativism innan han slängde in några självförringande kommentarer, en väldoftande eau de cologne och lite varm alkohol? Innan du visste ordet av var du kanske osäker på vad du egentligen tyckte och utan trosor?

– Jag antar att jag inte skulle vilja bli dömd för mina val heller, sa hon.

– Och vad har du gjort för val?

– Det handlar huvudsakligen om att jag har väntat förgäves på någon som verkligen betyder något.

– Det väntar jag också på. Jag har bara hållit mig mer sysselsatt.

– Verkligen? frågade Anna.

– Ja.

Laurence höll kvar hennes blick medan han drack en klunk. Hon undrade om han var *väldigt bra,* med tanke på all övning han haft.

– Titta, sa hon, tacksam över distraktionen, och pekade på två åkare i tjugoårsåldern med fladdrande hår och kritvita skridskor som virvlade runt på isen. De såg sig om över axlarna och korsade fötterna medan de sicksackade baklänges och närmast flög fram. De var så snabba och skickliga att de dansade mellan de andra åkarna på isen. – Du tyckte att jag var bra. *De där* vet vad de håller på med.

– Du är väldigt ödmjuk för någon som har så många skäl att inte vara det.

Laurence hade knappt kastat en blick på paret. Anna kände det som att han läste innantill från en manual för att få henne att känna sig som den enda kvinnan i rummet.

– Snälla, låt bli.

– Ser du vad jag menar? Du är hopplös på att ta emot komplimanger.

– Om man tror på de positiva sakerna måste man ta de negativa på allvar också.

– Tro mig, det gör dig bara mer attraktiv. Det är sällan man träffar vackra kvinnor utan rejäl attityd. Eller rejäla neuroser.

Nämn uttryckligen hur vacker hon är, men gör klart att hon är mycket mer än sitt utseende. James hade rätt, Laurence borde skriva sin egen version av *Spelet.*

Anna skakade på huvudet. – Man behöver definitivt inte vara vacker för att ha neuroser.

– Haha, det kan du inte veta något om.

Inte? Hon började inse att det var omöjligt att ha en riktig konversation med honom. Han var fast i det här beteendet. Varje replik var inövad, varje blick noga avvägd.

Experimentet skulle inte fortsätta längre än så här. Han var inte rätt för henne. *Vissa män ser dig alltid som ett byte,* tänkte hon. Och när de hade fångat dig, flått dig och ... ätit dig ... okej, det där var inte den bästa analogin. När de hade gjort det tröttnade de och ville ge sig ut på jakt på nytt. Han ville inte lära känna Anna, han ville få omkull henne. Det var meningslöst att försöka hitta den riktige Laurence, och om hon lyckades tvivlade hon på att hon skulle tycka om honom.

– Hur står sig skridskoåkning i jämförelse med bowling? frågade han.

– Det är ingen rättvis jämförelse med tanke på att jag är hopplös på att bowla och något mer kompetent på skridskor.

– Jag menade mer vad du tyckte om dejterna, förtydligade han.

– Va? Bowlingen var ingen dejt.

– Jag vet, men ... kom igen. Betygsätt oss.

– Vad är det *med* er två?

Anna mindes plötsligt hur James och Laurence hade stått i kulisserna under Mock Rock och skrattat i triumf åt hennes totala förödmjukelse. Det här var ytterligare en lek för dem, och hon var återigen måltavlan.

Och än en gång deltog hon frivilligt och naivt i deras upplägg. Nu såg hon klart, och hon kände sig en smula äcklad av sig själv.

– Är det här någon sorts tävling mellan er två, ett vad av något slag? Var det därför du bönföll mig om en dejt?

– Kom igen, Anna, jag menade det inte så. Jag skojade bara ...

– Tack för ikväll. Jag hoppas att din bak inte är alltför blåslagen imorgon, sa hon och reste sig för att gå. Eller att ditt ego är alltför sårat.

Trots omfattande protester från Laurence om att hon helt hade missförstått en lättsam kommentar insisterade Anna på att dejten var över.

– Din prinsessa finns i ett annat slott, Laurence.

– Vad betyder det?

Hon tvekade. – Jag vet inte. Det är något min kollega Patrick brukar säga.

46

James Fraser hade inte omedelbart förverkligat sitt hot om att ta sig ett allvarligt snack med henne om Laurence. Han hade säkert fått höra att Laurence misslyckats med att vinna över henne, och därför kommit fram till att det inte längre var nödvändigt. Lika bra att slippa dem båda, tänkte Anna. Men när hon kom tillbaka efter att ha föreläst för katatoniska andraårsstudenter en vecka senare väntade ett mejl från James på henne. Hon vägrade att lägga för stor vikt vid den lilla ilning av glädje hon kände.

> Okej Anna, när ska vi träffas? Du kan fly men du kan inte gömma dig. Jag har ögon överallt. Citera mig inte, det låter inget vidare i fel sammanhang.
> J x

Hon hade fått nog av deras spel. Hon skruvade upp sarkasmen till max.

> Ännu en kväll då en av er förklarar varför han är bättre än den andre, trots att ni framstår som ganska lika? Nej tack. Jag tror att jag måste fixa ett stopp i toaletten.
> A x

Det borde göra susen, tänkte hon med sammanbiten tillfredsställelse. James förväntade väl sig att kvinnor skulle slå knut på sig själva för hans skull? Hon såg fram emot att få läsa hans korthuggna och konfunderade svar. Hans ilska bekom henne inte eftersom hon inte var intresserad av att behaga honom.

Chockad och kränkt Okej, det suger att vara dig, surpuppa – gissa vem som har lagt vantarna på en exklusiv förhandskopia av Tim McGoverns dokumentär om Theodora, en dokumentär som knyter an till en viss utställning? Och som hade tänkt erbjuda sig att visa den? Och bjuda på alkohol? JUST DET. Du ändrar nog snabbt din ton mot mig nu, ditt monster.

J x

P.S. För stopp i toaletten rekommenderar jag den orangefärgade flaskan från Wilkinsons – den tar sig igenom allt lika snabbt som Laurence tar sig igenom ett basketlag.

Anna skrattade högt, lekte med pennan, läste om mejlet och skrattade igen. Hon tvekade över vad hon skulle svara. James, med allt sitt obekymrade självförtroende, hade bestämt att de var vänner. Att gå med på det var enkelt. Det kändes bra. Dessutom längtade hon ihjäl sig efter att få se den där dokumentären.

~

– Eftersom jag är en åldrande idiot med hybris missbedömde jag totalt hur lång tid det skulle ta för mig att springa min runda. Jag är hemskt ledsen, sa James och drog ut t-shirten, som var blöt av svett framtill, från sin kropp efter att han öppnat dörren.

Anna muttrade något artigt om att det var lugnt. Hon var helt enkelt glad att de hade något att prata om. Det verkade som att de officiellt hade inlett en trevande vänskap. Dejten med Laurence hade varit en engångsgrej, och för det här fanns det inga tydliga riktlinjer.

– Vore det oartigt ifall jag stack en trappa upp och tog en väldigt snabb dusch? Han gned kinden mot ärmen på sin mörkblå t-shirt. Ansiktet blossade av ansträngning och håret var blött av svett. Anna föreställde sig att Lexie skulle ha svimmat av kombinationen av hans utseende och manliga myskdoft.

– Nej då, inte alls, sa hon och drog av sig kappan medan hon följde efter honom in i vardagsrummet. Hon släppte sin väska i närheten av den rosa soffan.

James ställde en vinkylare i silver på matsalsbordet, hällde upp ett glas vitt vin och satte det i handen på henne. Han placerade fjärrkontrollerna till teven och dvd-spelaren intill henne.

– Du kan förbereda allt med min beundrare Tim. Men börja inte titta innan jag är tillbaka, jag vill inte missa något.

Anna insåg att hon hade börjat känna sig bekväm i James närvaro. Hon litade inte på honom fullt ut, men med tanke på den blandning av rädsla och avsmak hon en gång känt för honom förstod hon sig på hans sinne för humor allt bättre. Hon hade aldrig haft någon bror, men kanske var det så här det skulle ha känts.

Hon lekte med fjärrkontrollerna ett tag, men lyckades inte få någon bild på teveskärmen. Luther vaggade in i rummet och betraktade henne uttryckslöst.

– Hej Luther! sa hon artigt.

– Mjauup! kraxade han.

Han närmade sig en till synes väldigt dyr blågrön kudde som låg på en fotpall och klöste på den med utsträckt tass. Han blängde på Anna över sin fluffiga päls, som om han utmanade henne att protestera.

– Jag tror att du borde låta bli det där ...

– Mjauurr! Han drog ner kudden på golvet och började klösa på den med samma entusiasm som ett barn slet pappret från en julklapp.

Anna reste sig och försökte ta kudden ifrån honom. Han reagerade genom att gräva in klorna djupare. Det lät som att något revs sönder, och hon slutade dra. Var katten fast besluten att ödelägga alla hennes besök här? Följde han hemliga order från sin matte? Luther slutade klösa.

– Tack! sa Anna.

Han placerade rumpan över kudden och gjorde en min som påminde om den hon sett på fotot med kattlådan.

– Åh nej. James! ropade hon.

Hon försökte dra ut den mjuka kudden under Luther, men han hade kört in klorna igen. Hon tänkte inte bara låta det här odjuret bajsa på något som kostat en mindre förmögenhet på Heals. Hon hade gjort ett misstag förra gången hon var här, och nu hade hon lärt sig sin läxa.

Det hördes inget från övervåningen. Anna sprang uppför trappan, vilket lät ganska mycket eftersom trappan verkade vara gjord av ihåligt trä med bara en smal sjögräsmatta som löpte i mitten.

– James? James! När hon kommit så här långt kunde hon lika gärna fortsätta. Hon avverkade de sista trappstegen och hörde smattret av rinnande vatten. Samtidigt som ljudet nådde hennes öron möttes hon av en överraskande syn i badrummet i slutet av korridoren. James. Hela James. Eller hela James med ryggen vänd mot henne.

Han hade schampo i håret och rännilar av tvål rann nerför ryggen, som om det här var en livs levande reklamfilm för Coca-Cola Light eller något.

Anna öppnade munnen för att säga något, men det enda som kom ut var ett Lutherliknande kraxande. *Brådskande meddelande från hjärnan till hennes märkligt långsamma fötter: James skulle vända sig om.* När som helst skulle han titta på henne, och om hon stod kvar en minut till skulle hon kanske få se honom rakt framifrån, och herregud, han vände sig faktiskt, och Anna såg en snabb skymt av rosa hud och svart hår medan hon störtade nerför trapporna igen.

Vad höll hon på med? James var *gift*. Hon hade varit på vippen att stirra på en annan kvinnas penis.

Hon återvände till soffan, plockade upp sitt vinglas och försökte ignorera sin inre känslostorm. Hon var torr i munnen och drack en klunk vin. Hon måste samla sig. Det där handlade bara om visuell stimulans. Det hade varit överraskande helt enkelt, det var allt. Hon väntade på att hennes puls och den känsla som hon var tvungen att kalla för lust skulle lägga sig. *Tänk på politikern Boris Johnson i en neonfärgad mankini med håret på bröstet rakat till ett gigantiskt B.* Okej, det fungerade. Hon kände sig lugnare. Situationen hade normaliserats.

– Mrrrrup! pep Luther medan han rullade av den lyckligtvis obefläckade kudden och kröp upp i hennes knä. Han lade sig stelt tillrätta, som en gammal man med ledgångsreumatism, och började sedan snarka, högt.

Anna klappade försiktigt hans fluffiga päls.

– Phuuu, slapp det belåtet ur honom.

Det här var ett konstigt ställe. Ett förgyllt palats som passade en vacker drottning med gyllene hår som hade abdikerat från tronen, en erotiskt förvirrande man som duschade med öppen dörr och en pipande pruttkudde till katt som påminde om en Tribblevarelse från *Star Trek*.

James kom tillbaka. Den bakdel som skakat om henne så tidigare var nu klädd i jeans, och han hade bytt t-shirt. Han gnuggade sitt rena, blöta hår med en vit handduk.

– Gissa vad som hände. Jag stängde inte dörren ordentligt och den gled upp. Jag kände mig som en gammal snuskhummer som försökte blotta sig för dig.

Åh nej, nej, nej, varför tog han upp det? Anna blev överrumplad och med ens väldigt varm. Hans muskulösa skinkor skulle bli hennes undergång.

47

James skämtade bara, men Annas perplexa min, plötsliga rodnad och det faktum att hon öppnade och stängde munnen utan att säga något gjorde det uppenbart att hon blivit påkommen med något.

Han visste att hon var en anständig kvinna, men han trodde inte att hon var så gammaldags timid att blotta omnämnandet av en öppen badrumsdörr räckte för att hon skulle reagera så här.

Anna måste ha sett honom. Han kände sig generad och självmedveten, men det var inte det enda han kände. Hon hade inte tänkt nämna det eller reta honom ... var det möjligt att hon inte helt hade avskytt anblicken? Han *var* verkligen en gammal snuskgubbe ifall han tyckte om tanken på att hon gillat det hon sett.

– Jag ser att Luther är vänligare inställd mot dig nu, konstaterade James för att fylla ut den obekväma tystnaden.

– Det verkar så, svarade hon. Hon lät konstig på rösten. De behövde ett samtalsämne, och det fort.

James drog till sig det andra glaset han tagit fram och hällde upp vin i det. – Du överlevde alltså dejten med Loz?

– Som om du inte redan har frågat honom hur det gick.

– Han sa bara att han misslyckats med att övertyga dig om att han var uppriktig. Vilket knappast är förvånande med tanke på att han inte var uppriktig och du är smart.

James satte sig i fåtöljen. Han tänkte inte sitta i soffan med henne så snart efter nakenincidenten. Gud, han hoppades att han hade dragit in magen. Han var inte tjugotvå längre. Och även om han inte trodde att han hade något att skämmas över hoppades han att Anna inte hade ett ex med en sjögurka mellan benen.

– Han var alltså inte uppriktig? sa Anna med ett leende.

– Han vill uppriktigt ligga med dig, precis som han uppriktigt har velat ligga med en massa människor.

– Spelar det någon roll att han har legat med en massa människor ifall han slutar att göra det om vi blir tillsammans?

James strök undan sitt fuktiga hår från ögonen och flinade. – Kära nån. Tror du att du kommer att bli kvinnan som får honom att slå sig till ro?

– Nej! sa Anna med sådant eftertryck att hon spillde lite av sitt vin på Luther, som inte märkte något. Jag är inte det minsta intresserad av Laurence, men jag är intresserad av varför du tycker att din bäste kompis är ett sådant fruktansvärt val därför att han har varit med förut. Det är inte direkt 1951.

– Nej, och det är inte antalet kvinnor han har varit med i sig som är problemet. Det är inte som när du köper en bil och tittar på hur många mil den kört.

– Nej. Jag menar ... började hon. Han fick ett intryck av att hon var lite nervös och därför babblade på. – Är det inte moraliskt förkastligt att ha sex med många människor?

– Nej, det är det inte, åtminstone inte i teorin. Men folk som ligger runt så mycket som Loz är vanligtvis inbitna lögnare. Åtminstone om de är män. I praktiken är det närapå omöjligt att få ligga så mycket utan att välja att strunta i andra människors känslor och utan att manipulera folk för att få vad man vill ha. Sanningen är krigets första offer och allt det där.

– Men Laurence verkar ganska öppen med det?

– Ja, det är han, upp till en viss punkt. James drack några klunkar. – Vi snackar om avancerade manliga lögner för expertbedragare. Han drar historien om sitt vilda förflutna, men utan några obehagliga detaljer som kan avskräcka dig. Och du tänker *han erkänner saker för mig som han inte berättade om för de andra. Jag måste betyda mer än de gjorde.* Han ser på dig med den där förälskade blicken som tycks lova att det kommer att bli annorlunda den här gången, och det känns verkligen som att han är intresserad av mer än bara din kropp. Han har egentligen inte ljugit för dig, men hela hans tillvägagångssätt har gett dig intrycket av att han sänkt garden. Att han inte plötsligt kommer att sluta svara när *du* ringer, efter att ni i ett par månader har träffats på praktiskt belägna exklusiva hotell som han hittat på nätet. Att han inte träffar någon annan och att ni kanske båda håller på att falla för varandra. Fel, fel och åtminstone femtio procent fel. Och precis som med alla bra trick kommer du inte att inse att det var ett trick förrän han redan har fått det han ville ha och försvunnit.

James hoppades att Anna inte tolkade det här som att hon var en idiot om hon trodde att Laurence var intresserad av henne. Loz skulle uppenbarligen vara extremt lyckligt lottad ifall han fick ihop det med Anna. Han förtjänade det inte, och han uppskattade henne inte heller, utöver hennes rent fysiska attribut. James tänkte inte låta honom dra nytta av Annas medfödda empati. Problemet när bra människor träffade dåliga människor var att de inte hade någon karta som kunde hjälpa dem att navigera i den främmande terrängen. James hade åtminstone varit där på besök, han hade koll på ett par landmärken.

– Det där var en ganska målande bild.

– Det är ett tidlöst upplägg. Naturligtvis är det inte fel av dig att ligga med honom om du vet vad du ger dig in på. Jag ville bara inte att du skulle falla för något av hans knep. Jag har fått ta emot en hel del samtal från kvinnor genom åren som inte kan få tag på Laurence. Den här gången ville jag inte bara se på och låta det hända utan att säga något.

Hon undrade vad som var annorlunda den här gången. Handlade det om att James kände Anna?

– Han sa att en livstid av att befinna sig i din skugga hade satt sina spår, påpekade hon.

– Hahaha! Nej, sa han verkligen det? Det är alltså *mitt* fel? Åh Laurence. Jag kan se det framför mig. *Låt mig demonstrera min hemliga inre smärta, jag känner mig så sårbar när jag berättar det här. Du kan få smärtan att försvinna, Anna. Nej, lite längre ner, där, precis där.*

De skrattade, och James fingrade på den uppvikta kanten på sina jeans.

– Ändå är han din bästa vän, sa Anna.

– Jag vet inte om han är min bästa vän. Han är den vän jag träffar mest. Problemet med grupper av män i största allmänhet är att det värsta kräket vinner. Jag tror säkert att dina vänner är dig till större heder, sa James. De är mer ... originella.

– Originella? Jag är inte vän med dem för att jag tycker synd om dem!

– Nej!

Kombinationen av vin och gott sällskap fick en varm känsla att sprida sig genom James.

– Och min syster är en idiot? inflikade hon.

– Kom igen, jag har bett om ursäkt för det där, sa han. Och jag följde henne tillbaka på Twitter.

– Det finns väl knappast någon mer betydelseladdad gest? De tre vise männen kom med guld, rökelse och myrra och sa till Jesusbarnet, "vi kommer att följa dig".

James skrattade, ordentligt och ända från magen där värmen spred sig. Anna var rolig.

– Alltså, Aggy jobbar med eventplanering ...

– Och det är så mycket mindre viktigt än vad du jobbar med?

– Låt oss vara ärliga, det handlar om att organisera fester. Det står "allmänt skojig" i hennes Twitterbiografi. Det krävs en hel del för att jag ska se förbi sådant, men jag försöker. Om jag får reda på att hon gillar The Hoosiers eller något kommer jag bara att nicka och le.

Anna himlade med ögonen och log utan någon verklig irritation.

– Ska vi titta på Tim då? föreslog han.

Hon tryckte på knapparna på fjärrkontrollen i enlighet med James instruktioner, men det enda som syntes på teven var en monokrom snöstorm. Han muttrade något om att hon var hopplös, bara för att när han själv tog över upptäcka att dvd-spelaren faktiskt verkade vara trasig.

– Problemet med den avskalade moderna tekniken är att om fjärrkontrollen pajar är det kört. Han slog fjärrkontrollen mot soffans armstöd. – Värdelös.

– Jag tror att min svåger har samma modell. Det finns en knapp på den om du tittar närmare ... Anna kröp tvärs över mattan och satte sig på knä framför dvd-spelaren.

James betraktade de svartbruna nyanserna i det vågiga håret som var uppsatt i en knut, och de mindre lockarna i nacken. – Du måste backa, det där är språkmenyn, sa han tankspritt.

– Tack för informationen, jag försökte att välja grekiska eftersom Theodora var cypriot. Det är kört, jag ger upp, konstaterade hon till slut, efter en del ineffektivt tryckande och pekande med fjärrkontrollen.

– Vi skulle kunna titta på min laptop, men det vore inte detsamma. Har du en teve och dvd-spelare hemma?

– Jag har två teveapparater och en dvd-spelare. Jag är allmänt skojig.

James kastade en blick på klockan. – Vi hinner utan problem ta en taxi hem till dig. Om du inte har något emot det?

Anna såg obeslutsam ut.

– Har du fixat stoppet i toaletten? frågade han och låtsades väga två vågskålar mot varandra.

– Mitt vattenlås var helt problemfritt. Jag förolämpade dig bara.

– Precis vad jag misstänkte.

48

Vin var en verkligen en otrolig drog. Om Anna inte hade klunkat i sig det så snabbt skulle hon antagligen ha kommit på bättre tankar. Under taxiresan blev hon alltmer illa till mods. Att ta med James Fraser hem till sig var ingen bra idé under de bästa av omständigheter, och nu kom de raka vägen från hans hem, som såg ut att höra hemma i *Elle Interiör*. Dessutom hade hon inte ens fått chansen att städa.

Även när ordning och reda rådde var hennes hem inte designat för att visas upp. Det var en röra av saker hon behövde och saker hon älskade. Det var hennes blottade hjärta. Kunde hon släppa in honom över tröskeln?

– Okej, min lägenhet är en soptipp, till skillnad från ert lilla krypin i Crouch End, sa hon med spelad överklassröst medan hon stack nyckeln i den flagnande dörrens lås.

– Jag har bott med enbart killar både på universitetet och efteråt, du kan inte chocka mig, sa James. Förutsatt att inte du också har rugbysuspensoarer hängande på tork på elementen.

Likafullt var hon medveten om hur trång hennes hall kändes, hur lågt det var i tak och hur slumpartade och godtyckligt sammanförda alla hennes möbler var i jämförelse.

– Det är mysigt, sa James vänligt när hon lett honom till den solblekta röda bäddsoffan och hällt upp vin åt honom.

– Hahaha, visst.

– Jag menar allvar! Väldigt hemtrevligt.

Vardagsrummets vita strukturväggar täcktes delvis av billiga svartlackerade träbokhyllor. Ett inramat tryck som föreställde det ursprungliga art déco-omslaget till *Den store Gatsby* hängde över en liten emaljerad öppen spis. Anna tände värmeljusen som stod i den öppna spisen och hoppades att det inte framstod som att hon försökte skapa en romantisk atmosfär. Tanken var att allt skulle se bättre ut i en mer dämpad belysning.

– Jag kommer kanske att flytta till Stokey om jag säljer huset. Jag har inte råd att bo i Crouch End på bara min lön, sa James, och de småpratade artigt om fördelarna med olika bostadsområden.

Det blev snabbt uppenbart att de var alldeles för berusade för att kunna koncentrera sig på en historisk dokumentär. Annas hem var sjaskigare och trängre än James, men det gav också upphov till en mer avslappnad stämning.

Hon satte på Fleetwood Macs *Rumours* efter att James rest sig, undersökt hennes enda rad med cd-skivor och förklarat att det var en samling som passade en medelålders deprimerad person med utflugna barn som fått de flesta av skivorna som en prenumerationspremie. Hon tänkte att hon antagligen borde bli förolämpad, men hon uppfattade ingen illvilja bakom hans retsamhet. När James kom med en pik eller skrattade åt hennes svar uppfattade hon bara en uppriktig förtjusning över att de var på samma våglängd.

– Jag kan inte ens föreställa mig hur handplockade och otroligt hippa de cd-skivor du väljer att visa upp måste vara, sa Anna.

– Jag har inga cd-skivor längre, jag slängde ut dem samtidigt som jag gjorde mig av med min mangel. Vilken är din favoritlåt? frågade han medan han studerade skivomslaget.

– *You Make Loving Fun.* Den är så hoppfull.

– Det är den. Den handlar om hur Christine McVie har en kärleksaffär med en ljustekniker med stor Burt Reynolds-mustasch. Inte det mirakel jag skulle välja att tro på om jag började tro på mirakel.

– Hm. Tack för att du har förstört den för mig, sa Anna och satte sig igen.

– Är det okej att jag ser mig omkring? undrade han medan han fortsatte gå längs hyllorna, som en middagsgäst på jakt efter något att prata om.

– Jag har inget att skämmas för! sa Anna. Eller, det har jag, men jag är för full för att skämmas.

– *Harlequin?* utbrast James när han fick syn på en rad med smala röda bokryggar på en hylla i ögonhöjd.

– Jag älskar Harlequinböcker, sa Anna. Och jag vägrar att skämmas för det.

– Du borde skämmas, tyckte han. Han valde ut en titel på måfå och vände på boken. – *Godsägarens älskarinna. Även om han tar henne till sängs, tänker hon aldrig ta hans namn!* Fan också, det är riktigt plågsamt.

– Det där är den historiska serien. För sadomasochistiska inslag får du gå till den mer vågade serien Passion.

– Haha. Jag förstår det inte. Du är smart och rolig, och de här böckerna är inte särskilt smarta.

– Men de är väldigt roliga, sa Anna.

James såg skeptisk ut. Han satte tillbaka *Godsägarens älskarinna*, ställde ifrån sig sitt vinglas på spiselkransen och drog ut en annan bok. Han bläddrade igenom den och började läsa högt.

– *Lord Haselmeres grymma blick for över Taras skälvande unga kropp med en glödande hetta som fick henne att skälva.* Två skälvningar, vem har redigerat det här? *Hon spelade kokett, men hon hade fullkomligt förhäxat honom! Han ville slänga henne över axeln, likt en skövlande viking med sitt byte. Men det här bytet var en kvinna, en kvinna som aldrig kunde bli hans hustru. Det spelade ingen roll. Han måste göra vad varje varmblodig man skulle göra i den här situationen, trots sin adelstitel och sitt väldiga arv* – åh, hans väldiga arv. *Han var fortfarande en man, med en mans begär.* Jag tyckte först att det stod med en mans besvär. *Ta av dig din blus, raspade han fram ...* Haha, hur raspar man egentligen? Låt mig försöka igen. *Ta av dig din blus!*

James upprepade den sista meningen med ett perverst och gutturalt muttrande, och Anna skrattade så att tårarna rann.

– Okej, det där var roligt, det kan jag hålla med om, sa James.

Men jag misstänker att jag skulle tröttna långt före slutet. Vad är det egentligen med kvinnor och romantik? Eva gillade aldrig blommor, choklad och sådant, men när hon hade pms brukade hon titta på de där hemska filmerna där en kille jagar efter en buss vid solnedgången för att berätta för en kvinna att hon gör honom till en bättre man eller något. Vad är det som är så tilltalande med det?

– Är det en uppriktig eller retorisk fråga?

– Uppriktig. Jag vill gärna förstå er. Och eventuellt få er att söka hjälp.

– Okej, men skratta inte åt mig ... Hon placerade en saggig och fläckig sammetskudde i knät och kramade den. – Det handlar om det klimax – nej, säg det inte – som den stora gesten utgör. Det är det man väntar på att få se. I det verkliga livet är det aldrig någon som tillkännager sin passion. Man uppfattar vissa signaler, blir full, hamnar i säng med varandra och sedan blir det till en vana. Jag älskar när hjälten säger alla de där sakerna som man vill höra men som ingen någonsin säger.

James nickade. – *Håll om mig, det regnar, du kan inte!* Den sortens saker?

– Ja. Eller något som faktiskt betyder något. Det måste handla om varför hon är så fantastiskt speciell och viktig för honom. Hon får äntligen reda på att han besvarar alla hennes känslor.

Hon tillade inte att den där längtan hos henne förmodligen berodde på att ingen hade velat ha något med henne att göra en gång i tiden.

– Och efter det lyfter han upp henne i sin manliga famn, kysser henne och bär henne tillbaka till sitt slott för att älska vilt, avslutade hon.

– Jag tror att slottet är en väldigt viktig komponent i de här fantasierna, sa James. Ni vill ha en mångmiljonär med en torso i toppklass. Jag ser ingen bok här som heter *Förförd av en fattiglapp.*

– Det är den tredje titeln från höger, sa Anna och pekade mot bokhyllan. Den här könsindoktrinerade idén är säkert anledningen till att jag aldrig har träffat någon, fortsatte hon, aningen dystert. Jag har för höga förväntningar.

– Nej. Anledningen till att du inte har träffat någon är att de flesta män är svin. Jag skulle verkligen avsky att vara kvinna eller gay ... Oj då, det var meningen att jag skulle framstå som en modern och insiktsfull man, men det där lät fruktansvärt.

De fnissade berusat båda två. Anna undrade om hon hade någon mat i kylen som hon kunde plocka fram.

– Öh ...?

James drog ut bokmärket som var instucket baktill i den Harlequinbok han höll i handen. Det var en broschyr om skönhetsoperationer. Ifall han tvivlat på att det var något hon övervägt såg Anna att hon praktiskt nog hade skrivit ner dag och tid på broschyren för en konsultation som hon senare ställt in.

– Åh nej, titta inte på den! ropade hon. Det här borde ha varit det mest pinsamma som kunde ha hänt, men hon var tjugofem procent generad och sjuttiofem procent road över hur komiskt ömkligt det hela var. Att hon var full gjorde sitt till.

James stoppade tillbaka broschyren i boken. – Ovanligt väder vi har haft på sistone, eller hur?

De började skratta igen båda två.

– Jag klagar över att jag inte har någon pojkvän samtidigt som jag har en Harlequinbok med reklam för plastikoperationer som bokmärke. Herregud ... Hon fnissade och satte kudden för munnen. – Snart kommer du att få se en skymt av min säng med elva nallebjörnar på.

– Åkte du fast och behöver ett nytt ansikte för att gömma dig från rättvisan?

– Jag funderade på att ta bort ett födelsemärke. Det är format som orden ”dra åt helvete James, din nyfikne jävel”.

– Det låter uppseendeväckande. Jag borde sälja historien till någon av tabloidtidningarna och tjäna lite pengar. *Mitt födelsemärke skrämde bort mina älskare.*

Anna torkade tårar från ögonen och suckade. – Om du verkligen *måste* veta, och nu måste du väl tyvärr det, hade jag en svacka för ett år sedan då jag funderade på att göra ett ... bröstlyft.

James rynkade på näsan, en näsa som ständigt skulle ha varit slutsåld ifall den gått att beställa från en katalog. – Varför då? Jag tror säkert att du är okej som du är.

– Jag vet inte, jag var bakfull och deppig. Det där kräket till pojkvän jag hade på universitetet sa en del otrevliga saker. Men han sa otrevliga saker om större delen av mig, så det är inte någon logisk förklaring.

Anna visste att hennes upplevelser under uppväxten gjort att hon hade en tendens att koppla sin osäkerhet till sitt utseende, och hon försökte verkligen låta bli. Hon misstänkte att hennes sjabbiga stil delvis handlade om en motvilja mot att ge sitt yttre alltför stor uppmärksamhet. Men hennes byst var den enda delen av henne som verkligen hade påverkats av viktminskningen. När hon gått ner i vikt hade den säckat ihop. Sett från sidan var hon rädd att brösten såg ut som något Aggy kallade för ”taxöron”.

Det uppstod en paus.

– Du tänker alltså inte göra det? frågade James.

– Jag tror knappast det.

– Bra. Det är helt onödigt.

– Hur kan du veta det?

– Om de såg ut som tomma spritspåsar eller något kunde du ha fått det fixat gratis inom sjukvården. Det faktum att du skulle behöva betala innebär att det handlar om fåfänga.

Kallade James Fraser henne fåfäng? Livet tog verkligen en del oväntade vändningar.

– Och om du hade tänkt göra det för att du tror att män bryr sig kan jag lova dig att de inte gör det, fortsatte han.

– Det är sexistiskt av dig att utgå ifrån att det bara handlar om den manliga blicken. Jag kanske hade tänkt göra det för min egen skull.

– Visst, men det var inte därför, eller hur? Om Ryan Gosling godkände dem skulle du inte bry dig om någon operation. Alltså skulle du göra det för att tilltala hypotetiska framtida män. Och det behövs inte. De är definitivt bara hypotetiska.

– Tack som fan!

– Nej! Jag uttryckte mig otydligt. Jag menar att deras *preferenser* är hypotetiska. Män har två lägen. Vi är antingen intresserade eller inte. Det handlar inte om att vänta på att godkännas, som när du har skickat en vänförfrågan till någon på Facebook. Vi betygsätter inte varje kroppsdel separat på en skala från ett till tio.

– Vem utnämnde Ryan Gosling till bröstbedömare?

– Vet du vad, du kan visa dem för mig istället.

– Du kan inte mena allvar?

James nickade och gnuggade sina ögon. Han korsade armarna och lutade sig tillbaka.

– Bra försök, fnissade Anna.

– Alltså, du kan inte förlora. Antingen får du en komplimang eller en fullkomligt neutral bedömning från en opartisk person om att du bör överväga en operation. Och innan du säger något – folk som tar femtusen pund för att operera dig är inte opartiska.

– Du är helt otrolig! Hm. *Opartisk. Neutral.* Han behövde inte understryka det faktum att han inte var intresserad av henne fullt så mycket.

– Du skulle visa dem för ett gäng främlingar på kliniken. Jag kan inte se någon större skillnad mot att visa dem för mig.

– Anonym medicinsk personal är inte detsamma som en packad och retsam James.

– Fan, jag trodde verkligen att jag hade dig där. Men erbjudandet kvarstår.

Medan de skrattade slog det Anna att den här kvällen inbegrep betydligt fler bedömningar av kroppsdelar än hon hade väntat sig.

James ställde tillbaka boken på sin plats och sjönk ner i soffan medan han såg sig om i rummet. – Vad är det där ...? Så konstigt. Vänta lite ... muttrade han. Han lutade huvudet åt vänster och stirrade tvärs över rummet mot något i hörnet, vid foten av hennes uråldriga golvlampa från Ikea.

Han hade redan rest sig och var på väg mot föremålet i fråga när Anna följde hans blick. Om det var möjligt att nyktra till på fyra sekunder var det precis vad Anna gjorde, tack vare en plötslig adrenalinchock intensiv nog att nästan lyfta henne från soffan.

49

Skolfotot var i A4-storlek och satt i en billig guldram. Den fläckiga studiobakgrunden var tänkt att påminna om moln på en blå himmel. Bilden hade tagits under Aurelianas värsta år.

Det krulliga håret var samlat i en hårklämma uppe på huvudet men ett par lockar hade lösgjort sig vid hårfästet och stod rakt upp, vilket bidrog till en Tintinliknande effekt. Hon hade plattat till alltsammans med kladdig hårgelé, men det såg bara ut som att hon slutat använda schampo utan att håret anpassat sig än. Det var den sortens förbluffande osmickrande frisyr man bara gav sig på som fjortonåring.

Det runda ansiktet var nästan klotformat och påminde om en kåldockas. Pannan var prickig av tonårsakne som hon täckt över med ett tjockt lager beige täckstift, vilket skapade ett märkligt månlandskap över de kraftiga, larvliknande svarta ögonbrynen som möttes i mitten.

Värst av allt var kanske hennes min. Aureliana hatade kameror lika mycket som de hatade henne. Följaktligen såg hon på fotografen som om han vore en avskydd fiende. Munnen formade inte så mycket ett leende som den förvridna grimasen hos en halshuggen förrädare vars huvud spetsats på en påle. Man kunde se en skymt av tandställningen i metall.

Anna hade trott att allt sådant hemligstämplat material hade slängts eller bränts, med undantag för det enda sparade skolfotot som låg inslaget i brunt papper längst ner i hennes mammas sovrumsbyrå. Hon hade inte haft hjärta att ta ifrån henne det också.

Men på något vis hade den här groteska påminnelsen glidit mellan maskorna i nätet.

Medan hon andades allt snabbare frågade hon sig frenetiskt hur det här kunde ha gått till. Hon hade aldrig haft minnessaker från det förflutna i lägenheten, än mindre ställt fram dem till allmän åsyn.

Plötsligt gick svaret upp för henne. Fotografiet hade ramlat ur den knöliga väskan med diverse prylar som hon tagit med sig från sina föräldrars vind och ännu inte packat upp. Väskan hade fallit omkull, och porträttet hade glidit ut på golvet. Hon hade trott att det stela, rektangulära föremålet i väskan var en mapp. Hennes motvilja mot att rota i saker som påminde om det förflutna och hennes avslappnade inställning till ordning och reda hade verkligen straffat sig.

– Hur i hela världen känner du *henne*? frågade James och drog ut fotot hela vägen ur väskan så att den hemgjorda förklädesklänningen blev synlig, liksom de guldkedjor från Argos som hon gillat att bära under skjortkragen för ett inslag av glamour.

Avslöjandet var på väg, men James hjärna hade inte riktigt hunnit dit ännu.

Anna var stum av chock. Till slut fick panik och fasa henne att reagera. – Sluta snoka bland mina grejer! skrek hon och kastade sig tvärs över rummet för att slita till sig ramen från väskan. Hon vände fotot mot magen och slog beskyddande armarna om det. – Du har rotat bland mina saker hela kvällen, din nyfikne jävel.

– Va? sa James, förvånad över hennes ljudnivå och intensitet. Det låg framme. Varför har du ett fotografi av den där tjejen från skolan som ... Vänta lite, hon var italiensk ...

Hans blå ögon, som hade samma djupblåa färg som Annas Gatsbyaffisch, vidgades. Aureliana hade en gång tillbringat en hel kemilektion fullkomligt uppslukad av de där ögonen, trots att han haft på sig skyddsglasögon. James lade handen över munnen och skakade på huvudet. Han sänkte handen igen, och munnen var lätt öppen.

Anna andades tungt.

– Du är inte ...? Alessi. Men hon hette ... Ariana? Är hon din syster?

– Aureliana, sa Anna, och hörde sin röst darra. Jag heter Aureliana.

Att själv tillkännage det innebar ett ögonblicks lättnad. Hon hade hävdat sig. Sedan kom smärtan tillbaka när James ansikte gav uttryck för misstro, förvåning ... och sedan munterhet.

Han skrattade. Han skrattade faktiskt klentroget. – Gode *gud*. Anna? Aureliana. Är du hon? Var *det* du? Jag kan inte tro det.

– Skrattar du åt mig?

– Jag är bara lite chockad. Det här är det konstigaste jag någonsin varit med om. Varför sa du inte ...?

– Kommer du ihåg vad du gjorde mot mig?

James ryckte på axlarna.

– Du kommer inte ihåg det? upprepade hon med eftertryck. Det enda sättet för Anna att hantera det här var genom att gå till attack och omvandla den svidande skammen till vilt raseri.

– Öh ... det var ett tag sedan. Du får ursäkta mig medan jag smälter det här, du har haft längre tid på dig. Du är så annorlunda nu ...

– Och med annorlunda menar du mindre fet? Mindre ful? Mindre mobbad? Det där sista borde friska upp ditt minne.

Stämningen i Annas vardagsrum var nu helt präglad av konfrontation och fara, och det triggade James instinkt att försvara sig. Han såg obekväm ut. Och aggressiv.

– Ursäkta, varför gapar du så? Det är du som har smugit omkring utan att berätta vem du är, som någon sorts knäppskalle.

– Knäppskalle! tjöt hon. Kallar du mig för öknamn igen? Fan, du är verkligen precis likadan som du var då, eller hur?

– Varför skriker du åt mig? sa James. Lugna ner dig.

– Säg inte till mig att lugna ner mig! ropade Anna. Hon ryckte till över hur galen hon lät, men hon hade inte kontroll över sina känslor. – Låt mig påminna dig om vad du gjorde. Du lurade upp mig på scen och fick hela skolan att kasta saker på mig. Medan du skrattade. Du och Laurence stod där och skrattade åt mig. Och du kallade mig för en elefant.

Hans blick smalnade och han gjorde en grimas. – Öh, okej. Vill du att jag ska be om ursäkt för någon dum tonårsgrej som hände för nästan tjugo år sedan?

– Att erkänna det vore en bra början.

– Har du någon aning om hur rubbad du låter? Du uppför dig som att någon annan bär ansvaret för den här händelseutvecklingen. Du hade inga problem med mig för fem minuter sedan.

– *Du* bär ansvaret! Jag reagerar så här därför att du skrattade åt vad du gjorde.

– Så jag är plötsligt din stora fiende? Jag var alltså mycket värre än alla andra på skolan?

– Du var värst.

– Haha. Säkert.

– Det är sant. Du var elakare än någon av dem. Du visste att jag gillade dig och du utnyttjade det. Ingen annan kunde ha fått upp mig på den där scenen.

– Sluta vara så hysterisk. Det var bara ett dumt skämt.

– Att du kan avfärda det visar vilken sorts person du fortfarande är.

– Men för helvete. Skyll inte det faktum att du var ett missfoster på mig.

– *Missfoster?* Ditt svin, spottade Anna ur sig och darrade av ilska. Din förbannade jävla skitstövel.

Först såg James lite rädd ut, sedan spred sig avsmaken i hans högdragna ansikte. Det var just den sortens min hon väntat sig att få se när han väl fick reda på vem hon egentligen var.

– Jag sticker nu. Du är för fan inte riktigt klok, sa han och ryckte åt sig sin rock. Hej då.

Ytterdörren slog igen. Anna kastade fotografiet, vänt nedåt, tvärs över rummet. Det studsade mot väggen och landade uppvänt. Hon vrålade, rusade fram och slängde iväg det igen. Den här gången slog det emot en bokhylla så att glaset krossades. Dussintals små glittrande skärvor föll ner i mattan. James anklagelser om att hon var knäpp framstod inte som helt ogrundade.

Den *jäveln.* Hur kunde hon ens för ett ögonblick ha inbillat sig att han var bättre än killen som gjort en sådan sak? Hur kunde hon ha släppt in honom i sitt hem?

Hon sjönk ner på soffan och grät. Snoriga, hackiga snyftningar som kom ända nerifrån magen. Det kändes som att hon tömde sin själ genom ögonen och näsan.

Det hade varit en utdragen och långsam jakt, men Aureliana hade till slut hunnit ifatt Anna, och de förenades i ett hopplöst, ensamt elände.

Stereon började spela *You Make Loving Fun.*

50

– Enligt *GQ* är det tydligen potpurri man ska äta här, sa Laurence och ögnade igenom menyn medan de smuttade på varsin Old Fashioned med tobakssmak i ett kaklat bås i källaren på Hawksmoor i Spitalfields.

– Potpurri? Torkade blomblad som ska sprida väldoft?

Laurence såg efter igen. – Poutine menar jag. Det kommer från Quebec. Pommes frites och ostmassa. Vassle av något slag.

James ställde sig tveksam och valde istället revbensspjäll som kom med sin egen såssnipa i silver. Laurences tallrik badade i brunsås.

– Det är brunsåsens år i Kina nu, sa James. Påminner inte allt det här om något man kan köpa i ett bättre gatukök?

– Mm, sa Laurence med munnen full. Här är jättetrevligt. Visste du att mässingsväggarna är återanvända hissdörrar från Unilever House? Art déco. Han torkade sig om munnen med en servett medan han med blicken följde en kvinna med svängande höfter som gick över parkettgolvet. – Jag gillar inredningen.

Laurence såg honom fortfarande inte i ögonen.

– Jag skulle inte ha något emot att lära känna henne bättre.

– Lägg av. Låt henne vara. Du behöver lugnande medel eller något.

James tog ett djupt andetag och förberedde sig på att låta bomben brisera. Han hade inte tänkt på mycket annat sedan den där kvällen, och han ville verkligen att någon skulle säga till honom att han inte behövde ha så dåligt samvete som han hade.

– Det här kommer att distrahera dig. Jag ska berätta något om italienska Anna som lär få dig att smälla av. Du kommer inte att tro mig.

– Vänta. Du har väl inte legat med henne? sa Laurence. Han såg uppriktigt irriterad ut över blotta tanken, kanske till och med förbannad.

James blev lite ställd. – Nej. Hur så? Skulle det ha spelat någon roll?

– Ja, det skulle det. Hon är min. Jag såg henne först. Bort med tassarna.

– Gör det ingen skillnad vad Anna tycker i det här hypotetiska scenariot? Hon har inte precis satt sig i knät på dig så här långt.

– Och hon är inte intresserad av dig heller. Du skulle bara ha en chans om du använde dig av något sorts knep. Och härmed vill jag göra klart att det skulle bryta mot den hederskodex som gäller vänner emellan.

James kisade mot honom. – Okej. Då vet jag det. Jag ska hur som helst berätta något som bevisar att hon aldrig kommer att vara intresserad av någon av oss. Kommer du ihåg den där italienska tjejen i skolan, Aureliana?

Laurence rynkade pannan. – Hm ...? Beskriv henne.

– Tjock. Långt och lockigt svart hår. Helt hopplös. Alla kastade godis på henne under Mock Rock. Vi övertalade henne att klä ut sig till operasångerska, om du minns? Du kom på det där med godiset.

– Åh, *hon*. Spagettihaggan. Vid det här laget har hon säkert fyra storvuxna ungar som hon proppar fulla med mat. Hon klär sig nog i en sådan där blommig tältklänning och flip-flops. Har du sett hur kvinnor på kontinenten ser ut när de struntar i sitt utseende? Brrr.

– Det är Anna.

– Vad menar du?

– Anna. Aureliana. De är samma person. Hon bytte namn efter skolan. Aureliana Alessi. Det var något med Anna Alessi som lät bekant, jag kunde bara inte sätta fingret på det.

Laurence lade ner sina bestick. – Fan, du skämtar.

– Det är sant. James drack lite av sin cocktail.

– Vad i ...

– Det kommer som något av en chock, eller hur?

James tänkte på att han till och med hade träffat Annas syster utan att ana något, men han kom förstås inte ihåg Aggy alls. De yngre klasserna på skolan var alltid en osynlig, formlös massa för de äldre.

– Hur är det ens möjligt? Driver du med mig?

– Nej! Det var därför hon var på återträffen. Tänk efter. Det lät aldrig särskilt troligt att hon bara hade hamnat där av misstag. Fattar du att vi inte kände igen henne? Inte undra på att hon var korthuggen mot oss.

Nej, inte undra på. Ju mer James tänkte på det hela ur hennes perspektiv, desto värre blev det. De hade helt ovetande släntrat fram till en kvinna som de en gång behandlat väldigt illa, och Laurence hade försökt ragga upp henne. Ett under att de inte fått vin över sig. Hon hade så småningom lagt allt det där bakom sig och varit trevlig. Skulle han ha kunnat göra detsamma?

– Vilket misstag! skrockade Laurence. Han skakade förundrat på huvudet. – Det är knappast vårt fel, inga dieter brukar ge den sortens resultat. Jag kan inte tro att någon som var max en tvåa har blivit en definitiv åtta eller nia. De borde göra en tevedokumentär om det.

– Herregud, Loz. Visa lite medmänsklighet.

– Kom igen, du vet att jag skämtar.

Det blev tyst ett ögonblick.

– Enda anledningen att jag fick reda på det var ett skolfoto som stod framme hemma hos henne, sa James. Hon blev helt galen. Jag tänkte bara, ”tagga ner, det är du som har ljugit om det här”. Vem pallar med sådan skit?

Hans ursäkter ekade väldigt ihåliga. James lät till och med som Laurence, ett säkert tecken på moraliskt fördärv. Visst, hon hade tigit om vem hon var. Men när han tänkte efter lite var han tvungen att fråga sig om inte han skulle ha gjort samma sak. Varför identifiera dig som skolans paria ifall du kunde lägga det bakom dig?

Aureliana var en av den handfull töntar med udda utseende som finns på varje skola. Det var inte förvånande att hon blivit mobbad – det enda som saknades var en lapp från hennes mamma där hon uttryckligen bad lärarna att alla skulle vara elaka mot hennes dotter. Att ens bli påkommen med att prata med Aureliana vore tillräckligt för att bli betraktad som pestsmittad. Rent fysiskt var det ofattbart att hon var samma person som dagens Anna. Men personlighetsmässigt kunde han se det. Hon hade en outsiders syrliga perspektiv.

Fast ändå, det var länge sedan.

Anna hade inte haft någon rätt att vara så hätskt otrevlig mot honom när hon blivit påkommen. *Otrevlig. Vad ska man då säga att du var mot henne i skolan?* undrade hans inre röst.

Herregud, varför hade han kallat henne för ”missfoster”? Det var en instinktiv, defensiv grej, som att lyfta händerna om någon verkade vara på väg att klippa till dig. Missfoster. Inte ett ord han vanligtvis använde. Det var som att hans sextonåriga jag plötsligt hade tagit över kontrollen.

– Vänta lite, vad gjorde du hemma hos henne? frågade Laurence skarpt.

– Vi tittade på en dvd-dokumentär om utställningen vi jobbade med.

– Jag menar allvar, Jimmy, sa Laurence och skyfflade in ostmassa i munnen. Jag gillar henne verkligen.

– Du betygsatte henne precis på en skala från ett till tio!

– Ja, som minst en åtta. Rör henne inte. Vad dig anbelangar är hon en brottsplats omgärdad med avspärrningstejp. Jag kommer att titta efter fingeravtryck.

James rynkade pannan. Var Loz uppriktigt intresserad av Anna, i den mån Loz kunde vara uppriktigt intresserad av någon? De var trettiotvå år gamla och Loz hade aldrig haft ett långvarigt förhållande. Kanske hade han till slut bestämt sig för att han behövde en semipermanent, respektabel partner som kunde få honom att framstå som förtroendeingivande. *Min flickvän är faktiskt akademiker ... Hon är italienska ...* Ja, han kunde föreställa sig att Laurence skulle uppskatta att kunna skryta om det.

– Hon är inte din typ, sa James snabbt. Jag har sett henne i lågskor på jobbet. Och hon är inte rik.

– Än sen. Hon är en sådan som ändrar förutsättningarna, en riktig utmaning. Jag är redo för en intelligent kvinna. Jag håller kanske på att bli kär.

– Du skulle behöva ett hjärta för det.

James skar dystert upp sin fralla och tänkte att det här inte gick som han hade hoppats. Han ville att Laurence skulle stå på hans sida. Men han var inte säker på att hans sida var den rätta, och Loz stod som alltid bara på sin egen sida.

– Det här med att hon har varit en tjockis är verkligen goda nyheter.

– Varför det? Jag fattar inte att jag kunde göra något så taskigt. Vi var idioter och hon kommer aldrig att prata med någon av oss igen.

– I helvete heller. Det här är anledningen till att jag jobbar med försäljning. Motgångar är egentligen möjligheter. Det här är den perfekta ursäkten för mig att försöka igen. Jag tänker ringa henne för att be om ursäkt. Hennes självförtroende kommer att vara kört i botten. En förstående Laurence är någon hon kan gråta ut hos och sedan ha sex med. Laurence pekade på James med sin gaffel. – Och fundera inte ens på att stjäla den idén. Den är min. Jag kanske till och med kommer att säga att Mock Rock var ditt fel och att jag försökte övertala dig att låta bli, om det är okej.

– Så fan heller, sa James.

– Aha! Så du *vill* ligga med henne! Du gick rakt i fällan. Jag visste det.

– Nej, det vill jag absolut inte och jag kommer antagligen aldrig att träffa henne igen, men jag är inte stolt över vad vi gjorde och jag vill inte att du ska göra henne mer upprörd.

Laurence ryckte på axlarna. – Vi var bara barn. Det var så länge sedan att det praktiskt taget inte räknas.

– Hon grät, Loz. Vi fick henne att gråta.

– Jag kan få henne att gråta igen, av andra skäl.

James lade ifrån sig servetten och gav upp. Det var som att prata med en återanvänd mässingsvägg. Laurence gick på toaletten och James satt och lekte med sin telefon medan han funderade på vad han kunde säga eller göra för att ställa det här tillrätta. Han hade förödmjukat Anna ytterligare genom att återberätta allt för Laurence. Det kändes inget vidare.

Och Laurence tänkte alltså använda informationen för att göra ett nytt försök att få ihop det med henne? James ville stoppa honom, men visste inte hur. Tänk om hon var så ur form och upprörd över det som hänt att hon till slut gav efter för Laurence? Skulle James ha det på sitt samvete också?

Var det allt han bekymrade sig för, sitt indirekta ansvar? Tanken på Laurence och Anna i osalig förening gjorde honom fysiskt illamående på ett orimligt sätt. Han såg deras nakna kroppar framför sig, guppande och omslingrade, Laurences fingrar i henne utslagna hår ... Nix, nej tack, sudda bort det där från hjärnan. Hans mage knöt sig. Det kändes som att han ville beskydda henne. Det var antagligen oundvikligt med tanke på att han bar skulden till allt det här.

Laurence gled in i båset igen. – Polly och Becca från Accenture kommer förresten att göra oss sällskap. Bingo. Han vinkade tvärs över rummet åt två smala kvinnor i böljande mönstrade klänningar och höga klackar. – Varning, Polly är så överklass att hon kallar Cambridge för ”Cambles”. Få henne att säga ”gastronomisk”, det är som att hon har munnen full av sten.

– Tack för att du kollade med mig först, väste James.

– De är vänner via jobbet, du behöver inte ta i så att du spricker, sa Laurence och rättade till en manschettknapp.

James log ett stelt leende mot Polly och Becca. Han satt där som förlamad medan de kvittrade förtjust åt Laurences skämt, och han undvek att möta skälmska blickar under mascaratunga ögonfransar.

Det enda han kunde tänka på var någon som inte var där, och ett par timmar i hans liv för sexton år sedan som han fram tills nu hade valt att förtränga.

51

Anna kunde höra sin syster säga något om att de kanske borde bryta sig in, och hon bestämde sig för att hon hellre ville släppa in Michelle och Aggy i lägenheten nu än att låta hantverkare komma för att byta ut det uppbrutna låset imorgon. Hon rörde sig långsamt bort mot dörren och öppnade.

Michelle tog sin e-cigarett ur munnen medan hon betraktade Anna. – Ojsan. Det är möjligt att vi kommer för sent.

Aggy dök upp till höger om Michelle.

– Varför är du klädd i sparkdräkt? frågade Michelle.

– Det här är en *Till vildingarnas land*-overall. Den är en cool kulturell referens, sa Anna.

– Den är en erotikdödande katastrof, min vän, sa Michelle och stövlade in med en tygkasse från Marks & Spencers och Aggy i släptåg, utan att vänta på någon inbjudan.

Väl inne i vardagsrummet kretsade de runt Anna.

– Vad är det där bruna som hänger från din rumpa? frågade Michelle.

– Det är uppenbarligen svansen.

– Det ser lite ut som avföring.

– Och vad tittar du på? frågade Aggy och stirrade på teven. Programmet hade pausats, och på skärmen syntes en man med huggtänder.

– *Buffy och vampyrerna.*

Annas gäster betraktade det gigantiska plastfatet med halväten mikrovågspaella och den öppna påsen med Kettle Chips intill en bytta med hummus. Och raden med Cadbury-godispåsar. Okej, det såg illa ut, men Anna hade inte ätit allt det där idag. Hon hade bara inte hunnit städa.

– Någon har länsat kylskåpet. Även under de bästa omständigheter äter du som om du har hållits som krigsfånge hos tyskarna, men det här är värre, sa Michelle.

Hon satte sig ner i en fåtölj medan Aggy försiktigt slog sig ner i ena änden av soffan. Aggy var van vid att se sin storasyster ha kontroll, och det känslomässiga och praktiska kaoset gjorde henne uppenbarligen illa till mods. Trots att de skämtade visste Anna att de var oroliga. I vanliga fall skulle hon ha lugnat dem, men nu kunde hon inte uppbåda energin. Hon kände sig väldigt deppig.

– En sak i taget, sa Michelle och rotade runt i sin kasse. För det första har jag Percy Pigs-godisar i alla smaker här. Förutom citron, de är ganska äckliga. För det andra, Anna, vad är det som pågår?

– Jag har varit sjuk och hemma från jobbet hela veckan. Det har jag ju sagt. Det är någon magåkomma.

– Visst. Men så ringer, mejlar och sms:ar vi dig, och får antingen inga svar alls eller väldigt korta svar som inte alls är din stil. Vi börjar göra efterforskningar. Någon – jag tänker använda kodnamnet Bishelle ifall du blir arg på henne för det här – inser att den sista personen du träffade innan du insjuknade var den där James som du gick i skolan med. Hon ringer honom på jobbet och får veta att ni har typ ... grälat?

– Pratade du med James? Herregud! Anna drog mysoverallens huva över huvudet och ansiktet.

– Är det där horn? sa Aggy. Är det en djävulskostym?

– Öron, muttrade Anna genom tyget. Hon sköt tillbaka huvan lite.

– Din kollega Patrick har satt stor press på mig att ta reda på hur det är med dig, sa Michelle.

Anna suckade.

– Se det som att jag har räddat dig från ett besök av honom. Vad handlade grälet om? frågade Michelle.

– Berättade inte James det?

– Nej. "Du får fråga henne", var det enda jag fick ur honom.

Under en sekund kände hon en liten glimt av respekt för James diskretion, innan andra minnen tog över. – Han såg ett gammalt skolfoto och fick reda på vem jag var. Han skrattade åt mig. Jag blev helt galen och skrek åt honom att han varit ett jävla kräk. Han sa till mig att jag var psykotisk och att det inte var hans fel att jag var ett missfoster på den tiden. Det var väldigt förödmjukande alltsammans, och det har återuppväckt alla dåliga minnen från skoltiden igen.

– Vilken vidrig typ! sa Michelle. Kallade han dig verkligen för ett missfoster?

– Det är fruktansvärt, sa Aggy, som såg ut att vara på väg att börja gråta.

– Vi visste redan att han var fruktansvärd. Jag fattar bara inte att jag lyckades övertyga mig själv om något annat.

– Ett före detta kräk bekräftar alltså att han fortfarande är ett kräk, sa Michelle. Det är hans problem. Hur kommer det sig att det har påverkat dig så starkt?

Det var en fråga som behövde ställas. Anna hade undvikit den.

– Jag vet inte. Han skrattade, och det var som att vi var tillbaka i skolan igen. Det bevisade för mig att jag är och alltid kommer att vara den där tjejen som ingen ville vara med.

– Jag ville vara med dig! sa Aggy. En tår rann nerför hennes kind.

Anna lutade sig fram och kramade sin systers arm. – Tack. Men du hade inte mycket till val, med tanke på att vi bodde i samma hus. Det var dumt av mig att umgås med sådana ytliga och moraliskt korrumperade människor. Jag visste hurdana de var. Varför försökte jag lura mig själv? De var trevliga mot mig och jag tillät mig att bli smickrad. Det var så svagt. Jag ville tro att de hade förändrats. Jag ville tro att *jag* hade förändrats. Jag ville att de coola killarna äntligen skulle gilla mig. Hur patetiskt är inte det vid trettiotvå års ålder?

– Coola personer gillar dig. Men du är för bra för att behöva ta den där sortens skit, sa Michelle.

– Nej. Det är som att ... jag är förklädd. Ingenting är på riktigt. Sättet de behandlade mig på då, det är sanningen om vad människor som han tycker om mig. Och det avslöjar hurdana de egentligen är. Allt annat är bara skitsnack.

– Låt bli att träffa den sortens ytliga människor, så är problemet löst.

– Jag vet, sa Anna. Jag väntar på att mina känslor ska hålla med mitt intellekt om att jag inte har något att skämmas för.

– Jag kunde aldrig drömma om att de inte skulle känna igen dig på återträffen, sa Michelle. Allt det gamla har dragits fram i ljuset utan att du har fått chansen att sätta punkt och lägga det bakom dig. Jag är ledsen att jag tvingade dig att gå.

– Det är inte ditt fel. Hon rättade till sin svans. – Det var jag som fortsatte att träffa James. Jag antar att jag någonstans hoppades att det skulle vara bra för mig.

Dessutom hade du roligt tillsammans med honom, tänkte hon för sig själv.

– Du säger alltid att du har förändrats, konstaterade Michelle och stack e-cigaretten i munnen igen. Men den yngre Anna var smart. Den yngre Anna var omtänksam och intressant och rolig. Det är de sakerna som får folk att tycka om dig, och de dök bara inte upp helt plötsligt när du blev vuxen. Visst, du ser annorlunda ut än du gjorde som tonåring, det gör vi allihop.

– Alla hatade mig, Michelle, sa Anna och försökte att inte låta klumpen i halsen övergå i gråt. De *avskydde* mig. Jag är inte säker på att man någonsin återhämtar sig helt från det. Känslan av att i grund och botten vara ... omöjlig att älska.

Åh. Där kom tårarna. Aggy kramade henne medan hon grät, och Michelle reste sig och lade också armarna om henne innan de grät lite till alla tre.

– Jag tror att din sparkdräkt behöver tvättas, muttrade Michelle till slut.

Anna snörvlade till och harklade sig, men hon lade märke till att hon kände sig bättre nu efter att ha satt ord på den avskyvärda sanningen. När hon såg sitt fåniga, knubbiga ansikte på den där bilden hade hon tyckt så synd om den flickan. Hon hade varit så entusiastisk och ivrig att lära när hon började skolan, men det hon hade lärt sig var att hon var värdelös.

– Med tanke på att du är älskad av många är det uppenbarligen inte sant, sa Michelle medan hon satte sig ner igen.

– Bortsett från det där med att jag aldrig haft någon riktig pojkvän.

– Vänta lite. Det finns massor av män som skulle vilja vara med dig, så jag vill inte höra något miss Havisham-gnäll.

– Det stämmer verkligen. Jag hade Facebook uppe härom dagen, och Phil som jag jobbar med sa att du var läcker, upplyste Aggy henne.

Anna skrattade svagt. – Okej. En Percy Pig, tack. Michelle kastade en påse till henne.

– Jag tror att det fortfarande tar så hårt på dig därför att du inte har pratat om det, sa Aggy. Du låter inte någon annan nämna det heller. Mamma och pappa är rädda att de skulle göra dig upprörd om de tog upp det. På den tiden stängde du in dig i ditt rum och läste böcker, och nu samlar du alltsammans inom dig och håller nya människor på avstånd. Vi har aldrig ens berättat för Chris om det som hände ...

Det här var osedvanligt allvarligt och insiktsfullt för att vara Aggy, och Anna lyssnade. Hon var tvungen. Hon kände hur hennes ögon fylldes med tårar igen.

– Jag och Chris har roligt tillsammans. Jag vill inte att han ska börja se på mig på ett annat sätt ...

– Det kommer han inte att göra! Det hjälper att prata om det, sa Aggy. Jag menar, jag ställde verkligen till det en gång med en klient som jag hamnade i säng med, och det var en mardröm – han berättade för folk om saker jag hade sagt när vi hade sex och de skrattade. Och sedan berättade jag historien på mitt sätt och folk skrattade, men på ett bra sätt, och det var som att när jag väl hade gjort det till min historia kunde den inte såra mig längre. Förstår du? Använd ett skolfoto som din profilbild på Facebook eller något.

Anna grimaserade.

– Okej, kanske inte just det. Men du vet vad jag menar. Gör Mock Rock till en historia. En av *dina* historier. Du är så rolig att alla skulle skratta med dig.

Hon böjde sig fram och kramade om sin systers magra axlar. När Aggy var liten brukade Anna säga att det kändes som att krama en linjal.

– Vet du, jag tror inte att ens den här James är så självsäker som du utgår ifrån, sa Michelle. När jag pratade med honom frågade han flera gånger hur du mådde. Jag fick ett intryck av att han skämdes.

– Över att känna mig kanske. Han borde skämmas över vad han sa, men jag kan lova dig att han inte är typen som skuldbelägger sig själv.

– Han kanske tänker igenom saken ordentligt innan han ber om ursäkt.

– Ha. Det är inget jag räknar med.

Anna tänkte på hur upprörd hon varit över att bli upptäckt. Hon undrade om alltsammans kunde ha avlöpt bättre ifall hon hållit sig lugn.

Nej. Han hade skrattat, förnekat all skuld och kallat henne för ett missfoster. Han hade bevisat att hon haft rätt i sina misstankar.

– Om han försvinner nu var han inte värd ett piss, sa Michelle. Du var väl hur som helst inte särskilt förtjust i honom?

– Inte särskilt, sa Anna.

– Känns det som att du kan gå tillbaka till jobbet på måndag?

– Ja.

– Bra. Jag tror inte att isolering är vad du behöver. Att komma ihåg hur mycket du älskar ditt jobb kommer att vara till större hjälp.

– Det är sant. Mormor brukade alltid säga ”Arbeta inte för hårt om du vill bli lycklig. Män är betydligt mer förtjusta i kvinnor som har kul än kvinnor som är smarta, så du kommer att bli framgångsrik men ensam”, sa Anna.

– Mormor sa till mig att om en man är otrogen är det för att han saknar något där hemma, sa Aggy.

– Den här mormodern som ni två nämner, var hon lyckligt gift? frågade Michelle och stoppade en godis i munnen.

– Egentligen inte. Hon var jämt på dåligt humör och morfar såg alltid ut som en skrämd myrslok, sa Anna.

– I så fall skulle jag sluta lyssna på hennes relationsråd, sa Michelle och tuggade. Det låter inte som att hon visste vad hon pratade om. Vad är det där?

Anna följde Michelles blick.

– En låda med dagböcker, från min skoltid. Jag tänkte titta igenom dem.

– Herregud, *varför*?

– För att minnas ...? Hon ryckte trött på axlarna. – Jag vet inte. Efter återträffen tänkte jag att om jag inte kunde lägga det bakom mig på det sättet kanske jag kunde göra det genom att läsa dagböckerna och återuppleva alltihop. Men jag var inte säker på att jag klarade av det.

– Skitsnack, vältra dig inte i det. Jag har en idé, sa Michelle. Vi kan väl bränna dem? Göra upp ett bål? Det kan bli det avslut du behöver. Vi kan dansa runt bålet och jubla.

Anna skrattade och Aggy gav upp ett förtjust tjut.

~

Efter att ha burit ut lådan i trädgården stod de tio minuter senare och huttrade tillsammans i skenet från köket och lampan över bakdörren.

– Har du ingen soptunna eller något i metall? frågade Michelle, som slagit armarna om sig själv och skakade av köld.

– Soptunnorna är av plast, sa Anna.

– Vi kunde prova att mikra dagböckerna? föreslog Aggy.

– Mikra papper och kartong? sa Michelle.

– Och metall, hänglåsen är i metall, tillade Anna.

– Planen var bara att förstöra dagböckerna, inte att föras till sjukhus utan hår och hamna på lokalnyheterna som dagens idioter, sa Michelle. Hon suckade. – Vill man att något ska lagas till ordentligt får man laga det själv. Har du en grill? Och en tändare?

– Vänta! Ja.

Anna hoppade in i buskarna och drog fram en klotgrill på tre ben, full av aska, medan Aggy högljutt rotade runt i köksskåpen.

Michelle fick igång grillen med hjälp av ett frikostigt antal tändstickor och bad om att få den första dagboken. Hon petade på den med en grilltång och såg nallen på framsidan smälta och förvridas medan systrarna Alessi stod på vardera sidan och kramade om henne.

– Nästan klar. Fram med brödet och ketchupen. Puh, det stinker verkligen, sa Michelle och hostade till när dagbokens lås i metall smälte. Håll din overall borta från elden, Anna, den skulle brinna upp direkt. Okej Aggy, jag är redo för dagboken från 1995 nu. Var du verkligen tvungen att skriva så mycket, Anna?

De stod där tillsammans, arm i arm. – Tack ni båda, sa Anna. Jag mår mycket bättre nu. Jag borde ha gjort det här för länge sedan.

– Det är på tiden att du accepterar att det är de som har något att skämmas för. Inte du, sa Michelle.

Medan hon stirrade in i den brinnande kitteln med sotiga dagboksrester insåg Anna för första gången hur sant det var.

52

James hade varit på ett möte med Will Wembley-Hodges, en småskalig tillverkare av ostsnacks i Bermondsey Arches som ville få ut sina produkter på en större marknad.

Han hade varit tvungen att nicka med eftertryck åt en affärsman i rosa stråhatt.

– Du går nerför gatan och äter din ost, men istället för industriellt tillverkad ost är det armenisk fårost med spiskummin.

James var frestad att svara något i stil med *tack och lov att någon äntligen har tacklat problemet med att gå nerför gatan och äta fel sorts ost*, men han lät naturligtvis bli.

Under mötet vandrade hans tankar iväg. Han gjorde upp olika planer för bästa sättet att be Anna om ursäkt. Han tog sats för det. *Missfoster, vad hade fått honom att använda det ordet?* Varje gång han kom att tänka på det skämdes han. Och sedan hade hennes vän Michelle ringt, och han hade känt sig hemsk när det framgått att han verkligen gjort Anna upprörd.

När han kom tillbaka till kontoret senare på förmiddagen var stämningen märkligt spänd och dämpad.

James var mest aningen förbryllad tills Harris passerade honom med en hel balja ångande te. Hans min var lika grotesk som den var hotfull: illvilligt upphetsad, triumferande och framförallt förväntansfull.

– James, kan vi byta några ord? sa Harris och satte sig vid sin dator i det öppna kontorslandskapet. Man hade kunnat höra en knappnål falla.

– Öh, okej? James satte sig också.

– Var snäll och kom hit, sa Harris.

James reste sig och gick bort till Harris skrivbord en bit bort. Byråns allmänna e-postkonto fyllde hela datorskärmen. Harris klickade på en ljudfil och grafiken hoppade och krusade sig i vågor när filen spelades upp. En röst hördes, högt och tydligt, mot prassel i bakgrunden. Det var en relativt ung man med Londondialekt som pratade, och det tog James ett tag att inse att den främmande rösten var hans egen.

– *... Du skiter fullkomligt i vad jag gör, okej, jag har förstått det. Vi sysslar med en massa digitalt skitsnack som inte existerade för fem minuter sedan, och nu säljer vi in det till er som något nödvändigt. Tyvärr har vi rätt. Nuförtiden har alla människor smarta telefoner, och de har lika stor koncentrationsförmåga som Graham Norton har efter att ha blandat amfetamin och Red Bull, även de som går på museum. Det här betalar mina räkningar och jag är hyfsat bra på det, så det är vad jag gör. Alla har inte samma passion för sitt jobb som du ...*

Anna. Det var den där gången han tappade tålamodet med henne, efter att de spelat in olika frågor och svar till appen. Vad hade han mer sagt? Helvete, vad hade han mer sagt ...

– *... Du tycker alltså att mina kollegor är idioter? Vet du vad? Det gör jag också, med ett eller ett par undantag. Och de verkar ha efternamn som förnamn allihop. Men istället för att du driver med mig stup i ett, och gång på gång gör klart hur dumt du tycker att alltsammans är ...*

Harris tryckte på pausknappen. – Trevligt sätt att prata om oss allesammans, eller hur?

James stod helt stilla och försökte hitta ett sätt att hantera det faktum att hela kontoret hört vad han tyckte om dem. Det var samma sak som när någon man pratade skit om dök upp bakom ryggen på en. Fast många gånger värre.

– Det här kom från UCL, sa Harris. Det råkar inte vara så att du är osams med din tjej?

Naturligtvis. Deras gräl.

James försökte vinna tid medan hans hjärna gick på högvarv. Han kisade mot detaljerna i mejlet.

– Jag har redan skickat det till Jez och Fi, fräste Harris innan James kunde komma med någon sorts förklaring.

Det var knappast en överraskning. James hade redan förstått att det här förmodligen var något han skulle få sparken för. Det var praktiskt taget en avskedsansökan i ljudfilsform.

Avsändaren var en anonym e-postadress och meddelandet var inte långt. *Det har kommit till vår kännedom att en av era anställda uppförde sig extremt oprofessionellt i samband med ett projekt nyligen där vårt universitet var inblandat. Vi tror att det kan intressera er att höra den bifogade filen.* Mejlets ämne var *Brådskande från UCL ang. James Fraser.*

James fuktade sina torra läppar. – Jag menade inte det jag sa. Hon var irriterande och jag försvarade mig. Det där har tagits ur sitt sammanhang.

– Fi är i London, hon kommer förbi vid lunchtid för att prata med dig.

– Okej, sa James och gick tillbaka till sitt skrivbord innan Harris kunde gotta sig ytterligare åt situationen. Efter ett par minuters förvirring, oro och ilska bestämde han sig för att ringa Anna och kräva en förklaring.

Han gick ut från kontoret och lämnade ett röstmeddelande efter två obesvarade samtal som hon antagligen ignorerat.

Herregud. Där fick han för att han tänkt be om ursäkt. Anna hade inte verkat särskilt välbalanserad förra helgen, men det här var helt vansinnigt. Han hade inte trott att hon var så illasinnad. Uppenbarligen hade han missbedömt henne helt.

Tänk att han hade trott att hon var trevlig. Från och med nu skulle han lita på sitt första intryck.

James återvände till sin plats. Minuterna tickade förbi, men samtalen i rummet var fortsatt lågmälda, knappt högre än ett mummel. Till slut stod Harris inte ut med att vänta på Fi längre.

– Hör du James, hur känns det att veta att du kommer att få sparken? sa han hånfullt. Du är lika kickad som en boll. Körd som en skrotbil ...

– Du är verkligen hysteriskt rolig som alltid, Harris, sa James.

Får jag klargöra en sak? När jag sa att det fanns ett eller ett par undantag till regeln om att mina kollegor är idioter menade jag definitivt inte dig.

En strimma av ljus i hans mörkaste stund: hans ord möttes av förvånansvärt mycket skratt. Harris såg ut som en trädgårdstomte som kände lukten av något äckligt.

53

Folk pratade ofta om att ”begrava sig i arbete”, som om det var något negativt, ett sätt att undvika att ta itu med sina problem. Men Anna ansåg att det var långt bättre än de flesta alternativen.

Hon hade haft en överraskande konversation med en plötsligt mycket medkännande Laurence, som ville berätta hur ledsen han var över Mock Rock. Anna var ganska säker på att det var den sista konversationen de någonsin skulle ha, om hon visste vad Laurence var ute efter.

Michelle hade haft rätt, Anna njöt av att vara sitt professionella jag igen. Efter att ha hållit en medryckande föreläsning för sina tredjeårsstudenter gick hon tillbaka över universitetsområdet med spänst i stegen för första gången på flera veckor. Att elda upp dagböckerna hade bara varit en ritual, men den hade haft önskad effekt. Hon skulle med glädje ha bränt en docka föreställande James också.

På vägen från föreläsningssalen till kontoret tyckte hon att hon hörde mobilen pipa i väskan, och så fort hon lagt ifrån sig sina mappar undersökte hon saken. Hon plockade fram telefonen och såg förbryllad att det var James Fraser som hade ringt. Ett intalat meddelande blinkade på skärmen.

Det här var inte bra. Michelle trodde kanske att James skulle be om ursäkt, men Anna trodde inte för ett ögonblick att hans stolthet tillät det. Och i vilket fall som helst skulle han knappast få för sig att göra det mitt på en måndag.

Hon lyssnade på meddelandet.

– Anna. Jag har ingen aning om vad fan du håller på med, men den här attacken är verkligen ett nytt bottenrekord. Kan du ringa tillbaka? Och om du tror att du kan undvika mig genom att låta bli att svara tänker jag sätta mig i er reception tills du går med på att träffa mig. Det verkar som att jag snart kommer ha all tid i världen att göra det.

Klick. Kopplingston.

Attacken? Något var väldigt, väldigt fel. Hon försökte uppbåda ett trotsigt mod istället för rädsla, och ringde tillbaka. Han svarade efter fler signaler än hon väntat sig. Av trafiken i bakgrunden att döma gissade hon att han hade gått ut.

– Hallå? Du ville prata med mig? sa hon. Jag försöker inte undv...

Hon fick inte möjligheten att avsluta meningen.

– Ja, det ville jag. Kan du förklara hur det här är en proportionerlig respons på något jag gjorde för nästan två decennier sedan? Att se till att jag blir av med jobbet? Jag har något vi inte hade när vi var sexton, det kallas ett bostadslån. Och räkningar.

– Vad är en proportionerlig respons?

– Mejlet med inspelningen.

– Jag vet inte vad du pratar om.

– Det här är både patetiskt och förolämpande. Tänker du verkligen låtsas att det inte var du?

Anna sköt tillbaka stolen och reste sig medan hjärtat slog allt snabbare. – Jag har helt ärligt absolut *ingen* aning om vad du pratar om.

Hon sa det med tillräckligt mycket kraft för att det skulle uppstå ett ögonblicks tystnad.

– En fil har skickats till min byrå, en ljudinspelning av mig när jag snackar skit om mitt jobb och människorna jag arbetar med. Det var från den där gången vi träffades i föreläsningssalen och spelade in material till appen. Jag var arg och borde inte ha sagt det jag sa, men jag hade ingen aning om att du spelade in alltsammans.

Anna var chockad och kände sig lätt illamående. – Jag visste inte att det existerade någon inspelning. Och det var inte jag som skickade den.

– Någon annan på UCL buggade alltså vårt möte och vill nu sätta dit mig en vecka efter att vi har bråkat? Finns det några andra misstänkta? Jag tror inte att Hercule Poirot skulle behöva samla alla i biblioteket för att lösa det här fallet.

– Nej. Hon gick fram och tillbaka på kontoret och kände värmen från telefonen mot sitt öra. – Jag trodde att vi bara spelade in frågorna och svaren? Jag har aldrig haft filen. Sa du att någon mejlat den?

– Ja. Det stod att meddelandet var från UCL, men det var skickat från ett anonymt gmailkonto.

– Om det var jag som skickade filen skulle jag väl inte försöka dölja det? Precis som du påpekade skulle alla ändå tro att det var jag.

– Så vem var det då?

– Jag vet inte.

James fnös. Han lät inte särskilt blidkad, och Anna kunde förstå det. Han var fortfarande i lika stor knipa, men utan tillfredsställelsen av att ha en tydlig fiende att fokusera på.

– Vänta lite ...

– Vad är det?

– Min kollega Patrick ställde i ordning utrustningen. Han var den ende personen jag berättade om vårt samtal för. Man kan säga att han fick ett negativt intryck av dig vid utställningens invigning. Det är möjligt att han hörde hela inspelningen. Men jag vet inte varför han skulle skicka filen.

– Är han rödhårig?

– Ganska.

– Jag tror att jag kommer ihåg honom. Och han visste att vi hade blivit osams?

– Nej ... Jag sa inget om det. *Vänta lite, hade inte Michelle sagt att Patrick frågat vad Annas frånvaro berodde på?* – Min vän Michelle kan ha berättat det för honom.

James suckade. – Fantastiskt. Jag är helt körd, konstaterade han, fast med aningen mindre ilska.

– Är du riktigt illa ute?

– Min chef Fi kommer in för att ge mig sparken vid lunch. Jag kommer säkert att finkamma nätet på jakt efter jobb imorgon. Om jag inte sitter på puben med huvudet mot bardisken.

– Det kanske hjälper om jag pratar med din chef?

– Du kan försöka, men det gör knappast någon större skillnad när hon har inspelningen. Det här är inte riktigt en situation där ord står mot ord, eller hur? Alla har hört vad jag sa.

– Jag är ledsen, James.

– Tack. Det är jag också. Vi ses. Han lade på.

54

Anna var tvungen att stålsätta sig innan hon gick den korta vägen längs korridoren till Patricks kontor. Hon visste inte riktigt vad hon kunde vänta sig, men hon var ganska säker på att hon inte skulle gilla det. Hade Patrick gjort det här? Varför? Hur kunde han? Och hur skulle hon anklaga honom utan att ... anklaga honom?

Hon knackade på dörren, och när Patrick ropade åt henne att stiga på gick hon raka vägen in.

– God morgon! Känner du dig bättre? undrade han. Var det bara som hon inbillade sig att han verkade nervös?

– Mycket bättre tack. Har det hänt något här? Hon satte sig längst ut på en stol.

– Inte mycket.

Frånvaron av tekoppar och den tystnad som sträckte ut sig mellan dem visade att det här inte var något vanligt morgonbesök, ingen trevlig pratstund. Patricks klocka på spiselkransen tickade tungt.

– Jag fick just ett märkligt telefonsamtal, sa Anna.

– Åh, sa han.

Nu tvivlade hon inte längre på att det var Patrick som skickat filen till Parlez. "Åh" signalerade inte nyfikenhet utan skuldkänslor.

– Jag kanske borde nämna att jag vet att din frånvaro hade psykologiska snarare än fysiska orsaker.

– Jaså?

– Michelle berättade om de hemska sakerna den där mannen sa

till dig. Jag blev upprörd ... Han skakade på huvudet och flyttade pennan på sitt block några centimeter åt höger innan han rättade till papperna under så att alla sidor låg i linje med varandra.

– Pratade du med Michelle?

– Jag sa att du hade berättat om den här James Fraser för mig, och hon avslöjade hans senaste tilltag.

Anna kunde gissa vad som hade hänt. Michelle hade sagt att Patrick frågat henne varför Anna var borta från jobbet. Michelle var inte obetänksam, men hon var ärlig och Patrick hade säkert fått det att framstå som att han visste allt om James förflutna. Likafullt hade Patrick ingen rätt att snoka.

Hon kände hur ilskan sakta men säkert steg inom henne, som när volymen skruvas upp på en stereo.

– Och jag tyckte att någon borde göra något å dina vägnar, fortsatte han. Ingen tar hand om dig ... och du är helt enkelt för osjälvisk för att ta hand om dig själv ordentligt.

Anna spärrade upp ögonen en aning åt denna beskrivning av sig själv. Patrick verkade skakig.

– Jag hade bevis på hur han talat till dig och skickade filen till digitalbyrån. För en gångs skull kan hans vidriga beteende drabba honom själv istället för oskyldiga.

Hon visste inte vad det var för vansinnig impuls som fått Patrick att agera, men det verkade som att han knappt själv kunde tro att han gjort det.

Anna harklade sig. – Du skickade alltså en hemlig inspelning av en privat konversation, utan min tillåtelse eller min vetskap, till en professionell kontakt, vilket förödmjukade honom, blandade in mig och kostade honom jobbet?

Patrick höjde på ögonbrynen. – Har han fått sparken?

Hennes tålamod brast. – Ja! Eller han kommer att få det! Patrick, hur kunde du göra det här? Alla tror att det var jag som skickade filen!

– Förlåt. Jag var uppretad och det kändes som att jag var tvungen att göra något för en gångs skull. Han stack ut hakan och provade rollen som frihetskämpe av Wikileakssnitt.

– Kunde du inte ha frågat mig?

– Du skulle ha övervägt alla tänkbara följder, varit för rättsinnig och låtit honom komma undan.

– Om målet var att ge mig övertaget över James Fraser kunde planen inte ha slagit mer slint. Jag blev tvungen att be honom om ursäkt och tappade omedelbart det moraliska övertag jag haft.

– Varför be om ursäkt? Det är *han* som är ett svin. Du får förlåta mig om jag inte oroar mig alltför mycket över eventuella problem som kan drabba någon som en gång i tiden trakasserade dig offentligt.

Anna satte händerna för ansiktet. – Men om någon skulle ställa honom till svars borde det väl vara jag, tycker du inte det?

– Som jag förstod det var det just vad du gjorde. Han var så fruktansvärd mot dig att du inte lämnade huset på en vecka.

Hon andades allt snabbare. – Jag vet att du tror att du försvarade mig, men det här var inte rätt sätt. Jag ville aldrig träffa honom igen. Nu blir jag tvungen att försöka reda ut den här röran för att kompensera för vad du har gjort.

– Är du säker på det?

– Vem skulle annars göra det?

– Jag menar, är du säker på att du aldrig vill träffa honom igen? Utifrån sett verkar det som att den här mannen gick från att vara din värsta fiende till att bli någon som du gärna ville umgås med.

– Jag lovar dig att det inte pågår något som är det minsta romantiskt med James.

– Vad gjorde han i din lägenhet?

Anna slog ut med händerna. – Vi tittade på en dokumentär om Theodora. Det var inte ... Herregud, det handlade inte om sex. Var det därför du överreagerade, för att du trodde att han hade legat med mig och sedan dumpat mig?

– Nej. Det var inte därför jag överreagerade. Patrick svalde och flyttade papperna på sitt skrivbord igen medan en lång tystnad bredde ut sig mellan dem. – Jag är kär i dig.

Anna var nära att flämta till. – Nej, det är du inte, hasplade hon chockat ur sig.

– Jag tror att jag vet bäst hur jag känner, sa han med ett sorgset leende, beklagande och vemodigt.

Hon frågade sig om hon hade vetat om att det här var på gång. På någon nivå hade hon förstås anat att han gillade henne, det var klart. Blickarna som dröjde sig kvar lite för länge. Intresset för hennes kärleksliv som varit snäppet för intensivt. Hon klandrade sig själv för att hon inte hade insett att de där känslorna kanske höll på att växa sig starkare. Men vad kunde man säga? Snälla, gilla mig inte på det sättet? *Snälla, gilla mig inte så mycket?*

Hon strök sina kallsvettiga händer mot klänningen. – Jag vet inte vad jag ska säga.

– Jag berättar det inte därför att jag förväntar mig att du ska känna likadant, sa han och rättade till sina glasögon. Jag vet att det är obesvarat.

Anna var tyst, fullkomligt omskakad. – Jag trodde att vi bara var vänner, sa hon.

– Det är vi, sa Patrick. Herregud, du är verkligen helt omedveten om vilken effekt du har på män, eller hur? Jag kommer ihåg att Roger sa något liknande på den där tillställningen med ost och vin där jag träffade dig för första gången. Jag trodde att han skämtade eftersom du är så otroligt vacker. Men nej. Du inser väl att manliga studenter hittar på anledningar för att få prata med dig på tu man hand? Jag säger inte att dina berättelser om Theodora inte är fascinerande, men jag vet vad de tänker. Det var därför jag inte bara kunde se på medan den här mannen behandlade dig illa och manipulerade dig, Anna, fortsatte han. Jag har alltid vetat att någon flashig typ förr eller senare skulle dyka upp och dra fördel av din godhet och oskuldsfullhet. Jag vägrar att låta det hända.

– Jag är väldigt smickrad, men jag kan lova dig att du har missuppfattat alltsammans. Det fanns ingen risk för att James skulle försöka förföra mig. Eller att han skulle lyckas. Det är inte på det viset.

– Om han vill veta varför jag skickade den där filen kan han komma och ta sig ett snack med mig. Hälsa honom att jag finns på mitt kontor.

– Patrick, nej!

– Varför skyddar du honom?

– Jag skyddar honom inte, jag försöker få dig att se att det här är en strid som du inte behöver utkämpa åt mig.

Anna kom plötsligt att tänka på Laurence, att Patrick var som en mer godhjärtad version av honom. Hon var en trofé eller satt på en piedestal. Men hon ville vara en jämlike.

Fast för Patrick kände hon sympati, vilket hon inte gjorde för Laurence.

– Jag vill inte att det här ska förändra något mellan oss, sa hon försiktigt.

– Inget kommer att förändras, tyvärr, sa han med ett leende.

Anna skruvade på sig och tänkte att det var bäst att de höll sig ifrån varandra ett tag. Tillräckligt mycket för att allt skulle kännas mindre konstigt, men inte så mycket att Patrick kände att hon undvek honom helt.

– Lova mig en sak, sa han till henne när hon var på väg att gå. Lova mig att du inte väljer honom. Vem som helst förutom honom. Han förtjänar inte dig.

Hon suckade. – Jag kan inte lova dig något om vem jag kommer och inte kommer att dejta. Vad jag kan lova är att det är extremt osannolikt att det skulle hända något mellan mig och James.

– Du vill inte helt utesluta möjligheten?

– Bara av ren princip.

Patrick skakade på huvudet. – Du har sagt allt jag behöver veta.

Först James kollegor och nu hennes, övertygade om att hon och James hade ett kärleksförhållande. Det var komiskt långt från sanningen. Hon skulle hellre tafsa på Hitlers lik, och hon kunde slå vad om att han kände likadant.

Anna lämnade Patricks kontor och gick rakt in i en kö av förstaårsstudenter som väntade på handledning och hade hört vartenda ord.

När hon kom tillbaka till sitt rum såg hon att hon hade ett missat samtal från sin mamma. Det fick vänta till efter arbetsdagens slut. Hon ville helst slippa diskutera kokosglasyr och syltburkar som bordsdekorationer just nu. Hon slängde mobilen i en låda och öppnade sin mejl.

Det var inte mycket hon kunde göra för att reda ut det här, men hon kunde göra en sak.

55

Klockan var nästan tolv när Fi kom in på Parlez kontor. Vid det laget hade James magsyra kunnat lösa upp ett lik. Hon pratade lågt med ett par av de anställda, bläddrade igenom lite post och vände sig sedan mot honom.

– James, följer du med mig och tar en kaffe?

Han reste sig från sin stol, stel av självmedvetenhet. Han hade hellre fått sparken via Skype så att han slapp träffa någon av dem igen. Det här var en pärs, men det var förstås meningen.

– Är det okej om vi går till Carluccios? Jag måste vara på andra sidan staden vid ett, sa Fi medan James nickade och höll upp dörren åt henne.

Han ångrade att han hade satt sig intill väggen eftersom en vinklad spegel ovanför reflekterade hans hårt ansatta min. Han var inte särskilt förtjust i att se sin egen spegelbild nuförtiden.

– Då ses vi den tionde då, Tigs. Hej då, hej hej... Fi avslutade sitt telefonsamtal med en teaterviskning, som om hon var en karaktär i *Helt hysteriskt*. Hon sa ofta saker som ingen sa i verkliga livet. – Kram, söta du.

Som det där sista.

Fi sköt upp sina strassbesatta solglasögon i det salongsblonderade håret, som ett tillfälligt hårband. – Då så. Jag är här för att kräva svar.

– Öh, ja. Jag vet att det jag sa var ... väldigt illa. Det ursprungliga sammanhanget ...

– Jag vet vilket sammanhanget var.

– Gör du?

– Ja. Jag hade ett långt samtal med din – före detta? – flickvän och hon förklarade situationen. Och låt mig säga att jag var ännu mer bestört över din totala idioti efter vår lilla pratstund.

Helvete också. Anna tog verkligen priset. Hade hon bara velat ringa till Fi för att ställa till med ännu mer problem för honom?

– Jag har framförallt en fråga: Varför i hela världen ser du inte till att hålla fast vid den där förtjusande mörkhåriga damen? Fi slog lekfullt till honom och James stirrade mållös på henne.

Vänta lite? Va?

Om det här var en ny och avancerad brutal form av uppsägning där du fick någon att slappna av innan du satte in dödsstöten var det första gången han råkade ut för det.

– Låt oss få de tråkiga jobbrelaterade sakerna ur världen först. Utställningen på British Museum. Vi fick ett mejl fullt av uppskattande ord om appen från en Victoria någonting på UCL. Man kan lugnt säga att Jez och jag är belåtna med hur du hanterade alltsammans.

– Åh! Toppen. James var tvungen att anpassa sig efter vart samtalet var på väg allt eftersom utan att avslöja det faktum att han varit hundra procent säker på att han skulle få sparken.

– Jag behöver knappast förklara för dig att ”digitalt skitsnack” inte precis är hur vi vill att du ska gå runt och beskriva ditt jobb. Men vem har inte sagt något obetänksamt för att imponera på en ny partner? När jag först träffade Jez sa jag till honom att var pålkranen min favoritposition! Hahaha! Har du provat den?

James svalde och skakade på huvudet. *Herregud, rika människor var inte riktigt kloka.*

– Du måste göra förbaskat mycket bikramyoga för att ens kunna överväga det. Och jag var trettionio vid det här tillfället, och det var inte långt efter att jag fött India med hjälp av sugklocka. Det är som att någon stoppar en vaskrensare mellan benen på dig. Det är rena vansinnet, kära du, att böja medelålders ben så långt, men jag var förälskad.

– Okej, sa James med liten röst och drack av sitt kaffe.

– Jag ska säga dig två saker om Anna ... Fi knäppte med fingrarna åt kyparen. – Varmt vatten? Underbart. Du är en pärla. James, för det första har ingen av oss sett dig så avslappnad som du var under femårsfirandet.

– På allvar? Han var uppriktigt förvånad.

– Du är en fantastisk kille, men du kan vara lite ... spänd ibland. Du lyste verkligen upp i hennes sällskap. Alla lade märke till det. Du såg ut som att du inte kunde vänta tills du fick höra vad hon skulle säga härnäst. Hela James Dean-mystiken är nog bra på sitt sätt, men skratt är viktigt. Tro mig, det är vad en relation behöver, mer än böjliga leder. För det andra är hon tokig i dig. Du har inte förlorat henne än, men det är bäst att du gör något snabbt. Kvinnor som hon förblir inte singlar länge.

Trots att Fi hade fel om nästan allt hade James intresse väckts.

– Tror du verkligen att hon gillar mig så mycket? frågade han utan att vara säker på om han spelade eller verkligen ville veta. Han bestämde sig för att det kunde handla om båda delarna.

– Raring, sa Fi och lade en välmanikurerad hand med Chanel-nagellack på hans arm. Hon är fullkomligt betagen. Du skulle ha hört henne i telefonen när hon pratade med mig. Hon sa att våldsam passion hade fått henne att skicka filen och att hon i normala fall är den mest sansade och förståndiga kvinnan i världen. Du gör henne galen ... och jag *fick bara inte* straffa dig för hennes misstag. Jag sa "kära du, jag tyckte bara att det var lustigt". Om allas intima konversationer spelades in skulle ingen av oss framstå i särskild god dager.

Han kände en djup tacksamhet mot Anna, en välvilja som stärktes av hans oväntade benådning. Hon hade kanske spelat en liten roll i upphovet till det här dramat, men hon hade definitivt svalt sin stolthet för att hjälpa honom ur situationen. Det kunde inte ha varit enkelt att säga de där svulstiga sakerna. Anna var inte falsk av naturen.

– Och låt mig säga en sak till, som någon som har varit med tjugo år längre ...

Snarare trettio, tänkte James. Men just nu skulle han med glädje ha instämt i att Fi var lagom gammal för att bli hejarklacksledare.

– Man träffar inte många Anna i livet. Hur gammal är du nu? Trettiotvå, okej. Se det så här: Om det tog trettiotvå år att hitta henne kan det lätt ta ytterligare trettiotvå år att hitta någon annan som kan tävla med henne. Vill du vänta tills du har pensionerat dig och bor i en villa i Cap d'Antibes och har ansiktslyftningar som får det att se ut som att du har skjutits ur en kanon, eller vill du vara lycklig nu?

Det hade egentligen tagit elva år att hitta Anna, men James nämnde inget om den saken. Det slog honom att det här kunde vara ett bra tillfälle att säga något om Evas eventuella återinträdande i hans liv. Han insåg att han inte hade tänkt lika mycket på sin före detta fru på senare tid. Det var åtminstone en fördel med allt det här.

– Problemet var ... att det inte riktigt var ... inte riktigt är över med min fru.

Fi rörde om i sitt kaffe och nickade. – Jag misstänkte att det kunde röra sig om det. Varför separerade ni?

– Eva led av en andlig desillusionering och vilsenhet som bara kunde lindras genom att hon låg med en fotomodell. Åh, och tydligen pratade jag för mycket om politik med en väns fru en gång under en middag.

– Det är inte upp till mig att komma med råd om vad du borde göra, raring, men om hon hade sex med en annan man under ert första år som gifta bådar det inte särskilt gott inför hennes beteende när ni har varit gifta i tio år, eller hur? Det första året i ett äktenskap borde handla om att välja Cole & Son-tapeter och att ha så mycket sex att hon är för hjulbent för att kunna stoppa en gris i en korridor, haha!

Galen. Fullständigt galen. James skrattade generat. – Hon hade massor av sex, det var bara inte med mig. Han gjorde en paus. – Vi sa i nöd och lust.

– Det här är intressant, sa Fi och betraktade honom över sitt kaffeskum. Jag hade tänkt ge dig en föreläsning om att du ser för bra ut och därför har alldeles för många valmöjligheter. Men att du fortfarande är lojal mot ett otroget ex? James Fraser, är du en romantiker?

– Jag vet inte det, sa James och log. Kanske är jag för gammal och lat för att vara något annat än monogam.

Det var en konstig impuls att vilja ta risken att rubba jämvikten, med tanke på att han varit så nära en katastrof nyss. Men James kom på sig med att sucka och ta chansen.

– Fi, jag gjorde ett bra jobb med UCL därför att jag älskade uppdraget. Men jag tillbringade den här morgonen med en kille som vill att vi ska hjälpa honom att slösa bort sitt arv på att tillverka smaksatta ostsnacks. Jag verkar inte kunna uppbåda särskilt mycket entusiasm för de ytliga grejerna längre.

James tänkte att Fi kanske skulle fixera honom med en hård blick och förklara att ytliga grejer var deras levebröd (och ost).

– Jag antar att jag kanske borde se mig om efter något annat istället för att komma med otacksamt gnäll. Förlåt. Typiskt exempel på fel sak att säga till sin chef. Han körde en hand genom håret.

Fi såg tankfull ut. – Jez och jag har pratat om att göra din roll i verksamheten mer fokuserad, att styra upp en liten omorganisering. Vi vet att du är duktig och ambitiös, och vi vill inte att du ska lämna oss för något nytt och spännande ställe, som Brand Pipe eller Stuff Hammer ...

Hon fortsatte med att förklara att James kunde bli befordrad, få välja sina klienter, få i uppdrag att hitta fler prestigekunder som UCL och till och med få flexibiliteten att jobba hemifrån. Han försökte låta bli att luta sig över bordet och krama Fi. Vem kunde ana att ärlighet var så effektivt?

~

– Jag följer inte med in, sa Fi när de stod utanför dörrarna till kontoret. Hon böjde sig fram för att ge honom dubbla kindpussar i luften. Sedan tog hon tag om hans ansikte, vilket James tyckte var väldigt genant. – Det här skägget?

– Ja?

– Raka bort det, raring. Det funkade för Ben Affleck i *Argo*, men han var uppe hela nätterna för att lösa den iranska gisslankrisen, och det var sjuttiotal. Vi vill se mer av ditt förtjusande ansikte.

Yr av lättnad visste James att han var skyldig Anna ett tack. Han visste också att ingen av dem ville ha ytterligare en konversation. Han öppnade ett nytt mejl.

Du sa mer till Fi än någon kunde begära. Du räddade mitt skinn.

Ett uppriktigt tack.
J x

Timmarna tickade förbi utan att han fick något svar. Han var inte förvånad med tanke på att deras senaste interaktioner hade signalerat SLUT lika tydligt som de tre meter höga bokstäverna som avslutade filmepos från Metro-Goldwyn-Mayer, innan duken blev svart.

Sedan, medan han vägde telefonen i handen och funderade på om han helt enkelt kunde ringa Anna för att tacka henne ordentligt, fick han det meddelande från Laurence som han bävat för.

Utmärkta nyheter! De allierades invasion var framgångsrik, Italien har äntligen gått med i kriget! ☺

Han kände en sur smak i munnen och svalde.

Hade Laurences plan att ringa Anna, be om ursäkt för Mock Rock och ställa in sig hos henne faktiskt fungerat? Det här var den sortens språk som Laurence bara använde när han fått någon i säng.

Med ens var James glädje som bortblåst, och den ersattes med ett miserabelt tumult av osäkerhet, ånger och något som han bara kunde kalla för smärta.

56

– Aureliana, varför svarar du inte i din mobil? tjöt hennes mamma.

– Åh. Den ligger i en låda, sa Anna, oroad över det faktum att det var högst ovanligt att hennes mamma ringde henne på kontorets fasta telefon.

– Har du pratat med din syster? frågade Judy.

– Nej, hur så, är hon ...

– Bröllopet är inställt! Aggy och Chris har gjort slut!

– Va? Tala lite långsammare, mamma ... sa Anna när modern började babbla.

Med en frustrerande känsla av att ha anat att det var på gång men utan tillfredsställelsen av att kunna säga att hon gjort särskilt mycket för att förhindra det fick Anna höra hela historien.

Hur Aggy hade ljugit för Chris om bröllopskostnaderna och den gigantiska kreditskuld som hon dragit på sig. Chris hade av misstag öppnat en Visafaktura adresserad till Aggy, sett beloppet och omedelbart ringt till Langham för att avboka deras reservation. Aggy hade kommit hem, fått reda på vad han gjort, varit långt ifrån ångerköpt, och så hade hela helvetet brutit lös. Hon hade stormat ut och överlåtit åt den plikttrogne Chris att ringa hennes föräldrar för att meddela de tråkiga nyheterna.

– Och nu vägrar hon att prata med mig! Hon svarar inte i telefon. Du måste försöka tala förnuft med henne, Aureliana!

Anna lade band på sig för att inte påpeka att hon hade försökt varna sin mamma för just det här. – Hur är det med Chris?

– Han är väldigt upprörd. Aggy hade gjort av med fjortontusen pund som hon inte berättat något om för honom.

Anna kände sig nästan svimfärdig. – *Fjortontusen* pund? Hur ska hon någonsin kunna betala tillbaka det?

– Chris tror att det kan vara ännu mer. Och de har förlorat depositionsavgiften på Langham. Din pappa har tagit en liten tupplur.

Anna älskade sin pappa, men han var som vanligt inte till mycket hjälp i en krissituation.

– Vi kan inte hitta henne. Hon svarar inte i telefon när vi ringer.

– Hon är inte hos sin kompis Marianne? Hon brukar bege sig dit när en kris uppstår. Eller till närmaste All Bar One.

– Nej! Ingen vet var hon är. Gode gud, vad ska vi säga till familjen om bröllopet ...

– Mamma! utbrast Anna till slut. Är inte Aggys och Chris relation lite viktigare än huruvida vi kommer att tappa ansiktet inför moster Bev och hennes likar? Och även om jag älskar min syster låter det som att Chris var tvungen att sätta stopp för utgifterna.

– Men det är så synd. Din syster kommer att vara förkrossad. Det här är det enda hon har tänkt på de senaste månaderna.

Ja. Anna hade kunnat säga en hel del till sin mamma om det kloka i att uppmuntra Aggy att gå upp så totalt i bröllopet ända från dag ett. Men det här var inte rätt tillfälle.

Hon plockade fram mobilen och ringde till Aggy. Hon väntade sig inget svar, men oväntat nog svarade hennes syster.

– Jag antar att du tänker säga ”Vad var det jag sa”, morrade hon.

– Jag ville bara kolla att du är okej.

– Det är slut, Anna. Mellan mig och Chris. Totalt och oåterkalleligt.

– Säg inte så. Det är ett gräl och det kan lösas.

– Hur då? Har du tjugotusen? Kan du få Langham att ge oss tillbaka vårt bröllop efter att Chris *ställt in det*? klagade Aggy.

Hur gärna hon än ville kunde Anna inte frikänna Chris helt och hållet. Han hade satt stopp för den här dårskapen som var på väg att ruinera dem, men han borde ha visat ett större intresse för de beslut som fattades tidigare.

Även om det var hans fästmö som grävt den här gropen åt dem måste de enas om en gemensam lösning. Det skulle bli en kamp att få Aggy att ta sitt förnuft till fånga när hennes stora dag hade tagits ifrån henne.

– Jag kommer och möter dig. Var är du?

Anna hörde trafik och andra ljud i bakgrunden.

– Jag tänker bli packad och njuta av att vara singel igen.

– Kom igen, du är inte singel. Du och Chris kommer att ta er igenom det här ...

Anna hörde mumlet av en mansröst. – Vem är du med? frågade hon. Aggy hade inga manliga vänner.

– Laurence, sa Aggy. Laurence ska bjuda mig på drinkar. Vi hörs senare, Anna. Hej då!

– Laurence! skrek Anna, men det var för sent, Aggy hade redan lagt på.

Hon ringde upp Aggy igen, kokande av ilska. *Laurence.* Vad i helvete? Varför skulle han av alla människor ta med Aggy till en bar? Anna om någon visste förstås att hans intresse för hennes syster huvudsakligen handlade om sex. Hur kom det sig ens att han hade Aggys nummer ...? James beskrivningar av hur Laurence var med kvinnor fyllde hennes huvud.

Numret du ringer kan inte nås för tillfället.

Tänk, intalade hon sig själv. Lugna ner dig och tänk efter. Hon kunde bara gissa att Laurence bestämt sig för att gå vidare till hennes syster istället, och hon hade fått reda på det sekunden för sent för att varna Aggy att han inte var rätt person att bli berusad med i ett sårbart läge.

Helvete också. Efter förvirring och irritation kände Anna att hon var på väg in i nervös, lönlös panik. Det här var inte en oro som hon kunde dela med sina föräldrar. Och definitivt inte med Chris.

Hon gick runt på kontoret. Hon försökte ringa Aggy igen, efter att ha väntat en kvart. Nix, Aggy hade stängt av sin telefon, och den skulle förmodligen förbli avstängd. Det krävdes inte mycket för att hon skulle bli full. Anna ringde Laurence tre gånger. Hans telefon var påslagen, men samtalen gick till röstbrevlådan. Hon hade en tydlig känsla av att han inte tänkte besvara några samtal från henne den här kvällen.

Det återstod bara ett alternativ. Han var den siste personen hon ville prata med, men hon hade inget val.

57

– Hej James, sa hon och försökte att låta medgörlig, neutral och värdig. Jag är ledsen att störa dig. Två gånger på en dag. Du är lyckligt lottad.

Han verkade lite ställd och även på sin vakt, om än artig.

Hon berättade i korta drag om Aggys äktenskapliga och finansiella belägenhet, och hennes nuvarande val av sällskap. – Du känner honom bäst. Skulle han göra något så lågt som att ligga med min syster? Snälla, säg att jag bara är paranoid ... avslutade hon förtvivlat.

Det uppstod en paus.

– Jag tror att du vet vad jag kommer att säga. Jag försökte varna dig om hurdan han är.

– Hur fick han ens tag på Aggys nummer?

Hon hoppades att han inte hade fått det av James.

– Laurence samlar på attraktiva kvinnors nummer som de flesta av oss samlar bonuspoäng. Jag skulle gissa att han bad om hennes nummer på teatern. Eller att han hittat henne på nätet.

– Åh nej ...

Tystnad. Anna förstod att han fortfarande måste vara ganska arg över inspelningen. Hon bet ihop tänderna och förbannade Aggy.

– Har du någon aning om var de kan vara? sa Anna. Jag skulle inte fråga om det inte var för att jag har slut på idéer och är väldigt orolig över vart det här kan leda, med tanke på de två inblandade personerna.

– Vart Laurence tar med sig kvinnor? Har inte *du* lika mycket koll på det som jag har?

Anna förstod inte riktigt vad han menade, särskilt med tanke på att det lät som kritik. – Jag har försökt ringa men han svarar inte. Han är med min syster och har inga goda intentioner, så det förvånar mig inte. Kan du försöka prata med honom?

– Och säga vadå?

– Försök bara ta reda på var han befinner sig.

– Okej, jag ringer tillbaka direkt, sa James till slut efter en lång paus.

Hennes telefon ringde efter bara ett par sekunder.

– Ledsen Anna, hans telefon är avstängd.

– Åh nej. Det här är en sådan röra ... För ett ögonblick fick Anna inte fram ett ord, så frustrerad var hon.

– Vet Aggy om att du ... också har varit ute med Laurence?

– Jag sa inget om det. Vilket innebär att det här är mitt fel. Om jag var en normal, avslappnad syster som delade med mig av mitt liv skulle jag ha berättat för henne att Laurence är en idiot.

Anna anade att James helst ville avsluta det här samtalet, men hennes behov av att anförtro sig åt någon var för starkt.

– Jag vet vad som kommer att hända. Aggy blir dyngrak, hamnar i säng med Laurence och förstör varje chans att återförenas med Chris. I värsta fall övertygar hon till och med sig själv om att Laurence är en vettig person att dejta, innan han dumpar henne brutalt efter ett par veckor.

– Tror du verkligen att hon skulle göra det? Hon är väl fortfarande förlovad?

– Rent tekniskt kastade hon ringen på Chris och sa att det var slut.

– Jag ska försöka ringa Loz igen, de är antagligen på tunnelbanan.

– James, sa Anna och nöp sig över näsryggen. De är inte på tunnelbanan. De har stängt av sina telefoner båda två så att vi inte kan få tag på dem medan de har sin utekväll.

Tystnad.

– Det låter som något Loz skulle göra.

– Gud, jag skulle kunna sparka mig själv.

– Det här är upp till Aggy, inte dig. Om din syster inte vill gifta sig kan du inte tvinga henne.

– Fast hon vill verkligen gifta sig. Det är det enda hon har pratat om de senaste månaderna.

– Ändå är du orolig över att hon spontant tänker få för sig att ha sex med Loz sin första kväll i frihet? Det låter ganska magstarkt.

– Just nu är hon arg, och hon har inte tänkt igenom det hela ordentligt. Alla de här känslorna i kombination med fruktdrinkar lär hindra henne från att tänka klart. Och Laurence kommer att se sin chans.

Tystnad.

– Okej, förlåt mig för att jag säger det här, men plan B. Om hon nu tillfälligt tappar omdömet med Laurence, måste någon annan få reda på det?

– Min syster är usel på att ljuga. Jag menar, varför inte få Visa-fakturorna skickade till jobbet? Det här kommer att komma fram förr eller senare, särskilt när Chris listar ut att varken hennes vänner eller familj vet var hon är ikväll. Anna stirrade på den mögliga flaskan med vatten intill monsteran Boris. – Det känns som att jag har lämnat en osäkrad pistol framme.

– Du kan knappast styra över all mänsklig interaktion. Man behöver vanligtvis inte varna förlovade personer för ormar i gräset. Och även när man varnar någon fattar de sina egna beslut. Som du vet.

– Jag är rädd att inget kan få mig att sluta ge mig dåligt samvete över att jag presenterade dem för varandra. Okej, jag antar att jag har en trevlig och meningslös kväll av att leta igenom Aggys stammisställen framför mig.

De avslutade samtalet, artigt men samtidigt stelt. Anna tyckte att James lät distraherad. Som om hans hjärna gick på högvarv. Han undrade säkert hur de här kaotiska och vulgära italienarna hade lyckats infiltrera hans glänsande värld.

Det var ett irriterande faktum att stora problem inte helt fick en att sluta oroa sig för mindre bekymmer. Att hennes syster hade förlorat en underbar fästman och dessutom hade en kvarnsten om halsen i form av en stor kreditskuld var stora problem. Tanken på att Laurence skulle göra hennes lillasyster till en i raden av erövringar var motbjudande.

Varför brydde sig Anna då om vad James Fraser tyckte om henne just nu? Och varför önskade hon så innerligt att hon inte hade varit tvungen att krypa till korset och be honom om hjälp? Det var inte som att det hade gjort någon skillnad.

58

James var tillräckligt bekant med Laurences metoder för att kunna lista ett flertal ställen där det var troligt att han och Aggy befann sig.

Men att hitta dem var bara första steget. Han hade inte någon plan för vad han skulle göra om han lyckades leta rätt på dem. Det var mycket möjligt att de inte skulle välkomna honom med öppna armar. Laurence skulle definitivt vara mer eller mindre fientlig. Aggys reaktion var han mindre säker på.

Varför gjorde han det här? Han hade inget enkelt svar på den frågan. Efter att ha bockat av tre barer på sin lista började han känna sig aningen absurd. Laurence var den smala nålen i Londons höstack. När James spanade ut över besökarna som satt i de dunkelt upplysta rostfärgade sammetssofforna på The Zetter hade hans fatalism mer eller mindre övertygat honom om att det hela var meningslöst.

Någonstans i den vidsträckta nattliga staden utanför de här vackra fönstren satt Laurence i en anonym bar med ena armen om Aggys stol och berättade den där anekdoten om enäggstvillingar i Courcheval som James var säker på inte var sann. Tvillingtelepati existerade inte.

James var så övertygad om att hans uppdrag var hopplöst att han blev förvånad när han plötsligt fick syn på en väldigt full Aggy. Hon halvlåg i en brokadfåtölj och hennes klänning hade åkt upp så långt att kilen i strumpbyxorna syntes. Hon var ensam, men en drink som stod på andra sidan bordet gjorde klart att det bara var tillfälligt.

James rätade på sig och gav sig in i striden.

Aggy satte sig käpprak upp när hon fick syn på honom. – James! Vad gör du här? Helt otroligt!

Tack och lov hatade hon honom åtminstone inte.

James log mot henne. Aggys glasartade, världsfrånvända blick och det faktum att hon entusiastiskt klappade på sätet bredvid sig upplyste honom om att hon var fullkomligt plakat.

– Jag har en gås oplockad med dig, sa hon sluddrigt. Du kallade min syster för ett missfoster.

James ryckte till. Det var därför han var här. Han hade en skuld att betala till Anna. – Jag borde aldrig ha sagt det där, sa han. Han såg på Aggys mörka lockar och ögon, och likheten med Anna gav honom ett styng i hjärtat. – Jag ber om ursäkt.

– Du borde be *henne* om ursäkt, muttrade Aggy. Hon sköt håret ur ansiktet och lyfte sitt glas till munnen innan hon rapade lite. – För det som hände i skolan också.

– Jag tror inte att hon någonsin vill se mig igen, sa James.

– Nej, det vill hon inte, instämde hon. Hon sa att hon önskade att hon aldrig hade träffat dig.

James nickade och svalde hårt.

– Du ska veta att det var ännu värre, sa Aggy och lät plötsligt ganska nykter.

Han lyfte huvudet med ett ryck. – Va?

– Det var värre för henne än du tror.

Hon höll kvar hans blick och James fick en kuslig känsla av att ett metaforiskt spöke rörde sig i skuggorna. Han visste att det var något han inte kände till, men han kunde inte lista ut vad det var.

Laurence dök upp längst bort i baren. Hans blick mörknade när han fick syn på James och drog diverse slutsatser. – James är här! Vilket sammanräffan... sammanstäffan... sammanträffande, sluddrade Aggy.

– Jag tror att oddsen var någonstans runt en på åtta? sa James till Laurence.

Laurences ögon var smala springor.

– Loz har bjudit mig på den bästa cocktailen, du måste smaka! Hon räckte James ett glas med tung botten. – Den kallas Flintlock. Den innehåller Fölet Planka.

– Fernet Branca, muttrade Laurence.

– Flintlock? Den borde heta Headlock, sa han till Laurence, som rynkade pannan ännu mer. James smakade. – Mm. Gott. Inget slår lite Fölet Planka. Han sneglade på Laurence. – Anna säger att du och Chris har bråkat, sa han sedan till Aggy medan han ställde ifrån sig glaset.

– Ja. Hon lade pannan i djupa veck och drog ner sin klänning över låren. – Bröllopet är avblåst. Han har varit en idiot om det.

– Du svarar inte i din telefon.

– Laurence sa att jag borde stänga av den, sa Aggy.

– Jag tänkte väl att Loz hade tagit över ansvaret för din PR och kommunikation, sa James och log mot sin vän, som såg fullkomligt vild ut. Anna försöker få tag på dig.

– Har du pratat med Anna? Är hon med Chris? sa Aggy och försökte fokusera.

– Nej, eller det var hon åtminstone inte då. Du kan väl slå på din telefon och meddela henne att allt är som det ska?

– Hon kommer bara skälla på mig för att jag gjorde av med så mycket pengar. Hon är arg på mig, de är arga på mig allihop.

– Hon är inte arg. Det vet jag säkert. Hon vill bara veta att du mår bra. Kan jag berätta för henne att du är här?

– Neeej! Aggy spärrade upp ögonen och pekade på honom med ett finger. – Gör *inte* det.

James lyfte lydigt båda händerna i luften. – Okej, okej.

– Jag måste gå på toaletten, sa Aggy. Gå ingenstans, fortsatte hon och pekade på James med den berusades fulla eftertryck. Lova att du stannar.

– Jag svär på Laurences liv att jag inte tänker sticka, sa James.

Hon backade därifrån och snubblade på en låg pall.

När Aggy var utom hörhåll vände sig James till Laurence. – Hon är förlovad, Loz.

– Och? Jag har inte tvingat hit henne.

– De har grälat och hon är väldigt full. Men hon är fortfarande förlovad.

– Hennes förlovning är inte mitt ansvar. Det är inte min cirkus, inte mina apor.

– Inte din fästmö. Jag tänker följa Aggy hem.

– Hon är en vuxen kvinna. Vem är du att säga till henne vad hon ska göra?

– Jag tänker inte säga till henne vad hon ska göra. Jag tänker påpeka att det kanske kan vara en bra idé att åka hem och erbjuda mig att följa med henne. Om hon är fast besluten att ligga med dig och insisterar på att stanna här är det okej. Men något säger mig att hon inte är lika på det klara med vart den här kvällen är på väg som du är.

– Vilken ridderlighet. Och du gör bara det här för att vara snäll? Du är inte ute efter en guldstjärna från hennes syster?

– Nix. James drack lite till av Aggys drink och grimaserade.

– Visst, säkert. Du är självisk och försöker sabotera för mig. Vilken fantastisk bästa vän du har visat dig vara.

– Åh, så vi snackar om vår vänskap nu? Okej, i så fall kan du väl lämna Aggy i fred därför att jag ber dig att göra det? Eller räknas det här – James gestikulerade mellan dem båda – inte när en kvinna är inblandad? Är var och en sig själv närmast då?

– Ska du säga.

– Va?

– Varför tyckte Anna så illa om mig?

– Öh ... berodde det inte på allt du sa och gjorde?

– Hon hatade mig därför att du fick dig själv att framstå som den hyggligaste killen i rummet och förgiftade henne med en massa snack om hur jag var en skurk.

– Du försöker få omkull hennes berusade syster, ändå tror du att det var någon annan som fick dig att framstå som en skurk?

– Problemet med dig är att du har övertygat dig själv om att din fasad inte är en fasad. Du är ett klassiskt exempel på någon som tror på bilden av sig själv och låter det stiga honom åt huvudet. Du och jag är likadana.

James skrattade misstroget. Laurences rättfärdigande av sina egna handlingar var som en labyrint. Han hade designat den och stängt av alla utgångar: när du väl var inne i hans logik gick det inte att komma undan.

Medan James stirrade på Laurence, som var surmulet fientlig, visste han att han var långt mer besviken på sig själv än på Laurence. Problemet var inte vad Laurence var utan vad han inte var. Det fanns så lite där, förutom billiga skämt och tarvlig slughet.

Och vad sa det om honom att James hade gjort honom till sin bäste vän? Han hade trott att Laurence passade hans egen pragmatiska cynism, hans rättframma sinne för humor. Nu insåg han att faktum var att Laurence passade ihop med alla hans värsta sidor. Den dömande, hånfulla, nedlåtande delen av honom. Den som aldrig visade någon omtanke.

Hela sitt liv hade James tyckt att han var bättre än andra. Och vad hade han uppnått? Han hade en fru som inte älskade honom, en bästa vän som inte gillade honom och en katt som inte kunde bajsa utomhus.

Kanske var det för sent för att ställa det mesta av det där tillrätta, men han kunde åtminstone försöka göra något åt det här. – Vill du att jag ska ringa Anna och ställa till med en scen? Eller kan vi sköta det här på ett snyggt sätt genom att jag följer Aggy hem?

Laurence log ett snett, vargliknande leende. – Jag ska ingenstans. Lycka till med din övertalningsförmåga.

James funderade över vad han borde göra. Han hade en känsla av att en viss subtilitet var nödvändig. Han kunde ringa Anna och sedan vägra att gå innan hon hunnit hit. Men med tanke på Aggys instabila humör var det möjligt att hon skulle bli förbannad om han satt barnvakt och hennes upprörda syster sedan plötsligt dök upp och beordrade henne att följa med hem. Det kunde lätt slå slint. Ett mer försiktigt tillvägagångssätt var kanske säkrare.

Aggy kom tillbaka och sjönk ner på soffan. – Gud, jag har inte ätit på hela dagen. Tror ni att de har nötter eller något här?

– Bra idé, vill du hänga med mig och skaffa något att äta? frågade James.

– Eller vad sägs om en drink till? föreslog Laurence.

– Åh. Aggy betraktade den centimeter av vätska som återstod i hennes glas och såg sedan från James till Laurence och tillbaka igen. – Ja. Jag hade faktiskt tänkt prova den med rosenblad.

– Fantastisk idé, sa Laurence och knäppte med fingrarna åt bartendern.

James vände sig mot Aggy. Han chansade på att han hade rätt i att Aggy faktiskt inte visste vem hon hade att göra med.

– Laurence har bokat en svit. När du är tillräckligt redlös kommer han att hjälpa dig en trappa upp, säga att du kan ta vad du vill i minibaren och sedan hjälpa dig ur dina kläder. Om det är vad du vill är det lugnt. Bara du vet om det.

– Ursäkta mig, är du hennes AA-sponsor eller hennes pappa? frågade Laurence.

– På allvar? sa Aggy och tittade på Laurence. Har du bokat ett rum?

Laurence blinkade knappt. – Nej, sa han efter bara en sekunds paus. Hur så, vill du skaffa ett?

Aggy fnittrade. James kände hur han tappade greppet om konversationen.

Bartendern kom fram till dem och Laurence beställde två cocktails men inget åt James. Plötsligt fick han ett infall. – Kan du sätta upp det på Laurence O'Gradys rumsnota? sa James till bartendern.

– Inga problem, sir. Han drog sig tillbaka med en nickning.

– Ser man på! sa James.

– Han vet inte om jag har ett rum här eller inte. Han kommer knappast att ifrågasätta det rakt i ansiktet på oss.

– Jag antar att vi får se när han kommer tillbaka, eller hur? sa James. Om han inte har någon nota med sig betyder det att Laurence är en stor fet lögnhals.

– Dra åt helvete, okej? fräste Laurence. Vi vill inte ha dig här.

– Jo det vill vi! protesterade Aggy. Varför skulle vi inte vilja det?

Laurence blängde bistert. Han hade låtit sin irritation över James få övertaget. Aggy såg bestört på Laurence. James hoppades att Laurence plötsliga humörsvängning hade trängt igenom Fölet Planka-dimman.

– Och vad spelar det förresten för roll om jag har ett rum? tillade Laurence.

– *Har* du bokat ett rum? sa Aggy och drog ner klänningen över låren. Hon såg mer osäker ut nu.

– Det har jag inte. Jag menar bara, vad hade det spelat för roll? Vi är vuxna människor allesammans.

– Trodde du att jag skulle ha sex med dig, bara så där? sa Aggy.

– Nej! Laurence skakade isen i sitt glas. – Lyssna inte på honom. Han spelar den barmhärtige samariten för att få ligga med din syster.

Aggy rynkade pannan. – Anna vill inte träffa honom.

– Så synd, sa Laurence. Jag undrar vilken sorts osjälvisk handling som skulle kunna få henne att ändra sig?

Laurence missbedömde situationen genom att klanka ner på James. Tanken att James gjorde något bara för att Anna skulle uppskatta det var inte något Aggy uppfattade som stötande. Och Aggy såg ut att undra varför det skulle göra hennes syster så glad ifall James lyckades separera henne från Laurence.

– Hm. Jag ser inte skymten av den där notan som jag bad honom att sätta upp på det rum du inte har bokat, sa James medan Laurence glodde argt och Aggy såg aningen ömklig ut.

James reste sig. Han behövde dra nytta sin tillfälliga fördel. – Aggy, vad sägs om att följa med mig? Jag tror att du kan slippa bakfyllan om vi hittar något med mycket kolhydrater åt dig nu.

– Okej, sa Aggy efter en sekunds tvekan. Ursäkta.

– Mig kvittar det vem du särar på benen för, sa Laurence med verklig bitterhet.

Aggy såg bestört ut.

– Du har verkligen talets gåva, konstaterade James.

– Hör aldrig av dig till mig igen, sa Laurence till James.

– Din standardfras! Och jag behövde inte ens ligga med dig för att få höra den. James drack en klunk från en av de två drinkarna. – Laurence, du har mitt ord på att jag aldrig kommer att göra det.

59

Ett kort tag övervägde James kollektivtrafiken innan han gjorde en bedömning av Aggys berusningsnivå och tänkte om. Han var inte sugen på att släpa en lealös kvinna av och på tunnelbanan.

Hon stod och huttrade medan han förgäves försökte stoppa någon av taxibilarna som susade förbi. Han tog av sig sin jacka och räckte den till henne.

– Är vi på väg till Burger King? frågade hon. Jag mår lite illa. Hennes underkäke darrade lätt.

– Det kanske är bäst att du helt enkelt går och lägger dig, sa han. Kräks inte i taxin.

Han ringde Anna och erbjöd sig att göra en hemleverans. *En syster, ganska rund under fötterna men i övrigt välbehållen.* Hon hade just kommit hem från sitt eget hopplösa sökande och blev både häpen och lättad. Det fick honom att känna sig väldigt glad över att han ansträngt sig.

En svart taxibil saktade äntligen in och de klev in. Aggy lutade huvudet mot James axel medan han tog stöd mot dörren när bilen skakade och rasslade iväg genom staden.

– Vad är det som pågår egentligen? Är det verkligen slut med din kille?

– Chris ställde in bröllopet! Jag kommer aldrig att förlåta honom för det.

– Bara därför att ni inte har råd med det. Han var inte ute efter att göra dig upprörd. Det låter som att han verkligen har försökt göra dig lycklig, men du måste göra honom lycklig också. Att sätta sprätt på en massa pengar som ni inte har var uppenbarligen för mycket för honom.

– Men det var min dröm. Jag hade planerat varje detalj.

– Aggy, din bröllopsdag är inte det mest betydelsefulla i världen. Det är själva äktenskapet som är det viktigaste. Jag hade ett av de där *titta på oss*-bröllopen där man kunde bocka av hela listan med perfekta val. Så fantastiskt är det inte. Lev inte ditt liv för Instagram.

– Det där säger du bara. Jag kan slå vad om att ditt bröllop var det coolaste man kan tänka sig.

– Jag menar det Aggy, jag lovar. Du går upp i alla detaljer så att du glömmer att inget av det spelar någon roll. Nästa dag kommer absolut ingen, inklusive du själv, att bry sig det minsta om ifall ni hade vitlöks- och enbärskorv på bröllopsmottagningen eller inte. Bortsett från om det var något fel på korven, antar jag.

– Tror du att du kommer att gifta om dig? frågade Aggy.

– Ha. Det är förbannat osannolikt, vad än framtiden bär med sig. James hejdade sig. Det här hjälpte honom inte att uppnå sitt mål. – Du älskar väl Chris? Är han rätt man för dig?

Aggy snörvlade instämmande mot James axel.

– Vad du inte inser är att det innebär att du har ett bättre utgångsläge än de flesta redan från början. Ett av tre äktenskap lever inte upp till de förutsättningarna. Inklusive mitt eget.

– Men det är en sådan besvikelse. Jag vet att jag låter som en bortskämd snorunge, men när du verkligen har ställt in dig på något känns det som att allt annat bara är ett andrahandsval. Jag hade kollat upp alla ställen i London, och Langham var perfekt.

– Varför måste ni stanna i London?

– Vi bor här.

– Visst, men du är halvitalienska, eller hur? Det är en perfekt ursäkt för att åka utomlands.

– Men min pappa är inte från Milano eller Rom eller något tjusigt ställe. Hans släkt bor halvvägs uppe på ett berg.

– Utmärkt. Ett bröllop där blir inte klyschigt och kommer inte att kosta en förmögenhet. Hyr en stor lada i en by och fixa ett par lågprisflygbiljetter, så är det klart. Det kommer att bli ett bröllop att minnas. Hur många av dina vänner planerar att gifta sig i ...?

– Staden heter Barga, sa Aggy.

– Barga. Du ser? Väldigt speciellt.

– Men vem kommer att vara med?

– Alla som ni ville skulle vara med i London? Allvarligt talat, om de vill vara med kommer de att göra allt de kan för att det ska gå. Och om de inte vill vara med spelar det ingen roll.

– Hm. Jag antar det.

Taximotorn vibrerade medan de stod stilla i bilköer. James såg på Aggy, och det var uppenbart att hon verkligen hade börjat fundera.

– Jag antar att lokalen inte skulle kosta särskilt mycket ... och det finns en hel del ställen att övernatta på i trakten ... Hur blir det med möhippan? Den skulle ha varit en helg på Ibiza. Måste vi vara här nu?

– Vad sägs om Michelles ställe? Hon har en restaurang. Jag skulle älska att ha en kompis med en restaurang.

– Ja ...? Aggy satt rakare upp nu. – Men min klänning, kom hon på och sjönk ihop igen. Jag kan inte ha min klänning. Jag får en bonus i januari, men då är det för sent.

James brottades med hur långt han var beredd att gå för att lätta sitt dåliga samvete. Skit samma. Har man sagt A ...

– Hur mycket behöver du?

– Tvåtusen pund.

– Jag kan låna dig det.

– På allvar? Hon bet sig i läppen. – Jag borde antagligen säga nej, eller hur? Anna skulle tvinga mig att säga nej.

– Trots det här utbrottet av hyperaktivt slöseri verkar du vara en hyfsat tillräknelig person med ett jobb och en lön. Kan du betala tillbaka mig om ett par månader?

– Jag kan betala tillbaka i slutet av januari! Jag lovar och svär.

– Då kommer jag inte att sakna pengarna under tiden, och det är inget problem. Men jag föreslår att vi håller det här mellan oss två.

– Du är fantastisk, James Fraser, sa hon.

Äntligen svängde taxin in utanför Annas hus.

Aggy knäppte upp sitt säkerhetsbälte och lämnade tillbaka hans jacka. Han viftade bort hennes fumlande försök att rota runt i sin handväska och hjälpte henne ur taxin. Han var inte helt säker på om han ville träffa Anna eller inte, men han fick inte chansen att undvika henne eftersom ytterdörren öppnades och ljus strömmade ut över den ovårdade gången.

Därefter följde en hel del ojande och kramande, och Aggy vinglade in i lägenheten, muttrande något om bagels med Nutella.

– Tack, sa Anna med armarna i kors och tröjärmarna nerdragna över händerna i den bistra kylan. Jag har varit på varenda All Bar One inom en mils radie och var praktiskt taget redo att skrika rakt ut. Betalade hon för taxin, är jag skyldig dig något?

– Hon betalade, oroa dig inte, sa James. De log osäkert och spänt mot varandra.

– Jag är ledsen. Du varnade mig för Laurence. Jag kunde inte föreställa mig att han skulle försöka något med Aggy.

– Det fanns inte en chans att det skulle sluta väl mellan dig och honom.

Anna rynkade pannan. – Dejten på skridskorinken? Menar du att han kanske hade ett horn i sidan till mig därför att jag vägrade träffa honom igen?

– Jag trodde att ni två sågs igen nyligen?

Hon såg frågande på honom. – Nej?

Han kände ett plötsligt hopp som gjorde honom lite obetänksam. – Så du har inte legat med honom?

– Naturligtvis inte. Den sista kontakten jag hade med Laurence var när jag fick ett slemmigt mejl där han skyllde hela Mock Rock-historien på dig. Han sa att han visste hur det kändes för mig eftersom han en gång varit med om att en försäljningspresentation gick helt snett. Jag svarade att han kunde dra åt helvete. Tack för att du berättade för honom vem jag är, förresten.

James stammade. – Gode gud ... Förlåt. Loz skickade ett sms där det stod något om att Italien ... hade gått med i kriget ...

Anna flyttade sin vikt från ena foten till den andra. – Och av ett enda vagt sms drog du den slutsatsen?

– Öh. *Mea culpa,* sa James.

– Din taxameter tickar, sa hon huttrande. Hon vände sig om och följde efter Aggy in i lägenheten.

När James åter igen slog sig ner i taxin, hans vita riddares svarta springare, förstod han hur det hängde ihop. Det där sms:et hade syftat på Aggy, inte på Anna.

När Laurence till slut hade gett upp hoppet om Anna måste han ha gått vidare till sitt reservalternativ. Det var inte en slump att Laurence hade orsakat den här förvirringen – han ville se om James reagerade med ilska, för att få bevis för sin teori om att James var intresserad av Anna.

Där fick han för att han försökt få pluspoäng. Efter en storartad gest som borde ha hjälpt honom en bit på vägen när det gällde att stärka sitt kantstötta rykte i Annas ögon hade James lyckats vända sin seger till nederlag genom att förolämpa henne med sitt antagande. Han borde förbanna sig själv.

Men det visade sig ju att hon *inte* hade legat med Laurence. James hade inte trott att den vetskapen skulle göra honom på så gott humör.

När taxin stannade utanför hans hus och föraren bad honom om en skandalöst stor summa pengar avslöjade James spegelbild i backspegeln att han suttit och lett utan att veta om det.

60

– Allt är alltså klart? Bröllopet kommer att äga rum i Italien? frågade Michelle.

– Det blir i Italien, och ni är inbjudna båda två. Min systers frikostighet är fortfarande stor nog att omfatta er båda.

Aggy hade i sin upprymdhet över den stundande vigseln tidigare bjudit in praktiskt taget varenda person hon kom i kontakt med, men hennes impuls att inkludera Michelle och Daniel var genuin. Aggy älskade Michelle eftersom hon var Annas bästa vän, och hon betraktade Daniel och hans flickvän som en del av Annapaketet.

– Schysst. Jag behöver semester, sa Michelle, som sorterade kort med sin e-cigarett hängande i mungipan som en riktig korthaj.

– Det är hjärter dam! Hjärter dam, mina damer och herrar, meddelade en halvsjungande röst över högtalarna.

Michelle vände ett kort. Hennes nya kökschef arbetade på prov just nu och Michelle hade en av sina sällsynta lediga helger. Hon hade krävt att Anna och Daniel skulle göra henne sällskap för en omgång Sticky 13 – bingo med spelkort – på en otrendig pub i Islington.

– Ja, sa Anna och rättade till sina färgkoordinerade rader av kort. Min systers talang för eventplanering tog över. Hon var som en FN-diplomat i Uggs. Jag tog med Chris ut på en öl medan hon kammade igenom italienska webbsidor med min pappa som översättare i telefon. Chris och jag kom överens om att vi borde konferera bakom ryggen på Aggy oftare, för deras relations skull.

Det har visat sig att han hade allvarliga betänksamheter när det gällde räkningarna, och att hon sagt till honom att jag hade koll på den ekonomiska biten för att lugna honom! Som tur var har Chris tillräckligt med pengar för ett betydligt mer anspråkslöst bröllop, och Aggy håller på att lägga upp en avbetalningsplan för kreditkortsskulden. Bröllopsresan till Maldiverna har bytts ut mot en längre vistelse i Toscana.

Anna smuttade på sin drink.

– Mina föräldrar är exalterade över platsbytet eftersom det innebär att alla min pappas äldre släktingar kan komma, fortsatte hon. Och alla som har träffat moster Bev är väldigt nöjda med att hon har sagt att hon tänker stanna hemma eftersom hon avskyr utländsk mat och lågprisflygbolag. Om det inte vore för att Aggy är skuldsatt upp över öronen skulle jag säga att jag är glad att det blev så här. Och tack för att du gick med på att ha möhippan på restaurangen!

– Inga problem, sa Michelle. Med tanke på vad Aggy säger om sina vänner kommer jag hur som helst att tjäna mer på att låta dem gå lös i baren än vad jag skulle göra en fullbokad lördagskväll. Hon lutade sig mot Daniel. – Vad är det där för något system?

Daniel hade lagt ut sina kort i en spiral framför sig på bordet, utan hänsyn till vare sig färg eller valör. – Det är logiskt för mig, sa han.

– Spader tre! Spader tre, mina damer och herrar, meddelade utroparen.

Daniel vände sin spader tre. – Se, jag missar ingenting.

– Jag önskar verkligen att jag inte hade behövt be James Fraser om hjälp.

– Men du sa väl att han löste alltsammans ganska bra?

– Jo, medgav Anna. Men tillsammans har Patrick och Aggy sett till att jag fått krypa till korset två gånger, och det skulle jag gärna ha sluppit. Dessutom var det väldigt opassande av honom att anklaga mig för att ha legat med Laurence!

– Fast Laurence är väl något av en typ? Han skröt antagligen om det.

– Ja, men ändå. Att han trodde att jag skulle göra *det*.

– Ibland är sex något som bara händer, min vän. Fast det händer förstås inte mig särskilt ofta nuförtiden, sa Michelle.

– Klöver knekt! Klöver knekt var det nu! ropade konferencieren.

Michelle vände ett kort. – Äntligen!

Medan käbblet om spelet fortsatte återvände Annas tankar till James. Hon visste inte riktigt varför det gjorde henne så upprörd att han trott att hon legat med Laurence. Hon hade ju trots allt gått på en dejt med Laurence. Hon hade aldrig uttryckligen avfärdat möjligheten. Ändå störde det henne verkligen att James hade trott det. Hade tanken på att ta henne och Laurence på bar gärning stört honom? Han hade trots allt inte direkt uppmuntrat deras dejt vid isrinken. Hon visste inte. Han hade fortfarande gjort henne tjänsten att leta rätt på Aggy, så det kunde inte ha stört honom så mycket. Så vitt han inte bara gjorde henne en gentjänst, lika för lika liksom, för det där telefonsamtalet till Fi? Det hade varit konstigt att höra James chef komma med lyriska utläggningar om vilken mirakulös effekt hon tyckte att Anna hade på honom. ”Vi märkte allesammans att han inte kunde ta ögonen ifrån dig den där kvällen i bowlinghallen.”

Var det sant? Antagligen hade han hållit koll på henne för att försäkra sig om att hon inte gjorde något som han behövde skämmas för, likt en säkerhetsvakt i en butik som övervakade en potentiell snattare.

– Dan, jag glömde säga att du förstås kan ta med Penny till Aggys bröllop, sa Anna tankspritt.

– Tack. Jag tror inte att jag kan åka, sa han och blandade sina kort.

Michelle och Anna såg förvånat på varandra.

– Jag kan inte lämna The Pantry.

– Var inte dum. Det finns andra som kan hoppa in.

– Jag har inte råd, sa Daniel.

– Det kommer förstås att bli dyrare än andra bröllop med flygbiljetterna och allt, men det är en bra ursäkt för att ta semester, sa Anna.

– Penny pratar om att gå en mastersutbildning för att bli konservator. Så vi måste dra åt svångremmen.

– Är det inte hon som måste dra åt svångremmen? frågade Michelle.

– Vi stöttar varandra, sa Daniel.

– Hon kommer alltså att jobba heltid när du bestämmer dig för att bli filosofie magister?

– Konservator, det låter intressant, inflikade Anna nervöst.

– Det är inget skäl att missa bröllopet, protesterade Michelle. Jag vägrar att gå med på det. Faktum är att jag tänker ge dig en löneförhöjning.

– Öh? sa Daniel.

– Michelle, du behöver inte ... började Anna.

– Det är redan bestämt. Du har fått en löneförhöjning, du kan följa med.

Daniel blinkade med sina stora ögon. – Lätt den enklaste löneförhöjning jag någonsin fått.

– Spader två! hojtade utroparen.

– Sticky 13! sa Daniel och lyfte triumferande händerna i luften. Jag vann!

– Vinnaren köper nästa runda, sa Michelle.

Daniel släntrade bort till baren.

– Du är så generös, sa Anna till Michelle.

– Äh, jag betalade hur som helst den skäggige dumbommen för lite. Massor av ställen vill ha honom. Och vet du vad han sa till en kvinna som ställde till med en scen på grund av sina moules marinières i förra veckan? Hon sa: ”Säg inte emot mig, jag har överlevt cancer!” Och han svarade: ”Då skulle man kunna tro att du kan sätta din besvikelse över de här musslorna i rätt perspektiv, frun.” Jag svär, han hade kunnat vara ståuppkomiker. Ett helt bord i närheten applåderade. Hon gav mig förstås ett uselt omdöme på tripadvisor, men det var det värt.

– Åh, det är verkligen komiskt. Är det okej att jag tycker att det är komiskt? sa Anna med handen över munnen.

– Ännu roligare är det faktum att hon kallade dem moules

”marine air” medan hon klankade ner på min känsla för detaljer när det gäller sås. Michelle lade ifrån sig sin e-cigarett och drack en klunk vodka tonic. – Det är inte Dan som jag har något emot att betala för, utan henne. *En mastersutbildning för att bli konservator,* sa hon till Anna. Om det är något Penny är expert på så är det att konservera sin egen energi, eller hur?

61

James satt på pendeltåget mot Highbury & Islington när det gick upp för honom. Ingivelsen kom medan han stirrade på en kvarlämnad *Metro* som låg på golvet och lyssnade på ljudet från en iPod tillhörande personen som satt bredvid honom. Vilken sorts psykopat lyssnade på *Gangnam Style* innan klockan ens var nio på morgonen? Plötsligt kändes det inte som en omöjlighet att göra något åt den tunga klumpen i magen. Det var det enda alternativet.

Han kastade sig ut genom tågdörrarna och fortsatte uppför trapporna mot strömmen av pendlare, genom biljettspärrarna och ut i friheten och den friska luften.

Han tryckte på ”Jobbet” på sin telefon. *Snälla, låt Lexie svara, låt Lexie svara, låt Lexie svara* ... Harris svarade.

– Hej, jag kommer inte in idag. Eftersom han sjukanmälde sig tänkte James att han borde försöka bre på lite. – Jag har kräkts och jag har en känsla av att det kommer en dålig uppföljare. Kanske två, som till *Matrix*. Det kan till och med bli tal om fler upprepningar, som med *Pirates of the Caribbean*.

En skeptisk paus hördes i andra änden. – Var är du? Det låter stimmigt.

– Highbury. Jag blev tvungen att snabbt leta rätt på en papperskorg.

– Det finns inga papperskorgar på stationerna.

– Korrekt noterat, kommissarie Wexford. Det var uppe på gatan. Vill du att jag ska gå tillbaka och fotografera beviset med telefonen?

– Nej, du har redan fått mig att tappa aptiten. Är det något smittsamt?

– Jag tror snarare att det handlar om den överblivna kinamaten som jag åt igår kväll än SARS, men tack för din omtanke.

James stängde av telefonen och bestämde sig för en handlingsplan. Han tänkte gå. Han behövde rensa huvudet. Om man nu kunde rensa något när man andades in avgaserna från Londons morgonrusningstrafik.

~

Anna gick tvärs över gräsmattan framför huvudbyggnadens kolonnader. Andedräkten avtecknade sig som vita moln i den iskalla luften.

På andra sidan gårdsplanen fick hon syn på en figur som målmedvetet rörde sig mot hennes håll. Plötsligt kunde hon urskilja ansiktsdragen och placera det svarta håret och den marinblå skepparkavajen.

Hjärtat hamnade genast i halsgropen och hon tvingade tillbaka det dit det hörde hemma och bet ihop tänderna. Hon var irriterad på honom, inte nervös. Varför kände hon sig nervös i så fall?

James såg orolig ut när han kom fram till henne. Det här var en konstig tid på dagen att dyka upp. Åh nej. Var det dags för honom att säga något i stil med att ”Det var länge sedan, vi är vuxna människor, dags att glömma och förlåta ...”? Anna stannade, aningen motvilligt.

– Hej. Kan jag få prata med dig?

– Om vadå?

– Skolan. Det som hände.

– Jag har inget att säga om det.

– Kan du tänka dig att lyssna medan jag pratar?

Anna ryckte på axlarna.

– Jag vill förklara hur ledsen jag är. Det var fruktansvärt och grymt och jag kan inte ens föreställa mig hur smärtsamt det måste ha varit. Det enda jag kan säga är att jag var helt jävla dum i huvudet när jag var sexton. Jag hoppas att jag har mognat sedan dess, även om det går alldeles för långsamt. Och jag är ledsen att jag var en idiot när du konfronterade mig, och att jag sa ett förfärligt ord. Det var mycket för mig att ta in på en gång. Jag var chockad och hävde ur mig allt det där därför att du var arg på mig och jag skämdes över mitt beteende. Jag fattar inte att jag sa det där. Att be så otroligt mycket om ursäkt är det enda jag borde ha gjort, och det är skamligt att jag inte ens klarade av det.

En paus.

– Sedan den där kvällen hemma hos dig har jag frågat mig själv ett oräkneligt antal gånger hur jag kunde göra det jag gjorde när vi gick i skolan. Sanningen är att jag ignorerade det faktum att du var en annan människa med känslor. Jag bestämde mig för att du fick skylla dig själv därför att du var annorlunda. Jag föll för grupptrycket för att bli populär. Jag önskar att jag hade varit mer karaktärsfast, men det var jag inte.

– Är du klar? frågade hon.

– ... På det stora hela? James såg ganska rädd ut. *Bra.* – Jag ville att du skulle veta hur ledsen jag är. Han harklade sig. – Av hela mitt hjärta.

– Har du ens något? sa hon utan att le.

James pressade fram ett blekt leende.

– Okej. Tack, sa Anna och fortsatte gå.

James vände sig om när hon passerade honom. – Är det allt? undrade han.

– Vad vill du att jag ska säga? Vill du bli förlåten så att du kan lägga det här bakom dig? I så fall förlåter jag dig. Klart.

– Jag vill inte bli förlåten. Jag förstår om du inte kan förlåta mig, eller åtminstone inte än.

– Så vad vill du? frågade Anna.

– Prata. Bli vänner igen.

Hon skakade på huvudet. – Jag vill inte vara vän med dig.

– Vi kom bra överens innan jag såg det där fotot. Eller mer än så, vi hade roligt tillsammans, vi klickade verkligen. Vad hände?

Anna ryckte till bara han nämnde *det där fotot*. Det var knappt att hon skulle ha känt sig mer utsatt ifall han hade sett henne i en gynekologstol.

– Jag menade aldrig att ha något med dig att göra. Vi hade en arbetsrelation, efter den enorma chocken av att se dig på det där mötet. Sedan gick jag på din firmafest för att göra dig en tjänst. Jag visste att jag inte borde ha gjort ens så mycket. Hela bråket om fotografiet var en riktig tankeställare. Jag vill inte ha något med dig att göra.

– På grund av det som hände i skolan? Tror du inte att jag har förändrats?

– Jag struntar i om du har förändrats eller inte. Jag har nämligen förändrats. Jag bryr mig inte om ytliga jävla skitstövlar längre.

James grimaserade. – Det där var lite hjärtlöst sagt, Anna.

Det var sista droppen. Hon kände en våldsam smärta fylla bröstet och stiga upp i halsen innan den trängde ut genom munnen i form av obevekliga ord.

– Var *det* hjärtlöst? Hur tror du att det känns när fem års dagligt helvete kulminerar i en offentlig demonstration av det faktum att en hel skola hatar dig, James? Att de skrattar åt dig för att du var dum nog att tro att du kanske kunde delta i något? spottade hon fram. Du har aldrig upplevt hjärtlöst. Du har aldrig ens varit i *närheten*.

– Det som hände på Mock Rock var inte så där genomtänkt. Det rörde sig om dum gruppsykologi.

– Tror du på allvar att det hjälper att *du* säger till *mig* att det egentligen inte var så farligt? Tror du att ”såja, såja, det är ingen fara” kommer att göra susen?

– Nej, det här är ett försök att vara fullständigt ärlig. James drog väskan över huvudet och ställde ner den vid sina fötter. – Förra gången vi sågs sa du något om att jag visste att du gillade mig i skolan. Det gjorde jag inte. Vad som hände var ... Han bet sig i läppen. – Ungefär en månad tidigare drog Laurence igång en av sina oerhört mogna konversationer på temat ”skulle du hellre ...?”.

När han nämnde dig sa jag att du skulle se okej ut om ... James tystnade.

– Om? Anna korsade armarna.

– Om du gick ner i vikt. Och Laurence retade mig oavbrutet och sa att jag gillade dig. Han föreslog hela Mock Rock-grejen. Jag gjorde det för att han skulle lämna mig i fred. Jag reagerade som en tonåring gör på grupptryck, jag gick med på något för att någon annan skulle drabbas istället för jag själv. Jag antar att jag var en feg skitstövel som inte heller ville bli mobbad. Om det är rätt ord.

– Det är inte rätt ord.

– Jag vet.

– Nej, du vet inte. Det är som att berätta för någon som har förlorat sin arm i en tröska att du skar dig på ett papper en gång och att det verkligen sved. Ingen skulle ha mobbat dig som de mobbade mig ifall du sa nej. Människor som du kan aldrig förstå någon som jag.

– Människor som jag?

– Människor som glider fram i livet, som får saker och ting serverade på silverfat, som behandlas som speciella därför att de har rätt utseende.

– Kom igen. Jag vill inte förneka att det har varit tufft för dig, men att ingen annan än du har lidit är lite väl magstarkt.

– Har du någonsin blivit slagen eller fått din väska stulen och kastad i soptunnan för att du har begått brottet att vara fet och ful, James? Har du genomlidit kvarsittningar för läxor som inte lämnats in istället för att berätta att någon rivit sönder dem, därför att du bara skulle råka ännu värre ut om du sa något? Har du någonsin behövt ljuga för dina föräldrar om att du fick de där blåmärkena på gympan samtidigt som din lillasyster gör en plågad grimas, eftersom hon vet exakt hur du fick dem? Vaknade du varje morgon innan klockan ringde och mådde illa vid tanken på vad dagen skulle föra med sig? Räknade du det som en bra dag ifall du bara blev mobbad en gång per lektion?

James sträckte fram handen för att röra vid hennes arm, men hon tog ett steg tillbaka, utom räckhåll för honom.

– Vad mer? Det finns så mycket att välja mellan. Låt mig se ... Klädde du upp dig i din tjockisklänning och lät din pappa skjutsa dig till avgångsfesten, där du väntade tills han var utom synhåll innan du gick och satte dig ensam i en park i flera timmar därför att du inte kunde förmå dig att berätta för dina föräldrar att du inte var välkommen?

James stirrade på henne och sedan ner i marken.

– Och bäst av allt, fick den mest populära personen i skolan för ett kort, skimrande ögonblick dig att tro att han kanske inte var som alla de andra svinen? Bara för att sedan sätta dig i straffstocken, se till att du blev bombarderad med mat och kalla dig för en elefant. Vet du James, du var en liten strimma av glädje för mig under skoltiden. Bara att få titta på dig, tänka på dig, skriva fåniga saker om dig i min dagbok. Du var bara snäll mot mig i min fantasi, men det räckte. Du behövde inte göra någonting. Det räckte att du inte gjorde något mot mig. Men du kunde inte ens låta mig ha det.

James var chockad, men Anna kunde inte låta bli. Det var som att dammluckorna hade öppnats.

– Varje kväll skrev jag av mig alltsammans i min dagbok, långa miserabla haranger. Jag lovade mig själv att jag en gång skulle bli fri. Att det skulle komma en dag då jag aldrig behövde träffa någon av er igen. Genom att vara vän med dig sviker jag tjejen som skrev det, det är därför jag inte vill vara din vän. Du ville inte vara vän med mig på den tiden. Nu, när du inte behöver skämmas över hur jag ser ut, vill du det. Men jag vill inte känna dig. Vad var det du sa att jag var, ”hjärtlös”? Försök plocka upp spillrorna av ditt liv och halta vidare.

Det var en riktig tirad, och när James öppnade munnen lät hans röst svag. – Jag vill få chansen att kompensera dig för allt det där, Anna.

– Det *kan* du inte. Det är det du inte förstår.

Hon visste att hon till slut hade gått tillräckligt långt för att få James att vända henne ryggen. Det var en viljekamp där han försökte tränga sig in i ett rum som hon var fast besluten att stänga honom ute från. Någonstans innerst inne var det möjligt att hon ville att han skulle anstränga sig ännu mer. Men hon var säker på att han inte skulle göra det. Han kunde inte vinna den här striden. Hennes känslor var starkare än så.

– Jag måste tillbaka till jobbet, sa hon. Hej då.

62

Anna hade hunnit ta några steg över gräset, uppfylld av en destruktiv känsla av triumf, när James knackade henne på axeln.

– Du tror att jag är den siste personen på jorden som du vill umgås med. Men tänk om jag är precis den person som du behöver?

Anna himlade med ögonen. – Vilken filmaffisch har du stulit det där citatet ifrån?

– Jag menar allvar. Du behöver driva ut alla gamla demoner från Rise Park. Om den person som bar ansvaret, eller en av dem, verkligen förstår och accepterar sin roll i det som hände kan du släppa taget och gå vidare.

– Jag hade inga problem med att leva mitt liv innan du dök upp.

– Trots att du är en mycket bättre person än vad jag är går jag inte med på att vi är så olika som du säger. Vi skulle inte få varandra att skratta så mycket i så fall. Du tror alltså inte att vi har något gemensamt?

– Nej.

– Du sa att du gillade mig i skolan. Menar du att du var förälskad i mig?

Anna lyfte hakan och nickade stelt.

– Varför? Vi hade aldrig pratat med varandra före Mock Rock.

– Jag visste saker om dig. Du vet hur det är med coola personer och oss töntar. Vi ser på från kulisserna när strålkastarna är vända mot er.

– Men vi hade aldrig haft något med varandra att göra. Du gillade bara hur jag såg ut.

– Än sen? Hon skruvade på sig och gjorde en grimas som signalerade att hans tid nästan var ute.

– Du bedömde mig helt och hållet utifrån mitt utseende.

– Haha. Bra försök. Men det där är inte en rättvis jämförelse. Det är knappast så att jag gjorde ditt liv sämre. Du visste inte ens att jag existerade.

– Men jag har en poäng. Vi dömde båda varandra på grund av ytliga saker. Jag trodde att du var värdelös och du trodde att jag var värd något. Vi hade fel båda två. James tolkade hennes tystnad som uppmuntran. – Jag kan inte föreställa mig hur det måste kännas att ha varit i dina kläder och sedan få uppleva hur folk behandlar dig helt annorlunda nu när du är ... ja, vacker. Det skulle göra de flesta människor fruktansvärt cyniska. Men du är inte cynisk, vilket är imponerande.

– "Vacker". Lägg av. *Inte så snygg och inte din typ* var ditt uppriktiga omdöme om jag minns saken rätt.

Han rodnade. – Lägg av, jag har bett om ursäkt för det där. Jag försökte få Laurence på andra tankar. Det är klart att jag tycker att du är vacker, det gör alla. Lär dig att ta en komplimang.

Anna ryckte på axlarna med en nonchalans hon egentligen inte kände. – Skulle du vilja vara vän med mig om jag fortfarande såg ut som Aureliana?

James lyfte blicken mot himlen i spelad misströstan och såg sedan på henne igen. – Ja. Vår vänskap handlade inte på något sätt om utseende. Håller du inte med om det? Den var ovanligt äkta i den bemärkelsen.

– Mm. Är du klar nu? Jag har faktiskt ett jobb att sköta.

– Nej. Jag tänker inte släppa saker och ting så här, sa han. Jag tror att din stolthet hindrar dig från att släppa in mig igen. Så säg vad jag måste göra. Jag gör vad du än ber mig om för att sona för det här. Men jag tänker inte bara försvinna. Du måste släppa fram dina känslor. Dra till mig eller något.

Hon visste att de kom allt närmare en situation där hon sa det hon inte ville säga. Hennes röst började darra.

– James, du har ingen aning om hur illa det var. Det här är inget som kan ställas tillrätta med ett skämt eller ett symboliskt låtsasslagsmål. Du vet inte vad det är du rotar i.

– Jag var där. Så jag har en liten aning. Men du kan väl berätta för mig.

– Jag vill inte.

– Se det så här. Varför förtjänar jag att slippa höra det?

Anna öppnade munnen. Sedan stängde hon den igen. Schack matt. Hon hade inget svar på tal. – En månad efter Mock Rock, sa hon med liten och varsam röst, lämnade jag ett avskedsbrev på min säng och svalde en massa huvudvärkstabletter ...

James öppnade munnen en aning och hans ögon blev blanka. Han satte handen för munnen. Anna kände det smärtsamma hugget i käken och trycket i öronen som betydde att hon var på väg att börja gråta. Hon tvingade sig att fortsätta.

– Jag försökte låta bli att tänka på vem som skulle hitta mig. Det var Aggy. Hon anade att något var på tok och kom tillbaka hem från skolan. Min lillasyster, James. Hon räddade mitt liv. Ingen fjortonåring borde behöva vara med om det hon var med om ...

Tårarna började rinna och hon torkade bort dem med en iskall hand.

– Jag fick så otroligt dåligt samvete. Men det fanns ingenting i mitt liv som fick mig att vilja fortsätta leva. *Ingenting*. Mock Rock bevisade att jag bara var ett skämt. Ett stort, tjockt, utländskt, motbjudande skämt. Jag hade äntligen lämnat den där skolan, men den knäckte mig. Jag insåg att jag inte stod ut om vuxenlivet innebar mer av detsamma. Så säg mig varför jag borde bli vän med en av dem som nästan såg till att jag inte hade stått här idag?

Hon och James stirrade på varandra. Annas bröstkorg höjdes och sänktes och hon visste att hon snart skulle skrynkla ihop ansiktet.

– Gjorde du det? Efter ... vad vi gjorde? Herregud, Anna ...

Han sträckte ut ena armen och tog ett steg mot henne.

– Visst, ge mig en kram så att du slipper se mig gråta, sa hon, halvt på skämt. Det var de sista orden hon fick fram.

– Det är för att du inte ska se mig gråta, dumbom, muttrade James tjockt och omfamnade henne så hårt att hon nästan tappade andan.

Hon kände hans armar om sig och hans hand mot baksidan av sitt huvud när hon började gråta på allvar. Han höll om henne ännu hårdare och gjorde tydligt att han inte väntade sig att hon skulle sluta gråta. Hon hörde sina egna snyftningar som om de kom från någon annan. Det var den sortens hämningslösa gråt som man vanligtvis bara tillät sig som barn.

De stod så där ett tag: Anna visste inte om det var fem minuter eller femton. Sakta men säkert blev hennes andetag mer regelbundna och gråten övergick i svaga hickningar.

James mumlade något mot hennes hår, otydliga ljud som hon inte kunde forma till ord. Hon grät tills hon hade slut på tårar, och lämnade blöta och snoriga fläckar på hans säkerligen löjligt dyra jacka.

När de till slut släppte varandra visste Anna att hon måste se ut som en sjösjuk Brian May, och hon kunde uppriktigt säga att hon struntade i det. För något hade hänt. Något hade förändrats.

– Ha inte dåligt samvete. Du har ingen anledning att ha dåligt samvete, sa James. Han hjälpte henne att stryka bort våta hårslingor från ansiktet. Han var själv lite fuktig i ögonen. – Du blev utsatt för något och du gjorde det du gjorde för att du kände att du var tvungen. Det är vi andra som borde ha dåligt samvete.

– Jag fattade beslutet att ta de där tabletterna, det var jag som utsatte Aggy för det, sa hon medan hon torkade sig om ögonen med ena ärmen.

– Du tvingades till det.

Några studenter passerade dem, och Anna och James snörvlade till båda två och tittade åt varsitt håll tills de var ensamma igen. Bara en liten bit bort dundrade Londontrafiken.

James suckade tungt. – Du hade rätt i det du sa. Ingen ursäkt kan någonsin vara tillräcklig för att reparera det jag gjorde mot dig. Jag är inte säker på att jag kan göra anspråk på att vara den vän du behöver. Det enda jag kan säga är att jag kommer att bära med mig det här tills jag dör. Jag vill att du ska veta att du inte är ensam om det längre.

– I rättvisans namn var du droppen som fick bägaren att rinna över, sa hon. Du var inte en av mina långvariga plågoandar som verkligen lade ner tid på det. Du kan inte direkt komma in mot slutet och ta åt dig äran för allt deras hårda arbete ...

Anna gav honom ett litet leende. Han skakade bestört på huvudet.

Och till sin förvåning upptäckte hon att ilskan hade försvunnit. Hon hade gråtit färdigt. James var fortfarande kvar och hon var tvungen att acceptera att han ville vara där. Det handlade inte om att han ville lätta sitt samvete, det var inte för syns skull, det var inte bara ett infall. Han ville verkligen uppriktigt försöka gottgöra henne. Alla borde få lov att lägga det förflutna bakom sig. Det visste väl hon bättre än de flesta?

James hängde på sig sin väska igen. Han såg på henne, osäker på hur de skulle skiljas åt. – Jag borde låta dig återgå till jobbet ... sa han vagt. Om det någonsin är något jag kan göra ...

Han såg så ledsen ut, så uppriktigt ledsen. Förkrossad till och med.

– Jag antar att vi kan *försöka* vara vänner, sa Anna långsamt. Se hur det går. Om du fortsätter att ha dåligt samvete i all evighet kommer jag troligtvis aldrig behöva betala en barrunda.

James log skevt. – Får jag fråga dig en sak? sa han. Varför skulle någon förlora armen i en tröskel?

– Va? sa Anna.

– Förlora armen i en tröskel?

– *Tröska.* En skördetröska. Herregud, vilken bimbo du är. Hon log mot honom.

– Fan. Jag kommer att bära med mig det där tills jag dör också.

De stod och flinade fånigt mot varandra.

– Jag kan inte gå tillbaka till jobbet när jag ser ut så här, klagade hon.

– Gör inte det då, sa han. Jag skolkar. Skolka med mig. Jag kan bjuda dig på lunch var du vill.

– Varför är du inte på jobbet?

– Idag ville jag komma till någon annans arbetsplats och få höra att jag är ett oförbätterligt kräk. En förändring är lika bra som en paus. Han strök hennes hår bakom örat igen, och mot sin vilja kände Anna hur ett ljus tändes inom henne. – Vad säger du?

– Hur kan jag tacka nej om du bjuder?

De gick vidare under kamratlig tystnad. Anna såg ner i marken ifall de passerade någon av hennes studenter eller kollegor. Den arktiska temperaturen innebar som tur var att få personer dröjde sig kvar utomhus.

– Tänk storskaligt när det gäller lunchen, sa James medan de gick över det krasande gräset. Det här ögonblicket är för betydelsefullt för att slängas bort på en köttbullemacka. Välj vilket ställe som helst, jag bjuder.

– Okej, vad sägs om Bob Bob Ricard i så fall? sa Anna.

James bleknade. – Helvete. Var jag verkligen *så* fruktansvärd i skolan?

De skrattade. Anna var glad över att de snabbt hade återgått till sitt godmodiga gnabbande. Det här var normalt. Hon ville inte bli behandlad som en invalid.

Medan James funderade ut den bästa vägen kom hon att tänka på några ord som han muttrat tidigare.

Jag står inte ut med att tänka på det, Anna.

Men för första gången stod hon ut med att tänka på det.

63

Om det hade varit en katarsis för Anna skulle hon antagligen aldrig ana vad det betytt för James. Något hade krafsat på andra sidan källardörren så länge, och det visade sig att det bara var det enkla faktum att han kunde vara bättre än han var. Hon hade hjälpt honom att slutligen förstå det.

Under så lång tid hade han värdesatt fel saker – ytliga saker – och samtidigt undrat varför hans liv kändes som en bluff. *Men hallå*, kunde han höra sin syster säga.

James visste inte hur han skulle kunna säga till Anna att hon räddat honom från ett fullständigt ytligt liv utan djup, eller om rätt tillfälle att säga det någonsin skulle komma. Han ville inte att hon skulle tro att han såg henne som en räddande ängel som gav hans liv ny mening, en gullig utlösande faktor för hans frälsning.

Det hade naturligtvis sitt pris – tanken på att han spelat en icke oväsentlig roll i att hon nästan tagit livet av sig var minst sagt ohygglig.

– Anna, sa han medan de gick. Jag vet att vi har roligt nu, men om du någonsin vill prata mer om ... det du berättade för mig ...

Hon log mot honom. – Oroa dig inte, jag pratade en hel del med terapeuten jag träffade under året som följde. Jag har pratat färdig. Men tack.

Det var uppriktigt skräckinjagande att det gick att göra någon annan människa så illa och sedan mentalt stoppa undan det i ett fack. Tänk om han aldrig skulle ha träffat henne igen? Om han någonsin fick barn skulle de få en väldigt utförlig föreläsning om vikten av att inte vara elak mot någon.

Men nu hade han en andra chans att vara den vän som hon så innerligt hade behövt för en halv livstid sedan. I tankarna kunde James se henne sådan hon varit på den där scenen. Tjock, klädd i en orange klänning, en vansinnig hjälmfrisyr och strömmande tårar. Han önskade att han hade haft en tidsmaskin så att han kunde resa tillbaka och göra helt andra val.

~

Bob Bob Ricard var ett utmärkt val. Restaurangen passade perfekt en sådan här ovanlig dag – att kliva in genom entrén mitt i Soho var som att kliva igenom en portal till ett *Alice i Underlandet*-liknande alternativt universum. En vit kanin kunde skynda förbi när som helst med sitt fickur i högsta hugg. Invändigt påminde restaurangen om en kupé på Orientexpressen korsad med ett badrum i Hollywood Hills någon gång runt 1961. Det var ett vansinnigt överdådigt hav av gyllene mässingsdetaljer, marmor, speglar och mönstrade mosaikgolv.

James kommenterade att färgen på lädersofforna i båsen, som påminde om något från ett edvardianskt tåg, var himmelsblå. Han glömde att Anna visste så mycket mer än han.

– Färgen är lite djupare och mer mättad. Mer åt lasurblått?

James log. – Blått som toalettrengöringsmedlet på flygplan då?

– Det var poetiskt sagt.

Det fanns till och med en knapp med skylten ”Tryck för champagne”. James provade för äventyrlighetens skull. Inom en minut anlände två champagneglas på en bricka som bars av en kypare med vita handskar och rosa väst.

– Det är som att leva i en bok av Agatha Christie, viskade Anna.

De beställde alldeles för mycket av den löjligt påkostade maten, vilken bestod av en kombination av rysk lyx och amerikansk barservering: blini, sufflé, makaroner och ost med hummer, potatismos med tryffel. Sedan utbröt anarki kring vem som beställt vad, och de delade allt och åt inte upp något.

James var medveten om att det kunde ha känts väldigt märkligt att äta en trerätters lunch med en kvinna som han inte hade en sexuell relation med. Men konstigt nog, med tanke på allt som hade hänt, var deras måltid en av de mest avslappnade han någonsin varit med om. Konversationen flödade lika fritt som champagnen, och skulle ha gjort det även utan alkohol.

Alla spärrar hade släppt och det fanns inga tabun kvar att snubbla över. James censurerade inte sig själv, och han försökte inte heller imponera. När de kom in på skolminnen berättade han för Anna om hur han förlorat oskulden via en serie klumpiga och skamfyllda möten med Rise Parks egen diva Lindsay Bright i hennes pappas redskapsbod.

– Det var mer av ett sommarhus, insisterade han. Fast vi gjorde det på en säck med kompost, och en högaffel i baken räknas som ett av de värsta tänkbara sätten att avbryta ett samlag.

Anna skrattade hjärtligt. – Hon var tjejen som alla ville vara, suckade hon och snurrade på sitt halsband.

– Skojar du? Hon var dryg och förfärlig.

– Ska du säga som dejtade henne!

– Bara på det där ”arrangerat äktenskap”-sättet som det kan bli i skolan. Sextonåriga killar har varken smak eller omdöme. Faktum är att ingen borde ägna dem någon uppmärksamhet förrän de är åtminstone tjugosex.

När faten på bordet blev allt fler insisterade Anna på att de skulle dela på notan, men han envisades med att betala, och hon gav med sig. James skulle aldrig ha sagt det till henne, men hennes förtjusning över omgivningen var betalning nog.

Anna såg sig omkring och suckade. – Jag har alltid velat gå hit men har aldrig hittat rätt tillfälle, sa hon.

– Kunde du inte ha förlagt en av dina miljoner dejter här?

– Jag ville inte slösa bort det här stället på ett stolpskott. Jag ville att det skulle vara speciellt, svarade hon. Hon var för upptagen med att skära upp en rådjursstek för att inse vad hon just hade sagt.

James log strålande mot ovansidan av hennes huvud. Hennes stora tröja höll på att glida ner från axlarna och han kom på sig med att betrakta hennes nyckelben. Det var något visst med en kvinnas nyckelben, det hade han alltid tyckt.

Det var bara vid ett tillfälle humöret sjönk och Annas ögon fylldes med tårar, och det var när hon pratade om sin framlidne bundsförvant, den tjocka hamstern Körvel. Det var fint att hon tyckte om honom, men vem brydde sig egentligen om en hamster? De var mindre av ett däggdjur och mer av en pipig hundleksak med batterier. Utan att tänka sig för sträckte han fram handen och strök försiktigt knogarna mot hennes kind.

I vanliga fall var han inte typen som klappade och smekte kvinnor han inte dejtade, eller ens dem han var tillsammans med. Men hon fick honom att känna sig ... det fanns ett gammalmodigt ord för det. *Ömsint.* Hon fick honom att känna sig ömsint.

James hade aldrig kunnat trycka i sig efterrätt också, men Anna insisterade på att de skulle beställa ställets signum, ”Chocolate Glory”, som anlände i form av ett klot klätt i bladguld som såg ut att vara på väg att börja vibrera och spricka när som helst.

– Det här var den bästa idé du någonsin haft, James Fraser, mumlade hon med munnen full av efterrätt, och plötsligt kändes hans tunga hjärta lätt som en fjäder.

64

– Är den syndig? frågade tjejen och hejdade sig med tårtspaden över en sandfärgad kolatårta.

Hon hade en fantastiskt elegant blond håruppsättning som såg ut som ett wienerbröd. Det var den sortens frisyr Anna ibland försökte sig på, men hon hade kommit fram till att hennes hår var för lockigt och ostyrigt för att hålla formen.

– Det är ett bakverk, så det finns ingen moralisk undermening, kära du, sa Michelle.

– Hihi! sa tjejen. Men hur många kalorier innehåller den? Per skiva, så här? Hon formade ett V med sina händer.

Michelle sög tankfullt på sin e-cigarett. Hon såg ut som Gandalf med sin träpipa när han mönstrade en dåre till Took. – 212. Komma fem. 212,5.

Den blonda tjejen med håruppsättningen lade ifrån sig tårtspaden och plockade fram sin iPhone. Hon knappade in något med ett välmanikurerat pekfinger.

– Min poängräknarapp säger att det är okej! Hon vinglade iväg i sina farligt högklackade rosa lackskor med en rejäl skiva tårta om 212,5 kalorier prydligt placerad på en vit servett.

– Var det där sant? frågade Anna Michelle.

Michelle gav henne en sarkastisk blick med sina eyelinerinramade ögon. – Ja, medan jag lagade maten, kylde drinkarna, lade upp spellistan och dekorerade stället lät jag också ett team näringsexperter analysera det ungefärliga kaloriantalet för varje skiva av mina tårtor, som en praktisk vägledning för neurotiker, sa hon.

Hur som helst är det inte som att det kommer att göra henne någon skada. Det här är första gången jag ser någon som är så smal att hon får en peplumkjol att framstå som en bra idé.

– Du har gjort ett fantastiskt jobb, Michelle, sa Anna. Tack.

The Pantry hade ståndsmässigt iordningställts för kvällen. Där fanns en snurrande diskokula, fler levande ljus än vad som förekom under en badkarsscen i *Baywatch* och en iPod-station som fungerade som DJ. Spellistan var full av östrogenstinna låtar. Borden hade skjutits undan för att skapa ett dansgolv, och på ett av dem stod massor av fat med mat på en vit duk. Michelle hade omtänksamt styrt upp en blandning av brittisk och italiensk plockmat som var lätt att hantera samtidigt som man höll en drink och dansade.

Området intill kassaapparaten var nu en bar där en av Michelles anställda serverade en gratis välkomstdrink: en kombination av ingefärsdricka och Prosecco som Aggy uppfunnit. Anna var skeptisk till sin systers förmåga att blanda drinkar, men den smakade toppen.

Den blivande bruden själv bar en förskräckligt tajt, kort rubinröd klänning med tyllkjol, ett band tvärs över överkroppen och tiara. När Anna blickade ut över rummet insåg hon att Aggys vänner påminde om flamingor: omöjligt långa ben och vilda färger. The Pantry var fullt av långt blankt hår, pyttesmå klänningar, solbrännor från St Tropez och tio centimeter höga plattformsstilettklackar, i ett moln av Victor & Rolfs Flowerbomb.

– Aggy! Aggy – titta! fnissade Aggys hyperaktiva bästa vän Marianne och fiskade upp några nävar penisformad konfetti ur fickorna som hon strödde ut på bordet.

– Åh nej ... sa Anna och såg på Michelle, som bara viftade bort det.

– Det är lugnt, sa hon. De kommer säkert att dyka upp i en sockerskål när vi har inspektörerna från Michelinguiden här.

– Hahaha! tjöt Marianne och släppte en bunt penisformade sugrör på bordet innan hon plockade fram en uppblåsbar penis. När den var helt uppblåst var den ungefär lika stor som en tax. De började ta bilder av varandra med sina telefoner när de satt gränsle över den och hojtade om vilda ridturer.

Anna var uppriktigt glad över att ha Michelle där. – Förstår du ens penistemat? sa hon till sin vän. Det är inte som att särskilt många människor som gifter sig nuförtiden är på väg att ligga med sin partner för första gången. Varför ”tihi, snoppar”, är vi åtta år igen?

– Det är särskilt konstigt med tanke på att snoppar i plural är precis det man ger upp när man gifter sig.

– Tack så otroligt mycket för det här, Michelle, sa Aggy och vinglade fram för att ge Michelle en kram.

– Varsågod, svarade hon. Jag är glad att du har roligt.

– Det var ett så bra förslag av James, sa Aggy tankspritt medan hon sög på sitt penisformade sugrör och vinkade till en kompis i andra änden av rummet. Och Italien var också ett så bra förslag. *Och* han köpte min klänning åt mig. Jag har bjudit hit honom senare, förresten. Herregud, bästa låååten!

Aggy var redan halvvägs ute på dansgolvet när Anna tog tag i hennes arm för att hejda henne. – Vad sa du att James köpt åt dig? frågade hon. Och har du bjudit hit honom ikväll?

– Åh. Ja. Jag berättade att jag inte hade råd med min klänning förrän min bonus kom, så han lånade ut pengarna jag behövde. Hon lade huvudet på sned. – Han är sååå gullig. Jag vet att du tycker att han är en idiot, men jag tror inte att han är det längre.

– Aggy, morrade Anna. Tog du emot *pengar* från James Fraser?

– Det var bara ett lån i två månader! För att betala för min drömklänning, sa hon med en min som skvallrade om att hon visste att hon inte skulle bli allvarligt uppläxad på sin egen möhippa.

Aggy skuttade iväg för att utföra en obscen dans där rumpa skakades mot rumpa. När Michelle gick på toaletten plockade Anna fram sin telefon och skickade iväg en fråga.

Ett ögonblick senare lyste skärmen upp.

Det var inte meningen att Aggy skulle säga något om det där till dig. Ja, jag lånade ut lite pengar till henne, det var inga problem. Fast hon använde dig som säkerhet för lånet. Om hon inte betalar tillbaka måste du hjälpa Parlez att ta fram en kampanj för Turkfurter. Det är en kalkonkorv. "Mums." J x

Varför var det inte meningen att jag skulle få veta något? Möhippan går fint, bortsett från ett återkommande penistema. A x

Inget slår ett återkommande penistema. Därför att jag föredrar att utföra mina hjältemodiga gärningar anonymt, precis som Batman. Den Bruce Wayne-liknande playboy du är bekant med är bara en listig fasad. J x

Anna skrattade misstroget. Efter att han avslutat samtalet med henne den där kvällen när Aggy försvann hade han stuckit ut, letat rätt på dem och rett ut hela situationen. Och det lät som att det hade kostat honom en hel del, såväl bokstavligt som bildligt talat. Var det han som hade kommit på idén med The Pantry och Italien? Anna hade blivit förvånad över hur snabbt hennes syster kom över förlusten av Langham, och det såg ut som att hon hade James att tacka för det.

Varför hade han gjort allt det här? Hennes hjärta viskade att det var för hennes skull.

Anna försökte att inte vara för översvallande, men kombinationen av tacksamhet, alkohol och ren förvåning fick henne att formulera ett ganska sentimentalt meddelande till honom å sin familjs vägnar. Hon påpekade att hennes föräldrar inte visste att de hade James Fraser att tacka för sin yngre dotters räddning.

Åh! Det var ett nöje att hjälpa till med planeringen, Alessi. Spoiler –> poliserna som knackar på med anledning av den höga ljudnivån kommer att vara strippor. Så vitt inte den riktiga polisen rycker ut för att någon har klagat. Hugg inte tag i några batonger innan ni är säkra. x

– Han skojar väl bara om stripporna? Marianne lovade väl att det inte skulle bli några? sa Anna och visade en förbipasserande Aggy sin telefon.

– Ja, sa hon. Det här är en kväll med klass.

Anna lyfte blicken och iakttog någon som spelade luftgitarr på en uppblåsbar penis och såg sedan ner på sin telefon igen.

Michelle studerade henne. – Hallå där.

– Va?

– Du tittar på din telefon med samma ansiktsuttryck som en mor har när hon betraktar sitt nyfödda barn. Vem är meddelandet ifrån ...?

– James.

– AHA.

– Vadå?

– Tidigare känd som den förhärdat ondskefulle James Fraser?

Anna hade känt sig tvungen att berätta något om det blodiga slaget vid UCL för Michelle och Daniel. Hon hade lyckats med balanskonsten att rentvå James utan att gå in alltför mycket på detaljer. Något med den där dagen fick henne att vilja behålla den mellan bara dem två. Michelle och Daniel hade stor respekt för Annas omdöme, och om hon sa att han inte var den han en gång varit var de villiga att acceptera det.

– Vi är vänner nu.

– Vänner som äter romantiska måltider med champagne och vibrerande choklad.

– Det var inte romantiskt! Och den vibrerade inte på riktigt.

– Och nu ska han komma till möhippan? Vilken man kommer till en möhippa om han inte får betalt per timme? frågade Michelle.

Anna log. Hon var inte särskilt intresserad av att stoppa Michelle.

– Okej, jag tänker skippa skitsnacket nu, sa Michelle och fyllde på Annas glas med mer Prosecco. Han är snygg. Du är snygg. Ni är singlar båda två. Vad gör det om ni tumlar runt några varv tillsammans? Jag tycker att det verkar som att han har gett dig de signaler du behöver för att ta steget över till ett mer fysiskt förhållande.

Anna ryckte på axlarna, osäker på vad hon tyckte.

– Jag menar inte att den där speciella personen som är perfekt för dig och får allting att falla på plats *inte* kommer att dyka upp. Men du kan väl ha kul fram till dess?

– Jag är nog inte särskilt bra på lösa förbindelser, invände hon. Jag tar allt på för stort allvar när det gäller relationer.

– Du vill inte kasta bort chansen att vara med en verkligt attraktiv man och sedan ångra dig. När jag fyllde trettio slog det mig att allt det här kommer att ta slut en inte alltför avlägsen dag. Föreställ dig att du sitter i en av de där rullstolarna de har på köpcentrum med röda, uppsvullna ben och en skotsk terrier i knät och tänker: allt det där sexet jag kunde ha haft.

Anna skrattade. James rehabilitering var fortfarande något ganska nytt. Och hon gillade honom inte på *det sättet*. Eller? Visst, han var enormt snygg. Gillade han henne på det sättet? Kanske ändrade det här allt.

– Jag menar bara att du inte behöver hålla på dig. Packa upp dina presenter. Drick ur glaset. Ligg med honom och ha lite kul för guds skull. Arancini?

Anna log och tog en boll från det överfulla fatet. – Även om jag bestämde mig för att jag ville göra det, hur fan skulle jag gå till väga? frågade hon med munnen full av friterat risottosris. Jag är hopplöst dålig på att flirta.

– Åh, det är enkelt. Var lättsinnig. Lite mer vågad. Hemligheten med att förföra någon är att det till nittiosju procent handlar om att hålla kvar ögonkontakten. Det manliga egot kommer att ta hand om resten. Tro mig, man kan praktiskt taget se ögonblicket då det går upp för dem att de kommer att få ligga.

Anna kom ihåg James råd när det gällde Tim vid invigningen på British Museum, och det gick upp för henne att han naturligtvis inte var någon novis.

Hur flirtade man på ett subtilt sätt? Fast av det Michelle sagt att döma var subtilitet inte målet.

Hon kände hur hon uppfylldes av ett inre ljus vid tanken på att träffa James. Det var som att hon rätade lite på sig, var lite smartare när han var i närheten. Hon hoppades att den röda klänning hon hade på sig såg okej ut. Eller, bättre än okej.

Hon vippade med foten i takt till musiken och undrade om Michelle hade rätt, om det fanns en chans att hon och James skulle gå hem tillsammans. Tanken skrämde henne mer än hon kunde ge uttryck för, men samtidigt fick den henne att känna andra saker också. Hon skulle inte säga nej. Michelle hade rätt. Det var dags att hon började leva.

65

När James gled in genom dörren hördes lämpligt nog just de första tonerna av Daft Punks *Get Lucky*, som om han hade sitt eget soundtrack.

Han lyfte handen till hälsning åt Anna och hon vinkade tillbaka medan Aggy tjöt till av förtjusning, kastade sig över honom och började babbla med armarna om hans midja.

James lyssnade och tolererade artigt den överdrivet familjära omfamningen. Han var klädd i svart kofta och en tunn ljusblå skjorta som behövde strykas mer för att kragen skulle sluta krulla sig. Han såg ännu mer ut som Clark Kent än vanligt. Fast Anna kunde inte låta bli att häpna över anblicken av *ännu* en kofta på James Fraser. Hur många ägde han?

Rovdjuren i rummet kände lukten av man, och snart var han omringad av nya vänner medan han kastade spelat panikslagna blickar mot Anna i smyg.

Hon antog att hon kunde lära sig att tycka om hela koftgrejen. Nu när hon brydde sig om personen under koftan. Hon kände en impulsiv längtan efter att ta Aggys plats, lägga armarna om James och krama honom hårt. Hon provade att tänka liderliga tankar om att knäppa upp koftan, vilket inte kändes helt rätt. Det var som en förförelsescen som inbegrep att knäppa upp hängselbyxor eller rulla ner stödstrumpor. Och sedan, när han pratade och fick hennes syster att skratta och diskokulan kastade ett mönster av ljus över dem, insåg hon att hennes känslor omfattade mer än att bara vilja ta av honom kläderna.

Hon ville ta sig under huden på honom. Hon ville att han skulle ge henne sitt hjärta.

– Jag ska hälsa på din syster, hörde hon James säga.

När han gick mot henne kändes det som att hennes eget hjärta vrängdes ut och in.

– God afton, sa han. Han lutade sig åt först det ena hållet och sedan det andra för att studera hennes utstyrsel. – Jag ser inget återkommande penistema. Och inga t-shirtar med trycket *Aggys haggor*. Alltsammans är mycket smakfullt. Bra jobbat, din gamla blåstrumpa.

Över James axel såg Anna hur Michelle gjorde två tummar upp. Hon försökte komma ihåg hurdan hon varit mot honom innan hon kände så här.

Hon tog till utvägen att tacka honom ytterligare för hjälpen med Aggy. Medan James pratade om att han brutit kontakten med Laurence konstaterade Anna att efter trettiotvå års väntan på den där blixten från klar himmel så kändes den inte som hon hade förväntat sig. Hon hade trott att det skulle kännas tryggt, som vetskapen om att du kommit hem, att du var där det var meningen att du skulle vara. I själva verket var det mer som att sitta fastspänd vid en stol som tippades ut över en klippkant. Som att blicka ner i ett bråddjup.

– Vet du, vi tittade aldrig på Tims dokumentär, sa James och tog emot ett glas. Har du sett den?

– Nej ... Och Anna hade verkligen velat se den. Men hon förknippade den med deras avbrutna kväll och hade inte samlat mod nog ännu. – Vi skulle kunna göra ett nytt försök. Minus Harlequin, broschyrer om plastikkirurgi och uppslitande gräl. Vänta lite, tänkte hon för sig själv. Var det här en chans att flirta? – Det var då du erbjöd dig att ge mig ett oberoende omdöme om mina bröst för att försäkra mig om att ingen operation behövdes.

– *Gjorde* jag? sa James. Den gamle James var verkligen en riktig lymmel. Gamle James, du lämnade oss för tidigt.

Anna skrattade. Det här var flirtigt, det här var bra. ”Få honom att föreställa sig hur du ser ut naken", det var väl något folk sa, eller hur?

– Jag kommer tacka ja till det erbjudandet, skrattade hon. Du kan hålla upp en liten skylt med en poäng.

– Herregud, sa James och gnuggade sig i ögat. Neeej!

– Nej? Brukar inte killar gilla bröst? undrade hon.

– Jo, men du är min vän. Det vore som att se min syster topless.

Aj. *Aj.* Anna kände en dämpad smärta i sitt berusade tillstånd, som om någon hade klippt till henne genom en kudde. Men när hon kom ihåg det imorgon bitti skulle det göra så in i helvete ont. Hon insåg att hon borde säga något distraherande, men hon kunde inte uppbåda tillräckligt med kraft. Som en *syster*? Hon var värdelös på att läsa av män och romantiska situationer. Hon var för bedrövad för att svara.

– Anna. Anna? hörde hon James säga.

– Mm, sa hon. Hon låtsades att det för närvarande pågick något fascinerande i hennes glas.

– *Anna.* Han satte handen under hennes haka och vände hennes ansikte mot sig. – Jag menade inte det där. Jag försökte vara nonchalant och undvika att låta som en snuskhummer. Jag vill inte därför att det skulle få mig att känna mig upprymd och egendomlig och som att jag var på väg att göra något olämpligt med dig.

– Det var det jag hoppades, sa Anna. Orden hade formats i hennes huvud och lämnat hennes mun innan hon fattat ett medvetet beslut om att det var en bra idé. Pang. Klart. Hon hade sagt det. Hon hade sagt allt.

James stirrade tillbaka på henne med munnen lätt öppen medan musiken dunkade, och Anna försökte komma på ett sätt att ändra eller mildra ordens innebörd. Inget kom till hennes räddning. De stod vid randen av något, och James reaktion skulle definiera allt mellan dem från och med det här ögonblicket. Anna kände sig som en spelare som placerat alla sina spelmarker på rött och väntade på att rouletthjulet skulle sluta snurra. Var de på väg att kyssa varandra? Inbillade hon sig bara att James böjde sig närmare, att de lutade på huvudena ...?

– Jag är tillsammans med Eva igen, sa han och backade. Han lät lätt chockad på rösten, som om han inte heller vetat om det förrän i den här stunden.

Anna kände återigen det där dova slaget, men tydligare den här gången. Trots oväsendet och stimmet i lokalen hängde tystnaden tjock och tung mellan dem under de följande sekunderna.

– Åh, sa hon. Hon hörde den trötta tomheten i sin röst trots att hon bara sa en enda stavelse.

– Det är fortfarande nytt. Han harklade sig. – Hon kom förbi igår. Vi tar det steg för steg. Hon har inte flyttat tillbaka ännu.

– Okej, sa Anna klanglöst.

– Du kan fortfarande komma förbi, sa James.

Anna hade varit med om ett antal stunder då hon verkligen kände sig liten och dum i livet. Det här ögonblicket hamnade högt upp på listan. – Ha. Nej, jag tror inte det, sa hon och skakade på huvudet med ett tunt leende.

– Det är klart att du kan, sa han utan att låta övertygad. Han såg desorienterad ut, som om han grubblade på saker och ting, som om han väntade sig mer av både Anna och sig själv än han kunde sätta ord på.

– Jag kan inte, sa hon.

– När allting har ordnat upp sig då? sa han hoppfullt. Hon visste att han inte lyssnade på vad han själv sa.

– Nej ...

– Du är alltid välkommen ...

Han fick det att låta som att hon var en gammal ogift moster som de skulle bjuda på kakor.

Anna log och uppbådade den lilla styrka hon hade kvar. – James. Snälla, sluta säg att jag fortfarande kan hälsa på. Vi vet båda två att jag inte kan det. Jag hoppas att det går bra för er. Tack ännu en gång för allt du har gjort för Aggy, jag kan inte tacka dig tillräckligt. Nu ska jag gå och ta en drink till. Hon gick beslutsamt mot baren.

– James sticker nu! ropade Aggy några minuter senare, och Anna såg honom dra på sig sin jacka och vinka.

Hon vinkade tillbaka med ett brett leende och tillräckligt mycket energi för att ursäkta att hon inte korsade rummet. Hon hade ingen aning om vad hon skulle säga till honom. Han måste ha förstått att hon inte ville prata eftersom han smet iväg så snabbt, vilket var något av en bedrift när en berusad Aggy klamrade sig fast vid honom som en koala.

– Gick det inte vägen? sa Michelle, som stod i närheten och hade blivit vittne till hans sorti.

– Nej, sa Anna med en blytung spelad lätthet.

– Hm, det här är en gåta, svarade Michelle.

Anna kunde ha löst den gåtan, men hon var inte redo än. Hon behövde smälta det på egen hand först. Hon var glad att kvällen började gå mot sitt slut, eftersom hon inte längre var det minsta festsugen.

När hon kom innanför dörren till sin lägenhet fick hon ett sms.

Jag är ledsen. J x

Det tog henne en halvtimme att under vånda skriva ett svar som också bara var tre ord långt.

Det är okej. A x

66

Han hade hittat henne när hon sökt skydd på förstukvisten. Ösregnet hade förvandlat hennes långa hår till fuktiga stripor och sminket till punkigt sotiga streck. Det blonda håret såg alltid mörkare ut när det var blött.

– Varför ringde du inte? hade han frågat.

– Det var spontant. Jag ville inte boka in ett möte, sa Eva, och James visste vad hon var där för att säga.

Hon försvann uppför trapporna och kom tillbaka ner igen med bara sin behå och en av hans koftor på överkroppen. Plagget gick nästan att vira två varv om hennes smala höfter.

De hade pratat i en och en halv timme medan regnet trummade mot marken utanför.

Innan hon träffade James hade hon alltid varit en fri och självständig person, förklarade Eva. Hon hade rest och gjort saker impulsivt, och i den våldsamma förälskelsens hetta hade hon gått med på att binda sig för snabbt. Det hade gett upphov till en jetlag som varade längre än den bokstavliga jetlag de upplevt efter bröllopsresan till Sri Lanka.

Hon hade aldrig nämnt det för honom, men hon hade haft något som påminde om en panikattack kvällen före bröllopet. Hon kände sig svimfärdig och hade hjärtklappning. James skulle ha trott att hon tvivlade på om han var rätt person för henne, men det var definitivt inte det som var grejen. Det hade bara kommit så snabbt, att lova något för resten av livet. Med facit i hand borde hon kanske inte ha tvingat tillbaka känslan utan berättat om den för honom. Minnet fick henne att torka bort stora, perfekta Man Ray-liknande tårar.

– Vad har förändrats? sa James.

– Jag saknade dig för mycket. Jag saknade *oss*. Hon drog upp benen under sig och såg liten och sårbar ut i den gigantiska rosa soffan.

Hm. Vagt och trevligt. Det kunde väl inte handla om att han hade börjat få flirtiga kommentarer på Facebook från kvinnliga bekanta, kollegor och till och med före detta flickvänner? Eller att mäklaren hade lagt upp bilderna och att de fått första förfrågningarna om visningar? Nej. Han intalade sig att det inte kunde handla om det.

– Hur tar Finn allt det här?

Eva torkade näsan mot ärmen på hans kofta. – Jag förklarade för honom att det aldrig skulle fungera mellan oss på lång sikt. Han förstår det.

James undrade vad hon hade sagt till Finn när hon flyttade in hos honom. När han och Eva började dejta kom han ihåg att en vän till henne, Victoria, hade sagt något till honom med ett tonfall som var menat att låta lekfullt men inte riktigt lyckades. ”Det man lär sig med Eva är att vad hon säger och vad hon gör är två olika saker. Så länge du inte förväntar dig att de ska stämma överens kommer du att klara dig fint.”

Han hade upprepat det för Eva, och hon hade fnyst och sagt att Victoria var förtjust i honom och ”något av en tråkmåns”. James kunde inte minnas att Eva någonsin hade bjudit hem henne igen efter det. Det slog honom att i den situation där man som bäst behövde höra sanningen om personen man träffat så teg alla, eller så blev de bannlysta.

Men han fick inte låta det som hänt göra honom cynisk. Hela poängen med att lära sig något av det han varit med om på sistone var att försöka bli mindre cynisk. Eva var hans fru och hon ville försöka igen. Han var inte Laurence. Kärleken måste få vara osjälvisk och förlåtande ibland.

Eva skulle inte flytta tillbaka in med en gång. Han skulle

stoppa försäljningen av huset, hon skulle bo hos Sara och de skulle träffas och prata tills de var redo för en riktig återförening.

Och om hon någonsin, *någonsin* var otrogen mot honom igen skulle det vara slut mellan dem. Hon förstod verkligen det. James intalade sig att han på sätt och vis kunde känna sig säkrare än många andra på den punkten. Hon hade redan spelat ut det kortet. Hon kunde inte göra om det och tro att han skulle förlåta henne en andra gång.

Idag hade hon bett honom att äta lunch med henne på Roebuck i Hampstead. Eva anlände med en klargrön axelväska full av *Homes & Gardens.* Hon ignorerade huvudsakligen sin lunch och ägnade sig istället åt att bläddra igenom de blanka sidorna. Hon hade lagt sig till med en androgyn look på sistone, med låga snörskor och smala byxor.

När James frågade henne varför hon var så intresserad av klädskåp och persiska mattor förklarade Eva att hon hade fått pengar av sina föräldrar för att köpa en möbel av något slag.

– Är det inte konstigt att du får en present som uppmuntran för att du går tillbaka till din man? sa han och tog en bit knaprig svål som låg på hans portion sidfläsk.

– Det handlar inte om det. De vet att jag har haft en jobbig period.

– Har *du* haft en jobbig period? Han grimaserade.

– Vi har haft det tufft båda två. Men jag är deras lilla flicka.

Efter lunch tog de en runda i den sortens förskräckligt dyra inredningsbutiker där allt var av glas, kritigt duvgrått eller flagnat gulvitt. En spöklik värld där bara utsökt bleka ting existerade. Det var tur för Luther att han matchade det hela. Men det var förstås därför han blivit utvald.

En liten pojke klädd i Baby Boden och sprillans nya Kickers stapplade förbi James som en uppdragen leksak, med sin mamma hack i häl. Hon såg spansk ut och pojken hade hennes kolsvarta hår och olivfärgade hy. När Anna fick barn skulle de se ut att komma från något medelhavsland. Det fanns inte en chans att de där italienska generna skulle vika sig för den glåmiga brittiska färgpaletten.

Anna.

Det hade varit så många saker som han velat dela med henne sedan de sågs förra månaden. De var väl vänner, eller hur? *Jag måste väl få lov att kontakta henne?* tänkte han. Hans syster var hemma ett tag och han ville verkligen att hon skulle träffa Anna, att Anna skulle få se att han hade en del vettiga personer i sitt liv. Och han ville få tillfredsställelsen att se Grace klicka med Anna. Tanken gjorde honom så lycklig att han till och med hade öppnat ett mejl och börjat skriva. Sedan slängde han utkastet.

Han hade nästan lyckats övertyga sig själv om att hon inte menat det hon sagt på möhippan om att de inte kunde träffas. Hon hade druckit en hel del och var tacksam mot honom för att han hade hjälpt hennes syster. Hon hade impulsivt sagt något tvetydigt. Men hon hade aldrig varit attraherad av honom. Eller?

Han saknade inte bara henne. Han saknade den James han varit i hennes sällskap.

– Jay, sa Eva lågt från andra sidan butiken. Jay?

Ett par män som diskret hade följt Eva med blicken sneglade på honom för att utvärdera honom som partner. James var van vid att bli studerad mer när han var tillsammans med henne. Han brukade gilla det. Faktum var att han brukade älska det.

– Vad tycker du om den här? Hon tryckte en broschyr från butiken mot munnen och dröjde sig kvar framför en stor spegel.

– Den är enorm, svarade han. Spegeln var lika stor som ett fotbollsspel, med snirkligt krön och sliten pärlvit ram. I kanterna var spegelglaset fläckigt och fullt av små skavanker.

– Jag skulle verkligen vilja ha en helfigursspegel i sovrummet.

– Hm. Jag är inte säker på att jag vill se så mycket av mig själv på morgonen.

– Äh, du ser vältränad ut. Att känna dig eländig klär dig uppenbarligen.

James stirrade på henne, mållös.

– Man måste vara försiktig på den här sortens ställen nuförtiden, fortsatte Eva lågt och lyfte broschyren några centimeter från munnen. Jag älskar den gustavianska stilen, men hela shabby chic-grejen har blivit så kommersialiserad. Alldeles för många vitmålade reproduktioner av franska antikviteter. Man kan lika gärna köpa sina kuddar på Next, skaffa sådana där färgade champagneglas som det står mr och mrs på och installera ett byggvaruhuskök i lönn.

– Vem bryr sig om var du köper dina kuddar? sa han. För att få ett svar behövde han bara titta på alla de smarta, snygga och polerade paren i trettioårsåldern i butiken som var i färd med att skaffa sig mer elegant bråte till sina avundsvärda liv. James passade in perfekt.

– Haha, i så fall kan vi gå till Argos och köpa en spegel med ram i rostfritt stål, skrattade Eva. Eller sticka till Ikea för en sådan där vågformad spegel och korgmöbler. Hon vände sig mot deras spegelbild igen, lutade huvudet mot hans arm och satte handen mot hans haka. – Är skägget här för att stanna? Jag har börjat vänja mig vid det.

67

Anna var inte beredd på att den hopplösa, närmast tonårslika längtan skulle genomsyra alla aspekter av hennes tillvaro. Varje låt på radion talade till henne, varje tanke var bara ett kort steg från James. Varje enformig vardagssyssla påminde henne om att han var borta. Hur kunde frånvaron av någon märkas så mycket? Han fanns överallt nu när han inte fanns någonstans.

Så fort hon fick ett mejl eller ett sms önskade hon att det skulle vara från honom.

De senaste veckorna hade hon haft gott om tid att grubbla över det ironiska och märkliga i den här situationen. Monstret från hennes förflutna hade återvänt, bara för att ha en närmast magisk effekt på henne. Anna plågades inte av minnena från skolan längre. De gjorde fortfarande ont, det skulle de alltid göra, men James villighet att stå för det han gjort hade inneburit någon sorts seger för henne.

Det lät konstigt, men genom att förlåta honom hade hon förlåtit sig själv. Hon hade inte insett att hon alltid anklagat sig själv för att hon låtit sig bli mobbad – en sorts självhatande skam. Nu insåg hon att Mark, hennes före detta pojkvän på universitetet som alltid hade hittat fel hos henne, också hade hatat sig själv. Det var därför han uppmuntrat Annas osäkerhet, för att hon skulle känna sig lika hopplös som han gjorde. Följaktligen var det rimligt att den perfekta kuren skulle ha varit någon som älskade sig själv.

Hon önskade verkligen att hon hade kunnat dela den observationen med James, höra hans pärlande skratt och sarkastiska svar. Hur skulle hon kunna hitta någon som fick henne att skratta som han?

Först nu, när hon inte hade någon chans att uppmuntra honom att bli kär i henne, begrundade Anna hur bra James hade kunnat passa henne. Han var intelligent och han var en utmaning. De hade tillräckligt mycket gemensamt för att det skulle vara bekvämt, och de var tillräckligt olika för att det skulle vara intressant. Han hade ansträngt sig för att göra ett gott intryck på hennes familj och vänner. Han kände till hela hennes historia. Det där sistnämnda skilde honom från alla andra i ett enda svep.

Och uppenbarligen åtrådde hon honom. Det hade hon egentligen vetat hela tiden, men hennes hjärna kunde inte ge henne friheten att uppmärksamma det förrän nu.

När hon i efterhand såg tillbaka på deras tumultartade återupptagna bekantskap förstod och litade hon på James motiv. Han var schysst, vänlig och ärlig när det verkligen hade betydelse. Han hade dolt dessa goda egenskaper under en hel del egenkärlek och alldeles för många stickade plagg. Till skillnad från Laurence, eller till och med Patrick, hade James velat lära känna den riktiga Anna och han hade accepterat henne utan några amorösa planer och utan att vilja få henne i säng. I slutänden önskade hon paradoxalt nog att han hade velat det.

Att föreställa sig honom med Eva var nästan för smärtsamt. Tanken på dem i en frenetisk sammanslingrad återförening fick henne att vilja kräkas. James var inte Evas typ. Det kanske verkade som att han var det, men egentligen var han Annas typ. Eller var han det? Hade Anna bara varit en ideologisk semester från den hjärtlösa hipstervärlden? Om det här flygplanet störtade i det kalla, grå havet, skulle James fälla en tår när han fick höra talas om hennes död?

– Anna? Anna. Är du där inne? Befinner du dig i trance?

Michelle viftade med en hand framför ansiktet på henne. Anna hade varit så förlorad i sina tankar att det kändes som om hon slitits ut från livmoderns värme.

– Hur är det med dig? frågade Michelle. Du har varit lite frånvarande på sistone. Nu har du stirrat på en molnbank i en halvtimme.

– Alltså ... Anna satte sig rakare upp i stolen igen. – Det finns bara moln där ute.

– Påminn mig inte.

Michelle placerade åter sin hand på armstödet som hon kramat hårt ända sedan de lyfte. Michelle var väldigt flygrädd. Hon hade svalt en näve lugnande naturläkemedel tillsammans med två dubbla gin och tonic, och när de gick ombord hade Anna och Daniel varit tvungna att hålla henne under vardera armen, som om hon var gammal och skör.

Bröllopsgästerna hade mer eller mindre tagit över en hel Easyjet-avgång från Stansted till Pisa. I slutänden hade Daniel åkt utan Penny, som bestämt sig för att hon helt enkelt inte hade råd. ("Jag väntade mig halvt om halvt att hon skulle komma och han stanna hemma", hade Michelle kommenterat.)

Planet studsade till lite grann och skyltarna med säkerhetsbältessymbolerna tändes med ett pling.

– Vad är det som händer? Varför säger de till oss att spänna fast oss? skrek Michelle. Hon hade aldrig knäppt upp sitt säkerhetsbälte.

– Det är förmodligen lite turbulens här, sa Anna medan hon spände fast sig. Planet dippade igen, skarpt, och sedan följde några luftgropar till.

– Vad i helvete är det här! ylade Michelle. Varför säger inte piloten något? Han är plötsligt helt tyst. Och all kabinpersonal har försvunnit!

– De måste också sitta fastspända vid turbulens, sa Daniel och höll fram en rund plåtask full av pudersocker. En karamell?

– Jag vill inte ha någon förbannad karamell, men jag behöver kanske en självmordskapsel. De har gått och gömt sig därför att de inte vill se våra dödsdömda ansikten.

– I så fall vill jag dö med en karamell i munnen, sa Anna. Hon sträckte sig mot Daniel, och just då sjönk planet, vibrerande och rasslande. Ett par flämtningar hörde även från de passagerare som inte var flygrädda.

– Det är ingen fara, Michelle, sa Anna och försökte klappa henne lugnande på knät, men rörelsen i kabinen fick henne att missa målet.

– Vi kommer att dö, det här är slutet, jag visste det. Jag har alltid vetat det, och det är därför jag inte gillar att flyga, sa Michelle och knep ihop ögonen. Nu kommer jag aldrig få chansen att göra allt jag vill göra, som att se operahuset i Sydney eller ligga med Guy.

– Ligga med vem? sa Anna.

– Guy. Överklasskillen från Meat Cute, det där nya hamburgerstället nära The Pantry. Han har frågat mig om jag vill gå ut med honom. Michelle öppnade fortfarande inte ögonen.

– Och så får jag skäll för att jag äter hans hamburgare! sa Daniel och kikade förbi Michelle på Anna.

– Det är en lång flygresa till Sydney, tillade Anna.

– Håll tyst, håll tyst, håll tyst. Och jag förstår inte varför ni två är så blasé. Det är inte som att ni har utnyttjat vår korta tid på jorden på bästa sätt.

– Okej, sätt igång, sa Daniel.

– Anna, du måste sluta hänga upp dig på det förflutna och ha sex med alla män, sa Michelle.

– Alla?

– Och Dan, snälla, gör dig av med Penny. Hon är helt fruktansvärd.

– Jag trodde det var meningen att livrädda passagerare skulle babbla om sina *egna* hemligheter? sa Anna, generad å Daniels vägnar.

– Jag kan inte göra slut med Penny, sa Daniel och tog stöd med handflatorna mot det skakande sätet framför.

– Jo, det *kan* du!

– Nej!

– Jo! Du tror att du inte kan det, men det är bara rädslan som talar!

– Det är logiken som talar. Jag har redan gjort slut med henne.

– Va? Michelle öppnade ögonen. – När då?

– Innan vi åkte.

Turbulensen lade sig. – Jag hoppas att allt är bra med dig, Dan? sa Anna. Jag är ledsen.

– Är du verkligen det? undrade Daniel med ett leende.

– För din skull, tillade hon.

– Vad hände? frågade Michelle.

Anna kramade hennes arm i smyg för att signalera att hon inte skulle säga för mycket.

– Kommer ni ihåg spelningen på Star & Garter i Putney? Hon framförde en till låt om mig. Daniel suckade. – Och jag tänkte, vet du vad? Du är inte *snäll*. Man kan leva utan en massa saker, men inte utan vänlighet.

– Mycket klokt, sa Anna.

Skyltarna med säkerhetsbältessymbolerna slocknade igen med ytterligare ett pling.

– Titta Michelle! sa Anna. Vi måste vara igenom det nu. Hon var på väg att knäppa loss sig.

– Nej! sa Michelle. Lita inte på dem. De vill säkert bara ge oss en chans att be en sista bön.

Högtalaranläggningen slogs på. – Mina damer och herrar, det här är er pilot som talar. Ni har kanske lagt märke till att vi upplevt en smula turbulens ...

– Tack för ingenting! ropade Michelle. Jag ska ge dig en smula turbulens!

~

Aggy hade hyrt en ledig skolbuss som bröllopsgästerna skjutsades runt i över helgen, och den första utflykten gick till staden Lucca, som låg vid foten av ett berg och omgärdades av vallar. Där blev det middag och drinkar.

Lucca var den perfekta introduktionen för dem som inte varit i landet tidigare – oförstört, klassiskt, vykortsvackert och typiskt för Toscana, med medeltidsarkitektur, röda tak och olivträd.

Aggy hade bokat en charmig och prisvärd trattoria för middagen, och efter maten strosade de över torget och längs kullerstensgator i skymningen till en kafébar. Anna visste inte hur Italien lyckades så bra med shabby chic. Hemma var flagnande färg bara flagnande färg. Här var det ofattbart romantiskt.

Hela tiden såg eller tänkte hon något som hon ville dela med James, och hon rörde vid mobiltelefonens släta rektangel i fickan. *Skicka inte sms till honom när du är småfull,* påminde hon sig själv.

I barens tak hängde vindruvsrankor i plast och dörröppningarna kantades av ljusslingor. Gästerna minglade med varandra, drack Aperol Spritzes och åt crostini. Bedagad skönhet och ett civiliserat spritintag – ja, de var definitivt utomlands. Annas pappa stod lutad mot baren och njöt av möjligheten att få prata sitt modersmål med bartendern. Karakteristiskt nog hade hans brytning blivit tre gånger så framträdande så fort de landat i Pisa.

Anna såg sig omkring i lokalen och tänkte att man aldrig hade kunnat gissa att den här utflykten var en del av en nödlösning som ersatt ett annat bröllop. Hon var tvungen att medge att Aggy verkligen var en eventplanerare av rang. Inte undra på att hennes något fåniga syster tjänade fånigt mycket pengar. Även om det inte var fånigt mycket nog för Aggy. Anna grimaserade när hon påmindes om att Aggy var skyldig James tusentals pund. Hon förstod varför James hade undanhållit det från henne. Vetskapen om vad han gjort fick henne att känna sig obekväm.

– Jag cirkulerar, sa Aggy och gled fram till Anna, Michelle och Daniels bord med ett gigantiskt glas rödvin i handen. Jag är på semester med hela min familj och alla mina vänner, när kommer jag någonsin att få uppleva det igen? Jag vill inte missa något. Dessutom vill jag nämna att Chris och jag har en överraskning åt er allihop imorgon.

– Gode gud, nej, stönade Anna. Det är bäst att det inte har något med en publik att göra.

– Du får vänta och se, sa Aggy prudentligt och Anna satte en hand över ögonen.

– Jag hatar överraskningar, sa hon. Jag gillar när saker och ting är förutsägbara.

– Var inte så tråkig, kära storasyster. Okej, vad pratade ni om? Vänta förresten ... Aggy tjöt till utan att invänta något svar. – Du berättade inte för mig att James Fraser hade gått tillbaka till sin fru!

Annas mage knöt sig som en fotboll någon stuckit hål på. – Hur vet du det? frågade hon.

– Själviskt av honom, eller hur? Precis när vi hade öronmärkt honom åt Anna, sa Michelle.

– Jag blev kompis med honom på Facebook. Hans fru lade upp en kärleksdikt på hans vägg härom dagen. Massor av folk kommenterade det, sa Aggy. Jag såg det när jag kollade att min telefon fungerade tidigare. Jag var rädd att vi inte skulle ha någon mottagning här uppe.

– Om vi inte hade haft det kan jag föreställa mig dig uppe på toppen av berget med en ståltrådsgalge som du försöker få blixten att slå ner i, sa Daniel.

Den här oväntade bekräftelsen av att James förnyat sina löften fick Anna att skruva på sig. *Lade upp en kärleksdikt på hans vägg.* Anna var visserligen partisk, men Eva lät som en fruktansvärd person. Hon bubblade av svartsjuka och elände, som vattnet i en kokande kittel, och fingrade på foten till sitt glas.

– Hans fru är så snygg. De kommer att få underbara barn.

– Sluta snoka, Aggy, fräste Anna. Du är inte ens vän med honom på riktigt!

– Jo det är jag, svarade hon sårat. Jag skickade till och med en inbjudan till bröllopet, men han hade en grej på jobbet.

– Aggy, kved Anna gällt.

– Vadå? Han har varit väldigt schysst mot mig.

– Du borde ha frågat mig först.

– Skulle du ha sagt nej? undrade Aggy.

– Ja.

– Varför?

Öh ...

– På grund av hans fru.

– Är hon så otrevlig? sa Aggy. Jag trodde inte att du kände henne.

Michelle gav henne en utvärderande blick.

Anna föreställde sig att hon stod i en djup grop och skyfflade jord över sina axlar med en spade. Ingen vid bordet kunde riktigt läsa hennes reaktion, men de anade allihop att något inte var som det skulle. Annas instinkt var alltid att dölja när hon blev sårad. Hon ville inte göra det längre. De där sakerna höll en bara tillbaka.

– Förlåt. Det är inte ditt fel, Aggy. Det var inte konstigt att du bjöd honom. Saken är den att ... Anna drog efter andan. – Jag lyckades av misstag, oavsiktligt och till ingen nytta ... Hon tänkte använda ett ord som hon inte hade sagt högt ännu. – ... bli kär i James Fraser. Och precis när jag visat det fick jag reda på att han var tillsammans med Eva igen.

Michelle och Aggy flämtade till.

– Vet du vad, jag är faktiskt inte förvånad, sa Aggy.

– Du flämtade just till! sa Anna.

– Ja, men det var mer "wow!". Aggy mimade en förbluffad min och sedan en nickning. – Inte "vaaa?". Hon höll upp ena handflatan och skakade på huvudet. – Jag visste det helt säkert. När ni väl var vänner och hade blivit sams visste jag det.

– Hur då?

– För det första, vem skulle *inte* gilla honom? Jag vet att du är min korkade syster, men så korkad är du inte. För det andra pratade du om honom hela tiden.

– Det stämmer, inflikade Michelle och bet i sitt sugrör. Det var alltid "kan du fatta att James sa det?" Fruktansvärda, hemska, irriterande, oacceptabelt sexiga James.

– Ni visste det alltså innan jag visste det? Jag undrar om han också visste? Det är en deprimerande tanke.

– Sa du det till honom? frågade Daniel.

– Att jag var kär i honom? Inte så rakt på sak. Eller, inte alls egentligen. Jag sa något uttalat flirtigt på möhippan, han såg generad ut och tillkännagav att han var tillsammans med Eva igen. *Pinsamt.*

– Du kanske borde ha sagt det till honom ändå, sa Daniel.

– Skulle det inte bara ha gjort alltsammans ännu mer förödmjukande för mig, helt utan anledning?

– Visst, men om han inte vet om det kan han inte göra något åt det.

– Även om jag sa något så tror jag inte att det skulle få känslorna för hans fru att försvinna, sa Anna.

Hon drog sig till minnes samtalet om Eva de haft i London Eye. James hade verkat undanglidande när han pratade om henne. Då hade hon halvt om halvt trott att det var en fåfäng mans sätt att undvika att medge hur starka hans känslor var, ifall han misslyckades med att vinna tillbaka henne. Nu hade Anna varje anledning att hoppas att han verkligen tvekade när det gällde sin fru.

Hon önskade att livet hade varit som ett av Patricks videospel där man valde ett alternativ, sköts ner av ett maskingevär och sedan började om och gjorde ett annat val.

– Hur som helst skulle det aldrig ha fungerat, sa Anna med det där tonfallet man använder när man låtsas vara över något som fortfarande gör ont. Ni gillade honom inte.

– Vi gillade inte vad han gjorde en gång i tiden. Michelle petade på sina isbitar med sugröret. – Men när vi träffades på möhippan gillade jag honom. Han hade ställt saker och ting tillrätta med dig. Han var rolig. Jag kunde visst se honom tillsammans med dig.

Aggy nickade. – Jag var arg på honom för att han inte hade bett dig om ursäkt, men när jag träffade honom på The Zetter kunde jag se att han verkligen var ledsen. Det viktiga är ifall han skulle ha behandlat dig bra nu, och det tror jag att han skulle.

– Åh, sa Anna, osäker på om hon borde vara nöjd eller inte.

– Han har gjort ett stort misstag. Ni två är menade för varandra, sa Aggy. Ni har samma hårfärg. Och hans fru har en massa selfies på Facebook, tagna i badrumsspegeln. Hon är helt klart självupptagen. Jag förstår inte vad James ser hos henne.

– Bortsett från ett slående yttre, sa Anna.

– Om han har valt Eva framför dig var han inte bra nog åt dig, konstaterade Aggy bestämt. Ingen som är bra nog åt dig skulle hellre vilja vara med henne.

Anna log. – Tack. Men det är möjligt att han är bra nog *och* väljer henne. De är gifta, de har ett hus ihop och en historia och en surmulen katt. Det stod aldrig och vägde mellan oss. Hon hade så mycket mer i sin vågskål.

Alla nickade artigt och ifrågasatte inte vilket band en surmulen katt kan skapa.

– Fast vet ni vad det där Aggy sa om kärleksdikten på Facebook fick mig att tänka på? sa Anna.

– Att Facebook drar till sig idioter som sylt drar till sig bin? sa Michelle.

– Man kan inte göra sig av med folk längre. Vi lever i en tid av digital oändlighet. Så fort jag har ett svagt ögonblick kan jag se vad James har för sig. Hans profilbild kommer att bytas ut mot en ultraljudsbild, och därefter honom med först ett barn och sedan ytterligare ett. Jag menar, man kan bokstavligt talat förfölja någon timme för timme nuförtiden. Det kommer att vara ”James Junior sitter på pottan, haha”.

– Det blir jobbigt. Michelle nickade.

Aggy suckade. – Om det här var en film skulle James ha störtat iväg till flygplatsen för att berätta att han känner likadant innan planet lyfte, sa hon.

– Du är inte till någon hjälp, Agata, sa Michelle. Och det där med flygplatsen måste vara den dummaste av alla klyschor. De flesta människor går väl raka vägen genom passkontrollen och vidare till taxfreebutikerna, eller hur? Köper de där kärlekskranka satarna en flygbiljett bara för att framföra sitt tal? Jag skulle inte tro det.

Aggy satte handen mot hakan. – Nej ...

Anna undrade om Daniel hade rätt. Borde hon ha berättat för James hur hon kände? Hon var nittionio procent säker på att Daniel hade fel och att det vore helt meningslöst. Men den enda återstående procenten var tillräckligt för att få henne att handla.

Medan samtalen fortsatte omkring henne, öppnade Anna ett

mejl. Det kändes som att hon tog sats inför en stor ansträngning. Hon började skriva.

Hej James. Jag är i Italien, full av pasta och vin. Vinet är mer relevant med tanke på det jag vill säga. Det enda jag kan tänka på är hur du fick det här bröllopet att hända. Du kan antagligen korta ner det till att det enda jag kan tänka på är dig. Jag är ledsen att vi inte kan vara vänner längre, men det betyder inte att jag inte vill att du ska bli lycklig. Jag kommer aldrig ångra att du blev en del av mitt liv igen och förändrade det för alltid, till det bättre. Jag kan inte klandra dig för att jag blev plötsligt, oväntat men tydligen ihärdigt kär i dig. Jag kan VERKLIGEN inte klandra dig, eftersom du ägnade större delen av tiden åt att vara otrevlig mot mig. Hur som helst, jag antar att det här är lite väl Harlequinskt för din smak. Jag kommer fortfarande ihåg dina skämt om mina böcker. Ta hand om dig. Och Luther. Tänk på mig med värme, det är så jag kommer att tänka på dig. Anna xxx

Var det för mycket? Med alkohol i kroppen, på distans och fylld av känslor var det svårt att avgöra. Skit samma, hon visste redan att hon tänkte skicka det. Hon klickade och grimaserade. Hon såg efter att mejlet hade skickats. Hon suckade.

De lämnade restaurangen och klev ombord på bussen. Medan den långsamt slingrade sig uppför berget mot Barga kollade Anna sin telefon ungefär sjutton gånger.

– Är allt okej? frågade Michelle medan de skumpade fram. Hon fick överrösta Aggy, som sjöng med till Kelly Clarkson.

Anna medgav vad hon hade gjort.

– Jag vet att det inte får dig att sluta ångra något, men om han har kastat bort sig på den där iskalla Hitchcockblondinen var han inte rätt kille för dig.

De lutade sina huvuden mot varandra under resten av resan.

På sätena bakom dem kunde Anna höra Daniel djupt inbegripen i ett samtal med en PR-tjej, som förklarade hur det gick till när tjejer bestämde att de "bara ville vara vänner". Anna log. Hon var på sätt och vis sorgsen, men det var en glad sorgsenhet. Hon hade gjort allt hon kunnat – det fick gå som det ville.

När hon släckte lyset i deras rum på det enkla men pittoreska hotellet accepterade hon att det var mycket troligt att James hade läst mejlet vid det här laget, och att det innebar att chansen att hon skulle få ett svar nu var minimal.

Hon kunde föreställa sig hur James läste det, där långt, långt borta, sammanslingrad med den kattlika Eva på den rosa soffan med Luther intill sig.

– Vem är det från? skulle Eva säga. *Åh, ingen.*

Frånvaron av gatubelysning gjorde att rummet nu var insvept i den sortens tjocka, sammetssvarta mörker där man knappt kan se en hand framför ansiktet. Ändå kunde hon se James ansikte framför sig, lika tydligt som om han varit där med henne.

Just som hon var på väg att somna plingade mobilen till. Hon vaknade med ett ryck och famlade efter telefonen, som spred ett kusligt månskensljus över nattduksbordet. *Snälla, säg att han har skrivit något fint ... något jag kan hålla fast vid medan jag väntar på att den här längtan ska gå över.*

Hon tog telefonen och öppnade sitt mejlkonto.

Anna! Det var länge sedan! Jag har lagt märke till att du inte verkar lika aktiv på dejtingfronten längre. Är du redo för ett andra försök att få det att "klicka"? ☺ Neil x

68

Anna hade varit rädd att hennes syster skulle vara totalt uppskruvad på sin bröllopsdag, och ja, lite odräglig. Men när dagen var inne blev Aggy plötsligt fullkomligt lugn och rofylld. Det var som att nu när alla hennes planer hade burit frukt kunde hon bara låta sig svepas med, som en adelsdam i en bärstol. Vid sen frukosttid satt hon och smuttade på en persikobellini i det lilla hotellets största sovrum medan frisören trädde in pärlor på en tunn metalltråd i hennes håruppsättning. Brudklänningen hängde utanpå en stor garderob i rosenträ, och deras mamma hade inspekterat varenda centimeter för att försäkra sig om att dess storslagenhet inte hade solkats av någon flygplatsanställds fingrar. Därefter tog hon över rollen som allmänt orosmoln, och hon ojade sig, bekymrade sig, tjafsade och klagade resten av morgonen.

Vid lunchtid stod Anna inte ut längre, och hon sa något milt men tillrättavisande om hur viktigt det var att hålla Aggy i balans så att hon inte jagade upp sig.

– Men det här är kanske min enda chans någonsin att vara brudens mor, svarade hennes mamma.

Anna konstaterade att det var tur att hon inte var särskilt ivrig att gifta sig, annars skulle det där *kanske* ha kunnat uppfattas som sårande, men Judy hade redan börjat bräka om någon annan aspekt av arrangemanget.

Inom mindre än en timme hade brudtärnan fått på sig sin klänning, hennes hår och smink var klart och en överdimensionerad vit sidenblomma var fäst vid sidan av hennes huvud.

Hon satt och läste en bok om det medeltida Italien i lugn och ro.

– Aureliana, hur kan du läsa en bok på din systers bröllopsdag? klagade hennes mamma.

– Hon får bara håret fixat. Jag kommer inte att läsa under själva vigseln.

Hennes mor rynkade bestört på näsan. Anna traskade bort till fönstret, med dess djupa fönstersmyg, och öppnade det. Utsikten var majestätisk – de var så högt upp att låga moln svepte in kullarna i tunna, rökliknande sjok. Luften doftade av jord och växtlighet och den bleka vintersolen värmde upp marken.

Att vara med sin familj och sina vänner, omgiven av människor hon älskade, var det bästa för Annas humör. När Aggy äntligen var färdigfriserad reste hon sig med ena handen på kjolarna. En spetskantad slöja hängde nerför hennes rygg.

– Vad tycker ni? sa Aggy.

– Häpnadsväckande! sa Anna, och blev förvånad när hon kände en tår rinna nerför kinden. Hennes lillasyster, som hon brukat slåss med om fjärrkontrollen iförd pyjamas, var nu en dröm av svart blankt hår och snövit tyll.

Deras mamma sjönk ner på sängen i sin raka, ljusgröna klänning från Phase Eight. Hon behövde hela paketet med parfymerade näsdukar för att hejda sina snyftningar. Efter att Anna försiktigt uppmuntrat henne att gå och ta hand om gästerna, som behövde henne mer nu när Aggy var klädd och klar, lämnade hon dem motvilligt.

– Okej. Är du redo att gifta dig? frågade Anna när de väl var ensamma.

Aggy spärrade upp ögonen, som kantades av lösögonfransar. – Helvete. Jag ska gifta mig!

– Ja, det ska du, sa Anna. Med Chris. Jag är nästan lika förtjust i honom som du är. Det gjorde du bra, Aggy.

– Åh, Anna! Aggy lade armarna om henne. – Du är den bästa systern man kan ha. Det finns någon för dig också, som kommer att älska dig lika mycket som vi alla älskar dig. Det vet jag. Det *lovar* jag dig. Och det här kommer att vara du en dag.

– Det vore trevligt, men jag behöver ärligt talat inte någon man. Och jag tänker njuta av ditt bröllop lika mycket som jag skulle njuta av mitt eget. Antagligen mer. Jag har alla människor jag behöver här. Du vet att jag alltid har behövt dig mest av alla. Mer än någon annan.

– Åh ... det är så fint sagt ... Aggy skrynklade ihop ansiktet. – Ibland tänker jag på hur nära det var att jag ... att vi förlorade dig ...

– Nej, tänk inte på det! Åh, Aggy ...

De kved till båda två, såg på varandra under all ögonskugga och insåg vilken potentiell sminkkatastrof som hotade.

– Gråt inte, beordrade Anna med känslosam röst. Mamma kommer att mörda oss om mascaran rinner!

– Oj, oj, oj. Aggy och Anna dansade runt i små cirklar och viftade med händerna mot ansiktena i ett försök att hejda tårarna.

– Tänk på något osentimentalt, uppmanade Anna. Vänta lite, en drink hjälper nog! Akta bara läppstiftet. Hon räckte Aggy den sista slurken av en bellini och svepte i sig det som återstod i hennes mammas glas. – Känns det bättre? Är allt under kontroll? frågade hon.

Aggy nickade.

– Nu går vi, innan vi blir tårögda igen.

Med täta buketter av vita rosor i händerna gick systrarna från hotellet till byggnaden där vigseln skulle äga rum. Aggy lyfte upp sin klänning från marken och Anna gick strax bakom henne. De såg imponerande och eleganta ut där de skred framåt. De höga klackarna och lutningen på de stenbelagda, smala gatorna mellan husen i urtvättade vaniljtoner gjorde att det gick långsamt. Alla som såg dem stannade, klappade i händerna och i några fall bussisslade när de passerade.

Äldre bybor stod i dörröppningar och ropade: ”*Bella*! *Bella*!” När de sa tack hojtade en man på en skranglig cykel ”Gift dig med mig!” på bruten engelska, och det hördes mer skratt och applåder.

Det här skulle Aggy aldrig ha fått i London, tänkte Anna. Det kändes så mycket mer speciellt än att sitta i en vit Rolls-Royce som fastnat i trafiken. Staden stannade spontant upp för deras skull, och alltsammans hade den där speciella, särskilda charmen som bara något oplanerat kan ha. Anna kände det som att hon var med i en film, eller en väldigt påkostad reklamsnutt för Mastercard.

– Det här är det bästa bröllopet någonsin, sa Anna över axeln. Och det har inte ens börjat än.

Förmiddagen hade just övergått i eftermiddag. Anna älskade den friska luften här uppe, man kunde känna lukten av kastanjeträden som växte över hela bergen nedanför. Det var höstigt kyligt men inte kallt, och så här under lågsäsongen var staden fridfull. Inget lyxhotell kunde tävla med den här sortens skönhet – terrakottafärgat tegel, blomsterlådor fulla av pelargonier, de dammigt citrongula, korallrosa och grå tonerna husen var målade i, de gräsgröna fönsterluckorna. I fjärran syntes böljande kullar med klungor av cypresser.

– Är du säker på att du hittar? sa Anna till sin systers rygg.

– Ja. Jag har kollat upp vägen säkert hundra gånger, svarade Aggy.

– Bra. Vi vill inte dyka upp med våra telefoner i högsta hugg och ögonen klistrade vid Google Maps. Är du nervös?

– Jag var det innan jag tog på mig klänningen, men nu vill jag inte slösa bort en sekund av att ha den på mig.

När de nådde backkrönet stod deras pappa där och väntade på dem. – *Mie bellissime figlie!*

Han pussade Anna på kinden och höll ut sin arm mot Aggy. De strålade mot varandra under tystnad, och delade det här lilla ögonblicket före ett stort ögonblick.

– Vill du ha slöjan nere? frågade Anna och gjorde en gest mot den.

– Åh, ja. Pappa, kan du ...? Aggy vände sig om.

Med darrande händer vek deras pappa ner slöjan och plötsligt kände Anna en klump i halsen. Det var konstigt hur man kunde tro att man inte brydde sig om sådant som ett traditionellt bröllop, men när det väl gällde fick det nästan ens hjärta att spricka. Hon ville springa in i rummet och säga till alla där att hon älskade dem, även om de förmodligen skulle märka att hon var lite berusad.

Hon drog ett djupt andetag när dörrarna slogs upp och hon klev in i salen. Hon gick långsamt uppför gången med buketten framför sig. Bakom henne började bröllopsmarschen spela, och hon hörde reaktionerna när Aggy följde efter.

Vigselförrättaren från Palazzo Comunale bar ett band i den italienska flaggans färger och Chris såg nervös ut och var ovanligt välkammad och prydlig i sin kravatt och frack. Han blinkade åt Anna. Hon var så glad att Aggy gifte sig med någon som älskade henne av hela sitt hjärta.

Ceremonin gick som planerat, och alla småskrattade artigt åt Aggys löften. Det var möjligt att de hittade humor även där den inte riktigt var avsedd. Chris löften handlade om de saker han verkligen älskade med Aggy: hennes omsorg om andra människor, hennes intagande personlighet och hennes förmåga att alltid repa sig från motgångar. Det sistnämnda gav upphov till några talande leenden. Sedan en kyss, appläder och så var Annas syster gift, hustru till en make som Anna var mycket nöjd med att ha som svåger.

Mammorna torkade sina ögon medan Chris kollegor och gänget från Hornsey hurrade och visslade. Folk hade alltid sagt att Anna hade ett gott inflytande på Aggy, den mogna storasystern som tog hand om henne. Men i den här stunden tänkte Anna på hur bra hennes syster tog hand om henne. Anna behövde någon i sin närhet med Aggys livsglädje och tendens att kasta sig in i saker med huvudet före. Någon som en gång bokstavligt talat hade dragit henne tillbaka in i livet.

Utanför lokalen steg ett högt jubel medan alla kastade rosenblad på det lyckliga paret. Och de var verkligen lyckliga. Anna hade sett sin lillasyster överdrivet uppspelt för många gånger för att kunna räkna dem, men nu lyste hon av äkta glädje.

De vandrade tillbaka nerför gatorna och gick ombord på bussen som skulle ta dem till restaurangen en halvtimme bort där festen skulle äga rum.

Restaurangen, Da Serena, var ett rymligt utrymme som påminde om en loge och som drivits av en familj från trakten i flera generationer. Raderna med bord var dukade med pappersdukar, krukor med brödpinnar och fat med bruschetta. Anna hade på sig en tubformad underklänning som såg ut och kändes som att den designats för minsta möjliga luftmotstånd, och hon hoppades att hon skulle kunna göra de många rätterna rättvisa.

I ena änden av rummet fanns en scen där ett band höll på att ställa i ordning sin utrustning. Rummet var så rymligt att man inte behövde flytta undan något inför kvällen. För femtioelfte gången tänkte hon att det här var så mycket trevligare än en plågsamt dyr lokal med regler, föreskrifter och pillig mat.

När de satte sig för att äta insåg Anna att hon satt mitt emot en oerhört attraktiv italiensk man med en lockig mopp till hår. Han såg ut som att han borde vara draperad över en vespa på omslaget till *GQ Italia*.

– Aureliana? sa han med den där förtjusande brytningen. Jag heter Primo.

Åh, herregud, Primo. Honom hade hon glömt bort. *Tack Aggy, till och med på din bröllopsfest får jag vara med om en blinddejt.* Inte undra på att hon var så säker på att Anna skulle träffa någon. Med det sagt fanns det värre sätt att hantera existentiell smärta än att få ihop det med en snygg arkitekt från Toscana ikväll. Dessutom såg han på henne som en herrelös hund såg på ett köttben.

I vissa situationer skulle Anna kanske ha haft något emot det, men just nu välkomnade hon känslan. Hon fladdrade med sina inte alls naturliga ögonfransar, och medan middagen framskred lät hon glatt honom fylla på hennes glas med rödvin.

Primo pratade väldigt bra engelska, men konversationen kändes ändå stel.

– Du jobbar väldigt hårt? frågade han över prosciutto och salami.

– Jag antar det. Men jag älskar mitt jobb, svarade hon.

– Du är så vacker, sa han och bytte tvärt samtalsämne, som om han kommenterade vädret.

– Oh, tack. Du kan stanna, sa Anna som kände sig betydligt mer brittisk än italiensk när hon fick en komplimang.

Han höll kvar hennes blick och hon drog sig till minnes vad Michelle hade sagt. *Man kan praktiskt taget se ögonblicket då det går upp för dem att de kommer att få ligga.* Det hade gått upp för Anna, och hon tänkte – borde jag? Å ena sidan skulle det inte betyda något, och det var inte frågan om kärlek. Å andra sidan, mmm, Primo.

Efter mer mat än hon trott att det var möjligt att äta på en gång och efter en rad tal föstes de alla bort mot scenen, och Anna gissade att det var dags för den första dansen.

Bandet började spela och Aggy dök upp med en mikrofon i handen. Hon satte i gång med att sjunga en storslagen a capellaversion av en låt som Anna inte omedelbart kände igen.

– Shakira, *Underneath Your Clothes,* upplyste Michelle hjälpsamt.

– Åh nej. En sång om att se sin man naken? viskade Anna tillbaka. Ingen annan än min syster ...

– Djärvt val, tyckte Michelle. Men den äldre generationen tycks hantera det okej.

Anna kastade en blick på sina föräldrar och gänget från Barking. De såg alla lätt förbryllade ut, bortsett från hennes mamma som stod och gungade i takt till musiken med en min av intensiv stolthet. Den italienska släkten verkade också lite ställd, men huvudsakligen positiv.

Chris kom ut på andra delen av scenen med en egen mikrofon och började överrösta Aggy. Tempot ökade och hennes låt övergick i Cee Lo Greens *Forget You.* Texten om pengar och att man måste vara rik för att vara med Aggy var komiskt välvald, men på gränsen till opassande.

De kunde båda sjunga, mer eller mindre. Men än viktigare var att det snart måste vara över, tänkte Anna.

Nej då. Marianne ledde ut ett gäng PR-tjejer på scenen bakom Aggy, och de började sjunga *You Know I'm No Good.*

Anna vände sig mot Michelle. – Då var det dags för otrohet. Vad blir nästa låtval? *The Drugs Don't Work?*

Michelle sittdansade. – Men låten funkar ganska bra.

Anna såg sig om i rummet, och hennes mamma och moster Carol nickade och mammadansade till en oanständig textrad. Chris bror och bestman, Dave, och marskalkarna kom ut på scenen bakom honom, och *You Know I'm No Good* övergick i Rod Stewarts *Do Ya Think I'm Sexy*. Låtarna framfördes växelvis, i sann *West Side Story*-anda.

– Är det bara jag eller är det här inte riktigt klokt? sa Anna skrattande till Michelle.

Aggy lämnade scenen medan dansgolvet fylldes och passerade Anna med kjolen upplyft i ena handen. – Vad tyckte du? tjöt hon förtjust. En sångduell, som i *Pitch Perfect*! Jag hoppas att farbror Riccardo filmade det. Jag tänker lägga upp det på nätet när vi kommer hem. Ingen har gjort något liknande tidigare!

– Av ... en anledning? sa Anna, men Aggy lyssnade inte.

Michelle hade dragits upp på dansgolvet av en äldre italiensk farbror som flyttade blicken mellan hennes ansikte och bröst. Samtidigt var Daniel djupt försjunken i ett samtal med PR-gänget. Vem hade kunnat ana att han skulle hitta så många själsfränder bland *Grazia*-tjejerna? De höll på att berätta för honom om sina återhämtningsritualer efter att de gjort slut med någon. Anna tvivlade dock på att Daniel behövde se *Dagboken* så många gånger.

Primo letade rätt på Anna i vimlet. – En rökpaus? föreslog han och mimade att han förde en cigarett till munnen. Där ute?

Anna var inte väl bevandrad i förförelsens konst, men hon insåg att en cigg antagligen inte var det enda Primo var ute efter. – Ja, varför inte? svarade hon.

69

De promenerade genom trädgården och fortsatte ut på den vidsträckta parkeringens grusbeläggning. Utkanten av parkeringen vette mot bergssluttningen och störtade ner i mörker. Det enda ljuset kom från byggnaden bakom dem och fordonen som blinkade försvann utom synhåll och dök sedan upp igen under sin slingriga färd över berget.

– Det är så friskt här uppe på något vis, sa Anna och huttrade medan hon såg upp på den lågt hängande månen. Det var kallt, men alkoholen värmde. – Man inser knappt hur svårt det är att andas i städer. Alla de där ... luftföroreningarna.

Det var inte helt lätt att komma på saker att säga till någon när man trodde att han kanske skulle försöka köra tungan i halsen på dig vilken minut som helst.

Primo stack in handen innanför kavajen och plockade fram ett cigarettpaket och en silvertändare. Han räckte en cigarett till Anna och klickade sedan igång tändaren och höll fram den med samma smidiga rörelse.

Hon drog in rök i lungorna tillsammans med den kalla luften och började hosta våldsamt. – Jag ... röker ... inte, fick hon fram mellan hostningarna.

– Du röker inte? sa han. Hans ögonvitor och tänder lyste.

Anna skakade på huvudet, hostade lite till och viftade med handen framför munnen.

– Åh nej, sa Primo och skrattade medan han placerade en lätt hand mot hennes rygg.

Anna hade knappt tid att hämta andan innan Primo hade lagt armen om henne, med ena handen pressad mot hennes rygg. Kära nån, italienare gick sannerligen rakt på sak.

– Aureliana, sa han, och det var underbart att höra sitt namn uttalas rätt. Hon övervägde att falla till föga. Men det var inte det här hon ville. Hon ville ha någon annan. Efter att ha varit tillsammans med folk hela dagen ville hon med ens bara vara ensam. Hon backade.

– Primo, sa hon. Kan jag få ett ögonblick? Hon var inte säker på att han förstod. – För mig själv, tillade hon. Med min första cigarett. Hon viftade med den. – Och månen. *La luna!*

– Vi ses där inne? frågade han, förbryllad. Uppenbarligen tänkte han att brittiska tjejer drack lika mycket som han hade hört.

– Definitivt.

Primo lämnade henne och Anna stod med sin glödande cigarett och darrade medan hon stirrade bort mot bergen. Hon var inte samma person som hon varit när hon gick på den där återträffen, tänkte hon.

Hon var inte säker på att hon tänkte börja nätdejta igen. Anna var en hel person även som singel. Om hon inte hittade någon var det inte ett misslyckande utan bara ett faktum. Om sedan andra valde att dra slutsatser av det så gjorde det henne inget. Det fanns gott om andra saker att veta om henne. Hon älskade sitt jobb, hon älskade sina vänner och sin familj. Hon hade haft det för jävligt i skolan och hon var beredd att berätta om det för alla som frågade – men det var på tiden att hon slutade känna sig definierad av det.

Och att göra allt mindre pinsamt mellan henne och Patrick genom att leta rätt på honom i *World of Warcraft,* där han var en panda och hon var en odöd warlock? *Det* hade varit en bra idé. Hoppades hon åtminstone. De småpratade otvunget med varandra igen. Fast Patrick försökte få henne att följa med på räder, vad nu det kunde vara.

Hon satte cigaretten mot munnen igen och drog prövande ett bloss. Anna, tänkte hon, du kommer aldrig att vara cool. Och det behövs inte heller.

Det krasade lätt i gruset och en mansröst hördes någonstans bakom henne.

– Jag visste inte att du rökte.

Hon vände sig om och James stod framför henne, renrakad i mörk kostym och vit skjorta.

Anna stirrade och stirrade, och sedan stirrade hon lite till. – Det gör jag inte, fick hon fram.

Trots att James såg urläcker ut, för att låna det uttryck Aggy skulle ha använt, var det inte hans manliga stilighet som träffade henne som ett slag i magen. Han var en av hennes allra bästa vänner. Han var här.

Hon släppte cigaretten, fimpade den under klacken, störtade mot honom och slog båda armarna om hans midja, hårt.

– Det är så fint att se dig, sa hon och kramade honom. Hon kände hans kläder och lukten av en ny skjorta och hans fasta kropp under den medan han kramade henne tillbaka.

Det var ett mirakel att James Fraser plötsligt befann sig på en parkeringsplats uppe på ett berg i Italien. Vad han än hade kommit för att säga visste hon att en bön besvarats.

– Tack för ditt mejl, sa James medan hon släppte taget om honom och tog ett steg tillbaka.

– Du fick det! Jag var inte säker på ... om jag hade någon internetuppkoppling.

– Jag fick det, sa han och såg stadigt på henne.

Anna smälte inombords. – Jag borde kanske inte ha skickat det till en gift man.

– Separerad. Snart frånskild.

– Åh.

James harklade sig. – Du skrev att du kommer ihåg mina fåniga skämt. Jag kommer ihåg saker du har sagt också. Du sa att du gillar när en man deklarerar hur han känner sig i en stor scen. Det här har potential att bli väldigt pinsamt, men ska jag göra ett försök?

James log och Anna nickade.

– Okej. Grejen är att när jag träffade dig igen var jag ganska vilsen, det inser jag nu. Jag har aldrig varit särskilt bra på att välja rätt väg. Och sedan dök du upp, och du förändrade allt. Mitt idiotiska nonsens hade fungerat med andra människor, men jag förstod nästan med en gång att du var annorlunda. För att vara med dig var jag tvungen att släppa det där och skärpa till mig och bli en bättre person. Och innan jag visste ordet av blev jag kär i dig.

Plötsligt kände Anna inte av kylan längre.

– Du tror att skoltiden är något att skämmas för, men det är den inte, åtminstone inte för dig. Att du tog dig igenom det där bevisar vilken otrolig person du är. Det var det jag vill säga till dig, och det är viktigare än att säga att jag är vansinnigt förälskad i dig, för att vara förälskad i dig är enkelt, Anna. Men det du har gjort är svårt. Du är fantastisk.

Han gjorde en paus för att dra efter andan och Anna avbröt honom. – James, det är trevligt att du tycker att jag är en beundransvärd person, men du behöver vara attraherad av mig också. Du sa att du tänker på mig som en syster ... och du har själv sagt att jag inte är din typ ...

– Herregud, jag ljög för att verka cool, sa James. Om jag inte var attraherad av dig skulle jag väl inte kyssa dig så här?

Han tog ett steg framåt och böjde sig ner med handen mot hennes kind.

Anna hade eldat upp sina dagböcker, men om hon haft någon av dem kvar skulle hon ha öppnat den för att skriva i marginalen att hon haft rätt.

En dag skulle James Fraser kyssa henne så passionerat att hon glömde att någonting annat någonsin spelat någon roll.

70

James visade prov på självdisciplin genom att lösgöra sig från henne för andra gången, och han rättade till tygblomman på sidan av hennes huvud.

Hon var alltid vacker, men ikväll såg hon löjligt förtjusande ut.

– Vi borde gå in, sa han lågt.

– Kan vi inte rymma, bara vi två? sa Anna och lade armarna om hans midja igen. Hennes kropp som pressades mot hans fick honom att känna sig lite ostadig.

– Hm, det skulle vi kunna. Men jag tror inte att din systers bröllop är något du vill missa. Han tog hennes hand medan de gick längs stigen.

– Hur hittade du oss? undrade Anna.

– Tack vare en kombination av Aggys bröllopsinbjudan och en väldigt otrevlig taxichaufför. Jag skickade ett sms till henne för att säga att jag var på väg och att hon skulle hålla det hemligt. Visste du att din syster svarar på sms på sin egen bröllopsdag?

– Inget kunde förvåna mig mindre.

– Vill du presentera mig för dina föräldrar? sa James.

– Ja. Vem ska jag säga att du är?

– Laszlo Biro, kulspetspennans uppfinnare? Eller varför inte James?

– Jag menar, ska jag presentera dig som min pojkvän?

– Jag vet vad du menade.

De sprang på paret Alessi nästan så fort de var innanför dörrarna.

– Mamma, pappa, det här är James. Min ... pojkvän, sa Anna och kramade hans hand ännu hårdare.

De verkade begripligt nog överraskade över att få veta att det fanns en pojkvän i samma stund som de fick träffa honom, men de fann sig.

– Anna har inte sagt ett ord! utbrast hennes mamma.

– Jag tror att hon ville att det skulle bli en överraskning, sa James.

– Du är definitivt en överraskning, sa Judy, och Anna himlade med ögonen.

– Blev du försenad? frågade hennes pappa.

– Ja. På ett eller annat vis, sa James. Men jag är hemskt glad över att vara här nu.

– Om ni två någonsin tänker gifta er hoppas jag att ni överväger det här stället, sa hennes pappa.

– Pappa! protesterade Anna.

– Väldigt överkomligt, mat i toppklass och gott om plats utomhus ifall ni väljer ett vår- eller sommarbröllop. Sätt upp ett tält, grilla. Gör vad ni vill. Och italienare är inte som britter när det gäller alkohol. Det är ingen som kräks.

– Det kunde inte vara trevligare här, mr Alessi. En total frånvaro av spyor. Du måste vara mycket stolt.

Annas pappa sträckte sig fram och klappade James på axeln.
– Ta hand om min dotter. Hon här är min favorit.

James skrattade medan Annas mamma rynkade på näsan.

De vinkade till Annas vänner i andra änden av rummet, som såg tillbörligt förbluffade ut. Hennes vän Michelle pumpade triumferande med armen.

– En dans? sa James.

Med en hand om Annas midja ledde han ut henne på dansgolvet. Han kunde känna den tajta underklänningen under spetsklänningen. Han kände sig så otroligt lyckligt lottad över att hon var hans och att han var här.

– Så. Ingen Eva? frågade Anna.

– Jag tog mitt förnuft till fånga. Ledsen att det dröjde så länge, jag är inte alltid särskilt snabbtänkt. Hon flyttade aldrig tillbaka.

Fast jag måste varna dig – jag kommer att förlora huset men behålla Luther i skilsmässan. Ta inte mig om du inte vill ha honom: vi hänger ihop.

Anna log brett.

– Att träffa Eva igen fick mig att inse att det var dig jag ville ha. Du var det enda jag kunde tänka på.

James tankar återvände till föregående kväll, hur Eva gått barfota från köket till vardagsrummet med en flaska Chablis med en Alessikorkskruv fastsatt i korken, hur han hade stirrat på den och insett att det här var kvällen då hon räknade med att stanna över natten. Allt kom plötsligt i skarpt fokus, med en millimeters vridning av kameralinsen.

Han ville inte att hon skulle stanna. Han ville ha någon annan. Någon han inte hade insett att han absolut inte kunde leva utan längre förrän han var tvungen att leva utan henne. Så han hade helt enkelt hasplat ur sig att han träffat någon annan. Eva hade blivit chockad, sedan hade hon skrikit och gapat något om hans brist på känslomässig uppriktighet. Att han blivit kär i Anna kom på något sätt att jämföras negativt med att Eva börjat lusta efter Finn, vilket han inte riktigt förstod. Det faktum att han och Anna inte hade legat med varandra gjorde också alltsammans värre, vilket var ännu mer förvirrande.

Det var som att Eva befann sig bakom skottsäkert glas och de bara kunde kommunicera via sådana där fasta telefoner. *Jag är så ledsen,* upprepade han gång på gång. *Jag visste det inte förrän nu. Det var inget jag hade väntat mig.*

Eva gick och James ägnade två timmar åt att tveka över om bevisen tydde på att Anna ville att en kärlekskrank frånskild man skulle erbjuda henne sitt hjärta eller bara ett impulsivt ligg. Sedan fick han hennes mejl.

Han hade varit nära att ringa ett dyrt samtal för att häva ur sig några svulstiga, halvgenomtänkta och överdrivna saker om hur hon aldrig behövde oroa sig över att någon skulle göra henne besviken igen. Men sedan hade han dröjt sig kvar vid hur generös hennes gest hade varit.

Hon hade inte haft någon anledning att blotta sin själ, eller att försäkra honom om att han gjort henne mer gott än ont. Eller att ta ett så varmt farväl av honom. Hennes enda motiv var omsorg. Hon förtjänade en lika storslagen gest tillbaka.

– Varför tog det oss så lång tid att lista ut det här? sa James till Anna. Det har antagligen varit fullkomligt uppenbart för alla utom oss ett tag nu. Jag menar, vi lurade alla på mitt jobb utan att ens försöka. Det borde vi kanske ha tagit som ett tecken?

– Jag visste inte vad jag egentligen kände förrän under möhippan, sa Anna. Och du kan inte ha vetat det då?

– Jag hade en aning. Jag var som en idiot framför ett pussel av Big Ben, jag vägrade lägga dit den sista pusselbiten och påstod att jag fortfarande inte kunde se vad bilden föreställde. Det var alltså möhippan? fortsatte han och kramade henne försiktigt med ett leende. Intressant. Var det därför du flirtade så skamlöst med mig?

– Äsch, lägg av! Jag försökte vara frestande.

– ”Kom förbi och poängsätt mina tuttar någon gång.” Det saknade mystik men hade definitivt en viss jordnära charm. De skrattade. – Jag har saknat det där skrattet, sa James. För att vara ärlig skulle jag kanske ha prövat lyckan tidigare, men jag trodde aldrig att du gillade mig på *det sättet*.

– Det gör jag egentligen inte. Jag blundar bara och fokuserar på din intagande personlighet.

George Michael sjöng *A Different Corner* och hon lutade huvudet mot hans axel.

Aggy och hennes man var längre bort på dansgolvet, och hon vinkade hallå åt James medan han lyfte handen till svar. Han var på ett bröllop i ett främmande land, omgiven av människor han aldrig hade träffat förut, ändå kände han sig mer hemma än han någonsin gjort tidigare.

Ett ord dök upp i hans huvud, om hans känslor för Anna. Det var inte ett ord han någonsin brukade använda, men det var det rätta: dyrka.

Han dyrkade henne.

71

Hans mörka blick gled över hennes svällande byst i sidennegligén. Han drog handen över sin skäggstubb medan han njöt av anblicken av henne.

– *Mi carina!* sa han med ett strävt gillande. Det var inte bara ett ömhetsbevis längre, utan även en enträgen begäran. Han skulle inte låta sig nöjas med något mindre än hennes obefläckade kvinnlighets fullständiga kapitulation.

Hon blygdes under hans beslutsamt intensiva blick medan en oskuldsfull rodnad steg på hennes kinder.

– Du har lekt med mig länge nog, *inamorata*, sa han. Hans andetag blev oregelbundna och han tog en lock av hennes lingula hår mellan sina fingrar.

– N... nej! ropade hon. Tänk på dina plikter, Luca! Du kan inte ärva familjen De Vicis gods om du gifter dig med en annan kvinna än den din familj har valt åt dig. Och du får inte använda mig som ett ... Rösten darrade och ögonfransarna fladdrade över denna plumphet. – ... tidsfördriv.

Han svor på sitt modersmål och de koboltfärgade ögonen blixtrade. – Åt helvete med plikten, jag måste göra dig till min! Han var redo att sluka henne, att dominera henne som ett hungrigt lejon med sitt byte ...

– Ursäkta, har du fått en meny?

– Åh, tack, sa Anna och tittade upp från sin läsplatta. Kyparen i prickig scarf räckte fram två pappersark.

Under de fjorton minuter som hon suttit vid bordet på Morito i

Clerkenwell hade den italienske greven hetsat upp sig ordentligt, och hon hade glömt allt om att välja tapasrätter.

– Vill du beställa något att dricka?

Hon ögnade igenom menyn. – Två *tinto de veranos,* tack.

– Jag är väl inte sen? sa James och dök upp vid hennes sida. Han böjde sig ner för att ge henne en snabb kyss innan han lade ifrån sig sin väska, och hans hud kändes kall mot hennes betydligt varmare ansikte.

– Lite, men jag är beredd att förlåta dig, sa Anna och lyste upp.

Kylan fick hans bleka hud att se ut som att den huggits ur marmor, av någon vars specialitet var kindben. Hade någon någonsin sett lika bra ut som han gjorde när han skakade av sig sin jacka? Tveksamt.

– Harris slog verkligen personligt rekord i skrattretande huvudbonader idag, han har en kanariegul hög hatt. Det känns som att jag jobbar på Willy Wonkas fabrik, muttrade James mest för sig själv.

– Ingen fara, den italienske greven höll mig sällskap, sa hon och höll upp sin Kindle.

Deras drinkar placerades framför dem.

– Vad är det för något? frågade han och lutade på glaset.

– *Tinto de verano.* Rödvin och läsk. Det är gott.

James skålade med henne och smakade. – Ja.

Anna strålade mot honom.

– Okej, låt mig se vad den italienske greven har för sig. Han sträckte fram handen efter läsplattan. – Om du beundrar en annan mans skicklighet vill jag åtminstone se vad jag tävlar mot.

Anna räckte över den med ett brett leende.

Snacks kom med drinkarna och Anna stoppade en mandel i munnen.

– *Han var redo att sluka henne, att dominera henne som ett hungrigt lejon med sitt byte, och hon skälvde av extatiskt begär* ... läste James högt. Oklarheterna drar verkligen ner helhetsintrycket, fortsatte han. Ett lejons byte? Vadå, en hyena eller? Ett vårtsvin? Han är alltså på väg att älska med henne likt ett rovdjur som sliter luftstrupen ur ett sprattlande vårtsvin?

Anna började bubbla av skratt. – Du förstör det!

– Nej, jag tror att det är den ogenomtänkta metaforen som förstör det.

Hon såg på honom medan han läste vidare och tänkte på hur mycket hon tyckte om att ha honom i sin säng och i sitt liv, även om Luthers kattlåda inte var det charmigaste inslaget i hennes kök. Och hon tänkte inte säga det här till James, men den högröstade greven bleknade verkligen i jämförelse med honom. Särskilt eftersom James gjorde klart hur attraktiv han tyckte att hon var, både genom ord och genom handlingar. Hennes pupiller blev större vid blotta tanken.

James klickade för att vända blad. – Bla, bla ... *blev nästan galna av upphetsning och yttrade ord de knappt hörde ... hon gick i tusen bitar.* Va? Han såg upp på Anna.

– Det är hennes ... Det är slutresultatet av grevens hårda arbete. De går alltid i tusen bitar eller exploderar.

– Åh ... sa han. Jag förstår.

– Hon tror att han kanske är besatt av henne, men att det är övergående och att han inte kommer gifta sig med henne. Men gissa vad? Det kommer han.

Anna smuttade på sin drink och James räckte tillbaka läsplattan.

– Vad händer efter att de har hoppat i säng då? Kan de överföra den här nivån av intensitet till en tripp till stormarknaden? Dundrar greven ”foga dig efter min vilja” när han försöker scanna påsar med färdigsköljd sallad vid självscanningskassan?

– Nej, efter att de har haft sex är det slut. De gifter sig och kanske antyds det något om barn, men det är allt.

– Varför denna betoning av äktenskapet?

– Harlequins hjältinnor brukar inte ägna sig åt kravlöst sex. Det blir alltid ett bröllop på slutet.

– Det verkar sexistiskt.

– Det är en gammaldags fantasi helt enkelt.

– Herrklubbar är sexistiska, men ingen skulle fantisera om dem.

– Är du verkligen förvånad över att en del moderna, självständiga kvinnor fortfarande gillar bröllop? Du kom till min systers bröllop, så du måste vara medveten om det.

James skrattade. – Jag försöker bara förstå vad det är som är så tilltalande med de här ålderdomliga attityderna. Det är så irrelevant idag. Jag menar, är *du* verkligen inne på idén att gifta dig, så här i det första rosiga stadiet av en ny relation?

– Öh ... Hon åt en mandel till för att vinna tid. – Jag vet inte. Jag antar att det vore trevligt. Fråga mig igen när jag har hittat en man jag vill gifta mig med. Hon log.

– Ugh!

– Jag brukade göra en grej när jag var på nätdejter. Jag föreställde mig att det som hände under dejten kanske skulle komma med i bröllopstalen, fortsatte Anna.

– Du var på en första dejt och föreställde dig bröllopstalen? Shit.

– Det får mig kanske att låta galen, men det är inte så konstigt. Par som träffas på ett naturligt sätt vet inte att de träffas för första gången, eller hur? På en dejt vet man det. Och hur man träffades nämns alltid i bröllopstalen.

– Fortsätt prata, jag försöker bara räkna ut hur mycket kyparen som blockerar dörren väger, sa James.

– Du behöver inte oroa dig, jag gör det inte med *dig*. Jag skulle hur som helst gissa att du inte vill gifta dig. Igen, menar jag, sa Anna och försökte att låta oberörd. Det lyckades inte riktigt.

– Oookej. Han sträckte sig efter ännu en oliv. – ”Vad har jag för avsikter?”

– Nej! Vi släpper det här.

– Fast det *är* vår första riktiga dejt. Det är den man brukar prata om i talen, va?

– Vanligtvis. Antingen det eller hur paret träffades.

– Hm. Kan du ge mig den där servetten?

Anna räckte honom pappersservetten och James letade rätt på en penna i sin jackficka.

Hon betraktade hans rufsiga svarta hår medan han rörde kulspetspennan över servetten. Han räckte tillbaka servetten till henne. Hon vek upp den.

JAG SKULLE DEFINITIVT GIFTA MIG MED DIG.

Mitt i restaurangens slammer och ruljangs satt Anna fullkomligt stilla och log.

– Så där, nu är vi skyddade inför framtiden, sa han. Talet kommer inte att behöva handla om hur jag var en idiot när jag var sexton eller att "James drev med den italienske grevens potatiskrokett på Annas Kindle".

Anna kände det som att hjärtat höll på att svämma över.

De såg ner på sina menyer och James sträckte sig över bordet efter hennes hand. – Du filar på talet med historien om servetten just nu, eller hur? sa han när han tittade upp någon minut senare.

– Nej! Hon såg upp utan att ha uppfattat ett ord om kvällens erbjudanden. – Jag tänker på ... ostbollarna.

– De har inga ostbollar här.

– Det var det jag tänkte.

De skrattade, tillräckligt högt för att paret vid bordet intill skulle se åt deras håll.

Kyparen dök upp med pennan i högsta hugg. – Är ni redo?

De såg på varandra och nickade.

För de som inte vet det träffades James och Anna redan i skolan ...

2